Gilbert Morris

Der sanfte Rebell

Das Haus Winslow – Band 4

W0327767

FRANCKE
Verlag der Francke-Buchhandlung GmbH

Die Deutsche Bibliothek – CIP-Einheitsaufnahme

Morris, Gilbert:
Das Haus Winslow / Gilbert Morris. - Marburg an der Lahn: Francke.
Bd. 4. Der sanfte Rebell / (dt. von Silvia Lutz). - 1992
(Edition C: E, Die goldene Reihe; Nr. 83)
ISBN 3-86122-056-3
NE: Edition C/E

Alle Rechte vorbehalten
Originaltitel: The gentle Rebel
© 1988 by Gilbert Morris
Published by Bethany House Publishers, Minneapolis, USA
© der deutschsprachigen Ausgabe
1993 by Verlag der Francke-Buchhandlung GmbH
3550 Marburg an der Lahn
Deutsch von Silvia Lutz
Umschlaggestaltung: Reproservice Jung, Wetzlar
Umschlagillustration: Dan Thornberg
Satz: Druckerei Schröder, 3552 Wetter/Hessen
Druck: St.-Johannis-Druckerei, Lahr 28634

Edition C, Nr. E 83

Inhaltsverzeichnis

Teil eins: Erstes Blut - Lexington

1. Allein! 9
2. Auf der Flucht 19
3. Familiendifferenzen 29
4. Verwandte vom Lande 42
5. Ein Junge namens Laddie 56
6. Söhne der Freiheit 68
7. Ein neuer Buchhalter 83
8. „Ein verliebter Mann macht sich oft zum Narren!" . . . 93
9. Tod in Lexington 102
10. Der Schwur 113

Teil zwei: Feuertaufe

11. „Er ist ein ziemlich beeindruckender Mann!" 127
12. Die Loyalität eines Mannes 140
13. Ein neuer Oberbefehlshaber 153
14. „Das Weiße in ihren Augen" 163
15. Laddie ist verliebt 172
16. Ausbruch! 183
17. Krise in Half Moon 197

Teil drei: Kanonen über Boston

18. Freund Daniel und Laddie 207
19. Neujahr 216
20. Die Geschütze von Ticonderoga 225
21. Nachricht aus Boston 232
22. Im Roten Löwen 242
23. »Ich tue, was ich tun muß!« 251
24. Aus der Vergangenheit 259
25. Julie geht auf einen Ball 268
26. Eine Sache der Ehre 277
27. Die Feuerprobe 286
28. »So lange wir leben!« 293

Das Haus Winslow

- Gilbert Winslow (1600–1692) — 1622 — Humility Cooper (1600–1660)
  - Matthew Winslow (1642–1730) — 1660 — Lydia Carbonne (1643–1737)
    - Miles Winslow (1675–1749)
      - 1727 — Martha Jakes (1702–1777)
        - Charles Winslow (1728–) — 1756 — Dorcas Hull (1730–)
          - Anne Winslow (1761–)
          - Paul Winslow (1758–)
      - 1715 — Anne Hawthorne (1690–1727)
        - William Winslow (1720–)
        - Mercy Winslow (1724–)
        - Adam Winslow (1727–) — 1755 — Molly Burns (1734–)
          - Caleb Winslow (1760–)
          - Nathan Winslow (1758–)
    - Rachel Winslow (1660–1750) — 1692 — Robert Howland (1669–1715)
      - Saul Howland (1708–) — 1756 — Carrie Drake (1720–)
        - Abigail Howland (1757–)

Teil eins

Erstes Blut – Lexington

KAPITEL EINS

Allein!

Wenn Julie Sampson zwei Jahre früher oder zwei Jahre später geboren wäre, säße sie jetzt nicht in einer solchen Falle – wenigstens dachte sie das, als sie am ganzen Leib zitternd in ihrem kleinen Zimmer stand und sich mit dem Rücken gegen die Wand lehnte.

Wenn ich erst zwölf oder dreizehn wäre, würde er mich in Ruhe lassen – und mit siebzehn wäre ich alt genug, um von hier fortzugehen!

Sie hielt den Atem an, als schwere Schritte auf der Treppe knarrten, den Flur herunterkamen und dann abrupt vor ihrer Tür stehen blieben. Sie drückte sich den Handrücken gegen den Mund, um den Angstschrei zu ersticken, der ihr über die Lippen fahren wollte. Die Stille lag schwer auf dem Raum, so schwer, daß sie meinte, zwischen dem bedächtigen Ticken der Uhr tiefe Atemzüge zu hören. Ihre Augen blickten wie festgenagelt auf die Tür, und sie wartete darauf, daß sich der Zinngriff jeden Augenblick drehen würde. Als ihr der Gedanke, durch das kleine Fenster in ihrem Zimmer die Flucht zu ergreifen, in den Sinn kam, warf sie einen schnellen Blick auf den Schnee, der draußen langsam zu Boden fiel.

Sie schob sich vorsichtig nach rechts. *Ob ich mir auf dem Kopfsteinpflaster die Beine breche?* überlegte sie flüchtig und blickte auf den Gehweg hinab, der vor dem Geschäft vorbeiführte. Es war ihr fast gleichgültig – sie wollte nur entfliehen. Sie legte die Hand auf den Fensterriegel; in diesem Augenblick entfernten sich die Schritte plötzlich wieder, gingen den Flur hinunter und hallten auf der Treppe wider.

„Gott sei Dank!“ seufzte sie und entdeckte erst jetzt, daß ihre Beine so stark zitterten, daß sie kaum noch stehen konnte, geschweige denn einen Sprung aus dem Fenster heil überstehen würde. Sie ließ sich auf den Stuhl neben dem kleinen Eichentisch fallen, vergrub ihr Gesicht in den Händen und versuchte nachzudenken. Mühsam schluckte sie das Schluchzen, das in ihrer Kehle hochsteigen wollte, hinunter; schließlich warf sie mit großer Anstrengung die Schultern zurück, stand von ihrem Stuhl auf und trat an die Waschschüssel am Ende ihres Bettes. Sie kühlte ihr Gesicht mit dem kalten Wasser, trocknete es an einem dicken, weißen Handtuch, das am Ende des Waschtisches hing, und fing an, im Zimmer auf- und abzugehen. Sie zermartete sich ihr Gehirn mit ständig wiederkehrenden, unnützen Gedanken. Sie konnte keine Ordnung in ihre Gedanken bringen, und jedes Gebet, das sie zu sprechen versuchte, erschien ihr bedeutungslos, eine leere Floskel, ein Ritual, das sie als Kind auswendig gelernt hatte.

Sie trat ans Fenster und blickte über das hölzerne Ladenschild, auf dem in ordentlichen, sorgfältig gezeichneten Buchstaben stand: SILAS SAMPSON – KARTOGRAPH, auf die Straße hinab. Der Anblick dieses Schildes weckte in ihr das Bild ihres Vaters wieder zum Leben. Während sie daran dachte, wie seine kleine Gestalt sich über seinen Schreibtisch beugte, schossen ihr die Tränen in die Augen. Fast wütend wischte sie sich über das Gesicht.

Ich kann nicht mehr um ihn weinen! dachte sie. Dann wanderte ihr Blick über die Straße, entschlossen an dem Schild vorbei, das im kalten Januarwind hin- und herschaukelte. Auf der gegenüberliegenden Straßenseite erspähte sie einen Mann in einem schweren Pelzmantel. Ihre Lippen preßten sich mit neuer Entschlossenheit zusammen, sie ergriff einen schweren Mantel und einen Hut vom Garderobehaken an der Wand und trat aus ihrem Zimmer, ging den Korridor entlang und stieg die Treppen hinab.

Ihre Hoffnung, ungesehen durch den Laden entwischen zu können, zerschlug sich, als eine Stimme ertönte: „Julie – wo willst du hin?"

Aaron Sampson baute sich plötzlich vor ihr auf und versperrte ihr mit seiner korpulenten Gestalt den Weg zur Tür. Wie immer mußte sie ihre ganze Willenskraft zusammennehmen, um nicht zurückzuschrecken, als er ihr seine fleischige Hand auf die Schulter legte. „Ich will nicht, daß du bei diesem Wetter hinausgehst", erklärte er bestimmt. Sein grober Griff verwandelte sich in ein Streicheln, das ihr eine Gänsehaut über den ganzen Körper jagte.

„Pastor Kelly bat mich, ihn heute zu besuchen", erwiderte sie schnell.

„Der Pfarrer? Was will er denn von dir?"

„Ich – ich glaube, er hat Arbeit für mich bei seinen Büchern."

„Oh, du willst arbeiten?" Aaron Sampson machte sich nichts aus Pfarrern, aber er machte sich viel aus einem Pfund. Widerwillig ließ er seine schwere Hand von Julies Schulter gleiten und machte ihr den Weg frei. Plötzlich spielte sich ein Grinsen um seine wulstigen Mundwinkel, als sie an ihm vorbeihuschte. „Du kannst diesem Pfaffen gleich sagen, daß er recht bald Arbeit bekommt, Julie!"

Sie schloß schnell die Tür hinter sich, um seine Worte vor ihren Ohren auszusperren. Doch seine schallende Stimme durchdrang mühelos die acht Zentimeter dicke Eichentür: „Könnte eine Trauung durchführen müssen, nicht wahr, Mädchen?"

Die häßlichen Seiten Philadelphias hatten durch das sanfte Weiß des Neuschnees ihre Schärfe verloren, und die groß gepflasterte Straße fühlte sich wie ein dicker Teppich an, als Julie sich beeilte, um den groß gewachsenen Pfarrer einzuholen. Ihre Füße verursachten keinerlei Geräusche, und riesig große Flocken fielen ihr in das Gesicht. Als sie „Pastor Kelly!" rief, erklang in der eisigen Luft ein Echo, als wäre ihre Stimme auch gefroren.

„Julie!" Die knöchrige, dürre Gestalt von Pastor Zachariah Kelly verbarg sich unter einem dicken Pelzmantel, aber das Gesicht, das unter seinem dreieckigen Hut hervorlugte, erschien, von dem schwarzen Hut und dem dicken Mantel umrahmt, noch blasser und knöchriger als sonst. „Was machst du bei diesem Wetter auf der Straße?"

„Oh, ich – ich dachte einfach, es werde mir gut tun, ein bißchen frische Luft zu schnappen." Julies Gesicht errötete plötzlich. Sie hatte Aaron angelogen, und so schlimm die Absichten dieses Mannes auch waren, ihre Unehrlichkeit beunruhigte sie doch. Dann hob sie den Kopf, blickte dem Pastor mutig in die Augen und sagte schnell: „Herr Pastor, Sie sprachen mit meinem Vater einmal darüber, daß er für Sie eine Landkarte anfertigen solle – von County Cork, glaube ich, nicht wahr?"

„Ach du meine Güte, Kind!" Er blickte sie mit seinen freundlichen blauen Augen an und nickte dann. „Das hätte ich beinahe vergessen – aber du hast recht."

„Dürfte ich – dürfte ich Sie begleiten, dann könnten wir darüber sprechen? Ich kann die Karte für Sie zeichnen – fast genauso gut wie mein Vater es getan hätte, wenn er ...!"

Kelly verstand nicht genau, was in dem Mädchen vorging, aber ihm entgingen die plötzlichen Tränen nicht, die ihr bei der Erwähnung ihres Vaters in die Augen stiegen. Er nahm ihre Hand und sagte sanft: „Es ist sehr schwer, einen lieben Menschen zu verlieren, Julie – das ist für jeden schwer. Aber doppelt schwer ist es, wenn wir den *einzigen* Menschen verlieren, den wir haben." Seine Gedanken wanderten zwei Monate zurück, als er die Handvoll Erde in das Grab geworfen hatte. Er hörte den dumpfen Klang, als die Erde auf dem Holzsarg, in dem Julies Vater lag, aufschlug, und er erinnerte sich, daß sie bei dem Geräusch zusammenzuckte, als habe er ihr die Erde ins Gesicht geschleudert – oder als habe eine Gewehrkugel ihr Herz getroffen. „Du bist deinem Vater sehr nahe gestanden, Julie", murmelte er. Dann ergriff er entschlossen ihren Arm und sagte: „Ich finde, das ist eine glänzende Idee – diese Landkarte aus der alten Welt! Komm mit in mein Arbeitszimmer, dann zeige ich dir, wo ich geboren wurde – wußtest du eigentlich, Kind, daß alle Iren von Königen abstammen?" Er plauderte locker weiter. Als Belohnung sah er, wie sich die Furchen auf ihrer Stirn wieder glätteten.

Sie marschierten unter dem Schatten der Christuskirche, die in Winterweiß gekleidet war, vorbei und bogen den kleinen Weg zu dem Pfarrhäuschen dahinter ein, das beinahe an den Friedhof grenzte. Pfarrer Kelly schob Julie ins Haus und bat seine Frau, etwas Tee zu kochen und ihn ihnen in sein Arbeitszimmer zu bringen.

„Wir haben keinen Tee, lieber Mann", erklärte Frau Kelly mit einem vielsagenden Lächeln. „Hast du das vergessen, Zachariah?"

Er starrte sie verständnislos an; dann zog eine Miene der Verlegenheit über seine dünnen Gesichtszüge. „Ach ja!" Er lachte, und ein Zwinkern erhellte seine blauen Augen. „Als die Krone diese Steuern auf den Tee erhob, ließ ich mich von Sam Adams' Reden mitreißen – und als sich die Rebellen als Indianer verkleideten und den Tee des Königs in den Bostoner Hafen warfen, habe ich mich ihnen einfach angeschlossen und meinen ganzen Tee ins Feuer geworfen!" Er zuckte reumütig mit den Schultern und fügte hinzu, als er Julie in sein Arbeitszimmer führte: „So ist das mit dieser Art Reue – man läßt sich von etwas hinreißen und muß danach mit den Folgen leben, auch wenn die ganze Vorstellung längst vorbei ist!"

Julie folgte ihm in das geräumige Arbeitszimmer, an dessen Wänden sich viele Bücher türmten. „Jetzt wollen wir einmal sehen", murmelte er und durchstöberte die zwei großen Tische, die an der Wand standen und auf denen sich Papiere, Zeichnungen, Bücher und andere Utensilien stapelten. „Ah! Da haben wir es ja!"

Der Pfarrer zog aus der Mitte eines Papierstapels ein großes Buch hervor, schlug es auf, und bald waren Julie und er in ein Gespräch über Längen- und Breitengrade vertieft. Pastor Kelly war mit seinen Gedanken jedoch nicht beim Kartenzeichnen sondern bei der jungen Frau, die neben ihm stand. Seit dem Tod ihres Vaters kämpfte Julie mit einem Problem, das er nicht genau beim Namen nennen konnte. Sie war zeit ihres Lebens Mitglied seiner Gemeinde, genauso wie ihr Vater es gewesen war. Die zwei waren unzertrennlich gewesen. Seit seinem Tod wurde sie jedoch immer stiller, und ihre gesunden, roten Wangen waren blaß geworden.

Er betrachtete sie und dachte nicht zum ersten Mal, welch ein gut aussehendes Mädchen sie doch war. Sie war groß, und Kelly vermutete, daß sie ihre ein Meter siebzig Körpergröße von ihrer Mutter geerbt haben müsse, denn ihr Vater war klein und schmächtig gewesen – höchstens ein bißchen größer als einen Meter fünfundsechzig. Sie war kein Fliegengewicht, und der Übergang vom Mädchen zur Frau war unübersehbar – ihre weiblichen Formen traten unter dem einfachen grauen Kostüm, das sie trug, deutlich zutage. Ihre Schultern verrieten Energie, und ihre Arme waren kräftig und stark. Sie hatte rabenschwarze, dicke, leicht gelockte Haare. Ihre dichten, dunklen Brauen wachten über Augen, die so dunkel waren, daß man die Pupillen kaum erkennen konnte – sie hatte große, mandelförmige Augen mit langen, geschwungenen Wimpern. Ihre Nase war gerade, und ihr eher rundes Gesicht und ihr entschlossenes Kinn verrieten mehr als nur einen leichten Anflug von Eigensinn.

Sie sieht ziemlich gut aus, dachte Kelly, aber nachdem sie wegen der Landkarte alle Einzelheiten geklärt hatten, wagte er einen Vorstoß und fragte: „Julie, sag mir doch, was dich so bedrückt."

Sie machte einen verwirrten Eindruck; dann röteten sich ihre Wangen. „Pastor Kelly . . .!" Eigentlich hatte sie um diesen Besuch gebeten, weil sie ihm von ihrer verzweifelten Lage berichten wollte, aber jetzt, da er vor ihr stand, brachte sie es nicht über die Lippen.

„Du weißt, Julie, daß ich deinem Vater auf seinem Sterbebett versprach, mich um dich zu kümmern. Ja, wenn dein Onkel nicht wäre, hätten meine Frau und ich dich sogar gebeten, bei uns zu wohnen. Wir sprachen darüber."

„Oh, könnte ich das wirklich, Herr Pfarrer?" fragte sie schnell. Ihre Augen sahen ihn bettelnd an, während sie nervös sagte: „Ich kann arbeiten! Und ich bin auch eine gute Köchin, müssen Sie wissen!"

Auf ihre spontane Reaktion war Kelly nicht vorbereitet gewesen. Als er ihr ins Gesicht blickte, wünschte er, er hätte die Angelegenheit nicht erwähnt. „Mein Kind, natürlich hätten wir das gern – aber Mister Sampson hält von dieser Idee überhaupt nichts."

„Sie haben mit ihm darüber gesprochen?"

„Ja, das habe ich. Schon einige Tage nach der Beerdigung. Ich erklärte ihm, daß es vielleicht besser für dich wäre, wenn du bei uns wohnen könntest, aber –"

„Er sagte, er will mich behalten, nicht wahr?"

Aaron Sampson hatte noch viel mehr gesagt, wie sich Pastor Kelly wütend erinnerte. Der beleibte Mann hatte geflucht, sein dickes Gesicht war ganz rot angelaufen, als er am Ende seiner Kanonade ausrief: „Ihr Pfaffen seid alle gleich – ihr nehmt alles, was ihr kriegen könnt! Mein Bruder, dieser Schwächling, hat sich von euch über den Tisch ziehen lassen, aber von mir bekommt ihr nichts, verstanden? Das Mädchen bleibt hier, und ich habe das Gesetz auf meiner Seite!"

Kellys blasses Gesicht wurde ganz rot, als vor seiner Erinnerung vorüberzog, wie der große Mann ihn praktisch aus dem Haus geworfen und ihn mit wüsten Beschimpfungen aus der Tür geschoben hatte. „Ich fürchte, es besteht nicht viel Hoffnung, daß dein Onkel dir erlauben wird, zu uns zu ziehen", sagte er mit großem Bedauern.

„Ich – ich habe Angst vor ihm, Pastor Kelly!"

„Angst vor ihm? Hat er dir wehgetan, Julie?"

„N-nein."

„Hat er dich mißhandelt?"

Ihr Gesicht glühte, und sie flüsterte: „Er – er läßt mich nicht in Ruhe!"

Kelly zuckte zusammen – halb vor Wut und halb aus Angst. Die Worte des Mädchens waren unmißverständlich, aber er stand nur da und fühlte sich völlig machtlos. Er sah keine Möglichkeit, ihr zu helfen. *Ihr Vater war ein Narr!* dachte er wütend.

Silas Sampson war ein guter Mensch gewesen, aber in vielen Punkten schwach, erinnerte sich Kelly. Seine Frau war gestorben, als Julie erst sechs Jahre alt war, und er hatte nie wieder geheiratet. Einige fanden es wunderbar, wie seine Tochter die Stelle seiner Frau ausfüllte, aber Kelly hatte es abscheulich gefunden. Denn er sah, daß dem Kind vieles von dem vorenthalten wurde, was allen Kindern zuteil werden sollte. Aber er wollte nicht ungerecht sein und mußte zugeben, daß Silas ein liebevoller Vater war; nichts war ihm für seine Julie zu gut gewesen!

Vor einem Jahr war er krank geworden, sehr krank. Als sich sein Zustand immer mehr verschlechterte, wurde er ganz unruhig und nervös. Kelly erinnerte sich gut an seine Besuche, bei denen der kranke Mann ausgerufen hatte: „Ich habe keine Angst vor dem Sterben – aber was wird aus meinem Kind, wenn ich weg bin?"

Der Gedanke quälte ihn sehr, und nichts, das der Pfarrer oder irgendein anderer sagen konnte, gab ihm Frieden. Schließlich hatte er sie alle mit einer Lösung überrascht. Er hatte nach Pastor Kelly geschickt und ihm mit vor Fieber glänzenden Augen erklärt: „Ich – ich habe einen einzigen Verwandten, Herr Pfarrer – einen jüngeren Bruder. Wir stehen uns nicht sehr nahe – genau genommen, haben Aaron und ich seit vielen Jahren keinen Kontakt mehr zueinander. Aber jetzt muß ich mich auf ihn berufen! Er ist alles, was ich noch habe!"

Das war nach Pastor Kellys Ansicht eine schlechte Entscheidung. Als Aaron Sampson nach Philadelphia kam und bei seinem Bruder einzog, hatte er so wenig Ähnlichkeit mit dem gebrechlichen Kartographen, daß Kelly kaum glauben konnte, daß sie miteinander verwandt sein sollten. Aaron war anmaßend, arrogant, brutal – in jeder Hinsicht das genaue Gegenteil von Silas. Er war eingezogen, hatte die Geschäfte an sich gerissen und mit unglaublicher Kaltblütigkeit auf den Tod seines Bruders gelauert. Als Julies Vater verschied, hatte Aaron Sampson schon längst alles fest im Griff.

Beim Blick in Julies blasses Gesicht war Pastor Kelly entsetzt. Er wußte nur zu gut, welche Macht Männer vor Gericht über Frauen hatten. Kein Mädchen in Julies Alter hätte eine Chance gegen einen erwachsenen Mann wie Aaron Sampson. Und der Pastor wußte aus sicherer Quelle, von dem gesprächigen Anwalt Will Spelling, daß Julies Vater Aaron Sampson alles vermacht hatte! Nichts seiner Tochter. *Der Mann war ein Narr!* mußte Kelly wieder denken, aber er sagte nur sanft: „Mach dir keine Sorgen, Kind. Gott ist unser Problem nicht verborgen. Ich spreche noch einmal mit deinem Onkel!"

„Bitte bringen Sie ihn dazu, mich bei Ihnen wohnen zu lassen!" flüsterte Julie mit nackter Angst in ihren Augen. Er nickte.

Als Julie das Pfarrhaus verlassen hatte, ging Kelly in die Küche und setzte sich zu seiner Frau an den Tisch. Sie war eine wohlbeleibte Frau, so dick, wie er dünn war, ein Zustand, der den ungehobelteren Elementen der Stadt Anlaß zu Spott und Gerede gab. Aber sie war eine weise Frau und war mit dem großgewachsenen Prediger lange genug verheiratet, um seine Gedanken zu kennen. „Du machst dir Sorgen um Julie, nicht wahr, Zachariah?"

Er nahm das Glas Apfelwein, das sie ihm servierte, kostete ihn und stellte das Glas dann wieder vor sich auf den Tisch. „Dieser Mann ist hinter ihr her, Bess!"

Sie starrte ihn an, und ihre Lippen wurden ganz weiß, so sehr kniff sie sie zusammen. „Was wirst du unternehmen?"

Plötzlich schlug er mit der Faust auf den Tisch und rief: „Nichts! Überhaupt nichts!" Dann blickte er sie mit einer hoffnungslosen Wut in seinen blauen Augen an und fügte flüsternd hinzu: „Hier kann kein Mensch helfen, Bess!" Er erhob sich, und in jedem Zug seines großen Körpers regte sich Mitleid, denn er war ein echter Hirte seiner Herde, und er hatte dieses Mädchen lieb. Bei dem Gedanken an Aaron Sampsons grobschlächtige Gestalt kniff er die Lippen zusammen und sagte bitter: „Die einzige Hoffnung – und das ist ein abscheulicher Gedanke – besteht darin, daß er das arme Mädchen heiratet!" Dann verließ er die Küche und ging in die Kirche, wo er lange betete – zum Teil für das Kind und zum Teil für sich selbst, um Vergebung. Denn in ihm brodelte ein wütender Haß gegen Sampson, und er wußte nur zu genau, daß er für nichts anderes beten konnte, so lange sich das nicht änderte.

Das Geschäft lief auf Hochtouren, und im nächsten Monat hatte Julie alle Hände voll zu tun (ebenso wie ihr Onkel), so daß sich ihre Angst etwas legte. Ihr Vater hatte sie in seinem Beruf ausgebildet, und obwohl es nötig war, einen Mann einzustellen, der die Lücke, die ihr Vater hinterlassen hatte, schließen sollte, florierte das Geschäft. Vielleicht schufen die ständigen Gerüchte über einen Krieg mit England eine so hohe Nachfrage nach Landkarten. Doch was auch dahinter steckte, Julie hatte lange Tage und viele Nächte durchgearbeitet, um die Aufträge zu erledigen.

Der neue Kartograph war ein schweigsamer Mann namens Isaiah Johnson. Er verstand sein Handwerk, war aber ein starker Trinker und brachte daher kein neues und erfreuliches Leben in das Haus. Aaron hatte ein bißchen Ahnung von Kartographie und war fest entschlossen, mehr zu lernen. Das war wahrscheinlich auch der Grund, warum er Julie mehr oder weniger in Ruhe ließ. Denn trotz seiner Grobschlächtigkeit und Brutalität war er kein Narr; er war gerissen genug, um zu erkennen, daß das Mädchen ihm Gewinn bringen konnte.

Er hatte sogar noch einmal mit Will Spelling alle Einzelheiten durchgearbeitet und entdeckt, daß der Besitz seines Bruders nicht so sicher in seiner Hand lag, wie er geglaubt hatte.

„Ihr Name steht auf dem Papier", hatte Spelling klargestellt. „Aber auch Julies Name. Vor dem Gesetz sind Sie und Julie mehr oder weniger Partner – wobei Sie der Juniorpartner sind." Der Anwalt war ein klein gewachsener Mann mit eng zusammenstehenden Augen, einem schmalen Mund und ohne jede Skrupel. Jetzt lächelte er und fügte hinzu: „So wollte es Ihr Bruder, Aaron."

„Juniorpartner?" knurrte der riesige Mann mit einem bösen Funkeln in seinen kleinen Augen. „So, so – also Juniorpartner? Na, dagegen können wir etwas unternehmen!"

„Sie haben sicher auch schon daran gedacht", meinte Spelling lächelnd. „Und das Mädchen sieht doch wirklich nicht übel aus!"

„Ja! Und ich glaube, sie macht sich als Ehefrau für mich besser denn als Seniorpartner! Ja, Anwalt Spelling – ich glaube, wir werden bald noch einmal Ihre Dienste in Anspruch nehmen müssen!"

Es war schon fast Mitternacht, als Julie müde die Stufen hinaufkletterte. Ihre Finger waren schwarz vor Tinte und ihre Augen brannten vor Müdigkeit. Sie kleidete sich aus, wusch sich und hatte gerade ihr schweres Nachthemd übergezogen, als die Tür plötzlich aufgerissen wurde.

„Julie – wir müssen einiges besprechen!"

Sampson stand vor ihr und füllte den ganzen Türrahmen aus. Julies Herz rutschte vor Angst tiefer, als sie das herzlose Lächeln auf seinen wulstigen Lippen sah. Schnell griff sie nach dem Morgenmantel, der auf ihrem Bett lag, aber trotz seines beträchtlichen Körperumfangs bewegte Aaron sich sehr schnell. Er trat vor, ergriff sie am Arm, und die Kraft seiner Hand war angsteinflößend.

„Bitte –“ Sie schluckte und konnte nur noch flüstern: „Laß mich los, bitte – wir können morgen darüber sprechen.“

Er sagte kein Wort, doch der Griff auf ihrem Arm schloß sich noch fester. Seine Augen funkelten und sein Blick glitt genüßlich über ihren Körper. Sie bemühte sich vergeblich, sich von ihm loszureißen. „Du bist kein Baby mehr, Julie“, sagte er mit belegter Stimme. „Du bist eine voll ausgewachsene Frau!“

Ihre Ohren rauschten und der Schweißgeruch des Mannes bereitete ihr Übelkeit. Es war niemand im Haus; selbst wenn sie schrie, konnte niemand sie hören, und wenn es doch jemand hören sollte, war es sehr unwahrscheinlich, daß man ihr zu Hilfe käme. Sie stand zitternd da und versuchte, sich seinem Griff zu entwinden, aber das war ein hoffnungsloses Unterfangen.

Plötzlich zog er sie näher an sich heran, legte seine fleischigen Arme um sie und sagte: „Du brauchst einen Mann, Julie! Und das bin ich!“

„Nein!“

„Ich sage, du heiratest mich, Mädchen, und dabei bleibt es. Nach dem Gesetz bin ich dein Vormund – aber wir können hier nicht zu zweit allein zusammenwohnen – das geziemt sich doch nicht!“

Er blickte anzüglich an ihr herab und grinste bei der Ironie seiner eigenen Worte. „Ich ziehe aus!“ rief sie. „Ich gebe meinen Anteil an dem Geschäft auf. Ich ziehe zu Pfarrer Kelly und seiner Frau!“

„Nein, du heiratest mich, Julie. Das ist mein letztes Wort!“ Sampson zog sie näher an sich heran und versuchte, seiner Stimme einen freundlicheren Klang zu geben. „Ich weiß, daß du noch jung bist, Julie, und ich kann mir denken, daß du vor Männern Angst hast – wenn man bedenkt, daß du noch nie einen Freund hattest, ist das ganz normal. Aber ich werde dich richtig behandeln – das mußte ich Silas versprechen.“

„Nein!“ Julie versuchte, sich von ihm loszureißen, aber seine Arme hielten sie wie in einem Schraubstock gefangen. „Das hat Vater nie gesagt!“

„Natürlich hat er das!“ lachte Aaron, zog gewaltsam ihr Gesicht nach oben und küßte sie. „Das ist nur eine Kostprobe, Julie“, erklärte er. „Ich werde morgen einmal mit dem Pfarrer sprechen. Ich glaube nicht, daß wir die Sache an die große Glocke hängen müssen. Du brauchst keine feierliche Hochzeit. Es reicht, wenn der Pfarrer morgen zu uns kommt und seine Arbeit erledigt – wenn er nicht will, glaube ich, kann ich einen anderen auftreiben, der dazu bereit ist!“

Er lachte in ihr entsetztes Gesicht, küßte sie wieder und ließ sie so abrupt los, daß sie beinahe zu Boden stürzte. „Schlaf dich jetzt gut aus. Ich will, daß du ausgeruht bist, denn morgen hast du einen Ehemann, den du bei guter Laune halten mußt!“

Die Tür fiel ins Schloß. Julie stand wortlos in ihrem Zimmer, und die Tränen liefen ihr über die Wangen. Sie horchte, als die Schritte sich entfernten, dann fiel seine Schlafzimmertür zu. Mehr als alles andere wollte sie sich auf ihr Bett werfen und weinen, aber sie wußte, daß ihr das nicht weiterhelfen würde.

Schließlich ging sie zum Bett, kniete sich nieder und war lange still. Im Zimmer war es kalt und ruhig. Außer hin und wieder einem unterdrückten, gemurmelten Wort aus ihrem Mund, während sie betete, war kein Laut zu hören. Dreißig Minuten vergingen, eine Stunde. Dann schlug die große Uhr in der Diele eins – ein gespenstischer Ton in der Stille der Nacht, ein runder, voller Klang, der sie zu berühren schien, denn plötzlich hob sie den Kopf. Die Tränen hatten glasige Spuren auf ihren Wangen hinterlassen.

Aber aus ihren dunklen Augen blickte keine Angst mehr, und sie erhob sich langsam und starrte aus dem Fenster in die Dunkelheit hinaus. Der Schnee auf den Dächern war durch den Glanz des Mondlichtes silbrig geworden, und auf der Straße war keine Menschenseele unterwegs.

Julie sagte: „Amen!“ Dann kniete sie sich wieder vor ihr Bett, dieses Mal, um eine kleine Reisetasche darunter hervorzuholen. Sie öffnete sie und warf mit entschlossener Miene ihre Kleider hinein. Als die Tasche gepackt war, blickte sie sich noch einmal im Zimmer um, nahm ihre Bibel vom Sekretär, legte sie vorsichtig auf die Kleider und schloß die Tasche und verschnürte sie.

Schließlich schritt sie zur Tür, zog sie fest entschlossen auf und trat, ohne noch einmal zurückzublicken, durch die dunkle Diele und aus dem Geschäft hinaus in die schwarze Nacht.

KAPITEL ZWEI

Auf der Flucht

Julie kletterte von dem großen Planwagen und griff noch einmal hinauf, um ihre kleine Tasche aus der muskulösen Hand von Matthew Perkins entgegenzunehmen. Der große Mann sagte, als er ihr die Tasche reichte: „Überlegen Sie es sich lieber noch einmal, ob Sie nicht doch mit uns fahren wollen, Fräulein. Wir würden uns sehr freuen."

„Ja, kommen Sie mit uns!" versuchte seine Frau Ruth, Julie zu überreden. Sie war eine Frau mittleren Alters, auf deren Gesicht zwar die Spuren schwerer Arbeit nicht zu übersehen waren, das aber noch deutliche Anzeichen ihrer früheren Schönheit aufwies. Lächelnd fügte sie noch hinzu, als sie sich über ihren Mann beugte, um Julie zum letzten Mal zu bitten. „Sie sind doch ganz allein, und wir wären stolz darauf, unser Heim mit Ihnen zu teilen."

Julie blickte auf und war einen Augenblick lang versucht, „ja" zu sagen. Doch sie entschied im gleichen Moment, daß das Haus der Perkins zu nahe bei Philadelphia liege. Sie hatten sie vor drei Tagen aufgelesen, als sie durch den Schnee gestapft war, und sie waren so einfache und gutgläubige Menschen, daß es ihnen nie in den Sinn gekommen wäre, an ihrer Geschichte zu zweifeln. Sie hatte ihnen erzählt, daß sie Waise sei und sich auf dem Weg nach New York befinde, wo sie bei einer Tante arbeiten und wohnen wolle. Die Lüge hatte ihr selbst wehgetan, aber schließlich hatte sie sich gesagt: „Es ist *fast* wahr – ich *will* bei einer Tante wohnen."

Sie war mit dem winzigen Bruchstück eines Planes von Zuhause aufgebrochen. Die Schwester ihrer Mutter wohnte in Portsmouth an der Südküste Englands. Die Schwestern waren sich nahe gestanden, und obwohl Julies Mutter schon seit Jahren tot war, hatte Mrs. Collingwood hin und wieder geschrieben und ein gewisses Interesse an ihrer Nichte zum Ausdruck gebracht. Silas hatte gelegentlich davon gesprochen, sie zu besuchen, aber daraus war nie etwas geworden. Während Julie in jener Nacht vor ihrem Bett gebetet hatte, war ihr dieser Gedanke gekommen, und sie hegte die Absicht, nach New York zu gehen und dort eine Überfahrt zu buchen und den Kolonien zu entfliehen. Sie wußte, daß Aaron sie mit allen ihm zur Verfügung stehenden gesetzlichen Mitteln suchen lassen würde, und die ‚Neue Welt' war eine zu kleine Welt, um sich darin zu verstecken – aber England!

So stand sie vor dem Ehepaar Perkins im Schnee und sah sehr jung aus. Aber in ihrer Stimme lag eine Festigkeit und Entschlossenheit, als sie kopfschüttelnd erwiderte: „Ich bin Ihnen beiden so dankbar, aber – meine Tante wäre sehr enttäuscht, wenn ich nicht käme! Gott segne Sie beide!"

Sie nahmen Abschied voneinander; als die Pferde den schweren Wagen die holprige Straße hinunterzogen, wandte sich Julie um und besah sich New York zum ersten Mal. Die Eheleute Perkins hatten sie in der Nähe des Hafens abgesetzt, und sie marschierte an einer ganzen Reihe von Gasthäusern mit Namen wie ‚Die Waffen des Königs', ‚Das Händlerkaffeehaus', ‚Der Blaue Eber' und ‚Die Drei Tauben' vorbei. Es war später Nachmittag, und sie hatte früh am Morgen ein gutes Frühstück zu sich genommen, doch jetzt hatte der Geruch von gebratenem Fleisch und frischem Brot, der aus den Gasthäusern um sie herum strömte, eine starke Anziehungskraft auf sie. Sie blickte sich um, bis sie ein kleines Gasthaus mit dem vielversprechenden Namen ‚Der Fliegende Adler' entdeckte.

Als sie die Tür öffnete, schrak sie beinahe wieder zurück. Die Gäste waren außer einem älteren Ehepaar, das an der gegenüberliegenden Wand saß, nur Männer. Aber der Hunger ließ sie ihre Hemmungen vergessen, und sie nahm an einem kleinen Tisch in der Nähe des Ehepaares Platz. Der Wirt war ein rauh aussehender Mann, der ein Auge mit einer schwarzen Klappe bedeckt hatte, aber das Essen, das er ihr servierte, war gut – Rindfleisch und Käse mit reichlich frischem, warmen Brot und gelber Butter. Sie aß hungrig und blieb über der dampfenden Tasse Tee so lange wie möglich sitzen, stand dann auf und bezahlte ihr Essen.

„Ist es weit zum Hafen?" fragte sie.

„Höchstens ein halber Kilometer diese Straße hinunter." Der Wirt deutete mit dem Kopf die Richtung an. Dann betrachtete er sie von Kopf bis Fuß und fügte hinzu: „Es ist bald dunkel, Fräulein. Besser, wenn Sie sich nicht mehr allein auf der Straße aufhalten."

„Oh, mein Bruder holt mich ab, danke." Die Worte gingen ihr leicht über die Lippen, und sie dachte ironisch: Es wird immer leichter, die Leute anzulügen! Dann zögerte sie und fragte: „Hätten Sie ein Zimmer für diese Nacht für mich – für den Fall, daß ich meinen Bruder nicht finden kann?"

„Natürlich, Fräulein. Das kostet Sie einen Schilling mit Frühstück."

Sie gab ihm eine Münze. „Ich nehme es. Geben Sie mir den Schlüssel."

„Der Schlüssel ist schon lange verschüttgegangen, Fräulein – aber bei mir sind Sie sicher. Bei mir gibt es keine faulen Tricks! Nicht unter meinem Dach!"

Es erschien ihr die beste Lösung zu sein, da es sehr unwahrscheinlich war, daß sie noch an diesem Abend eine Kabine auf einem Schiff bekommen würde. Der Mann sah rauh und grobschlächtig aus, aber sie hatte keine Garantie, an einem anderen Ort sicherer unterzukommen. Sie nickte und folgte ihm eine kleine Treppe hinauf, die in das obere Stockwerk führte, dann trat er einen Schritt zurück und erklärte: „Wenn Sie später heißes Wasser wollen – oder noch einen Nachtimbiß, geben Sie mir einfach Bescheid, Fräulein."

„Danke."

Julie wartete, bis er gegangen war. Dann stellte sie ihre kleine Tasche auf das Bett. Ein Krug mit Wasser und eine Schüssel standen neben dem Bett auf dem Tisch. Sie wusch sich sorgfältig das Gesicht, zog ihren Mantel an und wollte aufbrechen. Als sie die Hand schon auf dem Türknopf hatte, blieb sie plötzlich stehen, ging zu ihrer Tasche und zog eine Börse heraus, in der sich fast das ganze Geld befand, das sie besaß. Sie zählte fünfzig Pfund heraus und teilte es in drei Häufchen. Jeweils zwanzig Pfund steckte sie in zwei Lederbeutel und wickelte die anderen zehn in ein Taschentuch und steckte dieses in einen kleinen Beutel mit einer langen Kordel zum Zuziehen. Diese hängte sie sich um den Hals und ließ den Beutel vorne in ihr Kleid fallen. Sie wagte es nicht, ihr Bargeld in einem unverschlossenen Raum zurückzulassen, und steckte also einen der größeren Beutel in ihre Handtasche und den anderen in ihre tiefe Manteltasche. Als sie durch das Gastzimmer aus dem Haus gehen wollte, meinte der einäugige Wirt: „Denken Sie daran, Fräulein. Es ist nicht gut, sich als Frau so spät noch auf der Straße aufzuhalten."

Sie nickte und ging dann schnell die engen Straßen entlang, auf denen viel mehr Menschen unterwegs waren, als sie gewohnt war. Sie sah mehr Ausländer als in Philadelphia – Franzosen, spanisch aussehende Männer, dunkelhäutige Männer, die sie für Portugiesen hielt, und viele, viele Schwarze, die meistens ihre Herren bei Besorgungsgängen begleiteten.

Der Hafen war ein einziger dichter Wald von Schiffsmasten, die dicker waren als Staken in einem Maisfeld – hier lagen viel mehr Schiffe vor Anker als in den meisten anderen Häfen. Sie wanderte die Werft entlang und fragte sich, wie sie wohl ein Schiff finden sollte, das nach England auslaufen würde. Aber so etwas wie ein Passagierschiff gab es nicht. Sie kannte sich gut genug aus, um zu erkennen, daß sie viel Glück haben müßte, um auf irgendeinem Lastschiff, das mit einer Ladung Tabak, Pelzen oder Holz zurückfuhr, eine Kajüte zu bekommen.

Zweimal hielt sie einen Mann an und fragte nach einem Schiff, aber keiner von beiden konnte ihr weiterhelfen. Dann kam ein großgewachsener

Matrose mit einem alles andere als vertrauenerweckendem Gesichtsausdruck auf sie zu und sagte: „Hallo Schätzchen! Suchst du jemand?"

„Nein!" antwortete sie abrupt, kehrte auf dem Absatz um und ging an der Pier so schnell sie konnte zurück. Es war schon fast dunkel, als sie ihre Unterkunft erreichte. Ihr fiel auf, daß eine kleinere, rothaarige Frau den Gästen ihre Getränke servierte. Der Tabakrauch lag dick in der Luft, und sie fühlte sich in dem Gastzimmer nicht wohl. Deshalb stieg sie eilig die Stufen zu ihrem kleinen Zimmer hinauf. Es gab kein Licht, und als sie wieder hinuntergehen mußte, um sich Feuer für die Kerze auf dem kleinen Tisch zu holen, betrachtete die rothaarige Frau sie mit einem seltsamen, durchdringenden Blick.

Das Zimmer war natürlich kalt und unbeheizt. Die einzige Wärme stieg von dem Feuer im unteren Raum herauf; so zog sie die schweren Decken zurück und kroch vollständig bekleidet ins Bett. Über eine Stunde lang las sie in der Bibel. Schließlich legte sie das Buch auf den Tisch und blies die Kerze aus. Der Schlaf übermannte sie fast auf der Stelle, doch sie wachte mehrmals, von dem derben Lachen und den lauten Rufen unter ihrem Zimmer oder schlechten Träumen geplagt, auf.

Endlich legte sich der Lärm unten, und sie fiel in einen erschöpften Schlaf.

Das Knarren ihrer Zimmertür weckte sie schlagartig auf – es war ein sehr leises Geräusch, aber in der Stille des Zimmers klang es sehr laut. Sie fuhr kerzengerade im Bett hoch und drückte sich die Decken an die Brust, als ein dünner Lichtschimmer die Umrisse der offenen Tür beleuchtete. Mit erstickter Stimme schrie sie: „Hinaus hier!"

Dann öffnete sich die Tür vollständig, und eine stämmige Gestalt füllte den Türrahmen, als der einäugige Wirt mit einer Messinglaterne in der Hand eintrat und die Tür hinter sich schloß. Er lehnte sich mit dem Rükken gegen die Tür und sagte: „Schau einmal an, was wir hier haben!"

„Sie – Sie gehen am besten wieder oder ich – !"

„Du schreist, was?" fragte er mit einem rauhen Lachen, als sie den Satz nicht beendete. „Dann los. Schauen wir einmal, was es dir bringt."

Er bewegte sich von der Tür weg, und als er neben sie trat, warf sie die Decken zurück und sprang mit einem Satz aus dem Bett und wollte zur Tür hinaus. Er fing sie mühelos auf, hielt sie einen Augenblick am Arm fest und betrachtete sie von Kopf bis Fuß. In seinem schwarzen Auge zeigte sich ein lüsterner Blick, und sein Atem ging etwas schneller. Schließlich sagte er: „Du bist ein ziemlich hübsches Ding, wie ich sehe!" Er streckte seine freie Hand aus und hielt unsanft ihr Gesicht fest. Sie wußte, daß er im Sinn hatte, sie zu küssen.

Dann gab er ihr einen Schubs und sagte: „Du brauchst keine Angst haben – nicht vor mir. Ich will nichts weiter als die Belohnung."

Julie wich plötzlich zurück, als er sie losließ. Atemlos vor Erleichterung, daß er nicht die Absicht hatte, sich an ihr zu vergreifen, fragte sie: „Welche Belohnung?"

„Das weißt du doch ganz genau – stell dich nicht so unschuldig!" Er griff in seine Brusttasche, zog einen zusammengefalteten Zettel heraus und hielt ihn ihr vor die Nase. „Sobald ich dich sah, wußte ich, daß du mir bekannt vorkommst, aber mir fiel es erst ein, als ich schon im Bett lag. Also bin ich aufgestanden, zum Hafen gegangen und habe entdeckt, daß ich mit dir einen schönen Batzen Geld verdienen kann!"

Julie faltete das Papier auseinander und las in groß gedruckten Buchstaben:

MÄDCHEN AUSGERISSEN – BELOHNUNG

Die Beschreibung, die folgte, paßte genau auf sie; der Steckbrief bot eine Belohnung von zwanzig Pfund an und war von Aaron Sampson aus Philadelphia unterzeichnet.

„So leicht habe ich mir noch keine zwanzig Pfund verdient!" lachte der Wirt. Dann sagte er: „Du kommst jetzt brav mit mir, und wir regeln die Sache."

Julies Verstand arbeitete mit rasender Geschwindigkeit, und wie ein Blitz kam ihr eine Idee in den Sinn. Sie stand aufrecht vor ihm und blickte dem Mann unbeirrt in die Augen. Ihre Stimme klang unberührt und völlig furchtlos, als sie sagte: „Sie bekommen keine zwanzig Pfund – eine gehörige Tracht Prügel und ein paar Jahre Gefängnis – das können Sie haben."

Sein Lächeln verschwand, und er war überrascht über die plötzliche Härte, die über ihr Gesicht zog. „Was soll das heißen?"

„Sehen Sie diesen Namen – der Mann, der die Belohnung ausschreibt?"

„Ja, das sehe ich – Aaron Sampson. Was ist damit?"

„Sie glauben vielleicht, daß Sie hier schon hartgesottene Männer gesehen haben, aber so ein brutaler Kerl wie er ist Ihnen sicher noch nicht begegnet."

„Wer ist der Mann?"

„Mein Vater", log sie mit Leichtigkeit. „Ich habe Sie angelogen, als ich Ihnen von meinem Bruder erzählte. Ich will meinen Geliebten treffen, und wir fahren miteinander nach England und heiraten dort."

„Das ist eine Lüge – aber selbst wenn nicht, wird dein Papa zwanzig Pfund locker machen, um dich zurückzubekommen!"

Julie brachte es zustande, mit den Schultern zu zucken und sorglos dreinzublicken. „Meinetwegen. Wie Sie wollen."

Etwas an der Leichtfertigkeit, mit der sie nachgab, störte den Mann, und er zögerte. Sie bemerkte das wohl und sagte: „Ich verrate Ihnen, was passiert: Ich erzähle ihm, daß Sie mich mißbraucht haben. Dann schlägt er Sie erst einmal halb tot und danach läßt er Sie ins Gefängnis stecken. Er ist Richter und kennt das Gesetz – er hat schon wegen kleinerer Dinge Leute hinter Gitter gebracht." Der Schatten eines Zweifels zog wie eine Wolke über das Auge des Wirts, und Julie setzte hinzu, als sei ihr der Gedanke gerade erst gekommen. „Natürlich gibt es eine Möglichkeit, wie Sie zu der Belohnung kommen können – und nichts mit dem Gefängnis zu tun bekommen."

„Und wie?" fragte er schnell.

„Ich gebe Ihnen die zwanzig Pfund – wenn Sie versprechen, nichts zu verraten. Morgen sind wir sowieso nicht mehr einzuholen – dann können Sie erzählen, was Sie wollen. Das ist mir dann gleichgültig."

„Du hast keine zwanzig Pfund!"

Julie drehte sich um und hob ihre kleine Tasche auf. Sie öffnete sie, fischte den Beutel mit den zwanzig Pfund heraus und warf ihn dem Mann entgegen. Er fing ihn auf. Dann zog er die Kordel auf, schüttete die Münzen auf seine Hand und zählte sie. Er blickte auf und rief bewundernd: „Du bist ja eine ganz Gerissene, Mädchen!"

Julie wollte keine Verzögerung riskieren, denn er konnte es sich jeden Augenblick anders überlegen. Sie zog also ihre kleine Reisetasche zu, nahm ihren Mantel, der vom Bett auf den Fußboden gefallen war, und sagte: „Damit wir uns richtig verstehen – davon erfährt niemand etwas – oder ich erzähle meinem Vater eine Geschichte, die Sie nicht heil überstehen!"

„Nein, Kleine!" Der Wirt schüttelte bewundernd den Kopf. „Mit dir habe ich lieber nichts mehr zu tun!"

Julie ließ ihn stehen und stürmte die Treppe hinunter und hinaus auf die Straße. Die Sterne funkelten kalt vom dunklen Himmel, aber im Osten durchbrach schon ein rosa Schimmer die Dunkelheit, als sie blindlings die Straße hinunterlief. Sie sah jetzt keine Hoffnung mehr, ein Schiff in New York zu finden; die Plakate würden dafür sorgen, daß sie beinahe mit Sicherheit erwischt würde. Schnell zog sie sich aus dem Hafengebiet zurück, und als das blasse Morgenlicht die Straßen erhellte, befand sie sich bereits in den Randbezirken der Stadt. Jedes Mal, wenn sie an jemandem vorbeiging, wandte sie wie ein schuldiger Schwerverbrecher das Gesicht ab. Sie erwartete, jeden Augenblick angehalten und ins Gefängnis abgeführt zu werden. Schließlich blieb sie außer Atem und vor Angst zitternd stehen. Sie befand sich in einer Nebenstraße mit nur wenigen Geschäften.

Einige Wagen rollten aus der Stadt hinaus, und sie wußte, daß ihre einzige Hoffnung darin bestand, in einem dieser Wagen wie bei Matthew Perkins und seiner Frau mitfahren zu können. Aber der Gedanke, daß die Plakate mit der versprochenen Belohnung an der gesamten Küste hängen würden, wahrscheinlich in jeder Hafenstadt, ließ ihr keine Ruhe.

Eine Bank aus einem halben Baumstamm mit geschnitzten Pfosten als Beine bot ihr die Möglichkeit, einen Augenblick auszuruhen. Sie setzte sich und zermartete sich eine halbe Stunde lang den Kopf über einen durchführbaren Plan. Ihr wollte kein passender Gedanke einfallen. Schließlich erhob sie sich mit der Absicht, einen der Fahrer zu fragen, ob sie mitfahren dürfe, und auf ein weiteres Wunder zu hoffen.

Gerade, als sie weitergehen wollte, wurde die Tür neben der Bank geöffnet, und ein kleingewachsener Mann, der eine Figur hatte wie ein Faß, trat mit einer Schaufel in der Hand heraus. Als er sie erblickte, blieb er stehen, dann lächelte er und sagte: „Sie sind ein bißchen früh dran, Fräulein, aber kommen Sie nur herein."

„Ich wollte nur –" begann sie; doch dann fiel ihr Blick auf die Waren in dem Geschäft, und sie hielt plötzlich inne. Ein Gedanke kam ihr in den Sinn und sie trat, gefolgt von dem Ladenbesitzer, ein.

„Ich bräuchte ein paar Dinge", erklärte sie, und in der nächsten Viertelstunde wählte sie die verschiedensten Utensilien aus.

„Ist das alles?"

„Ja. Wieviel kostet es?"

„Wollen sehen ..." Er rechnete die Summe zusammen, und sie griff in ihre Manteltasche, um das Geld herauszuholen.

„Stimmt etwas nicht, Fräulein?"

Julie durchwühlte wie rasend ihre Taschen, aber die Lederbörse war verschwunden. Mit einem flauen Gefühl in der Magengegend erinnerte sie sich daran, daß der Mantel auf den Boden gefallen war, und sie wußte, daß die schwere Börse herausgerutscht sein mußte.

„Ich – nein!" sagte sie, drehte sich dann auf die Seite, zog den Geldbeutel um ihren Hals heraus, öffnete die Börse und bezahlte die Waren aus dem mageren Inhalt dieses Beutels. Es kostete sie zwei Pfund. Entschlossen wischte sie die Angst beiseite, die sie beschleichen wollte, während der Mann die Waren in ein Papier einwickelte und sie ihr reichte.

Sie verließ den Laden so schnell, daß der Verkäufer sie nur noch um eine Ecke verschwinden sah. „Seltsame Sachen für eine junge Frau", murmelte er und begann dann, den Schnee vom Gehweg zu schaufeln.

Julie wanderte ein halbes Dutzend Straßen weiter und suchte irgendwo ein stilles Plätzchen. Schließlich entdeckte sie eine alte Scheune, die allem Anschein nach verlassen war. Sie blickte sich flüchtig um und huschte dann mit pochendem Herz hinein. Die Scheune wurde nicht benutzt, das sah sie auf den ersten Blick. Sie fand eine Ecke mit einem Fenster, das einen kleinen Lichtschein in die Dunkelheit eines Raumes fallen ließ, in dem früher einmal Pferdegeschirr aufbewahrt worden sein mußte. Dort stellte sie ihre Reisetasche und das Päckchen auf den Boden und zog dann langsam das Papier beiseite. Sie ergriff eine Schere und hielt sie in die Höhe. Gedankenvoll blickte sie sie an, nahm dann ihren Hut ab, öffnete mit einer schnellen Bewegung ihre langen Haare und ließ sie über die Schultern fallen. Sie fielen dick, schwarz und lockig über ihren ganzen Rücken. Einen Augenblick lang beschlich sie Traurigkeit, aber dann biß sie die Zähne zusammen, nahm die Haare in die Hand und schnitt sich etwas unbeholfen eine lange dicke Locke ab. Sie hielt sie hoch, blickte sie einen Moment an, seufzte dann leise, ließ die Locke auf den Boden fallen und schnitt weiter.

Als eine halbe Stunde später die Tür der leerstehenden Scheune aufging, hatte die Gestalt, die heraustrat, nicht mehr die geringste Ähnlichkeit mit Julie Sampson!

Die Prüfung kam sofort, denn gerade, als sie herausschlich und auf die Hauptstraße zuging, kam ein Mann um die Ecke und ging geradewegs an ihr vorbei. Das Herz wollte ihr stehenbleiben, aber er nickte nur kurz, sagte „Morgen" und ging ohne ein weiteres Wort oder einen Blick weiter seines Weges.

Er hatte einen jungen Burschen gesehen, der nicht älter als fünfzehn war und eine weiche Mütze über den Kopf und sein grob geschnittenes schwarzes Haar gezogen hatte. Bei genauerem Hinsehen fiel an dem Jungen eine leichte Sanftheit auf, etwas in den Wangen, das ein bißchen mädchenhaft wirkte – aber das war nicht anders als bei den anderen Jungen, die in der Stadt aufwuchsen.

Julie hatte das graue, handgesponnene Hemd, die Kniebundhosen und die braunen Strümpfe sowie den schweren Wollmantel, der ihr über die Knie hing, absichtlich in den Schmutz geworfen. Die Kleidung war zu groß und so schlecht geschnitten, daß sie ihre weibliche Figur erfolgreich verbarg.

Mit der Reisetasche in der Hand, in der sich einige andere Männersachen befanden, marschierte sie die Straße entlang. Die ganzen Kleider, die sie von Zuhause mitgenommen hatte, und ihre persönlichen weiblichen Utensilien hatte sie in der Scheune zurückgelassen. Den Berg Haare hatte sie sorgfältig vergraben.

Es kostete Julie viel Mut, sich unter die wachsende Menschenmenge zu mischen, die auf dem Weg zur Arbeit war, aber sie wußte, daß ihr keine andere Wahl blieb.

Ich habe eine Chance! dachte sie. *Wenn ich vorsichtig bin und für mich bleibe, kann ich es schaffen.*

So schlug sie ihren Weg in die Randbezirke der Stadt ein und wurde von einem alten Mann, der mit einer Wagenladung Glasfenstern nach New Haven unterwegs war, mitgenommen. Der alte Mann bediente sich nicht gerade der vornehmsten Ausdrucksweise, und die Dinge, die er zu dem jungen „Burschen" neben sich sagte, brachten ihre Wangen zum Glühen, aber sie schaffte es, ihre Verwirrung zu verbergen, und während der Wagen weiter über die Straßen holperte, versuchte sie, nicht daran zu denken, daß sie nur ein paar Pfund besaß. Sie hatte nicht die geringste Ahnung, wie sie über das Meer zu ihrer Tante gelangen sollte, aber ein Satz kam ihr immer wieder in den Sinn – es war ein Vers aus der Bibel, den Pastor Kelly anscheinend mehr als alle anderen liebte. Er zitierte ihn jedes Mal bei seinen Predigten, meistens sogar öfter als einmal. Während jetzt der Wagen über die Schlaglöcher polterte und der alte Mann wüste Geschichten erzählte, bewegte Julie diesen Vers in ihrem Kopf und sagte ihn sich im Geiste immer wieder vor: „Bei Gott ist nichts unmöglich!"

Während der nächsten Wochen hatte Julie das Gefühl, diesen Vers zu überstrapazieren, und mehr als einmal hätte ihr Glaube sie beinahe verlassen. Ihr erbärmlich kleiner Geldvorrat schwand rapide, obwohl sie nur für Essen Geld ausgab – und dabei noch sehr sparsam war.

Sie fuhr dorthin, wohin die Wagen, die sie mitnahmen, unterwegs waren, und verfiel in eine Art Ziellosigkeit. An ihrer Idee, nach England zu fahren, hielt sie eigensinnig fest, aber sie hatte kein Geld für die Überfahrt und bewegte sich an der Küste immer weiter nordwärts. Bei einem kurzen Aufenthalt in Newport entdeckte sie auch dort die Plakate, mit denen ihr Onkel sie suchen ließ.

In ihrer Verkleidung fühlte sie sich immer sicherer, als sie gewahr wurde, daß man ihr nicht viel Beachtung schenkte, besonders als die Kleider, die sie gekauft hatte, schmutzig und abgetragen wurden. Manchmal übernachtete sie in einer Scheune und sägte bei einem Bauern

Holz für eine Mahlzeit, aber auf ihrer Wanderung nach Norden wurde das Wetter immer schlechter, und als sie am dritten Februar in Boston ankam, fegte vom Westen her ein Schneesturm über die Stadt und begrub alles unter Eis und Schnee. In ihrer Verzweiflung versuchte Julie, ein Schiff zu finden, das sie als Gegenleistung für Arbeit mitnehmen würde. Aber sie fand keines. Nur wenige Schiffe wagten bei einem solchen Wetter die gefährliche Überfahrt überhaupt, und diese konnten normalerweise eine Mannschaft aus kräftigen, für die anstrengende Reise gut vorbereiteten Matrosen zusammenstellen.

Ihre letzten Münzen waren verbraucht, und sie hatte nichts mehr. Sie schaufelte für einige Ladenbesitzer Schnee, aber die meisten Geschäfte schlossen und warteten, bis die ersten warmen Frühlingsboten das Eis wegschmelzen würden.

Am dritten Tag, nachdem Julie das Geld ausgegangen war, war sie völlig am Ende. Sie war die Straßen auf– und abmarschiert und hatte bei den wenigen Ladenbesitzern, die ihre Geschäfte immer noch öffneten, um Arbeit nachgefragt, aber keine gefunden. Seit zwei Tagen hatte sie nichts mehr gegessen, und ihr Kopf schmerzte vor Müdigkeit.

Nachmittags setzte ein Schneetreiben ein, und mit ihrem leeren Magen ging sie zum Hafen hinunter, stolperte durch den Neuschnee und zeigte nicht mehr viel Interesse an dem, was um sie herum geschah.

Die Kälte lähmte ihre Hände. Schließlich setzte sie sich und betrachtete den Mastenwald, der ganz weiß war und vor Schnee und Eis glitzerte. Der Lärm der Stadt wurde von der dicken Schneedecke verschluckt, und sie wußte, daß sie aufstehen und einen Unterschlupf in einer Scheune finden müßte, aber ihr fehlte der Wille dazu.

Sie schloß die Augen und achtete nicht mehr auf den Schnee, der auf ihrem Kopf liegen blieb und ihre Kleider weiß färbte. Sie dachte an ihren Vater und die guten Zeiten in der Vergangenheit. Sie erinnerte sich an die Kirche und Pastor Kelly mit seinem dünnen Gesicht und seiner freundlichen Stimme. Sie erinnerte sich sogar an ihre Mutter, die längst tot und begraben war und nur noch in ihren Erinnerungen weiterlebte.

Julie saß auf der Erde, döste vor sich hin und dachte an die schönen warmen Tage von früher – und weiter fiel der Schnee. Er tanzte leise vom Himmel und schuf eine weiche Decke, die nicht mehr kalt war, sondern ihr warm erschien – so warm wie ihre Erinnerungen und ihre Träume.

Langsam versank sie in einen tiefen Schlaf wie ein kleines Kind.

KAPITEL DREI

Familiendifferenzen

Caleb Winslow wurde aus dem Tiefschlaf gerissen, als sein Bruder mit einem lauten Knall den Kopf gegen das Eichenbrett über seinem Bett anschlug. Er drehte sich um und grinste, als ein unterdrückter Fluch die morgendliche Stille durchbrach.

„Pfarrer sollen aber nicht fluchen", spottete Caleb. Im schwachen, grauen Licht der Januarsonne beobachtete er seinen Bruder, der sich den Kopf rieb, seine Füße auf den Boden schwang und sich aufsetzte. „Du hast dir doch schon hunderttausendmal den Kopf angeschlagen, Nathan. Ich finde, du solltest dir eine bessere Aufwachmethode ausdenken, als dir jeden Morgen das Hirn anzuhauen."

„Und welche?" fragte Nathan mürrisch. „Mir die Beine abschneiden und ein Liliputaner wie du werden?" Er stand vorsichtig auf und machte einen Bogen um den niedrigen, grob gehobelten Balken, der das kleine Dachzimmer, das den beiden Brüdern als Schlafkammer diente, unterteilte. Er trat an den Waschtisch aus Eichenholz, zerschlug die Eisschicht auf dem Wasser und begann prustend und schnaubend, sich das Wasser ins Gesicht zu spritzen. Er holte ein dünnes Lederstück hervor und schabte sich mit einer Rasierklinge die Wangen glatt.

Caleb sah ihm interessiert zu, und als Nathan fertig war, meinte er: „Denke, ich fange auch allmählich an, mich zu rasieren." Das sagte er schon, seit Nathan vor zwei Jahren begonnen hatte, sich zu rasieren, er hatte aber nicht wirklich diese Absicht.

„Was willst du denn rasieren?" grinste Nathan, während er aus seinem Flanellnachthemd schlüpfte und sich anzuziehen begann. „Du kannst genauso gut auf einem Ei nach einem Schnurrbart suchen wie auf deinem Gesicht. Man muß erst ein Mann werden, damit man etwas zum Rasieren hat, Junge!"

Calebs Gesicht errötete, und er rollte aus dem Bett und warf sein Kinn hoch. „Ein paar Haare auf dem Gesicht machen dich noch lange nicht zu einem Mann!" Seine dunklen Augen funkelten, er nahm eine Kampfstellung ein und ballte die Fäuste. „Du meinst also, daß du schon mehr ein Mann bist als ich, Nathan; na, komm schon, das werden wir gleich sehen!"

Ein plötzliches Grinsen spielte sich um die Lippen des älteren Bruders, und er betrachtete freundlich die stämmige Gestalt des Jüngeren. „Du wirst langsam zu groß, um dich verspotten zu lassen." Er rieb sich die Stirn und fügte reumütig hinzu: „Ich werde immer größer, und du wirst immer runder, Caleb – sieht so aus, als sollten wir endlich irgendwie ein gutes Mittelmaß finden!"

Die zwei stellten einen starken Kontrast dar. Caleb war mit seinen fünfzehn Jahren kleingewachsen, aber kräftig gebaut. Sein Brustkorb hatte einen enormen Umfang, und die Muskeln ließen seinen Oberkörper anschwellen. Seine Beine waren stämmig und standfest, und alle seine Bewegungen wirkten wohldurchdacht. Er hatte ein breites Kinn, und selbst in dem schwachen Morgenlicht, das ins Zimmer strömte, waren seine dunkle Haut und seine dunklen Augen erkennbar.

Als er kräftig gebaut vor Nathan stand und zu ihm aufblickte, zog eine kleine Spur von Neid über seine dunklen Augen, als er die großgewachsene Gestalt seines Bruders betrachtete. Nathan war genau einen Meter achtundachtzig groß, und obwohl er mit seinen siebzehn Jahren zwei Jahre älter war als Caleb, war er noch sehr dürr. In den letzten Jahren war er wie Unkraut in die Höhe geschossen, seine Kleider waren zu kurz, bevor er sie abtragen konnte. Er hatte seine genaue Größe herausgefunden, als er das Bett, das er sich mit Caleb teilte, maß. Dabei stellte sich heraus, daß es genau einen Meter achtundachtzig groß war – was bedeutete, daß er, wenn er auch nur noch einen Zentimeter zu hoch hinaufrutschte, sich den Kopf gegen das harte Eichenbrett stoßen mußte. Genau das hatte er vor einigen Augenblicken getan. Die einzige Lösung, die er für dieses Problem sah, bestand darin, abgewinkelt zu schlafen – was Caleb überhaupt nicht gut fand, denn es bedeutete, daß er seine Hälfte mit den langen Beinen seines Bruders teilen mußte.

In Nathans Bewegungen lag eine gewisse Unsicherheit, während er sich fertig ankleidete und zur Tür ging, denn er war so schnell gewachsen, daß sein Koordinationssystem nicht mit seiner Körpergröße mitgewachsen war. Er bewegte sich so vorsichtig wie viele große Menschen – die immer alle niedrige Deckenbalken und Türrahmen mit den Augen abmessen. Trotz dieser komisch anmutenden Unbeholfenheit waren Anzeichen von Würde und Stärke zu erkennen, wenn er durch die Tür trat, und die meisten, die ihn sahen, fragten sich: *Wie wird er wohl sein, wenn er ganz erwachsen ist?*

Aber die beiden unterschieden sich nicht nur in ihrer Körpergröße; während Caleb eine dunkle Haut, blauschwarze Augen und schwarze Haare hatte, hatte Nathan rotbraune Haare und die hohe Stirn, die häufig bei diesem Haartyp zu beobachten ist. Sein Gesicht war fast dreieckig und zog sich von einer breiten Stirn auf ein spitzes Kinn herab; seine Nase war ziemlich kurz, aber breit. Verhältnismäßig kleine Ohren, die hinter den Haaren fast versteckt lagen, ein breiter Mund, gerade Augenbrauen über strahlend hellblauen Augen – das war ein Teil des Winslowerbes, das ihm zuteil geworden war. Seine Gesichtszüge waren beinahe fein geschnitten, so daß einige sagten, er sehe gut genug aus, um ein Mädchen zu sein. Doch zeigte sich in seinen Zügen ein Anflug von eigensinniger Kraft und in seinen Augen eine Geradlinigkeit, die jeden Verdacht auf weibliche Eigenschaften ausschlossen, und seine große Gestalt und seine zunehmende Kraft hatten ihm geholfen, sich in den Auseinandersetzungen mit anderen Jugendlichen zu behaupten.

„Zieh dich jetzt lieber an", rief Nathan, als er das Zimmer verließ. „Ich glaube, Mutter brät Frikadellen."

Der Geruch aus der Küche erfüllte das ganze Haus, als er die Treppe hinunter und in die breite Diele zur Küche eilte. Seine Mutter drehte sich um, als er eintrat, und begrüßte ihn mit einem Lächeln. „Guten Morgen, Nathan."

„Morgen, Mutter." Er hatte einen riesigen Appetit, und der Geruch aus der Bratpfanne versetzte seinen Magen in Aufruhr. Seine Mutter brutzelte aus den Fleischresten der Woche Frikadellen, die mit Brot, Äpfeln, Rosinen und Gewürzen vermischt und dann gebacken und mit einem heißen Pudding serviert wurden. Er nahm einen Holzlöffel, füllte ihn aus dem schweren, schwarzen Topf und schob ihn sich in den Mund.

„Nathan, du verbrennst dir doch die Zunge!" Sie nahm ihm den Löffel aus der Hand und strich ihm über die Haare, die etwas in die Höhe standen, dann schob sie ihn zur Tür. „Hol lieber noch ein bißchen Brennholz, bevor dein Vater diese leere Holzkiste sieht!"

„Das ist Calebs Arbeit", beklagte er sich.

„Oh? Du bist jetzt also zu vornehm, um im Haus zu helfen, weil du bald auf's College gehst?"

„Das habe ich nicht gesagt!"

„Ich weiß, daß Caleb seine Arbeit erledigt, und einen Teil von deiner noch dazu."

„Schon gut, Mutter, schon gut!"

Er ging hinaus zu dem Holzstoß, und mit einer Mischung aus berechtigter Empörung und Schuldgefühlen trug er vier Ladungen ins Haus und häufte die kurzgesägten Holzscheite auf, bis die Kiste randvoll war. Seine Mutter sagte nichts, beobachtete ihn aber aus den Augenwinkeln. Ein leichtes Lächeln zog über ihre Lippen, als er seine letzte Ladung ablegte, sich dann auf seinen Stuhl fallen ließ und aussah wie ein Bild verletzter Unschuld.

„Meinst du, *das* genügt für ein Weilchen?"

Molly Winslows Mädchenname war Burns gewesen, und sie hatte diese eigenwillige Schönheit, die bei Frauen mit schottischem Blut häufig anzutreffen ist. Sie sah zehn Jahre jünger aus als ihre dreiundvierzig Jahre, und ihr aschblondes Haar hatte nicht mehr graue Spuren als damals, als Adam Winslow sie zum ersten Mal als Kind auf Londons Straßen erblickt hatte. Sie hatte die Figur eines jungen Mädchens, und nur einige Fältchen um ihre Augen verrieten ihr Alter.

Sie nickte, doch bevor sie antworten konnte, platzte Caleb in die Küche. Er küßte seine Mutter wie jeden Morgen und rief: „Ich habe einen Bärenhunger, Mutter!"

„Nach dem Abendessen, das du gestern verschlungen hast, kann ich mir nicht vorstellen, daß du gleich verhungern wirst", meinte Molly ungerührt. Ihr Ton klang scharf, aber in ihren Augen funkelte ein freundliches Strahlen, als sie den Jungen ansah. Ein Gefühl des Bedauerns und Neides beschlich Nathan, denn ihm fehlte das unbefangene Auftreten seines Bruders – vor allem gegenüber seinen Eltern. Nicht daß er sie weniger liebte als Caleb, aber irgendwie hatte sich ein eigenartiges Verhältnis zwischen ihnen entwickelt. Vielleicht lag es an seiner riesigen Körpergröße; es fiel ihnen beiden viel leichter, Caleb als Kind zu sehen, bemerkte er – wer will sich schon hochstrecken, um einen Riesen zu umarmen? Aber dieser Gedanke verschwand wieder, und er wußte, daß nicht nur einige Zentimeter Körpergröße die Mauer zwischen ihm und seinen Eltern errichtet hatte.

Die Tür vom Hof schwang auf, und Adam Winslow trat ein. Seine dunklen Augen überflogen schnell den Raum. Sein Gang war geräuschlos, als er an seinen Stuhl trat. „Morgen. Das Essen riecht sehr gut." Er begrüßte seine Söhne und setzte sich dann. Während Molly das Essen auf den Tisch stellte, horchte Adam Caleb zu, der aufgeregt über ihre Fahrt nach Boston plauderte. Als er wie ein Wasserfall immer weiter sprach, überlegte Nathan, wie seltsam es war, daß sein Bruder so viel redete und er so wenig. *Man könnte meinen, er will Pfarrer werden und nicht ich!* dachte er plötzlich.

Während Nathans Mutter das warme Brot auf den Tisch stellte und sich selbst setzte, sah er plötzlich diesen Raum, wie er ihn nie zuvor gesehen hatte – so als betrachte er ein Gemälde mit dem Titel: *Puritanische Familie beim Frühstück.* Es war ein schönes Bild. Am Sabbat aßen sie im Eßzimmer, und Mutter deckte den Tisch mit ihrem schönen Porzellan und Silber, aber während der Woche aßen sie in der Küche. So sah er sie in seiner Vorstellung um den rauhen Holztisch neben dem großen Ofen herumsitzen, zu viert aber mit einem fünften Gedeck auf dem Tisch. Sein Vater bestand darauf, daß der leere Stuhl sie daran erinnerte, daß sie immer einen unsichtbaren Gast in ihrer Mitte hatten. Es war ein kraftvolles Bild, und als Kind hatte Nathan ein bißchen Angst davor gehabt, daß Gott kommen und seinen Platz einnehmen würde!

Als sein Vater wie üblich um den Segen für das Essen betete, blickte ihn Nathan verstohlen an und dachte, daß die Sache mit dem unsichtbaren Gast eines der wenigen äußeren Anzeichen von Phantasie war, die Adam Winslow überhaupt zeigte. In seiner Schmiede war er sehr kreativ, wo er schöne Gewehre und sogar Silberschmuck anfertigte, in anderen Bereichen verfügte er über nicht allzuviel Phantasie.

Nathan fand, sein Vater war der am *praktischsten* aussehende Mann der Welt. Er war einen Meter fünfundsiebzig groß und wog hundertfünfundachtzig Pfund. Und wenn es in der ganzen Gegend einen stärkeren Mann gab, dann hatte er sich noch nicht blicken lassen, um das unter Beweis zu stellen. Adam hatte ein eckiges Gesicht mit dunkler Haut und dunklen Augen, und seine schwarze Haarpracht wies nur wenige graue Strähnen auf. Seine Hände waren beinahe quadratisch, dick von den Muskeln und durch die jahrelange Arbeit mit Eisen und Holz mit Narben übersät. Nathan warf einen schnellen Blick auf Caleb und mußte fast lächeln. Denn an der Art und Weise, wie sein jüngerer Bruder am Tisch saß, war etwas Komisches. Er war das Spiegelbild seines Vaters! Sie waren beide genauso dunkel, hatten dieselbe kraftvolle Gestalt, und obwohl Caleb viel gesprächiger war als sein Vater, dachten sie ähnlich.

„Hast du die letzte Ladung Pelze vom Lager aufgeladen, Nathan?"

„Ja, Sir."

„Hast du auch an den Ballen erstklassiger Biberpelze gedacht, die Louis oben in der Scheune gelassen hat – den Ballen, den Dupree im letzten Winter brachte?"

„Ja, Sir."

In dem Blick, den Nathans Vater ihm zuwarf, spiegelte sich leichter Zweifel wider. Er hatte die jährliche Fahrt nach Boston immer selbst angetreten, um die Pelze abzuliefern, aber dieses Jahr war er in der Schmiede so weit im Hintertreffen, daß Nathan ihn dazu überredet hatte, ihn nach Boston fahren zu lassen – und irgendwie hatte er noch mehr geschafft – er hatte ihn dazu überredet, seine beiden Söhne den Rest des Sommers bei ihrem Onkel Charles verbringen zu lassen!

„Ich habe dich auf deinen letzten fünf Fahrten begleitet, Vater", hatte er gebettelt, und dann hatte Mutter seine Partei ergriffen, so daß Adam schließlich letzte Woche zugestimmt hatte, Nathan fahren zu lassen. Dann hatte Caleb angefangen zu betteln, daß er auch mitfahren wolle, so daß die beiden am nächsten Tag zum ersten Mal in ihrem Leben allein von Zuhause fortfahren würden.

Jetzt konnte Nathan in den Augen seines Vaters viele Fragen lesen, und er wußte, wenn er zu dem Schluß käme, daß er seinen Söhnen die Fahrt nicht zutrauen könne, würde er einfach die Pelze selbst hinbringen. Genau in diesem Augenblick mischte sich Caleb ein, und zum ersten Mal in seinem Leben war Nathan froh, daß sein Bruder so viel redete!

Caleb kannte seinen Vater, und er begann, fröhlich darüber zu plaudern, wie gut es für junge Männer sei, wenn sie lernen, Verantwortung zu tragen, und wie froh er sei, einen älteren Bruder zu haben. Wie immer setzte er seinen Kopf durch. Nathan durchschaute ihn sofort, aber er hatte schon lange akzeptiert, daß sein Vater eine Schwäche für seinen jüngeren Sohn hatte.

„Es wird ihnen gut tun, Adam." Molly trat hinter ihren Mann und legte ihren Arm um ihn, eine Geste, die ihn immer besänftigte. „Charles will, daß sie kommen."

„Ich weiß. Und ich vermute, die Jungen können von ihm etwas über das Geschäft lernen." Sein Blick fiel auf Nathan, und ein seltsames Funkeln lag in seinen Augen, das der ältere Sohn nicht deuten konnte. „Aber ich sehe nicht ein, was es einem Pfarrer nützen sollte, sich in geschäftlichen Fragen auszukennen."

Das war es also. Nathan fühlte, wie sein Gesicht errötete, denn es ärgerte ihn, daß sein Vater nie viel von seinem Ruf in den Dienst eines Pfarrers gehalten hatte. Seit dem Tag, an dem Nathan seinen Eltern verkündet hatte, daß er das Gefühl habe, Gott wolle ihn im Pfarrdienst haben, war die Mauer zwischen ihm und seinem Vater immer größer geworden. Jetzt sagte er schnell: „Aber Vater, ich glaube, es schadet einem Pfarrer auch nicht, sich in geschäftlichen Dingen ein bißchen auszukennen."

„Vermutlich nicht."

Mutter zog Vater am Arm und meinte: „Wir sollten uns beeilen, sonst kommen wir zu spät zum Gottesdienst, Adam." Dann lächelte sie Nathan an und sagte mit einem Zwinkern in ihren grauen Augen: „Und es macht bestimmt auch keinen guten Eindruck, wenn du zu spät kommst, Nathan. Pastor Patterson könnte meinen, du nimmst den Gottesdienst nicht mehr so ernst."

Adam brummte, und in seinen dunklen Augen zeigte sich ein wütendes Funkeln. „Ich wünschte, er würde das Evangelium predigen, statt nur ständig Lobgesänge auf König George zu singen!“

„Das tut er doch überhaupt nicht, Sir!“ warf Nathan ein, um seine Worte auf der Stelle zu bedauern.

Adam starrte den großen, jungen Mann an. Sein Gesicht verzog sich zu einem wütenden Blick, der in Nathan den starken Wunsch weckte, er hätte lieber den Mund gehalten.

„Nathan, der Mann ist nicht mehr als ein Mundstück der Krone! Er hat ein Recht, seine Meinung zu sagen, aber er mißbraucht seine Kanzel, um loyale Männer in diesen Kolonien anzugreifen – und er hat keinen Gerechtigkeitssinn!“

„Sir – ich finde, das ist nicht gerecht!“

„Nicht gerecht!“ Ein dickes Schweigen lag in der Luft, und Nathan sah, daß sie wieder einmal in eine ihrer Meinungsverschiedenheiten über Politik hineinrutschten. Adam Winslow hatte unter Oberst Washington im Krieg gegen die Franzosen und gegen die Indianer gekämpft und sympathisierte mit der Gruppe, die von Sam Adams angeführt wurde und dabei war, die Autorität der englischen Krone herauszufordern. Das stimmte Nathan traurig, denn sein Vater war kein unvernünftiger Mensch – ganz im Gegenteil. *Aber er ist genauso blind wie der Rest dieser Gruppe, die uns in einen Krieg treiben wollen, den wir nie gewinnen können!* dachte der junge Mann.

„Du meinst also, ich sei *ungerecht?*“ wollte Adam wissen und trat näher auf Nathan zu. „Patterson hat meine Freunde von seiner Kanzel herab als Verräter gebrandmarkt! Und du findest nicht, daß es *ungerecht* ist, wenn ein Pfarrer sein Amt als politische Plattform benutzt?“

„Das sagst du aber nicht über die Pfarrer, die ihre Kanzel dazu benutzen, Freiheit zu fordern, Vater“, entgegnete Nathan, aber über den Kopf seines Vaters hinweg sah er seine Mutter vehement den Kopf schütteln. Das brachte ihn zum Schweigen. Er erkannte, daß sein Vater ihn nicht nach Boston fahren lassen würde, wenn er ihn wütend machte. Deshalb sagte er: „Oh, Vater, es tut mir leid, daß wir schon wieder bei diesem Thema gelandet sind. Lassen wir es und fahren lieber zum Gottesdienst.“

Adam wurde durch die plötzliche Entschuldigung überrascht, und Nathans Mutter trat schnell vor und sagte: „Ja, wir müssen fahren, Adam.“

„In Ordnung, Molly.“

Nathan und Caleb gingen schnell, um den Wagen anzuspannen und ihre Pferde zu satteln. Nathan fuhr den Wagen aus dem Stall zum vorderen Tor und hielt die Zügel in der Hand, bis sein Vater seiner Mutter in den Wagen geholfen hatte. „Treibt die Pferde nicht so an, Jungen", sagte er, als er die Zügel ergriff. „Nicht am Sabbat."

Nathan sagte: „Nein, Sir." Dann ging er zu Caleb, der schon auf seinem Pferd saß. Mit großer Leichtigkeit stieg er auf, und die beiden ritten die Straße hinunter. Sobald sie außer Hörweite waren, sagte Caleb: „Warum mußt du dich immer wieder mit Vater anlegen? Wenn du nicht aufgehört hättest, würde er uns nicht nach Boston fahren lassen."

Als sie sich der weißen Kirche gleich hinter ihrem Dorf näherten, dachte Nathan daran, wie seltsam ihn sein Vater angeblickt hatte, als er über die Gründerväter ihrer Familie gesprochen hatte. Gilbert Winslow, der erste der Familie, der nach Amerika gekommen war, war ein großer und angesehener Mann gewesen, wenn man den Familiengeschichten Glauben schenken durfte. Ebenso dessen Sohn Matthew. Aber in einem unbedachten Augenblick hatte Adam einmal zu seinem Sohn gesagt: „Du hast zu viel Ähnlichkeit mit Charles, Nathan."

Als er sein Pferd zügelte, damit Caleb ihn einholen konnte, dachte Nathan an seinen Onkel. Charles Winslow war Adams Halbbruder, und in seinem Leben hatte es irgendeinen Skandal gegeben, aber Nathan konnte nie genau herausfinden, worum es bei der ganzen Angelegenheit gegangen war. Sein Onkel war ein sehr erfolgreicher Geschäftsmann in Boston, und bei den seltenen Gelegenheiten, zu denen er nach Virginia gekommen war, war Nathan von ihm stark beeindruckt gewesen. Er hatte ihn als großgewachsenen, gut aussehenden Mann mit hellen Haaren und blauen Augen in Erinnerung, der ihm und Caleb immer großzügige Geschenke mitgebracht hatte. Er glitt von seinem Pferd und band es an den Pfosten. Dabei dachte er aufgeregt an die Fahrt. Obwohl er älter war als Caleb und für ein kurzes Semester von zehn Wochen in Harvard gewesen war, war er wegen der Fahrt genauso aufgeregt wie sein Bruder, und ein Teil davon lag sicher an der Erwartung, seinen Onkel wiederzusehen.

Seine Eltern fuhren fünfzehn Minuten später vor, und sein Vater sagte: „Ich habe dir doch gesagt, daß du die Pferde nicht so antreiben sollst, Nathan." In seinen dunklen Augen zeigte sich deutliches Mißfallen, und er führte die Familie in das weiße Gebäude zu ihrem gewohnten Platz, ohne mit irgend jemandem viel zu sprechen.

Pastor Patterson war ein kleiner, breitschultriger Mann mit einem vollen, hellen Gesicht und einem starken südenglischen Akzent. Nathan hoffte inständig, daß seine Predigt heute innerhalb des biblischen Rahmens bleiben würde, auch wenn er mit den politischen Ansichten des Pastors vollständig übereinstimmte. Seine Hoffnungen zerschlugen sich jedoch sofort, denn der Text war einer Stelle aus der Bibel entnommen, in der die Menschen aufgefordert werden, der staatlichen Autorität zu gehorchen. Und die staatliche Autorität war natürlich das königliche Haus Hannover – König George und sein Hof von Ministern.

Pastor Patterson war ein Mann mit festen Überzeugungen, und sein Mißfallen gegenüber den Leuten, die die Autorität der Krone anzweifelten, war sehr ausgeprägt. Seine Augen ruhten am längsten auf Adam Winslow, obwohl viele andere in der Gemeindeversammlung wesentlich heftiger in ihrer Einstellung gegenüber der königlichen Politik waren als er.

Inmitten der Predigt hörte Nathan, wie Caleb brummte und leise „Alter Dummkopf!" zischte. Er stieß Caleb den Ellbogen in die Rippen und hoffte, daß niemand seine Worte gehörte hatte, aber es erklang ein deutliches „Amen!" aus dem Mund seines Vaters, und Nathan meinte, in seinem Sitz versinken zu müssen. Er wünschte nur noch, daß der Gottesdienst bald zu Ende ginge und sie verschwinden könnten.

Nach der Predigt postierte sich Pastor Patterson an der Tür, und als die Winslows an ihm vorbeigingen, sagte er mit einem ärgerlichen Funkeln in den Augen: „Mr. Winslow, Sie sollten Ihren Söhnen mehr Ordnung beibringen!"

„Pastor Patterson, Sie sollten in Ihre Predigten mehr Ordnung bringen."

Ein plötzliches Raunen ging durch die Kirche, das leise Murmeln der Gemeinde wurde abrupt unterbrochen. Ein Pfarrer nahm in einer Gemeinde eine hohe Stellung ein, und nur wenige Männer würden so hart mit einem Pfarrer sprechen, wie Adam Winslow es gerade getan hatte.

„Sir, Sie sind impertinent!" Pattersons Gesicht lief puterrot an, und er fügte wütend hinzu: „Offensichtlich hat sich Ihre Rebellion gegenüber der Krone inzwischen auch zur Untreue gegenüber Ihrer Kirche ausgeweitet!"

Adam Winslow war ein gutmütiger Mensch, aber er hatte sich eine ganze Reihe von politischen Hetzreden, die alle als Predigten getarnt waren und sich gegen seine Person und einige seiner Freunde richteten, angehört. Jetzt wollte der Pastor die Sache persönlich gegen ihn richten und ihn herausgreifen. Das weckte in ihm eine große Wut. *Jetzt liegt Gefahr in der Luft,* dachte Nathan. Der Gedanke beunruhigte ihn. Er hatte seinen Vater erst einmal, und das vor vielen Jahren, aufgebracht erlebt. Ein starker Mann hatte damals ein Pferd mißhandelt, und Nathan vergaß nie, wie sein Vater zornig geworden und explodiert war und den Mann so schnell und so kräftig verprügelt hatte, daß man sich diese Geschichte heute noch in der Stadt erzählte.

„Pastor Patterson, wenn Sie das Evangelium predigen, bin ich ein treues Mitglied Ihrer Herde. Wenn Sie aber von Ihrer Berufung abweichen und ihre Kanzel in eine politische Arena verwandeln, kann ich Sie nicht respektieren."

Er hätte vielleicht noch mehr gesagt, aber Molly mischte sich plötzlich ein. Sie legte die Hand auf seinen Arm und sagte: „Adam – bitte!"

Er blickte sie an und sagte dann: „Hier ist nicht der richtige Ort für Diskussionen. Entschuldigen Sie uns, Pastor."

Nathan folgte seinen Eltern, aber der Pfarrer hielt ihn am Arm fest. „Nathan, du mußt versuchen, mit deinem Vater zu sprechen."

Nathan schüttelte den Kopf. „Ich kann nichts sagen, Herr Pfarrer. Er wird nur wütend auf mich."

„Ich habe gehört, daß du nach Boston fährst."

„Ja, morgen."

„Paß auf dich auf, Nathan!" Das runde Gesicht Pattersons war immer noch wütend, und er fügte hinzu, als der Junge weitergehen wollte. „Dort hält sich Sam Adams' ganze Bande auf. Sie ziehen uns in einen Krieg hinein, wenn es so weiter geht!"

Nathan eilte davon; dieses Mal folgten er und Caleb dem Wagen die Straße entlang. Wie er erwartet hatte, begann Caleb, über den Pfarrer zu schimpfen. „Dieser Prediger gehört aus der Kirche hinausgeworfen und gelyncht!" rief er aus. „Ich wette, er wird von dem alten König George höchstpersönlich bezahlt."

„Caleb, du bist ja verrückt!"

„Bin ich nicht!"

„Du bist erst ein Kind – und noch dazu nicht das allerschlauste!" Die Wut, die in Nathan nagte, machte sich Bahn, und er starrte Caleb an und rief laut: „Was weißt du schon? Oh, sicher, es gibt einige ungerechte Steuern, aber was meinst du, können wir dagegen unternehmen?"

„Wir können kämpfen!"

„Du *bist* wirklich verrückt, Caleb!" entfuhr es Nathan. „England ist das stärkste Land der Welt – und du meinst, ein paar Bauern wie wir könnten es herausfordern?"

Calebs dunkles Gesicht wurde eigensinnig. „England ist Tausende von Kilometern entfernt, Nathan, und das hier ist ein großes Land. Wir alle können schießen, nicht wahr? Wie lang sollen wir uns noch wie Sklaven behandeln lassen?"

Nathan war entsetzt. Er wußte, daß Männer schon für weniger ins Gefängnis geworfen worden waren. „Caleb, das ist Verrat!"

„Das denkt aber Vater auch!"

In Calebs Antwort lag so viel Wahrheit, daß es Nathan die Sprache verschlug. Er schüttelte verzweifelt den Kopf und hörte auf dem ganzen Rückweg schweigend zu, während sich Caleb endlos in die Sache hineinsteigerte.

Schließlich sagte er, als sie die Pferde absattelten: „Sag von dem allen lieber nichts zu Vater, Caleb. Sonst läßt er dich nie mit mir nach Boston fahren."

„Doch, das würde er schon", widersprach Caleb. Aber vorsichtshalber hielt er doch den Mund, und obwohl an diesem Abend im Haus eine gewisse Spannung herrschte, gab es keine politischen Diskussionen mehr.

Molly lag ruhig im Bett, als das Krähen des Hahnes die Morgenstille durchbrach. Sie fühlte die Anspannung in Adams Körper und streckte den Arm aus und berührte seine Wange. „Du hast nicht viel geschlafen."

„Nein."

„Ich auch nicht."

Er rollte sich auf die Seite und blickte sie im Dämmerlicht an, dann lachte er. „Wir kennen einander ziemlich gut, nicht wahr?"

„Ich vermute, wenn zwei Menschen sich so lieben wie wir, fühlen sie ähnlich" lächelte sie. „Wenn du glücklich bist, bin ich es auch, und wenn du dir Sorgen machst, kann ich auch nicht schlafen."

Er schüttelte den Kopf, warf seine Decke zurück und kletterte aus dem Bett. Während er sich anzog, sprach er kein Wort, aber als beide angekleidet waren, drehte er sich zu ihr um und fragte: „Soll ich sie fahren lassen, Molly?"

„Ja."

Plötzlich lachte er. „Du bist dir in allem immer so sicher. Ich wünschte, das könnte ich auch!"

Sie war beinahe genauso groß wie er, so daß sie seinen Kopf nur wenige Zentimeter herunterziehen mußte, um ihn auf die Lippen zu küssen. „Sie passen schon auf sich auf. Es sind gute Jungen."

Er blickte sie an. In ihm war eine Unsicherheit, die sie nie zuvor gesehen hatte. „Wirklich? Ich hoffe es."

„Du machst dir Sorgen um Nathan, nicht wahr?"

„Ja." Er zögerte, dann sagte er: „Er ist zu impulsiv, Molly. Zu sehr wie Charles."

„Nein, er ist nicht wie Charles." Molly drehte sich halb zum Fenster, dann wandte sie sich mit einem nachdenklichen Gesicht um. „Ja, er sieht so ähnlich aus wie er, das stimmt, und er hat etwas von diesem wilden Winslowblut, aber tief in seinem Herzen ist er wie du, Adam. Ich weiß, daß du das nicht sehen kannst – aber ich sehe es."

Er hatte Schwierigkeiten mit diesem Gedanken, dann lächelte er schließlich und sagte: „Du hast recht, ich kann es nicht sehen. Ich muß mich wohl auf dein Urteil verlassen, Molly." Er legte den Arm um sie, und ein zärtliches Funkeln verdrängte den ängstlichen Blick aus seinem Gesicht. „Es ist lange her, seit ich dich damals zum ersten Mal sah. Ich denke oft an diese Zeit. Wie alt warst du damals?"

„Erst elf – und ich fand, du warst der attraktivste Mann, den ich je gesehen hatte."

„Sir, wollen Sie ein Taschentuch kaufen – nur fünf Schilling!" Er lächelte sie an und fügte hinzu: „Das war das erste, was du zu mir sagtest, nicht wahr?"

„Und du hast es gekauft, nicht wahr, Schatz?" Molly lachte und sagte: „Wenn du gewußt hättest, was du dir damit einhandeln würdest, wärst du wahrscheinlich gelaufen, so weit dich deine Beine getragen hätten!"

„Nein. Nein, das wäre ich bestimmt nicht. Du bist mein ganzes Leben, Molly."

Sie stand vor ihm und gab seiner schnellen Umarmung nach. Dabei dachte sie daran, auf welch eine seltsame Weise sie sich kennengelernt hatten. Sie war ein unglückliches elfjähriges Mädchen auf Londons Straßen gewesen, das von einem betrunkenen Vater mißhandelt wurde. Er war auf seiner ersten Reise von Zuhause fort und von ihrer Not so berührt gewesen, daß er ihrem Vater das ganze Geld bezahlte, das er bei sich hatte, und sie als Dienstmädchen unter seine Obhut nahm – als dienstpflichtiges Mädchen. Sie erinnerte sich, wie er in Mary Edwards verliebt gewesen war, und wie Molly im Laufe der Jahre sich in ihn verliebte. Und sie erinnerte sich an den Schreck in seinen Augen, als er endlich sah, daß sie eine Frau war – und sich in sie verliebte. Seit damals waren sie wirklich Mann und Frau, im Geist und im Fleisch.

Jetzt sagte sie: „Nathan schafft es. Er ist dein Sohn."

Er blickte sie an und sagte mit entspannterer Miene. „Wir müssen Gott vertrauen, daß er auf sie aufpaßt."

Als sie die Treppe hinabstiegen, stellten sie fest, daß Caleb und Nathan bereits das Frühstück zubereitet hatten. Beide waren amüsiert. „Wenn ich gewußt hätte, daß eine Fahrt nach Boston so etwas auslösen würde, hätte ich euch schon längst fahren lassen", lächelte Adam.

Beide Jungen waren ein bißchen aufgeregt und konnten es nicht erwarten, loszufahren. Deshalb verschlangen sie eilig ihr Frühstück, und dann war es auch schon Zeit zum Abschiednehmen. Die Wagen waren beladen, und die Pferde waren im Dorf und warteten darauf, daß es losging. Es blieb also nur noch, sich von ihren Eltern zu verabschieden.

Molly fiel es sehr schwer. Trotz ihrer tapferen Worte fuhren ihre zwei Jungen zum ersten Mal weiter als in das kleine Dorf. In ihrem Hals steckte ein Kloß, der einfach nicht weggehen wollte.

Sie ließ sich von Caleb umarmen und küßte ihn, dann stand Nathan vor ihr, der wie immer ein wenig verlegen war, wenn er Gefühle zeigen sollte. Sie zog seinen Kopf zu sich herab und küßte ihn. Dann sagte sie: „Paß auf deinen Bruder auf, Nathan! Paß gut auf ihn auf!"

„Ach, Mutter", warf Caleb mit einem breiten Grinsen ein. „Ich werde auf ihn aufpassen müssen!"

Dann standen die Jungen vor Adam, und ausnahmsweise verspürte Nathan einmal keine Angst vor ihm. Er blickte seinem Vater in die Augen und sah dort zum ersten Mal eine Zustimmung, nach der er sich immer gesehnt hatte.

Adam suchte nach Worten, aber er konnte nur wiederholen, was Molly schon gesagt hatte. „Nathan, paß auf deinen Bruder auf."

„Ja, Sir." Nathan streckte unbeholfen seine Hand aus. Aber Adam beachtete sie nicht. Plötzlich legte er die Arme um beide Jungen und drückte sie in einer kräftigen Umarmung, die ihnen fast den Atem raubte, an sich. Dann ließ er sie los.

„Macht euch jetzt auf den Weg – und paßt gut auf euch auf."

Sie fuhren los, und auf dem ganzen Weg in die Stadt und noch lange danach hörte Nathan die Worte seiner Eltern: „Paß gut auf deinen Bruder auf." Nie würde er die Stärke in den Armen seines Vaters bei dieser letzten kräftigen Umarmung vergessen.

KAPITEL VIER

Verwandte vom Lande

Eis glänzte auf dem Rücken der Pferde, und ihr frostiger Atem stieg wie kleine Weihrauchwölkchen auf, als Nathan sie vor einem zweistöckigen Gebäude zum Stehen brachte, an dessen Seite zum Hafen hin das Schild WINSLOW COMPANY über der Tür prangte.

„Wach auf, Caleb." Er stieß dem kleinen Deckenberg, der sich eng an ihn kuschelte, in die Seite, und ein Lächeln spielte sich um seine Lippen, als sich ein brummender Protest aus den Tiefen des Berges hören ließ. „Wir sind da – komm raus."

„Was ist denn?" Die Decken bewegten sich, und mürrisch tauchte Calebs Kopf aus seinem warmen Kokon auf. Er trug eine schwarze, gestrickte Wollmütze, die er bis zu den Augenbrauen über den Kopf gezogen hatte, ein rotblauer Schal war um sein Gesicht gewickelt, so daß man von ihm nichts weiter sah als zwei verschlafene Augen.

„Geh mal und frag, wo wir die Ladung hinbringen sollen", forderte Nathan ihn auf. „Sieht so aus, als wäre hier schon geschlossen." Amüsiert blickte er Caleb nach, wie dieser steif vom Wagen kletterte und dann durch den Schnee zu der großen Doppeltür watete. Er sah wie ein wandelndes Faß aus, denn er haßte die Kälte und trug alle Kleidungsstücke, die er auf diese Fahrt mitgenommen hatte, übereinander; zusätzlich hatte er einen Büffelledermantel von Nathan darüber gezogen.

War eine schwere Fahrt, überlegte Nathan, als er Caleb in das Lagerhaus verschwinden sah. *Wette, nicht einmal Vater hätte es besser machen können!* Eis glitzerte aus seinen kurzen roten Bartstoppeln, und er schüttelte beschämt über seinen Stolz den Kopf, denn er wußte, daß sein Vater die Fahrt schneller bewältigt hätte.

Aber es war eine schwere Fahrt gewesen. Der Winter hatte sich mit eiserner Faust über sie gelegt und die Straßen in gefährliche Rutschbahnen verwandelt, und die Kälte des Schneesturmes hatte den Pferden furchtbar zu schaffen gemacht. Caleb hatte gut begonnen, aber die ganze letzte Woche hatte er nichts anderes getan, als nachts am Feuer zu hokken und sich während des Tages in jedes Kleidungsstück zu wickeln, das er auftreiben konnte. Sie waren wenigen Reisenden begegnet, und Nathan konnte einem gewissen Anflug von Stolz nicht widerstehen, als er überlegte, daß er die Pelze durchgebracht hatte, während die meisten

Männer die Wärme des Kamins in ihren gemütlichen Hütten vorgezogen hatten.

Als die großen Doppeltüren aufgeschoben wurden, warf er einen Blick auf seine großen Hände, die von der Kälte ganz blau und von den Zügeln ganz geschwollen waren, und war mit sich zufrieden. Bei ihrem Aufbruch in Virginia hatten die Augen seines Vaters seinen Zweifel verraten, aber das gute Gefühl, eine schwere Aufgabe zu ihrem Ende zu führen, beherrschte Nathan. „Hü, Babe – Dan!" Er führte das Gespann in das dunkle Innere, kletterte herab und stampfte kräftig mit den Füßen auf, in denen er nicht mehr Gefühl hatte als der Eisenring, an dem er die Pferde festband.

„Mister Winslow hat nicht mit euch gerechnet." Ein dick beleibter Mann mit einem Gesicht, das vor Kälte ganz blau und vom Trinken ganz rot war, blickte Nathan an, und in seinem abgehackten Neuenglandakzent setzte er noch brummend hinzu: „Habe um diese Tageszeit niemanden, der mir beim Abladen hilft."

„Das kann bis morgen warten."

„Die Pferde werden nicht warten!"

Wenn der Mann etwas freundlicher gewesen wäre, hätte ihm Nathan beim Ausspannen geholfen, aber ihm taten alle Knochen weh, und sowohl er als auch Caleb waren halb verhungert. „Wir gehen zum Haus meines Onkels. Wie weit ist es dorthin?"

Das Gesicht des großen Mannes errötete, aber er sagte: „Vier bis fünf Kilometer den Weg zurück – ihr müßt schon daran vorbeigefahren sein – ein großes, weißes Haus mit Säulen." Er beschrieb ihnen mürrisch den Weg, dann grinste er schadenfroh. „Ihr könnt einen schönen kleinen Spaziergang machen – vielleicht schafft ihr es ja bis zum Einbruch der Dunkelheit."

Nathan blickte ihn an, dann sagte er: „Caleb, wir nehmen Babe und Dan." Die zwei Brüder spannten die Pferde aus, legten jedem ein Halfter um und führten sie hinaus. Nathan sagte zu dem dicken Mann in einem bestimmten Ton: „Spannen Sie die anderen zwei Tiere aus und geben Sie ihnen zu fressen!" Er stieg mit Leichtigkeit auf sein Pferd, aber Caleb mußte Dan zur Wassertränke führen und diese als Hilfe zum Aufsteigen benutzen, was nicht ohne Stöhnen vor sich ging.

Die Pferde waren kurz vor dem Umfallen, aber fünf Kilometer mehr würden sie auch noch überstehen. Als sie in der hereinbrechenden Dunkelheit die gefrorene Straße hinuntertrotteten, fragte Caleb: „Onkel Charles wartet nicht auf uns, nicht wahr?"

„Bei diesem Wetter wahrscheinlich nicht. Aber er wird sich bestimmt freuen, daß die Pelze da sind."

Caleb schlug die Hände zusammen und hauchte sie dann an, um sich aufzuwärmen. „Ich kann mich kaum an ihn erinnern, Nathan. Ist er wie Vater?"

Eine kurze Pause folgte; dann schüttelte Nathan gedankenverloren den Kopf. „Nein, Caleb, er ist nicht wie Vater." Er schwieg, und der Klang der Hufeisen auf dem gefrorenen Boden unterstrich die Kälte und die Stille. Ein leichtes Lächeln huschte über seine breiten Lippen, als er weitersprach: „Aber so wie er ist ja niemand!"

„Ich hoffe nur, daß sie mit dem Abendessen noch nicht fertig sind", sagte Caleb. „Mein Bauch fühlt sich an, als wäre mein Hals abgeschnitten! Ich habe schon viel darüber gehört, wie geziert Tante Doracas ist. Hoffentlich bekommt sie keinen Schock, wenn wir uns, so schmutzig wie wir sind, an ihren guten Tisch setzen wollen."

„Damit könntest du recht haben", nickte Nathan. Dann setzte er mit einer deutlichen Warnung in der Stimme hinzu: „Ich glaube, sie werden uns nicht hinauswerfen, nur weil wir von der Fahrt schmutzig sind – aber behalte deine revolutionären Gedanken für dich, Caleb. Vergiß nicht, was Vater uns über Onkel Charles erzählt hat."

„Ja! Das macht mich ganz krank!" brummte Caleb und gab Dan einen festen Tritt. „Wenn ich mir vorstelle, daß die Winslows ein einziger Haufen von königstreuen Tories sind!"

„Genau das meine ich!" sagte Nathan scharf. Er streckte die Hand aus und griff Caleb fest am Arm. „Du behältst diese Sprüche für dich, solange wir hier sind – und hältst dich von diesem Pack fern, das sich selbst die Sons of Liberty nennt, verstanden?"

Caleb drehte sich plötzlich ohne sein gewohntes Lächeln auf den Lippen um. Sein rundes Gesicht verriet eine gehörige Portion Eigensinn, und einen Augenblick lang hatte Nathan das Gefühl, in die dunklen Augen seines Vaters zu blicken. „Ich sage, was ich denke, Nathan – hier und auch sonst überall!"

Nathan lagen scharfe Worte auf den Lippen, aber er schluckte sie hinunter. Er und Caleb hatten das schon viele Male durchgespielt, und jedes Mal hatte es damit geendet, daß beide wütend waren und kein Wort mehr miteinander sprachen. *Es hat keinen Sinn, mit ihm zu streiten,* dachte er erschöpft. *Mutter und Vater denken genauso. Es ist also kein Wunder, daß er nicht zu bändigen ist.* Er schüttelte nur den Kopf und sagte ruhig: „Behalte doch bitte deine politische Meinung für dich, Caleb – nur solange wir hier sind. Wenn du das nicht tust, werden wir schnell wieder nach Hause geschickt werden, und Vater wird uns so schnell nicht wieder eine solche Aufgabe übertragen."

Die letzte Warnung blieb offensichtlich nicht ganz ohne Wirkung, denn Caleb schluckte seine Proteste schnell hinunter und sagte nur: „Wahrscheinlich hast du recht, Nathan – aber es geht mir völlig gegen den Strich!“

Die Dunkelheit legte sich schnell über das Land, und sie verirrten sich in der Stadt, so daß Nathan sich, als sie endlich vor dem großen, weißen Haus im Randbezirk der Stadt standen, hinabbücken und sein Gesicht ganz nah an das Namensschild heranbringen mußte. Er konnte die Buchstaben ausmachen, richtete sich wieder auf und sagte: „Das ist es. Komm mit.“

Eine lange, eisbedeckte Auffahrt führte zu dem Haus hinauf, und die gefrorenen Äste über ihren Köpfen knackten im Wind. Sie banden ihre Pferde an einen Eisenzaun, der ein Blumenbeet umrandete, und stiegen die hohen Stufen hinauf. Nathan klopfte mit dem schweren Messingring einige Male kräftig gegen die massive Tür.

Caleb trat nervös von einem Bein auf das andere, während sie warteten, dann sagte er schließlich: „Vielleicht hätten wir zur Hintertür gehen sollen.“

Nathan starrte ihn an, dann sagte er: „Was stand auf dem Schild über der Tür zum Lager?“

Caleb dachte nach, dann antwortete er: „Winslow Company.“

„Genau – und ich heiße Winslow. Du kannst ja zur Hintertür gehen, wenn du willst.“ Er wandte sich ab, damit Caleb sein Lächeln nicht sehen konnte, denn seine spöttische Bemerkung hatte genau das erreicht, was er erwartet hatte – nämlich Calebs Eigensinn geweckt, was sowieso nicht allzu schwer war.

Die Tür öffnete sich langsam, nur einen Spalt weit, und ein schwarzes Gesicht erschien. „Die Familie ist beim Abendessen. Werden Sie erwartet?“

Nathan entgegnete scharf: „Die ganze Familie ist noch nicht beim Essen. Sagen Sie Ihrem Herrn, daß seine Neffen aus Virginia hier sind!“

Die Härte in Nathans Stimme muß den Schwarzen nervös gemacht haben, denn er öffnete schnell die Tür und nickte beunruhigt: „Oh ja, natürlich! Die Herren mögen bitte hereinkommen.“ Er schloß die Tür hinter ihnen und nickte wieder nervös. „Ich sage Mister Winslow, daß Sie hier sind!“

Er wollte gehen, aber in diesem Augenblick rief eine Stimme vom anderen Ende der langen Halle: „Ja, was sehen meine Augen? Wer ist denn das? Bist du es, Nathan?“

Ein großer Mann mit hellblauen Augen und rötlichem Haar war aus einer Doppeltür getreten und kam jetzt auf sie zu. Er streckte ihnen die Hand entgegen und schüttelte Nathan kräftig die Hand, dann schlug er ihm auf die Schulter: „Meine Güte! Wie groß willst du denn noch werden, Nathan? Und du, Caleb –" Er wandte sich um und schüttelte dem jüngeren Bruder die Hand. Dabei spielte sich in seinen hellen Augen eine gewisse Belustigung. Er lachte erfreut, streckte die Arme aus und umarmte den Jungen plötzlich. „Na, du bist ja Adam Winslow wie aus dem Gesicht geschnitten!" Er blickte ihn wieder an und schüttelte den Kopf. „Meine Güte, du bist wirklich das genaue Abbild deines Vaters, als er so alt war wie du, Caleb!"

„Ich verstehe das als Kompliment, Onkel Charles", sagte Caleb plötzlich. Er war kein Freund von schnellen Freundschaften, und bei der plötzlichen Wärme von Charles Winslow baute er unwillkürlich eine Mauer auf. Nathan hatte das oft erlebt, nicht nur bei Caleb, sondern auch bei seinem Vater. Beide waren im Umgang mit anderen eher vorsichtig, während er (oft zu seinem eigenen Leidwesen!) sehr bereitwillig einem Menschen Vertrauen schenkte.

„Wir sind ein bißchen spät, Onkel Charles."

„Spät!" Charles blickte an seinem großgewachsenen Neffen hoch und schüttelte dann verwundert den Kopf. „Wir haben nicht geglaubt, daß ihr es bei diesem Sturm überhaupt schafft, Nathan!" Dann klopfte er ihnen auf die Schultern und sagte: „Ihr könnt euch waschen und umziehen – Benjamin, bring meine Neffen in ihr Zimmer. Gib ihnen etwas warmes Wasser, damit sie sich waschen können. Wir warten im Eßzimmer auf euch, Jungen."

„Ja, Mister Winslow!"

„Onkel Charles, wir haben unsere ganzen Sachen im Wagen", sagte Nathan und blickte an seiner schmutzverschmierten Kleidung herab. „Wir können uns kaum in dieser Aufmachung an euren Eßtisch setzen!"

„Kommt so, wie ihr seid, Nathan", sagte Charles sofort. „Ich glaube nicht, daß uns ein bißchen ehrlicher Schmutz umbringen wird!"

Er lächelte ihnen zu, drehte sich dann um und kehrte schnell in das Eßzimmer zurück, das links neben der weiten Halle lag. Es war ein großes Zimmer, denn eine seiner Anforderungen an ein Haus bestand darin, daß es groß genug sein müsse, um darin größere Dinnerparties zu feiern. Zwei massive Kamine standen einander gegenüber, und die schweren, knisternden und lodernden Holzprügel hielten den Raum warm. Der Eßtisch war über sechs Meter lang, und er war mit blendend weißem Leinen bedeckt. Das Silber, das neben den fünf Gedecken lag, spiegelte die vielen Kerzen der zwei riesigen Kerzenleuchter wider.

„Mary, legen Sie bitte noch zwei Gedecke auf", sagte Charles zu der schwarzen Frau, die an der Wand stand.

„Zwei Gedecke? Für wen?" Dorcas Winslow blickte scharf auf, und ihre braunen Augen verrieten deutlich ihr Mißfallen. Sie war eine attraktive Frau, die selbst für ein einfaches Familienessen nach der neuesten Mode gekleidet war. Ihre dunkelbraunen Haare glänzten im Kerzenlicht, und die Diamanten an ihren Fingern funkelten, als sie eine Hand hob, um sich sorgfältig über das Haar zu streichen. „Ich habe niemanden erwartet."

„Es sind Nathan und Caleb – sie sind gerade mit den Pelzen angekommen."

„Konnten sie denn nicht bis morgen warten?" murmelte Dorcas. Sie liebte feste Zeremonien, und jede Störung, die in ihre Rituale einbrach, mißfiel ihr.

„Mutter, du kannst sie jetzt wohl kaum bitten, im Lagerhaus zu schlafen, oder?"

Die Worte kamen von einem jungen Mann, der Charles gegenüber saß. Seine klare und deutliche Stimme verriet einen gewissen Spott, als er Dorcas anblickte. „Immerhin gehören sie zur Familie, nicht wahr?"

„Vermutlich hast du recht, Paul", sagte sie langsam und fügte dann hinzu: „Aber sie werden einiges an Anstand lernen müssen, wenn sie hier bei uns bleiben wollen."

„Ich glaube, sie haben genug Anstand", sagte Charles leichtfertig. „Die Virginier sind die gastfreundlichsten Menschen, die du dir vorstellen kannst, Dorcas."

„Anstand von Hinterwäldlern ist nicht genau das, was ich in meinem Haus sehen will, Charles." Sie seufzte und sagte: „Ich weiß, daß du sie hier haben willst, aber es wird schwierig werden."

„Ja, ich will sie hier haben", erklärte Charles mit plötzlicher Festigkeit in seiner Stimme. Er war zu schwer, und sein Gesicht verriet die Spuren guten Essens und von zu viel Alkohol, aber manchmal schimmerte die Kraft seiner Jugend durch, und in Augenblicken wie diesem hatte seine Familie gelernt, sich mit ihm auf keine Diskussion einzulassen.

Er hob sein Weinglas, nahm einen Schluck und blickte sich um: „Wir brauchen kräftiges, frisches Blut im Geschäft. Ich weiß, daß du Adam nicht magst, Mutter, aber du mußt doch zugeben, daß er ein starker Mann ist – und ich vermute, daß diese Jungen ganz genauso sind."

„Ein eigensinniger Mann – ich habe ihm nie getraut!" Martha Winslow war zweiundsiebzig, aber ihr war keine Schwäche anzusehen. Sie blickte ihren Sohn aus ihren scharfen, schwarzen Augen an und sagte: „Du hast dich wegen Adam schon immer zum Narren gemacht – aber er hat sich nie einen Deut um dich gekümmert – oder um irgend jemanden von uns!"

Paul Winslow lehnte sich zurück. Sein schnell arbeitender Verstand analysierte die Szene, die sich vor ihm abspielte. Er wußte viel über seine Familiengeschichte, aber den Haß seiner Großmutter auf ihren Stiefsohn, Adam Winslow, hatte er nie ganz verstanden. Einmal hatte er seinen Vater danach gefragt, aber Charles hatte nur den Kopf geschüttelt und erklärt: „Sie hat ihn schon immer gehaßt, Paul – selbst als er noch ein Kind war. Ich glaube, sie war eifersüchtig auf seine Mutter – aber das würde sie nie zugeben. Mach dir keine Gedanken darüber."

Als die alte Frau eigensinnig fortfuhr: „Du wirst es schon noch bereuen, daß du dich auf diesen Mann eingelassen hast", blickte Paul zu seiner Mutter hinüber und stellte fest, daß sie ihrer Schwiegermutter recht gab – aber aus einem anderen Grund, wie er vermutete. Plötzlich drehte er den Kopf zur Seite und fing den Blick von Anne Winslow, seiner fünfzehnjährigen Schwester, auf. Sie hatte schweigend zugehört, aber ihr entging nur wenig, wie Paul wußte. Er zwinkerte ihr zu, worauf sie den Blick senkte.

„Adam ist schon in Ordnung, Mutter", erwiderte Charles vehement. Sein Gesicht rötete sich wie so oft, wenn er verärgert war. „Er hält seinen Teil des Geschäftes ein. Und wir brauchen den Pelzhandel. Er ist der ertragreichste Teil unseres Unternehmens."

„Tragen sie Indianerkleidung, Vater?" mischte sich Anne ein. Sie war ein dünnes Mädchen mit den rotbraunen Haaren und der hellen Haut ihres Vaters. Ihre hellblauen Augen hatte sie auch von ihm geerbt.

Charles blickte sie an, dann lehnte er sich zurück und lachte: „Indianerkleidung? Aber mein Liebes, natürlich nicht!"

Er hatte eine Schwäche für Anne und erklärte ihr deshalb genau, wie er und sein Bruder Adam vor einigen Jahren das Familienunternehmen aufgeteilt hatten – Adam zog nach Virginia, um sich um den Pelzhandel zu kümmern, während er selbst in Boston blieb und die anderen Bereiche und den Versand übernahm. Aber Paul wußte, daß es noch andere Gründe für die Trennung gegeben hatte; zwischen den Familien bestand fast überhaupt kein Kontakt, und dafür mußten irgendwelche Gründe vorliegen.

Er grübelte noch immer über die Sache nach, als vor der Tür Schritte zu hören waren. Dann blickte er auf und sah zwei junge Männer eintreten. Einer war groß und rothaarig und hatte so viel Ähnlichkeit mit seinem eigenen Vater, daß er leicht erschrak. Der andere war klein und dunkelhaarig.

„So, da sind sie!“ Charles stand auf, deutete auf die beiden und sagte froh gelaunt: „Das ist Nathan, und das ist sein Bruder Caleb. Neffen, das sind eure Verwandten. Meine Frau Dorcas; das ist meine Mutter und natürlich die Stiefmutter eures Vater, Mrs. Martha Winslow. Und hier sind mein Sohn Paul und meine Tochter Anne.“

Paul erhob sich und ging um den Tisch. Dabei sagte er lächelnd: „Seltsam, daß wir uns noch nie kennengelernt haben – aber besser spät als nie, oder? Kommt, setzt euch und eßt.“

Nathan und Caleb setzten sich. Beide fühlten sich etwas befangen, und als die schwarze Dienerin ihnen ihr Essen servierte, sagte Nathan: „Ich möchte mich für unsere Kleidung entschuldigen –“

„Das macht doch nichts“, sagte Dorcas in einem Ton, der deutlich das Gegenteil verriet.

„Habt ihr Indianer gesehen?“

Alles lachte, aber Annes Frage löste die Spannung, und Nathan antwortete: „Nein, Anne, es ist draußen jetzt zu kalt für Indianer, aber zu Hause habe ich schon viele gesehen, und ich kann dir einige interessante Geschichten über sie erzählen.“

„Eßt jetzt lieber, und dann könnt ihr uns von Adam und Molly erzählen“, drängte Charles.

Das Essen war gut, und nachdem Nathan und Caleb fertig waren, löcherte Charles sie mit Fragen über Virginia – einigen über die Familie, aber mehr über das Geschäft. Nathan antwortete, so gut er konnte, und seine Antworten gefielen ihrem Gastgeber.

Der ganze Abend hätte gut verlaufen können, aber plötzlich fragte Martha Winslow: „Hat euer Vater endlich seine irrigen Ansichten über den König aufgegeben?“

Noch bevor Nathan antworten konnte, sagte Caleb laut: „Warum sollte er, Madam? Ich vermute, die Ansichten meines Vaters über König George sind die, die jeder anständige Mensch hegen sollte – daß er ein Narr ist und nicht im geringsten an der Freiheit seiner Untertanen in diesen Kolonien interessiert ist!“

Das war's! dachte Nathan, aber noch während er versuchte, sich etwas auszudenken, um die Situation zu bereinigen, nahm Paul Winslow die Sache in die Hand. Er sagte leichthin: „Großmutter, heute abend gibt es bitte keine politischen Diskussionen!“ Er stand lächelnd auf, ging um den Tisch herum und stellte sich hinter seine Mutter und Großmutter. Er legte beiden eine Hand auf die Schulter und sagte: „Meine Vetter sind wahrscheinlich von der schweren Fahrt erschöpft – und wir haben in den nächsten Wochen viel vor. Morgen abend ist ein Ball bei Onkel Saul, und ich will meine Verwandten aus Virginia vorzeigen. Einige von diesen blassen Bostoner Mädchen werden euch zu Füßen liegen, das verspreche ich euch!"

Er plauderte unbeschwert weiter, und Nathan seufzte erleichtert auf. *Er weiß, wie er mit ihnen umgehen muß!* dachte er neidisch.

Später, als er und Caleb endlich im Bett lagen, sagte er: „Du hättest uns mit deinem revolutionären Gerede beinahe alles verdorben, Caleb. Behalte das für dich, verstanden?"

„Kümmere dich lieber um diese blassen Bostoner Mädchen, die Paul auf dich loslassen will", murmelte Caleb müde und fiel dann in einen so tiefen Schlaf, daß er nicht einmal mehr Nathans schläfrige Antwort hörte: „Du hältst den Mund, und ich kümmere mich um die blassen Bostoner Mädchen!"

„Oh, Abby, kannst du dich denn nicht beeilen? Die Musik spielt schon!"

Abigail Howland blickte von ihrem französischen Mahagonitoilettentisch zu Ellen Alden auf und lächelte gelangweilt. „Es sind genau dieselben Leute, die wir schon seit Monaten kennen, Ellen." Sie sah wieder in den Spiegel; dann kam ihr ein Gedanke in den Sinn, und sie richtete ihre haselnußbraunen Augen auf das große Mädchen, das nervös im Zimmer auf- und abging. „Aber ich vermute, du denkst daran, daß Daniel da unten mit Mercy Williams zusammen ist, nicht wahr? Er hat ihr in letzter Zeit einige ziemlich vielsagende Blicke zugeworfen. Wenn du ihn nicht bald dazu bringst, um deine Hand anzuhalten, angelt sie sich ihn."

Ellen war ein schlankes Mädchen mit ernsten, braunen Augen und rotbraunem Haar. „Ich – ich habe lieber keinen Mann, bevor ich ihn erst dazu zwingen muß, um meine Hand anzuhalten!" sagte sie bestimmt.

„Mercy ist nicht so wählerisch wie du, glaube ich." Abby strich sich über die glänzenden braunen Haare, erhob sich und führte Ellen aus dem Zimmer. Während sie die geschwungene, breite Treppe hinabstiegen, sagte sie: „Ich kann dir verraten, wie du Daniel so weit bringst."

Sie redete einige Augenblicke leise auf Ellen ein. Plötzlich öffneten sich Ellens Augen weit, und sie rief aus: „Nein! Das könnte ich nicht tun – und du auch nicht, Abigail!"

„Männer kämpfen um Land, um Geld, um Macht", sagte Abby. „Aber Frauen kämpfen um Männer!" Plötzlich machte sie eine Pause und deutete mit dem Kopf auf die Tanzpaare unter ihnen. „Da ist Daniel – rate einmal, mit wem er tanzt!"

„Mit ihr!" stöhnte Ellen. „Oh, Abby. Ich liebe ihn so sehr!"

„Dann schauen wir doch einmal, was sich da machen läßt", lächelte Abby. In der nächsten halben Stunde war sie ganz damit beschäftigt, Daniel Mains Ellen ins Netz zu treiben. Genau genommen war es ihr egal, aber Abigail Howland war gelangweilt und verwöhnt, und dies stellte eine Herausforderung für sie dar. Sie selbst hatte schon mehr Anträge abgelehnt, als die meisten Mädchen überhaupt je bekommen, aber sie war auch schön und gewitzt – und ihr Vater, Saul Howland, war einer der vermögendsten Männer in ganz Boston.

Sie genoß das einzige Spiel, das einer Frau blieb – Männer; und es gab ihr ein gewisses Vergnügen, den glücklosen Daniel Mains zu manipulieren. Innerhalb einer halben Stunde hatte sie den Charakter von Ellens Rivalin so diffamiert und seine Meinung über Ellen so aufgebessert, daß das große Mädchen ihren Fisch an der Angel hätte, wenn sie ihre Karten richtig ausspielte.

„Du kannst es wieder nicht lassen, nicht wahr, Abby?" Sie drehte sich lächelnd um und erblickte Maury Simms, der sie zum Tanz aufforderte. Er war ein großer, breitschultriger Mann mit sechsundzwanzig Jahren, der eine zeitlang ihr Verehrer gewesen war, aber die Hoffnung aufgegeben hatte. Jetzt sagte er grinsend, während sie tanzten: „Du gibst Ellen Schützenhilfe, nicht wahr?"

„Ich weiß nicht, was du meinst, Maury", erwiderte sie, aber auf ihren roten Lippen lag ein Lächeln, und sie lachte laut auf: „Männer sind solche Narren!"

„Ja, nicht wahr?" Maury hatte sie durchschaut, und es war ihr ein Vergnügen, mit einem Mann zusammenzusein, der nicht hinter ihr oder dem Geld ihres Vaters her war. „Aber nicht alle. Paul Winslow ist kein Narr – nicht wie ich. Ich glaube nicht, daß du so mit ihm spielen kannst wie mit uns anderen."

„Oh, ich will mit niemandem spielen, Maury."

Sie tanzten weiter und gesellten sich dann zu einer Gruppe an dem langen Tisch, der mit Wein und Essen überladen war. Emily Rauter, die mit an dem Tisch stand, lächelte kurz und meinte: „Dein Kleid ist wunderschön, Abby."

„Danke, Emily – du siehst bezaubernd aus."

Maury stand mit einem breiten Schmunzeln auf dem Gesicht daneben und dachte: *Sie hassen sich – jede würde der anderen am liebsten die Augen auskratzen.*

Aber das stimmte nicht – wenigstens nicht, soweit es Abby betraf. Sie wußte, daß Emily verzweifelt hinter Paul Winslow her war, aber das beunruhigte sie nicht. Sie hatte Emily schon mehr als einen Mann ausgespannt.

„Wer ist das bei Paul?"

Sie blickten durch den Raum und sahen Paul Winslow in der Begleitung eines sehr großen jungen Mannes mit roten Haaren auf sich zukommen. „Oh, das muß Pauls Vetter vom Lande sein", erklärte Maury. Dann kam ihm ein Gedanke, und er sagte lächelnd: „Laßt ihn lieber in Ruhe, meine Damen – er ist nicht zu haben."

Wie er vermutet hatte, hoben beide Frauen bei seiner Äußerung den Blick und betrachteten den *großen* Mann genauer. „Was soll das heißen, Maury?" fragte Emily.

„Oh, erstens ist er laut Paul wahrscheinlich ein ängstlicher Patriot – was ihn von vornherein aus dem Rennen wirft – aber was noch schlimmer ist, er ist ein Pfarrer."

„Vielleicht ist er ein Pfarrer", lächelte Abby. „Aber er ist ein Mann."

„Laß ihn lieber in Ruhe, Abigail", sagte Emily warnend. „Paul sieht es vielleicht nicht gern, wenn du seinem Vetter zu viel Aufmerksamkeit widmest."

„Das werden wir schon noch sehen, meine Liebe", lächelte Abby und ging über die Tanzfläche, um die beiden zu begrüßen.

„Wir brauchen keine Tiger in diesem Land", lächelte Maury Emily an. „Nicht so lange ihr Mädchen hier herumlauft und einander bei lebendigem Leib verschlingen wollt."

Emily hörte nicht zu, denn sie beobachtete genau, wie Paul Abby seinen Vetter vorstellte.

„Und das ist die schönste Frau in ganz Boston, Nathan, Miss Abigail Howland."

„Glauben Sie ihm kein Wort, Mr. Winslow", lächelte Abby und hielt Nathans Hand eine Sekunde länger als nötig. „Diesem Mann darf man kein Wort glauben – aber einem Virginier wie Ihnen kann wahrscheinlich jedes Mädchen vertrauen."

Paul zog die Augenbrauen hoch; dann legte sich ein finsteres Lächeln auf seine Lippen. „Ich lasse euch beide allein, damit ihr euch kennenlernen könnt. Ich vergaß übrigens, dir zu erzählen, Nathan, daß ihr miteinander verwandt seid."

„Was?" Nathan blickte Paul verwirrt an.

„Oh, ich erkläre Ihnen das alles beim Tanzen", lächelte Abby ihn strahlend an und zog ihn auf die Tanzfläche. „Es ist wirklich schön, einmal mit einem richtig großen Mann zu tanzen!"

„Was – was heißt das, daß wir miteinander verwandt sind?" Nathans Gedanken waren durcheinander, denn er hatte nie zuvor auch nur ein halb so schönes Mädchen gesehen. Sie war von einem Duft umgeben, der ihn fast lähmte. Während sie über die Tanzfläche schwebten, drückte sie von Zeit zu Zeit ihren Körper gegen ihn, und er konnte keinen klaren Gedanken fassen.

„Oh, das stimmt wirklich", sagte sie. Dabei sprach sie so leise und sanft, daß er sich vorbeugen und sein Gesicht nahe an ihres heranbringen mußte, um sie zu verstehen. „Paul hat es mir einmal erklärt – er wollte nicht, daß ich meine, es könnte irgendwelche Probleme geben, weil wir nahe Verwandte sind." Sie lachte und ließ ihre Hand auf seinem Arm liegen, wo sie ein unauslöschliches Zeichen einzubrennen schien. „Es ist folgendermaßen: Meine Großmutter war Rachel Winslow. Sie war die Schwester Ihres Großvaters. Sein Name war Miles Winslow, glaube ich. Oh, Nathan, das ist schon Ewigkeiten her. Sie waren sogar während der Hexenprozesse gemeinsam im Gefängnis!"

Während sie durch den Raum schwebten, fühlte sich Nathan selbst etwas verhext. Er hatte nur wenig Zeit mit Mädchen verbracht und nie mit einem so attraktiven. Die nächste Stunde war für ihn wie ein Traum.

Paul stand an die Wand gelehnt und sah ihnen zu, als Emily auf ihn zukam und ihn zum Tanz aufforderte. „Hier sind zu wenige Männer, als daß du nur zuschauen könntest. Tanz mit mir!"

Er willigte ein, und bald hatte sie ihn zum Lachen gebracht. Sie war eine gewitzte, junge Frau, und es dauerte nicht lang, bis er ihr von Nathan erzählte. Schließlich sagte sie: „Er sieht ziemlich gut aus, Paul. Es überrascht mich, daß du sie so lang mit ihm tanzen läßt."

„Du kennst doch Abby, Emily. Sie tut sowieso, was sie will."

„Eine Frau sollte tun, was ihr *Mann* will, finde ich!"

Er nickte. „Ich gebe dir recht, aber schau, Nathan wird es gleich schlecht ergehen. Abby führt ihn hinüber und stellt ihn den Offizieren vor. Das ist genauso, wie wenn man ein Schaf den Wölfen vorstellt!"

Nathan war etwas eingeschüchtert, denn er wurde von einer Gruppe scharlachrot gekleideter britischer Offiziere umringt. Miss Howland kannte sie alle gut, wie es schien, und einer nach dem anderen schüttelte ihr die Hand; dann bombardierten sie ihn mit Fragen. Ein gutaussehender Mann um die Vierzig, Major John Pitcairn, fragte sofort: „Nun, Mr. Winslow, woher weht der Wind im Süden? Ich kenne Mr. Washington. Läßt er sich auf diese Rebellion, die sich dort anscheinend zusammenbraut, ein?"

Noch bevor Nathan antworten konnte, grunzte ein kleiner, dicker Mann mit winzigen Schlitzäuglein: „Unsinn, Pitcairn! Es gibt keine Rebellion! Diese Kolonisten sind zwar dumm, aber nicht so dumm, daß sie es mit der stärksten Macht der Welt aufnehmen – dem britischen Empire!"

„Oberst Smith hat recht!" Ein korpulenter Mann mit einer herzlichen Art und hellen braunen Augen ergriff das Wort. Er war General Thomas Gage, der Befehlshaber der königlichen Truppen in Boston. „Washington ist ein Ehrenmann, und ich halte ihn für einen loyalen Untertan Seiner Majestät. Sam Adams und Hancock bringen das Faß zum Brodeln!"

„Was meinen Sie dazu, Sir?" fragte Major Pitcairn Nathan. „Gibt es eine Rebellion?"

Nathan fühlte den Blick jedes königlichen Offiziers auf sich und räusperte sich, bevor er vorsichtig sagte: „Was mich betrifft, so glaube ich, daß eine Revolution eine Katastrophe wäre. Jedoch darf ich nicht verschweigen, daß nicht meine ganze Familie so denkt –"

„Guter Mann!" rief Smith aus, und die anderen nickten zustimmend.

„Sie müssen mit Paul in unsere Offiziersmesse kommen, Mr. Winslow", sagte Major Pitcairn freundlich. „Er ist oft dort, und wir würden uns freuen, wenn Sie ihn begleiten."

„Sehr gern, Herr Major", antwortete Nathan; dann fühlte er eine kleine Hand fest auf seinem Arm und wandte sich zu Abby um, die neben ihm stand.

„Es wird Zeit für die Erfrischung, die Sie versprochen haben, Mr. Winslow."

Er folgte ihr zum Tisch, und sie fragte mit einem neckischen Lächeln: „Ich habe gehört, daß Sie Pfarrer sind. Hindert Sie das, ein Glas Wein zu trinken?"

Im Grunde schon, denn Adam war der Meinung, daß Wein der erste Schritt zur Trunkenheit ist, aber als er ihr in die Augen blickte, konnte Nathan nicht ablehnen. So nahm er ein Glas Wein, und sie stieß auf den König an.

Das eine Glas war ein Fehler, denn es hatte scheinbar so wenig Wirkung, daß er ein zweites nahm. Ein Tanz folgte dem anderen, und jeder wurde mit wohl mundendem Wein begossen.

Nathan hatte sich noch nie in seinem Leben so herrlich gefühlt! Als er immer mehr Wein zu sich genommen hatte, legte er seine Scheu ab, und bald lachte und plauderte er mit der schönsten Frau in Boston, als hätte er sein ganzes Leben lang nichts anderes getan.

Stunden später befand er sich mit Abby in einer Art Nische, wo sie ihm ein Bild von ihren gemeinsamen Vorfahren zeigte. Er blickte in das ausdruckstarke Gesicht von Rachel Winslow, und als er herabblickte, um etwas dazu zu sagen, hatte Abigail das Gesicht erhoben. Ihre Lippen waren rot, und sie drückte sich an ihn. In seinem Kopf drehte sich alles, aber er konnte es nicht verhindern. Er nahm sie in die Arme, senkte den Kopf und küßte sie. Diesen Augenblick würde er nie vergessen; sie entzog sich ihm nicht, sondern erwiderte seinen Kuß.

Dann zog sie sich zurück, und ihre Stimme schien von weit her zu kommen, als sie sagte: „Für einen Pfarrer sind Sie ein gefährlicher Mann, Nathan Winslow!"

Dann verschwand sie in der Menschenmenge auf der Tanzfläche, und plötzlich entdeckte er, daß er zum ersten Mal in seinem Leben betrunken war. Er merkte, daß es ihm schwer fiel zu gehen, denn der Boden schien unter ihm zu wanken und zu schaukeln, und ihm wurde deutlich bewußt, daß sich zu viel Wein in seinem Magen befand.

Paul war seine Rettung. Als er die Probleme seines Vetters sah, führte er ihn gerade noch rechtzeitig aus dem Haus. Draußen gab Nathan sein Abendessen von sich. Paul packte ihn in den Einspänner und schleppte ihn schließlich die Treppen hinauf. Dort sagte Paul zu dem schlafenden Riesen mit dem geröteten Gesicht sanft: „Ich glaube, Nathan, Boston ist ein bißchen zu viel für dich – oder vielleicht sollte ich lieber sagen, daß Abigail Howland zu viel ist!"

KAPITEL FÜNF

Ein Junge namens Laddie

Trotz der beißenden Kälte mußte sich Nathan seinen Weg durch den dichten Verkehr, der auf dem Platz herrschte, bahnen. Die leuchtenden, scharlachroten Jacken der britischen Soldaten brachten einen Farbtupfer zwischen die düsteren alten Gebäude. Nathan war umgeben von Kaminkehrern, Sägewerkern, Händlern, Damen, Priestern, Ochsenkarren, Pferden, Ochsen, und seine Ohren dröhnten von den vielen Geräuschen, die auf dem Markt auf ihn einströmten.

Er gelangte zu dem englischen Kaffeehaus, das das Erdgeschoß eines vierstöckigen, leuchtend gelb angemalten Fachwerkhauses belegte. Sobald er durch die Tür trat, hörte er jemanden seinen Namen rufen: „Winslow! Hier herüber!"

Major John Pitcairn, der an einem kleinen, runden Tisch an der Wand saß, mußte seine Stimme laut erheben, damit Nathan ihn verstehen konnte, denn der große Raum war bis auf den letzten Platz mit Offizieren und ihren Gästen besetzt. Nathan erkämpfte sich seinen Weg quer durch den überfüllten Raum. Bei dem Geruch von Pfeifenrauch, abgestandenem Whisky und ungewaschenen männlichen Körpern wäre er beinahe zurückgewichen.

Pitcairn schob ihm eine Flasche und einen Becher zu und sagte: „Eiskalt draußen! Trinken Sie von dem Zeug, mein Junge – das wärmt!"

In den zwei Wochen, die er jetzt schon in Boston verbracht hatte, hatte Nathan gelernt, das Problem mit dem Trinken in den Griff zu bekommen. Sagte man „nein", schuf man sich damit sofort ein Problem, denn fast jeder im Land trank irgendeinen Alkohol. Selbst Pfarrer erhielten häufig einen Teil ihrer Bezahlung in Form von Bierkisten, und *alle* britischen Offiziere tranken ziemlich viel. Zuerst hatte Nathan die angebotenen Getränke abgelehnt, aber dies hatte auf seiten der Soldaten ein derartiges Mißfallen erregt, daß er gelernt hatte, ein Glas anzunehmen und einfach so zu tun, als trinke er. Er nahm das Glas und nippte daran, aber den scharfen Augen Pitcairns entging das nicht, und er lächelte. „Sie haben seit dieser Nacht bei den Howlands nicht mehr viel getrunken, nicht wahr, Nathan? – und vorher auch nicht, vermute ich."

Nathans Gesichtsausdruck verfinsterte sich, und er rutschte ungemütlich auf seinem Stuhl hin und her. Schließlich blickte er dem Major unumwunden in die Augen und erklärte: „Ich habe mich in jener Nacht zum Narren gemacht, Major!" Seine hohen Backenknochen erröteten, und er schüttelte den Kopf und fügte hinzu: „Shakespeare sagte: ‚Gott bewahre, daß ich einen Feind in meinen Mund lasse, der mir den Verstand raubt'; ich fürchte, genau das habe ich an jenem Abend getan."

„So schlimm, wie Sie es in Erinnerung haben, war es nicht, Nathan", beruhigte ihn Pitcairn mit einem mitfühlenden Lächeln. „Wenn ich mich recht erinnere, waren Sie an diesem Abend der nüchternste Mann im ganzen Haus! Ich weiß mindestens von dreien, die hinausgetragen werden mußten."

„Das ist deren Sache und nicht meine!"

„Oh? Ich habe Sie ja nicht die ganze Zeit beobachtet. Vielleicht hat Sie Abigail Howland so trunken gemacht?"

„Ich werde mir nicht anhören –!" Nathan erhob sich mit ärgerlichem Blick halb von seinem Stuhl, aber als er in Pitcairns ehrliches Gesicht sah, schluckte er, setzte sich wieder und senkte den Kopf. Er zeichnete eine Figur auf die feuchte Oberfläche des Eichentisches, blickte dann auf und sagte mit einem schwachen Lächeln auf seinen breiten Lippen. „Sie sind zu scharfsinnig für mich, Herr Major."

Pitcairn saß ruhig da und sagte nichts, bis er seine Tonpfeife wieder gefüllt hatte. Er nahm die Kerze und zog an der Pfeife, bis der Tabak rot glühte, dann stellte er sie vorsichtig wieder auf den Tisch – eine typische Bewegung Pitcairns. Er hatte den jungen Mann nicht ausgeforscht, aber Nathan war so offen gewesen, daß er erfahren hatte, wie sehr seine Familie durch unterschiedliche politische Meinungen gespalten war – Nathans Eltern in Virginia unterstützten kräftig die Sache der amerikanischen Patrioten, während sein Onkel Charles und dessen Familie ergebene Loyalisten der englischen Krone waren. Er hatte Nathan *etwas* zu sagen und zögerte.

„Sie müssen doch etwas mit dieser jungen Frau angestellt haben. Sie sind ein ziemlich häufiger Gast in ihrem Haus – und der arme Paul wird den Tag verfluchen, an dem er Sie dort einführte!"

„Es tut mir leid – um Paul, meine ich."

„Oh, sie waren nicht verlobt." Pitcairn schüttelte den Kopf und fügte hinzu: „Sie ist wirklich eine gute Partie, mein Junge – gutes Aussehen *und* Geld. Aber ich weiß nicht, ob sie Ihrer Familie gefallen wird."

Nathan schüttelte traurig den Kopf. „Sie haben recht. Sie ist für die Sache der Rebellen bestimmt nicht zu begeistern."

Pitcairn betrachtete Winslow nachdenklich, dann traf er eine schnelle

Entscheidung. „Nathan, ich habe Sie zu mir bestellt, weil Sie etwas wissen müssen."

Pitcairns ernste Miene beunruhigte Nathan. „Was ist, Herr Major?"

„Es geht um Ihren Bruder. Er läßt sich auf eine radikale Gruppe ein, und ich finde, Sie sollten das wissen."

„Caleb? Aber er ist doch noch ein Kind!"

„Das kann schon sein, aber trotzdem hat er Kontakt zu einem jungen Mann, der für Ihren Onkel arbeitet – Moses Tyler heißt er."

„Ja, ich kenne Moses", sagte Nathan, ohne lang zu überlegen.

„Wir haben ihn schon einige Zeit im Auge. Er hat sich den Sons of Liberty, einer radikalen Gruppe von amerikanischen Patrioten, angeschlossen – vielleicht haben Sie von ihnen schon gehört?"

„Ja, aber ich dachte immer, sie seien recht harmlos."

Ein selten aufflackernder Zorn zog über Major Pitcairns Gesicht, und er sagte: „Gehen wir, Nathan. Hier gibt es zu viele Ohren, die mithören können."

Er legte eine Münze auf den Tisch, und Nathan folgte ihm hinaus ins Freie. Beide stellten den Mantelkragen auf, um ihr Gesicht vor der bitteren Kälte zu schützen. „Haben Sie schon etwas über das Bostoner Massaker gehört, Nathan?"

„Natürlich."

„Hier geschah es." Pitcairn deutete mit der Hand auf den Platz. „Es war eine sehr unglückliche Sache, Nathan. Eine Bande von erwerbslosen Arbeitern griff genau dort drüben eine britische Wache an, und ein Mob versammelte sich und warf Austernschalen und Schneebälle. In der allgemeinen Verwirrung rief jemand ‚Feuer!', und unsere Männer schossen. Fünf Männer wurden dabei getötet und sechs wurden verwundet."

„Sie hätten nicht auf unbewaffnete Männer schießen dürfen."

„Nein, natürlich nicht, und ein besserer Offizier hätte das auch verhindert. Aber es war eine große Gelegenheit für Sam Adams und James Otis! Sie ließen von Paul Revere einen Kupferstich von dem Aufstand anfertigen – Sie haben ihn sicher schon gesehen." Ein bitteres Lächeln huschte über Pitcairns Lippen, und er deutete auf das Zollhaus, das an das Kaffeehaus angrenzte. „Revere hängte mit seinem Kupferstich ein Schild an dieses Gebäude. Wissen Sie, was darauf stand?"

„SCHLACHTHOF." Nathan erinnerte sich genau an das Bild, denn Abzüge davon kursierten in den ganzen Kolonien. „Aber das ist kein Verrat, was Adams tat."

„Nein, aber es ermöglichte Sam Adams den Anfang! Als nächstes organisierte er die Bostoner Teeparty – und das war eine kriminelle Handlung, Nathan."

„Wahrscheinlich", sagte Nathan langsam.

Pitcairn griff den großen jungen Mann mit einem festen Griff am Arm und sagte: „Nathan, Sam Adams hatte in seinem Geschäft versagt, er war einer von denen, die ständig jammern und unzufrieden sind und denen man am liebsten eine auf die Nase geben würde – aber er ist genau der Typ, den man in einem Kampf, bei dem es hart auf hart hergeht, auf seiner Seite haben will. Er läßt nicht locker! Solche Männer brüten Revolutionen aus, und sie kümmern sich einen Dreck darum, wer dafür sterben muß."

„Und Sie sagen, daß Caleb zu ihren Versammlungen geht?"

Sie waren gerade um eine Ecke gebogen, und ein eisiger Luftstoß blies ihnen so kalt entgegen, daß es beiden den Atem verschlug. „Sehen Sie das alte, rote Ziegelhaus da drüben – das mit den blauen Fensterläden?"

„Was ist damit?"

„Das ist Sam Adams' Haus – dort treffen sie sich. Die anderen sind nicht besser, Nathan. Otis war in Massachusetts Anwalt und dem Alkohol sehr zugetan. Früher war er einmal ein Tory gewesen, dann hat er die Seiten gewechselt und sich auf die Seite der Whigs gestellt, weil er sah, daß er damit mehr verdienen konnte. Und dann ist da noch John Hancock – er ist vielleicht der schlimmste von allen – obwohl er aalglatt ist!"

„Reich, nicht wahr?"

„Oh ja, und wie ist er zu dem Geld gekommen? Durch Teeschmuggel! Deshalb war er auch bei der Teeparty im Hafen dabei – seine Gewinne standen in Gefahr. Nathan, der Mann ist ein Verbrecher, und früher oder später werden die Sons of Liberty alle am Galgen enden." Major Pitcairn blieb zwanzig Meter vor dem roten Ziegelhaus stehen. „Ich will nicht, daß Ihr Bruder auch einer von denen ist, die gehängt werden, Nathan, deshalb erzähle ich Ihnen das alles."

Nathan streckte impulsiv die Hand aus, ergriff die Hand des Offiziers und rief überschwenglich: „Danke, Herr Major!"

„Jetzt wissen Sie es – aber was werden Sie in dieser Sache tun, mein Junge?"

Die Frage traf Nathan schwer, denn er hatte nicht die geringste Ahnung, was er tun könnte. Er richtete den Kopf auf und sagte mit einem Feuer in seinen hellblauen Augen: „Ich unternehme etwas, Herr Major – darauf können Sie sich verlassen!"

Major Pitcairn schlug ihm freundschaftlich auf die Schulter, sagte dann aber noch: „Unser Informant hat mir erzählt, daß sie heute abend eine

Versammlung haben. Ich würde versuchen, den Jungen, wenn möglich, fernzuhalten – aber seien Sie ein bißchen vorsichtig, Nathan. Diese Männer sind Revolutionäre – sie werden sich nichts dabei denken, Sie auszulöschen! Lassen Sie mich wissen, wenn ich etwas tun kann."

Pitcairn drehte sich um und marschierte die Straße hinunter. Nathan blickte der eindrucksvollen, aufrechten, militärischen Gestalt nach und begab sich dann in den Schutz eines winzigen Gasthauses gegenüber dem Ziegelhaus. Er nahm Platz und bestellte ein Essen, um nicht aufzufallen. Es dauerte lange, bis das Essen fertig war, und es schmeckte auch nicht besonders, aber das war ihm gleichgültig. Sein Verstand arbeitete mit rasender Geschwindigkeit und versuchte, eine Möglichkeit zu ersinnen, wie er Caleb von Schwierigkeiten fernhalten könnte. Er dachte daran, ihn nach Hause zu schicken, wußte aber sogleich, daß Caleb nie fahren würde. *Vielleicht sollte ich Vater schreiben –? Aber er wäre wahrscheinlich stolz auf Caleb. Denn er denkt und fühlt selbst so wie er.*

Er aß seinen Teller leer und stellte fest, daß er nicht so lange in dem Gasthaus bleiben könnte, bis sich die Gruppe träfe; so bezahlte er seine Rechnung und trat wieder auf die Straße. Der Schnee lag überall in weißen Haufen, und die Flocken wurden immer größer. Er blickte zum Himmel hinauf, drehte sich dann um und marschierte langsam in Richtung Hafen. *Ich gehe zum Lagerhaus und wärme mich dort auf – dann unternehme ich etwas.*

Als er die Entfernung zwischen der Stadtmitte und dem Hafenbezirk zurückgelegt hatte, fiel der Schnee in so dicken Flocken, als schütte ein unsichtbarer Riese große Körbe über der Stadt aus. Die Flocken waren fast so groß wie eine Münze und lagen mehrere Zentimeter hoch vor den Geschäften. Die Temperatur war rapide gesunken; als er von der Hauptstraße abbog und an den Docks entlang marschierte, waren seine Wangen taub und seine Füße, die durch den weißen Teppich stapften, hatten kein Gefühl mehr.

Nathan hielt sich nahe an ein langes Tabaklagerhaus, um vor dem eisigen Wind, der ihm ins Gesicht wehte, ein wenig Schutz zu finden. Er blickte auf den Hafen hinaus, wo die Schiffe wie gefrorene Skelette aussahen – ihre scharfen Umrisse, die Masten und Segelstangen nahmen unter der Schneedecke eine sanfte, runde Gestalt an.

Doch während er auf die Schiffe hinausblickte, stolperten seine halb gefrorenen Füße über etwas. Er versuchte, schnell seine Hände aus den Manteltaschen zu ziehen, um den Sturz aufzufangen, aber es gelang ihm nicht rechtzeitig, und sein langer Körper fiel kopfüber in den Schnee!

„Was zum Kuckuck –!"

Er zog die Hände aus der Tasche und wischte sich mit dem Arm den Schnee aus dem Gesicht. Als er sich auf die Seite rollte, sah er ein Lumpenbündel unter einem weißen Haufen liegen. Schon wollte er mit dem Fuß ausholen, um dem Bündel einen gehörigen Tritt zu versetzen, denn der Sturz hatte ihm den Atem geraubt, und seine Wange, die ungeschützt gegen das rauhe Holz des Kais gestreift war, blutete.

„Was –?" Er blickte verwirrt drein, ließ dann den Fuß wieder sinken, denn er glaubte, eine winzige Bewegung unter dem Lumpenhaufen ausgemacht zu haben. Er krabbelte auf die Knie und schleuderte den Schnee beiseite. Sofort sah er, daß das Bündel lebte!

Eine Angst kroch in seinen Bauch, und mit Händen, die mehr aus Nervosität als vor Kälte zitterten, zerrte er an der Gestalt, die anscheinend in eine zerlumpte Decke eingewickelt war. Er drehte sie auf die Seite und konnte in der aufziehenden Dunkelheit gerade noch ein blasses, weißes Gesicht mit fest geschlossenen Augen ausmachen. „He! Wach auf!" Er rüttelte an der kleinen Person, aber es kam keine Reaktion.

„Ich muß Hilfe holen!" murmelte er. Er stolperte auf die Füße und blickte sich panisch um, aber er wußte, daß hier in der Gegend kein Arzt aufzutreiben wäre. *Ich muß den Jungen schleunigst aus dieser Kälte bringen!* Er blieb stehen und hob die reglose Person auf. Dabei war er entsetzt, wie leicht der Junge war. Dann kam ihm ein Gedankenblitz, was er tun könnte, und er stapfte durch den Schnee weiter. Das Lagerhaus, dachte er – dort ist es warm, und ich kann jemand nach einem Arzt schicken!

Es war fast noch ein halber Kilometer bis zum Lagerhaus der Winslow Company, und seine Lungen brannten ihm, als er endlich stehenblieb und vor der Tür nach Luft schnappte. Drinnen brannte kein Licht, und er stöhnte, als er sah, daß der schwere Riegel vorgeschoben war. Vorsichtig legte er seine Last ab, zog seinen Schlüssel heraus und schaffte es dann mit tauben Fingern, das Schloß zu öffnen. Er hob den Knaben auf, gab der Tür einen kräftigen Tritt, daß sie aufging, und stolperte hinein. Auch in dem Haus herrschte eine bittere Kälte. Aber er fand seinen Weg durch das Gebäude mit der hohen Decke, das von einer einzigen Lampe erleuchtet war, zum Büro im hinteren Teil des Hauses. Es war dunkel, und er tastete sich zu einer kleinen Nische vor, die der Vorarbeiter öfter für ein kurzes Nickerchen benutzte. Er suchte mit den Händen den Schreibtisch ab und fand die kleine Kerze, lief dann zurück zu der Laterne im Lagerbereich, um sie zu entzünden. Er schützte die Kerze mit einer Hand und eilte ins Büro zurück, wo er vor der kleinen Gestalt stehen blieb, die er aus dem Schneesturm ins Haus gebracht hatte.

Ich sollte etwas unternehmen! dachte er. *Aber es ist Samstagnacht.* Einen Moment lang stand er unentschlossen und von seinem Dauerlauf durch den Sturm außer Atem in der kalten Stille der Nacht.

Dann tat er etwas, das er nicht gewohnt war, eine unbewußte Reaktion, etwas, das in ihm aufstieg. „Gott, laß diesen Jungen nicht sterben!" betete er. Er war selbst überrascht über das, was er getan hatte. Die meisten seiner Gebete waren für andere Menschen bestimmt, eine Art Rhetorik, die er sich angeeignet hatte, als er anderen beim Beten zuhörte. Gebete in der Stille hatte er schon vor Jahren aufgegeben, denn obwohl er einige kannte – wie etwa seine Mutter –, die viel Zeit im Gebet verbrachten, war sein eigenes Gebetsleben nur eine Formsache.

Dann fing er wieder unwillkürlich an: „Oh, Gott! Ich habe ihn nicht hierhergeschleppt, damit er stirbt! Laß ihn leben! Bitte – laß ihn leben!"

Wieder war er über die Gefühle, die sein Gebet auslösten, schockiert, und in diesem Augenblick sah er ein Augenlid auf dem immer noch blassen Gesicht zucken. Gleichzeitig trat über die vor Kälte blau angelaufenen Lippen ein Stöhnen.

„Er lebt! Danke, Gott!" freute sich Nathan, und der Druck der Angst legte sich. Er wirbelte herum und entfachte schnell ein kleines Feuer im Kamin, stellte den Wasserkessel auf und legte dann vorsichtig größere Holzstücke ins Feuer, bis es knisterte und die bittere Kälte allmählich aus seinen Händen wich.

Ein leises Geräusch ertönte hinter ihm; er wandte sich vom Feuer ab und sah, wie der Junge die Arme bewegte. Er eilte zu der Matratze. „Jetzt ist alles in Ordnung, hab keine Angst – du bist in Sicherheit!"

Ein Paar Augen, das so schwarz war wie ein tiefer Brunnen, blickte ihn plötzlich an, und die blauen Lippen bewegten sich unter Schmerzen: „Was – was –?"

„Versuch jetzt nicht zu sprechen, Junge", sagte Nathan schnell. Er streifte die schmutzige Decke von dem Jungen, die so dünn war, daß sie überhaupt keinen Schutz bot, und zog seinen eigenen dicken Wollmantel aus. Als er diesen um den Jungen wickelte, bemerkte er die dünnen Arme und die tiefsitzenden Augenhöhlen. *Halb verhungert,* dachte er, laut sagte er: „Ich weiß nicht viel darüber, was man mit erfrorenen Leuten tut, Junge. Bei uns in Virginia gibt es nicht viel Schnee." Er lächelte, als die riesigen, mandelförmigen Augen ihn eulenhaft anstarrten, und meinte dann: „Ich habe irgendwo gehört, daß man Menschen, die fast erfroren sind, mit Schnee einreiben solle, also vielleicht sollte ich –?"

Er erhob sich, um Schnee zu holen, aber die dunklen Augen wurden noch weiter aufgerissen, und eine dünne Hand klammerte sich noch fester an den Mantel. „Nein! Mir – mir geht es schon wieder gut."

Die Stimme war schwach, aber in die dünnen Wangen stieg Farbe, und so sagte Nathan: „Glaube, wir lassen dich einfach auftauen, Junge. Vielleicht kannst du schon bald einen Schluck Tee trinken – was meinst du?" Er sah ein schnelles Nicken, dann schlossen sich die Augen, aber als in den schmalen Körper allmählich das Gefühl zurückkehrte, sah er, wie er zuckte und sich schüttelte. „Ich versuche, ob ich einen Arzt finden kann."

Er stand auf, aber zu seiner Überraschung schnellte eine Hand vor und hielt ihn am Ärmel fest. In den dunklen Augen erblickte er nackte Angst. „Nein – bitte – lassen Sie mich nicht allein!"

Er zögerte, dann sagte er: „Gut, ich bleibe hier, bis wir sehen, wie es dir geht." Die Augen schlossen sich, und die Hand sank wieder, als hätte diese eine Bewegung alle Kraft aus dem kalten Körper geraubt.

Er konnte jetzt wenig tun, außer das Feuer in Gang zu halten. Er wußte gut genug Bescheid, um keine hoch lodernde Flamme zu entfachen, sondern mit dem winzigen Feuer die Raumtemperatur über den Gefrierpunkt zu bringen. Eine halbe Stunde verging, dann eine Stunde, und mehrmals stand er auf und beugte sich über das Bett.

Er sah ein dünnes Gesicht mit dicken, geschwungenen Augenbrauen, die aussahen wie Adlerflügel und dieselbe Farbe wie die Haare hatten, die den Eindruck erweckten, als habe jemand mit einem stumpfen Messer wild darauf herumgehackt. Ihm fiel die gerade Nase, das runde Gesicht und das feste Kinn auf, und er dachte: *Ein gut aussehender Junge, aber ziemlich heruntergekommen. Wenn ich nicht über ihn gestolpert wäre, wäre er bis zum Morgen tot gewesen.*

Der Kessel begann zu pfeifen, und die Augen öffneten sich wieder. „Wie wäre es, wenn du dich aufsetzt und einen Schluck Tee trinkst?" Er legte den Arm um den Jungen, half ihm, sich aufzusetzen, und sagte dann: „Es wäre vielleicht gut, wenn du jetzt diesen Mantel ausziehst –" Er machte eine Pause und fragte: „Wie heißt du, Junge?"

Es folgte ein kurzes Schweigen; dann fuhr sich der Junge langsam mit der Zunge über die aufgesprungenen Lippen und sagte mit schwacher Stimme: „Laddie. Laddie – Smith."

Nathan entging das Zögern beim Nachnamen nicht, er achtete aber nicht weiter darauf, sondern sagte nur: „Gib mir den Mantel und versuch, ein bißchen Tee hinunterzubringen. Ich bin Nathan Winslow."

Laddie nickte, schlüpfte aus dem Mantel und griff mit einer dünnen Hand nach der riesigen Tasse, die Nathan gefunden hatte. Der Geruch des Tees erfüllte den kalten Raum, und er mußte die Tasse mit beiden Händen festhalten, aber als er zu trinken begann, geschah dies nicht in kleinen Schlucken, sondern in langen, gierigen Zügen, bei denen sich der dünne Hals zusammenzog.

„Halt, du verbrennst dir ja den Hals, Laddie!" Er streckte die Hand aus und zog die Tasse zurück, dann blickte er in die schwarzen Augen. „Ich habe einige Kekse und etwas Käse gefunden. Warum kommst du nicht herüber zum Tisch und ißt ein bißchen etwas?"

Der Hunger flackerte aus den dunklen Augen, und sofort schwang Laddie seine Beine vom Bett und stand auf – aber er schwankte wie ein junger Baum im Wind.

„Langsam, komm!" Nathan legte den Arm um die dünnen Schultern und führte ihn zum Stuhl, wo er ihn vorsichtig niedersetzte und dann einen Keks und eine dünne Scheibe Käse auf den Tisch legte. „Iß das – aber wirklich *langsam*", forderte er Laddie auf und setzte sich, um ihn beim Essen zu beobachten. Der Junge wollte das ganze Stück auf einmal in den Mund schieben, aber er beherrschte sich und biß nur ein kleines Stückchen ab und kaute es langsam, dann spülte er es mit einem Schluck heißen Tee hinunter.

Während Laddie aß, plauderte Nathan unbefangen und erzählte ihm, wie er über etwas gestolpert war, das er für einen Kleidersack hielt. Als die Augen des Jungen sich durch das Essen und den Tee erhellten, versuchte Nathan, etwas über diesen Jungen herauszufinden. Er erkannte jedoch sofort, daß es nicht leicht sein würde, denn seine Versuche bauten sofort eine Mauer auf, und die dunklen Augen schienen zu sagen: „Betreten verboten!"

Schließlich stand er auf und sagte: „Laddie, ich glaube, ich sollte einen Arzt aus seinem warmen Bett scheuchen, damit er dich anschauen kann – und zwar sehr genau!" Er betrachtete kritisch die dünnen Handgelenke und die tiefliegenden Augen und meinte: „Am besten soll er dich von Kopf bis Fuß untersuchen, damit wir wissen, ob alles –"

„Nein! Mir geht es gut, Mr. Winslow!" Er stellte die Tasse so abrupt ab, daß ein Teil der warmen Flüssigkeit ihm auf den Schoß schwappte, aber das schien er überhaupt nicht zu bemerken. „Ich will keinen Arzt! Bitte, lassen Sie mich einfach bis morgen hier bleiben, dann kann ich wieder selbst für mich sorgen. Ich werde Ihnen nicht zur Last fallen!"

In den dunklen Augen spiegelte sich Angst wider, aber auch Stolz, und Nathan betrachtete ihn perplex. Der Junge war kurz vor dem Verhungern! Endlich sagte er mit einem Schulterzucken: „Laddie, dieser Sturm da draußen wird höchstwahrscheinlich noch viel schlimmer und nicht besser. Wenn du wieder hinausgehst, erfrierst du.“ Er zögerte, dann fragte er: „Hast du eine Familie? Irgendjemand, dem ich schreiben kann?“

„Nein. Ich habe niemand.“

Der verlorene Blick in den dunklen Augen zehrte an Nathans Nerven, und er fragte sich, ob er so gut mit dieser Situation fertig werden könnte wie dieser Jugendliche. Er hatte es immer leicht im Leben gehabt; er hatte in seinem ganzen Leben noch nie Hunger gelitten, und plötzlich wußte er, daß er etwas unternehmen mußte. Das Gebet, das er gesprochen hatte, kam ihm in den Sinn, und er dachte: *Gut, wenn Gott seinen Teil erfüllt hat, dann muß ich meinen auch erfüllen!*

Er blickte zu ihm herab und fragte ruhig: „Du brauchst also einen Platz zum Wohnen, Laddie?“

Die dünnen Schultern richteten sich auf, und die volle Unterlippe zitterte ganz leicht, aber die Antwort war klar: „Ich brauche eine Arbeit, Mr. Winslow. Ich kann jede Arbeit übernehmen.“

Nathan betrachtete die dünnen Arme und sagte: „Na, ich glaube, du wirst nicht gleich Baumwollballen schleppen können, aber kannst du schreiben und rechnen?“

„Ja, Sir!“ Hoffnung überzog das Jungengesicht, und er schluckte und fügte hinzu: „Ich bin sehr gut in Buchführung.“

„Das ist gut, denn wir brauchen hier jemanden, der uns dabei helfen kann.“ *Onkel Charles wird überrascht sein!* dachte er in einem Anflug von Belustigung. Aber er arbeitete schon seit zwei Wochen bei seinem Onkel in dem Geschäft und wußte, daß es genug Arbeit für eine Schreibkraft gab. Laurence Strake, der Verwalter, hatte sogar etwas in dieser Richtung geäußert, wenn er sich recht erinnerte. ‚Brauchen ein bißchen Hilfe bei der Buchführung, Mr. Winslow.’

„Ich – ich werde mich anstrengen!“

„Sicher, Laddie, aber das eilt vorerst nicht. Wir müssen erst einmal etwas Fleisch auf deine Knochen bekommen. Sag mal, wie alt bist du – zwölf oder dreizehn?“

„Mindestens.“ Seine Augen blinzelten, als er antwortete; dann lächelte er zum ersten Mal, und Nathan wunderte sich über die vollkommenen, gleichmäßigen, weißen Zähne. „Genau genommen bin ich fünfzehn, Mr. Winslow.“

„Ziemlich jung, um allein zu leben, Laddie“, sagte Nathan und legte dem Jungen die Hand auf die dünne Schulter. Es überraschte ihn, als der Junge sofort zurückwich. Er dachte: *Jemand muß ihn mißhandelt haben!* Er trat zurück und strich sich über das Kinn: „Warten wir ab. Ich wohne bei meinem Onkel Charles, und in seinem großen Haus muß auch noch Platz für einen kleinen Angestellten sein."

„Könnte ich nicht einfach hier bleiben? Ich könnte mir hier ein Lager einrichten."

„Nein, nein, das geht nicht", er schüttelte den Kopf. „Heute nacht bleiben wir hier; dann spreche ich am Montag mit Onkel Charles. Vielleicht finden wir ein kleines Zimmer in der Nähe des Geschäftes."

„Ich nehme alles, Mr. Winslow." Dann stand Laddie auf und ging zu dem Feuer hinüber. Als die zerbrechliche Person in die züngelnden Flammen blickte, betrachtete Nathan das zerlumpte Hemd, das schmutzig und so zerrissen war, daß er die schwere Baumwollunterwäsche darunter durchschimmern sehen konnte. Er besah sich die altmodische Hose, die so alt und abgetragen war, daß sie überhaupt keine Farbe mehr hatte, und er lächelte darüber, wie Laddie sie mit einer Schnur daran hinderte, sich selbständig zu machen. Die Schuhe waren viel zu groß, und eine Sohle klaffte weit, wenn der Junge sich bewegte.

„Laddie, ich suche uns ein paar Decken, und wir bleiben bis morgen früh hier." Sein Gesicht strahlte auf, und er fügte hinzu: „Als erstes gibt es dann ein kräftiges, warmes Frühstück; und danach suchen wir ein Zimmer, in dem du für einen Tag oder so schlafen kannst – dann fragen wir meinen Onkel nach einer Arbeit. Klingt das gut?"

Der dünne Körper bewegte sich zuerst überhaupt nicht, dann drehte er sich um und blickte Nathan mit vor Tränen glänzenden Augen an. Es kostete ihn Kraft zu sprechen, aber schließlich hörte Nathan die Worte, die so leise waren, daß er sich vorbeugen mußte, um sie zu verstehen.

„Sie – Sie haben mir das Leben gerettet, Mr. Winslow." Die Unterlippe zitterte, aber die leise Stimme sprach weiter: „Ich habe einmal eine Geschichte aus einem fernen Land gehört – ich glaube, es war Indien. Darin hieß es, wenn jemand einem anderen das Leben rettet, muß dieser ihm dienen, so lange er lebt."

Das Feuer knisterte und knackte in dem Schweigen, das nun folgte, und Nathan erwiderte: „Laddie, wir sind nicht in Indien – du mußt mir also nicht dein ganzes Leben lang dienen."

Er lächelte in das ernste Gesicht und versuchte, einen Spaß zu machen, aber der Junge sagte ruhig und bestimmt mit einem geradlinigen Blick in Nathans Augen: „Ich will Ihnen immer dienen und Sie ehren, Mr. Winslow – so lange ich lebe!"

Diese Worte brachten Nathan in Verlegenheit; er lachte. Dann kam ihm ein Gedanke, und er sprach ihn aus, ohne darüber nachzudenken: „Jetzt habe ich Caleb und die Sons of Liberty ganz vergessen!" Dann holte er die Decken, und Laddie blickte ihm nach, als er durch die Tür verschwand. Ein Gedanke kam ihm in den Sinn und ließ ihn lächeln – aber was es auch war – er erwähnte es Nathan gegenüber nicht, als dieser mit den Decken zurückkam.

KAPITEL SECHS

Söhne der Freiheit

Sobald ein schwaches, graues Licht durch das kleine Fenster schimmerte, rollte sich Nathan mit schmerzenden Knochen aus seinen Decken und stand auf. Er hatte unruhig geschlafen; seine Gedanken waren ständig um Caleb gekreist. Außerdem waren seine Muskeln von dem harten Boden in dem kalten Zimmer ganz steif geworden. Das Feuer war ausgegangen, so daß sich auf dem Wasser in der Schüssel eine Eisschicht gebildet hatte.

„Laddie?" Er ging zu dem Deckenhaufen auf der Matratze hinüber und versetzte einer Stelle, die etwas aus dem Bündel herausragte, einen Klaps. Sofort ertönte ein unterdrückter Schrei, und er lachte, als der Kopf des Jungen mit angsterfüllten Augen am anderen Ende auftauchte. „Konnte nicht genau erkennen, welchen Körperteil ich erwische, aber ich vermute, das war nicht der erste Schlag, den du in deinem Leben auf dein Hinterteil bekommen hast, oder?"

Laddie starrte ihn an und nickte schließlich leicht: „Nein, allerdings nicht."

„So, schäl dich jetzt dort heraus." Er nahm Laddies dünnen Mantel und besah ihn sich genauer. „Der hält aber nicht viel Kälte ab. Nimm lieber meinen."

Laddie erhob sich und stand wackelig auf den Beinen, dann griff er mit einem Kopfschütteln nach dem zerlumpten Kleidungsstück. „Nein, Ihrer wäre mir viel zu lang. Der paßt schon."

„Na – versuchen wir es einmal. Hier in der Straße ist ein Gasthaus. Meinst du, daß du gehen kannst, oder soll ich dich tragen?"

„Ich schaffe es selbst – können wir an der Stelle vorbeigehen, an der Sie mich gefunden haben? Dort muß noch ein Beutel mit meinen Sachen liegen."

„Das ist auf dem Weg." Er führte den Jungen hinaus, verschloß die Tür, legte dann seine Hand auf den dünnen Arm und ging langsam die leere Straße hinunter. Sie waren noch keine fünfzig Meter weit gekommen, als er spürte, daß der Junge zu schwanken begann. „So wird das nichts, Laddie." Er schwang die kleine Gestalt auf seine Arme und fiel wieder in seinen vorherigen Schritt.

Einmal blickte er herab und sah, daß das dünne Gesicht vor Verlegenheit ganz rot war. Er lachte kurz und sagte: „Ach, Laddie, sei nicht so zimperlich. Du bist ausgelaugt und erschöpft, das ist alles – du wiegst nicht viel mehr als ein Vogel! Ich habe schon Rehe fünfzehn Kilometer weit aus dem Wald geschleppt, die zweimal so schwer waren wie du!"

„Ich – will nicht, daß mich jemand so sieht!"

„Dich sieht schon keiner. In zwei Stunden werden hier viele Leute zur Kirche unterwegs sein, aber jetzt ist es noch zu früh – und wenn schon, was macht es, wenn man dich sieht?" Nathan hatte seinen linken Arm unter den Beinen des Jungen, und mit seiner rechten Hand hielt er ihn an der Seite und grinste ihn kurz an. „Ich kann jede Rippe von dir fühlen, Laddie – aber wir werden dich bald fett und kugelrund wie ein kleines Schweinchen herausgefüttert haben!"

Es kam keine Antwort, und er sah, daß der Junge sein rotes Gesicht in seinem Mantel vergraben hatte, und fühlte den dünnen Körper vor Kälte und Scham erzittern. Er zuckte mit den Schultern und marschierte schnell zu der Stelle, an der er Laddie gefunden hatte, stieß mit dem Fuß den Schnee von einem Haufen und holte einen kleinen, zerlumpten Baumwollsack hervor. „Hab ihn! Jetzt schauen wir aber, daß wir in die Wärme kommen."

Der Blaue Eber war eines der kleineren Gasthäuser im Hafen, ein winziges Haus, das zwischen einem großen Tabaklager und einer Schiffswerft eingeklemmt war. Laurence Strake, Charles' Geschäftsführer, hatte Nathan ein- oder zweimal zum Essen dorthin geführt. Der Wirt hieß James Nelson, er war früher Matrose in der königlichen Marine gewesen, bevor er sich dem Gastgewerbe gewidmet hatte.

Nathan stellte Laddie auf die Beine, klopfte dann laut an die Tür und rief: „Nelson! Nelson! Aufmachen!"

Ein Fenster über ihren Köpfen wurde aufgestoßen, und das rote Gesicht eines Mannes tauchte auf: „Was ist denn los?"

„Haben Sie ein Zimmer für uns, Nelson – und ein gutes Frühstück?"

Der untersetzte Wirt kratzte sich an seinem kahlen Kopf, nickte dann und sagte: „Haben wir – bin gleich unten."

Eine Stunde später standen sie nach einem reichlichen Frühstück, bestehend aus Kidney Pie, einem Nierengericht, mit warmem Brot, Butter und viel Marmelade und einer Scheibe Schinken, das sie mit einem starken, heißen indischen Tee hinuntergespült hatten, vom Tisch auf. Laddie hatte sich zuerst gierig auf das Essen gestürzt, konnte aber bald nichts mehr hinunterbringen. „Dein Magen ist geschrumpft, vermute ich", sagte Nathan. „Iß lieber mehrere kleine Mahlzeiten und stopf dich nicht auf einmal so voll."

„Sie haben wahrscheinlich recht – aber es war so gut!" Das Essen hatte wieder Farbe auf Laddies Wangen gebracht, und seine Augen leuchteten viel stärker.

Nathan stand auf und führte ihn die gewundene, enge Treppe hinauf in das Zimmer, das er bestellt hatte. Er schob die Tür auf, und Laddie folgte ihm in das Zimmer. „Es ist nicht gerade luxuriös, aber es ist ja nur für kurze Zeit."

Es war ein kleiner Raum, höchstens vier Quadratmeter, der zum größten Teil mit einem großen Bett ausgefüllt war. Ein kleiner Tisch mit einer gesprungenen Schüssel und einer Wasserkanne vervollständigte die Einrichtung – aber es war warm, denn die Wärme von unten zog nach oben. „Du mußt die Tür offenlassen, damit es warm bleibt", meinte Nathan.

„Es ist – schön." Er blickte Laddie schnell an und sah, daß das erschöpfte Gesicht ganz blaß war, und dem Jungen Schweißperlen auf der zarten Stirn standen.

„Vielleicht hast du zu viel gegessen", meinte er stirnrunzelnd. „Komm, du mußt dich waschen und ins Bett legen, Laddie. Soll ich dir diese alten Kleider ausziehen und dich kräftig einseifen? Du brauchst etwas, in dem du schlafen kannst!"

Er fing an, die Tasche auf dem Bett auszuleeren, war aber überrascht, als er hörte: „Oh nein, Mr. Winslow, Sie – Sie brauchen das nicht tun!"

„Aber das ist doch keine große Mühe, Junge! Du würdest für mich doch dasselbe tun!"

Laddie blickte ihn mit einem seltsamen Blick an, streckte dann die Hand aus und nahm ihm den Beutel weg. „Bitte, mir geht es gut, wirklich. Ich wasche mich und gehe dann ins Bett, wie Sie gesagt haben."

Er blickte den Jungen an, zuckte dann mit den Schultern und meinte: „Tu das aber auch wirklich. Ich muß jetzt los. Ich sage Nelsons Frau, daß sie dich mit viel Brühe und Suppe füttern soll." Er fuhr ihm über den Kopf und blickte ihn stirnrunzelnd an. „Ich bin den ganzen Tag und die ganze Nacht fort. Aber am Montagmorgen komme ich in der Frühe gleich zu dir, und bis dahin solltest du dich schon viel besser fühlen."

„Ja, Sir, und – noch einmal danke!" Zögernd streckte ihm Laddie die Hand entgegen. Als Nathans große Hand sich um sie schloß, achtete er sehr sorgfältig darauf, sie nicht zu fest zu drücken – es war eine so zerbrechliche Hand – und er zog sie schnell zurück. „Gott segne Sie, Mr. Winslow."

Nathan brachte jede Form von Dank immer in Verlegenheit, und bei einem Blick in die dunklen Augen des Jungen entfuhr ihm ein Brummen: „Ach, Unsinn!" Dann wandte er sich um und ging schnell aus dem Zimmer. Unten sprach er kurz mit dem Wirt: „Nelson, dem Jungen geht es nicht gut, werfen Sie ein Auge auf ihn, bitte?"

„Ja, Sir, das tue ich – sage meiner Frau, sie soll eine frische Hühnerbrühe für den Jungen kochen." Er nickte nach oben und zuckte mit seinen muskulösen Schultern: „Er ist nicht gerade ein kräftiger Bursche, habe ich recht?"

„Ich zahle morgen, Nelson", sagte Nathan noch und eilte dann aus dem Gasthaus, wo er sich nach einer Kutsche umblickte. So früh am Morgen war noch keine unterwegs, aber es gelang ihm, einen Bauern zu finden, der in die Richtung fuhr, in die er wollte, und ihn mitnahm. Er wusch sich, zog seine besten Kleider an und kam gerade rechtzeitig die Treppen hinab, um mit der Familie ein kurzes Frühstück einzunehmen.

„Dir wird Pfarrer Lockyear vielleicht nicht ganz gefallen, Nathan", sagte Charles später, als sie vor einer großen, alten Kirche im Süden der Stadt aus der Kutsche stiegen. „Dir liegt wahrscheinlich mehr die Linie von Jonathan Edwards – die alte Schule."

„Ich habe gehört, daß Pfarrer Lockyear ziemlich viel auf äußere Formen und Liturgie hält", erwiderte Nathan.

„Oh ja, dir wird wahrscheinlich jeder anglikanische Pfarrer ziemlich katholisch vorkommen." Er kicherte und senkte seine Stimme, damit die Frauen, die vor ihnen hergingen, ihn nicht hören konnten: „Dein Vater ging bei Edwards in die Schule und bekehrte sich unter Whitefield. Du bist also wahrscheinlich mit kräftigen Predigten über Höllenfeuer und Verdammnis aufgewachsen. Aber das ist in der englischen Hochkirche anders."

„Glaubt man hier nicht an die Hölle?"

„Die Hölle ist für die meisten nicht hoffähig genug." Charles lachte bei diesem Gedanken, dann wurde er wieder nüchtern. „Du wirst heute nicht viel Theologie zu hören bekommen, fürchte ich. Lockyear verwendet die meiste Zeit auf der Kanzel darauf, das Evangelium der Versöhnung zu predigen – nicht der Versöhnung zwischen Gott und dem Menschen, sondern zwischen den Whigs und den Tories. Wenn er tatsächlich an eine Hölle glauben sollte, dann würde er sie mit Leuten wie Sam Adams und seinen Söhnen der Freiheit, den sogenannten Sons of Liberty, bevölkern!"

Sie waren an der Kirchentür angelangt. Als sie eintraten, fühlte sich Nathan von der reichen Innenausstattung ein bißchen eingeschüchtert: der große Altar nach der Art katholischer Kirchen, das Silber und Gold der Becher, die die glitzernden Kerzenleuchter über ihrem Kopf widerspiegelten, und die prunkvollen Walnußpaneele und Bänke, die von Meisterhand angefertigt waren.

Nicht viel Ähnlichkeit mit unserer einfachen, kleinen Kirche zu Hause. Er folgte der Familie den Gang entlang und bemerkte, daß die roten Jacken der britischen Offiziere in der ganzen Gemeinde großzügig verstreut anzutreffen waren. Er lächelte Major Pitcairn zu, der neben General Gage und Oberst Smith saß. Dann fand er, was er gesucht hatte: Abigail, die mit ihren Eltern in einer Bank ziemlich weit vorn saß. Sie wandte sich um und erwiderte seinen Blick. Das Lächeln auf ihren Lippen verwirrte ihn so sehr, daß er eine Stufe übersah – Paul fing ihn auf. Als er bemerkte, daß Paul neben ihm ging, wurde er unsicher, wen von beiden sie angelächelt hatte. *Sie läßt uns beide ganz schön zappeln,* dachte er, dann setzte er sich und ließ die ganze Szene auf sich wirken.

Der Gottesdienst war ihm wirklich sehr fremd. Ein geschulter Chor, der auf einer Empore vor den Augen der Gemeinde verborgen war, sang die meisten Lieder allein, und zu einem großen Teil des Gottesdienstes gehörte ein Ritual, bei dem die Gemeinde aufgefordert wurde zu antworten, manchmal sogar auf Lateinisch. Außerdem mußte man viel stehen und sich auf besondere Bänke knien. Aber er war wegen der Predigt gekommen und vergaß die exotische Umgebung, als Pfarrer Lockyear auf die Kanzel stieg. Er sah aus wie der Kapitän eines Schiffes, der das Ruder übernimmt. Er war ein korpulenter Mann mit über einem Meter achtzig Größe und einem vollen Gesicht, das Autorität einforderte. Seine Stimme war so kräftig wie der restliche Mann, und in der nächsten Stunde wurde die Gemeinde über die Fastgöttlichkeit von König George dem Dritten aufgeklärt, und darüber, daß der stärkste Beweis für völlige Verdorbenheit in dem verräterischen Verhalten derer zu finden sei, die irgendein Gesetz des britischen Parlaments auch nur in Frage zu stellen wagten.

Nachdem er sich diese Predigt eine halbe Stunde lang angehört hatte, überkam Nathan das Gefühl, als sei ihm ein einziger Gedanke einmal zu oft eingeprügelt worden, doch als er sich umsah, bemerkte er, daß die Gemeinde jedes Wort gierig aufsaugte. General Gage beugte sich mit aufmerksamem Gesicht vor, Major Pitcairn war weniger bei der Sache. Als er Nathans Blick bemerkte, zwinkerte er vorsichtig und zuckte leicht mit der Schulter, als wollte er sagen: *Er übertreibt ein bißchen, nicht wahr?*

Schließlich war der Gottesdienst zu Ende. Nathan kam Paul zuvor. Er ergatterte einen Platz neben Abigail, schüttelte ihren Eltern herzlich die Hand und zog sie, sobald sie vor der Tür waren, auf die Seite. „Du hast unsere Verabredung für morgen abend nicht vergessen, nicht wahr?“ Sie hatte seine Einladung angenommen, ihn zu einem Vortrag zu begleiten, einer langweiligen Sache. Aber er dachte, dorthin könne er sie ohne Gefahr mitnehmen.

„Ich denke an nichts anderes, Nathan." Ihre Worte klangen zuckersüß in seinen Ohren, aber er glaubte, ein spöttisches Blinzeln in ihren Augen zu bemerken. Sie hatte viel mehr Erfahrung mit Männern als er mit Frauen. Als sie sah, daß er errötete, legte sie ihm die Hand auf den Arm und sagte sanft: „Das stimmt wirklich, Nathan. Ich mache mir nicht viel aus dem Vortrag, aber es ist schön, mit dir zusammenzusein."

Eine Wärme durchströmte ihn, und er öffnete den Mund, um ihr zu antworten, aber es war zu spät. Die Menschenmenge kam aus der Kirche geströmt, und Nathan wurde von der kleinen Gefolgschaft, die den General umgab, eingeholt. Gage erblickte ihn, nickte kräftig und sagte: „Nun, Mr. Winslow, das war doch eine wirklich erquickende Predigt von Pfarrer Lockyear, nicht wahr?"

„Sehr kräftig, General", antwortete Nathan pflichtbewußt.

Oberst Smith schob sich leicht zwischen Nathan und Gage, als wäre der General sein persönliches Eigentum, dem sich ein einfacher Zivilist nicht nahen dürfte. Seine kleinen Augen zogen sich zusammen, und auf sein rundes Gesicht zog ein böser Blick. „Nicht stark genug – ganz und gar nicht!"

„Aber Oberst Smith, der Pfarrer hat die Rebellen praktisch in die Hölle verbannt – was wollen Sie noch mehr?" Pitcairns gutaussehendes Gesicht verriet keine Regung, aber in seinen blauen Augen war ein Anflug von Humor zu sehen. Nathan war aufgefallen, daß Pitcairn keine Achtung vor Smith hatte und keine Gelegenheit ungenutzt ließ, den Mann auf den Arm zu nehmen.

Smiths Gesicht wurde puterrot, und seine Stimme steigerte sich in eine wirkliche Wut hinein. „Die ganze Bande sollte gehängt werden!"

„Dazu sind aber ziemlich viele Stricke nötig", erwiderte Pitcairn gelassen.

„Warten Sie nur, bis ich diese Burschen vor eine Truppe britischer Soldaten mit geladenen Musketen bekomme. Dann zeige ich es Ihnen schon!"

„Na, na, Oberst", mischte sich Gage mit einem Kopfschütteln ein. „Wir müssen hoffen, daß es nicht so weit kommt."

Er sprach noch weiter, aber Pitcairn warf Nathan einen vielsagenden Blick zu, und mit einer leichten Kopfbewegung verließ er die Gruppe. Nathan wollte nicht von Abigails Seite weichen, aber er fühlte sich doch genötigt, ihm zu folgen. Der Offizier bahnte sich den Weg zu einer freien

Stelle und sagte dann leise: „Heute abend ist eine Versammlung der Sons of Liberty in dem Haus, das ich Ihnen gezeigt habe."

„Danke, Herr Major", sagte Nathan. „Sind Sie sicher?"

„Mein Informant war bis jetzt immer zuverlässig."

„Ich versuche, Caleb fernzuhalten." Nach einer Pause fragte er: „Meinen Sie, Oberst Smith meint wirklich, was er sagt?"

„Daß er die Rebellen erschießen will? Ich traue es ihm zu. Die meisten von uns hätten mehr Verstand, aber es gibt genug, die so sind wie Smith. Das kann die ganze Sache zum Platzen bringen, Nathan." Er zögerte, dann sagte er leise: „Sie befinden sich in einer schlechten Situation, fürchte ich. Sie sitzen zwischen zwei Stühlen, nicht wahr? Ihre Familie steht auf der einen Seite, und doch haben Sie einige gute Freunde – wie mich hoffentlich – auf der anderen Seite. Ich hoffe, es kommt nie so weit, daß Sie sich zwischen der einen und der anderen Seite entscheiden müssen."

Nathan blickte dem Offizier in die Augen und sah die Ehrlichkeit und einfache Ehre, die dort abzulesen war. „Ich – ich will Sie nicht als Freund verlieren, Herr Major!"

„Ich Sie auch nicht – aber ich sitze fast im selben Boot wie Sie, Nathan. Ich habe gelernt, die Amerikaner zu achten. Wenigstens die meisten von ihnen, und doch bin ich Offizier in der Armee des Königs und muß Befehle ausführen."

„Es wird gut ausgehen, John." Nathan sprach mit dem Optimismus eines jungen Mannes, der noch nicht hatte mitansehen müssen, wie sich seine Träume im Staub zerschlugen. Er bemerkte das plötzliche Mitgefühl in den Augen seines Freundes nicht, denn er hatte sich abgewandt, um zu Charles zu gehen, der ihn zur Kutsche winkte.

Pitcairn gesellte sich wieder zu seinen Freunden, aber sein Gesicht war von einer Traurigkeit überschattet, als er an den großgewachsenen Amerikaner dachte, der ihm so viel bedeutete.

Moses Tyler war von Calebs Reaktion vollends begeistert. Er hatte seinen neuen Freund in eine einfache Kirche mitgenommen und ihn dann in ein Gasthaus zu einem guten Mittagessen eingeladen. Jetzt waren sie auf dem Weg zu einer Versammlung der Sons of Liberty.

Moses war ein dünner, fünfzehnjähriger Junge mit Pockennarben im Gesicht und blaßblauen Augen, aber sein Kinn und sein Mund verrieten einen starken Willen. Die Augen glänzten aus einem eckigen Gesicht, und seine hellblonden Haare waren so lang, daß er sie sich gewohnheitsmäßig ständig aus dem Gesicht strich.

Er hatte ein schweres Leben hinter sich, wodurch er trotz seiner schmächtigen Figur und seiner jugendlichen Züge erwachsener wirkte, als es für sein Alter üblich war. Er war als uneheliches Kind geboren worden und als dienstverpflichteter Junge aufgewachsen – mehr als Sklave denn als Diener – und hatte nie einen Freund gehabt, wenigstens nicht solange, bis Caleb Winslow in die Stadt kam. Moses war für weitere zwei Jahre an Charles Winslow gebunden und erledigte in dem Lagerhaus der Winslow Company die niedrigeren Arbeiten. Er wohnte in einem kleinen Zimmer über einer Schmiede, und die einzigen Freuden im Leben fand er in seinen Gemeindeaktivitäten und in den Versammlungen der Sons of Liberty. Er war einmal von einem der Anführer dieser Gruppe gedungen worden, den Raum, den sie als Versammlungshalle benutzten, zu reinigen, und er war geblieben und hatte der Versammlung zugehört. Niemand schenkte ihm die geringste Beachtung, aber er war immer wieder hingegangen, wenn die Gruppe zusammenkam, putzte den Boden und half, wo er konnte, bis ihn schließlich Sam Adams bemerkt hatte. „Junge – bist du ein Patriot?" fragte er ihn unverhohlen.

„Ja, Sir – das heißt, ich will einer sein."

„Dann sollst du auch einer sein!" Adams hatte schnell herausgefunden, daß Moses keine Familie und viel Freizeit zur Verfügung hatte. So setzte er den Jungen für verschiedene Arbeiten ein und ließ ihn an den weniger wichtigen Versammlungen teilnehmen. Moses hatte es nie gewagt, bei einer dieser Versammlungen auch nur ein Wort zu sagen; genau genommen hatte er die meiste Zeit nicht einmal die geringste Ahnung, worüber eigentlich gesprochen wurde, aber einmal hatte er schüchtern zu Adams gesagt, nachdem der leidenschaftliche Anführer eine Rede gehalten hatte: „Das, was Sie sagten, hat mir sehr gut gefallen – daß die Menschen frei sein sollten, Mr. Adams."

„So, wirklich?" Adams war ein strenger Mann, der nicht leicht für eine unverbindliche Plauderei zu haben war. Er hatte eine abweisende Art an sich, die die meisten Menschen von ihm fernhielt, aber als er jetzt den Jungen anblickte, glänzte ein freundliches Licht in seinen braunen Augen. Er legte eine Hand auf die dünne Schulter – eine für ihn äußerst untypische Geste. Es war das erste Mal, daß dies jemals ein Mensch bei Moses tat. Seine Schulter wollte unter dem Gewicht der Hand schier verbrennen; dann hatte Adams genickt und leise gesagt: „Wenn es losgeht, Moses, werden es Jungen wie du sein, nicht alte Männer wie ich, die unsere Ideen in die Tat umsetzen müssen. Alte Männer können Reden halten, aber Ihr müßt dann in das Musketenrohr eines britischen Soldaten blicken. Und ich glaube, du bist der richtige Mann dafür!"

Ab diesem Tag hatte Adams dem Jungen immer mit irgendwelchen Kleinigkeiten seine Aufmerksamkeit gezeigt. Einmal hatte er ihn sogar ermutigt, die Augen nach jungen Männern offenzuhalten, die sich ihrer Gruppe anschließen wollten.

Moses blickte sich in dem mit Menschen überfüllten Raum um, beugte sich vor und flüsterte: „Das ist er, Caleb, das ist Mr. Adams! Und das neben ihm ist Mr. Revere."

„Der Silberschmied? Von ihm habe ich schon gehört. Wer ist der Mann, der gerade hereinkommt?"

„Das ist Dr. Warren. Er ist in Boston ein wirklich großes Tier."

Adams hatte sein Gespräch mit Revere unterbrochen, und als er die zwei sah, kam er herüber und sagte: „Hast du heute einen Gast mitgebracht, Moses?"

Moses strahlte vor Stolz, daß Mr. Adams ihn erkannte. „Ja, Sir! Das ist mein Freund Caleb Winslow."

Adams warf Caleb einen forschenden Blick zu und fragte dann unverhohlen: „Sie haben Interesse an unserer Gruppe, Mr. Winslow?"

„Ich wohne nicht in Boston, Mr. Adams. Aber wenn ich hier wohnen würde, wäre ich sicher sehr interessiert."

„Woher kommen Sie?"

„Ich komme aus Virginia."

Revere hatte sich zu ihnen gesellt und hörte dem Gespräch zu. Er war ein Mann mit einem runden Gesicht, einer dicken Unterlippe und scharfen schwarzen Augen. „Aus Virginia? Na, dann herzlich willkommen in Boston!" Er schüttelte Caleb die Hand und fragte leichthin: „Ich nehme nicht an, daß Sie Oberst Washington kennen?"

„Ehrlich gesagt, kennt ihn mein Vater ziemlich gut." Caleb versuchte, beiläufig zu klingen, als er fortfuhr: „Mein Vater war unter ihm und Braddock Scout."

„Tatsächlich!" rief Revere und wechselte einen schnellen Blick mit Adams, der Caleb jetzt genauer unter die Lupe nahm. „Sie heißen Winslow? Irgendwie mit Charles Winslow verwandt?"

„Mein Onkel, Sir." Caleb sah eine finstere Miene über das Gesicht der beiden Männer ziehen und fügte eilends hinzu: „Mein Vater ist sein Halbbruder – aber sie sind politisch unterschiedlicher Meinung."

„Verstehe." Revere rieb sich das Kinn. Ihm war ein Gedanke gekommen. Dann blickte er lächelnd auf und sagte: „Natürlich, jetzt habe ich es! Es ist schon einige Jahre her, aber ich bin Ihrem Vater schon begegnet – und Ihrem Großvater auch."

„Wirklich, Sir?"

„Ja, ich erinnere mich jetzt sehr gut daran. Ihr Großvater war zu Franklin gekommen, um von ihm ein Buch drucken zu lassen, und ich befand mich gerade in seinem Laden. Ich habe sogar den Stich für die Titelseite angefertigt. Es war ein gutes Buch –" Er wandte sich an Adams und erklärte: „Hier steht ein echter Amerikaner, Sam! Dieser Junge ist ein Nachkomme von Gilbert Winslow von der Mayflower. Sie haben dieses Buch sicher auch schon gelesen; es war ein Bestseller für Franklin."

Adams blickte Caleb an. „Ich bin beeindruckt, sehr sogar."

„Warten Sie noch!" sagte Revere und versuchte, sich zu erinnern; dann fiel es ihm ein. „Arbeitet Ihr Vater nicht auch mit Metall wie ich?"

„Er ist ein erstklassiger Büchsenmacher, Mr. Revere."

„Ah, das freut mich zu hören!" Adams' Gesicht verriet sein starkes Interesse, und jetzt bombardierte er Caleb mit Fragen. Innerhalb von zehn Minuten kannte Adams seine Lebensgeschichte, wußte, daß Caleb selbst auch ein guter Büchsenmacher war und seine Familie sich sehr für ihre Sache stark machte. Endlich blickte er sich um und sagte: „Wir werden noch mehr von Ihrer Zeit in Anspruch nehmen müssen, Mr. Winslow. Ich glaube, Sie haben einen Platz bei den Sons of Liberty."

„Das ist sehr freundlich von Ihnen, Mr. Adams", erwiderte Caleb. Sein Herz schlug schneller, und er fühlte sich ganz beschwingt. *Ich – ein Freund von Sam Adams und Paul Revere! Wenn ich das Vater erzähle! Er läßt mich sicher in Boston bleiben, da nehme ich jede Wette auf!*

Die Versammlung begann bald, aber Caleb hörte nur wenig davon. Er war zu sehr von den Persönlichkeiten beeindruckt, um Ideen und Programmen zu lauschen. Eines wußte er – zum ersten Mal in seinem Leben fühlte er sich als Mann und nicht wie ein kleiner Junge! „Es ist einfach großartig, Moses!" rief er, als der letzte Redner, Dr. Warren, geendet hatte und alle aufstanden. „Ich will mich dieser Gruppe anschließen."

„Komm, sagen wir das Mr. Adams."

Sie wollten sich ihren Weg zu den Rednern nach vorn bahnen, aber in diesem Augenblick ertönte ein lautes Klopfen an der Tür. Revere stand am nächsten und ging, die Tür zu öffnen; sein Gesicht verriet Vorsicht, und Adams sagte leise: „Nicht vergessen: wir sind nur eine Gruppe, die sich trifft, um miteinander Geschichte zu studieren!" Ein leises Lachen erklang, aber Adams runzelte die Stirn, und alle wurden wieder ernst. „Öffnen Sie, Mr. Revere."

Caleb verschlug es die Sprache. Denn in der offenen Tür stand sein Bruder Nathan!

„Ich suche Caleb Winslow", sagte Nathan laut und sah wie ein Riese im Türrahmen aus, in dem er sich zu seiner vollen Größe aufgerichtet hatte. Auf seinem Gesicht zeigte sich ein ernster Blick. Plötzlich blickte er Caleb in die Augen. „Ich sehe, daß er hier ist."

„Aber ja, er ist hier", sagte Revere. Er lächelte und streckte ihm die Hand entgegen: „Wir sind schon fertig, aber kommen Sie doch bitte herein?"

„Ich habe hier nichts zu tun – genausowenig wie mein Bruder." Nathans Stimme war kalt, und er achtete nicht auf die dargebotene Hand, ließ Revere stehen und trat vor die zwei Jungen. „Komm mit, Caleb."

Eine plötzliche Stille breitete sich im Raum aus, ein vielsagendes und ungemütliches Schweigen, und aller Blicke richteten sich auf Caleb.

Er fühlte den Druck ihrer Augen, und obwohl die meisten Männer ihm fremd waren, fühlte er Moses neben sich. Das genügte. „Ich passe selbst auf mich auf, Nathan!"

„Ich sehe, wie du auf dich aufpaßt!"

„Haben Sie etwas gegen unsere Studiengruppe, Mr. Winslow?" Sam Adams rührte sich nicht von der Stelle, aber seine tiefsitzenden Augen glühten plötzlich vor Ärger, der bei ihm nie tief unter der Oberfläche saß.

„Studiengruppe nennen Sie das?" erwiderte Nathan schroff. „Ich glaube, wir wissen alle ganz genau, was Sie hier studieren! Wie die rechtmäßige Regierung des Königs gestürzt werden soll!"

Revere sagte ruhig: „Ich glaube nicht, daß Gilbert Winslow das so gesehen hätte, mein Junge. Er verließ England, um eine Welt zu schaffen, in der die Menschen frei sein könnten. Und ich vermute, Ihr Vater empfindet genauso."

Nathan sagte ärgerlich: „Ich will mit Ihnen nicht über Politik diskutieren, Sir! Caleb, komm jetzt!"

„Nein, ich bleibe hier, Nathan."

Nathan überragte die stämmige Gestalt seines Bruders und zwang sich, ruhig zu sagen: „Vater hat mir aufgetragen, auf dich aufzupassen, Caleb. Ich kann dich nicht bei diesen Männern lassen. Du könntest im Gefängnis landen – oder noch schlimmer!"

„Damit hat Ihr Bruder recht, junger Mann." Dr. Warren trat plötzlich vor und stand neben den beiden Brüdern. Er war ein großer Mann mit hellen Gesichtszügen und einem freundlichen Ausdruck in seinen dunklen Augen. „Es wäre ungerecht, wenn wir Sie bei uns bleiben ließen und Ihnen das vorenthielten. Wir alle in diesem Raum stehen in Gefahr – und es wird wahrscheinlich noch ärger kommen."

Nathan war auf die Ehrlichkeit dieses großen Mannes nicht vorbereitet gewesen. „Das ist anständig von Ihnen, Sir."

Der Arzt warf Adams einen Blick zu und fand in dessen Augen

anscheinend, was er gesucht hatte. „Caleb, ich würde vorschlagen, Sie gehen mit Ihrem Bruder. Ihr Vater hat Sie anscheinend unter seine Obhut gestellt. Lassen Sie sich die ganze Sache durch den Kopf gehen und sprechen Sie mit Ihren Eltern darüber. Dann können Sie eine Entscheidung treffen."

Adams nickte. „Gute Idee, mein Junge. Machen Sie das."

„Einverstanden – aber ich weiß, daß ich wieder komme."

Revere trat zurück, aber er sagte zu Nathan. „Grüßen Sie Ihre Eltern von mir, Mr. Winslow. Ich denke oft an sie."

„Das werde ich tun", sagte Nathan und schritt dann, von Caleb, der den Tränen nahe war und sich auf die Lippen biß, um sie zu verstecken, gefolgt aus dem Raum.

„Diese Jungs werden Probleme bekommen", murmelte Dr. Warren.

„Das sehe ich auch so – und auf den Größeren warten mehr Schwierigkeiten", nickte Adams. „Es wird viele solche Familien geben, bevor diese Sache ausgestanden ist – in der Mitte gespalten."

„Ich frage mich, was Gilbert Winslow dazu sagen würde?" sinnierte Revere. Dann lachte er. „Wahrscheinlich würde er ein Florett ziehen und es König George in den Leib jagen! Dieser Mann war nämlich ein wahrer Kämpfer."

Adams blickte zur Tür, nickte langsam und sagte dann: „Wir könnten hier schon ein bißchen heißes Blut gebrauchen. Aber es sieht so aus, als wäre das wirkliche Winslowblut wohl mehr in dem jungen Burschen – ich setze meine Hoffnung auf ihn und nicht auf den älteren."

„Vielleicht." Revere rieb sich nachdenklich das Kinn, schüttelte aber dann den Kopf. „Ich erinnere mich, daß Gilbert Winslow laut seinem Buch selbst von der rechten Bahn abkam, als er im Alter dieses Jungen war – aber als er schließlich den Kopf zurechtgerückt bekam, leistete er ausgezeichnete Arbeit! – und dieser großgewachsene Junge sieht genauso aus!"

Nathan sprach auf dem ganzen Weg zum Haus zurück kein einziges Wort, denn er wußte, daß sein Bruder einen eisernen Eigensinn hatte. Er hatte das viele Male erlebt, während sie gemeinsam aufgewachsen waren. Eines konnte man mit Caleb nicht machen: ihn zu irgendetwas zwingen. Als sie noch Kinder waren, war es ihm immer leicht gefallen, Caleb körperlich Herr zu werden, aber wie sehr der Junge auch angeschlagen sein mochte, er gab nie auf. Da er das wußte, sagte er nichts über die ganze Angelegenheit. Aber Caleb empfand das anders.

Sobald sie in ihrem Zimmer waren, sagte er: „Nathan, tu so etwas nie wieder – niemals, hörst du!"

Nathan unternahm keinen Versuch, sich zu rechtfertigen, denn sein Ärger war verraucht. An seine Stelle war eine Angst getreten, er fürchtete, was noch alles passieren könnte. Er schüttelte traurig den Kopf und sagte: „Caleb, du weißt nicht, worauf du dich einläßt."

„Ich glaube, das weiß ich sehr wohl!"

„Ich weiß, daß du das denkst, aber soll ich dir einmal sagen, wie ich die Sache sehe?"

Auf diese Bitte war Caleb nicht vorbereitet gewesen. Er hatte mit einer heftigen Auseinandersetzung gerechnet, und jetzt lag ein Bitten auf dem Gesicht seines Bruders, das er selten gesehen hatte. „Gut, ich höre dir zu, Nathan."

„Einverstanden. Also: Du vergißt eines, nämlich, daß wir *Engländer* sind. Oh, ich weiß, daß König George ein Idiot ist, wahrscheinlich ist er ein Irrer! Und ich weiß, daß er sich von Männern umgeben hat, die *keine* Idioten sind, sondern habgierig und skrupellos. Und man muß nicht besonders intelligent sein, um zu sehen, daß wir ungerecht behandelt werden."

„Aber wenn du das so siehst, Nathan", erwiderte Caleb überrascht. „Warum siehst du dann nicht ein, daß wir uns gegen sie auflehnen müssen?"

„Angenommen, das tun wir", sagte Nathan langsam und mit starker Betonung. „Angenommen, wir schaffen sogar das, was Adams und Revere sagen – wir könnten die Krone besiegen und unsere eigene Regierung aufrichten – was zwar unmöglich ist, aber nehmen wir nur einmal an, eine Revolution hätte Erfolg. Wohin würde uns das bringen?"

„Wir wären frei!"

„Nicht lange, Caleb. Hast du Spanien vergessen? Es hat schon ein Standbein in Florida und Louisiana. Wir wären eine kleine Gruppe von Staaten, die nichts gemeinsam hätten – keine Armee, kein Gesetz, nichts, das wir gegen sie einsetzen könnten. Und wenn es nicht Spanien wäre, wäre es eine der starken europäischen Nationen wie Preußen, die sich uns einverleiben würde."

„Aber wir würden stark werden, Nathan. Mit der Zeit –"

„Das ist es genau, Caleb", unterbrach ihn Nathan. „Wir *hätten* keine Zeit! Wir wären nur wenige und schwach, und einer dieser Wölfe würde uns todsicher packen. Kannst du das nicht einsehen?"

Calebs Gesicht nahm die eigenwilligen Züge an, die Nathan nur allzu gut kannte. Deshalb brach er sogleich ab. „Es tut mir leid, wenn ich dich bloßgestellt habe, Caleb, als ich dich dort herausholte, aber ich –" Er sprach nicht weiter, und dem großgewachsenen, jungen Mann, der so hervorragend sprechen konnte, fehlten die Worte, um auszudrücken, was er empfand. Er wollte sagen: *Ich kam, weil ich dich liebe, und weil du mein einziger Bruder bist, und weil ich nicht will, daß dir etwas zustößt.* Aber es fiel ihm nicht leicht, über seine Gefühle zu sprechen, deshalb legte er einfach eine Hand auf Calebs Schulter und sagte: „Ich will einfach nur dein Bestes, Caleb, das ist alles."

Caleb versuchte zu lächeln, aber es wollte ihm nicht so recht gelingen. Er sagte nur: „Ich wünschte, wir würden genauso darüber denken, Nathan. Ich – ich will nicht gegen dich sein." Dann drehte er sich abrupt um und schickte sich an, ins Bett zu gehen.

Nathans Herz floß fast über, aber es gab nichts mehr zu sagen. Er setzte sich an den Sekretär und sagte: „Ich muß Vater und Mutter von der Sache schreiben, Caleb. Das ist dir doch klar?"

„Ja. Schreib nur."

Im Kerzenlicht begann Nathan zu schreiben. Das Kratzen seines Truthahnfederkieles hallte in der Stille des Raumes wider. Er konnte Calebs gleichmäßigen Atem hören, wußte aber, daß er nicht schlief. Eine Stunde lang schrieb er, zuerst über unwichtige Dinge, aber schließlich mußte er auch das Unangenehme zu Papier bringen:

Zum Schluß habe ich schlechte Nachrichten über Caleb. Körperlich geht es ihm gut, aber ich muß euch mitteilen, daß er sich den Sons of Liberty angeschlossen hat – den radikalen „Patrioten", die von Sam Adams und anderen, die ähnlich denken, angeführt werden. Es weckt wahrscheinlich Sorgen in euch, das zu lesen, genauso wie es mir schwer fällt, es euch zu schreiben. Unsere Meinung geht in dieser Frage auseinander. Aber hier inmitten der ganzen Sache zu stecken ist etwas anderes, als in der Ruhe und in dem Frieden unserer kleinen Stadt zu wohnen. Diese Stadt ist ein reines Pulverfaß, Vater! Du weißt, wie es in einer Pulverfabrik zugeht, in der überall explosives Material herumliegt, daß man dort weiche Schuhe ohne Nägel tragen muß, damit man ja keinen Funken auslöst, und daß dort niemand auch nur daran denken würde, ein Streichholz zu entfachen? Nun, wenn du dir eine Pulverfabrik vorstellst, in der wilde, unverantwortliche Männer mit Fackeln in der Hand herumlaufen und genau über dem Pulver Stahl gegeneinander reiben – dann weißt du, wie es in Boston aussieht!

Die Krone hat die Schmuggelei in Boston und die Sons of Liberty satt, deshalb wurden zum Schutz der königlichen Einrichtungen 4000 Rotröcke unter General Gage in der Stadt stationiert. Das

heißt, auf vier Einwohner kommt ein Soldat, und die Leute weigern sich, diese Männer unterzubringen (wozu sie gesetzlich eigentlich verpflichtet wären). Viele dieser Soldaten sind unterernährt, schlecht bezahlt und verdingen sich gegen schlechte Bezahlung für niedere Arbeiten, wodurch sie den bitteren Zorn der Arbeitslosen in Boston auf sich ziehen. Jeden Tag finden Straßenkämpfe zwischen Soldaten und einem zusammengelaufenen Mob statt, der die Truppen beschimpft und angreift. Währenddessen ziehen im Hintergrund Sam Adams und seine Sons of Liberty die Fäden und schüren die Flammen für einen Aufstand!
Ich bitte euch, Caleb nach Hause zu holen! Er ist von der „Romantik", sich in einer Revolution, die ihn das Leben kosten kann, zu befinden, ganz hypnotisiert. Was mich betrifft, ich würde gern bleiben, aber ich tue das, was ihr sagt.

Euer euch liebender Sohn
Nathan.

KAPITEL SIEBEN

Ein neuer Buchhalter

Als Laddie am nächsten Morgen die Tür zu seinem Zimmer öffnete, um Nathan einzulassen, sah der Jugendliche sofort die Spuren der schlaflosen Nacht in Nathans Gesicht. Aber Winslow lächelte und sagte: „Du siehst ja heute morgen schon ganz gut aus."

„Mir geht es auch gut. Mrs. Nelson hat mir so viel Hühnersuppe eingeflößt, daß mir schon bald Federn wachsen!"

„Meinst du, du kannst ein Stück gehen?" Der Junge nickte, nahm seine zerlumpte Jacke von einem Holzhaken und folgte Winslow die schmale Treppe hinab. „Hast du schon gefrühstückt?"

„Oh ja."

„Gut, dann versuchen wir, etwas für dich zum Anziehen zu finden, und kommen später zum Essen zurück."

Laddie fühlte sich sehr ungemütlich in seiner Haut, als er mit Nathan die Straße entlangmarschierte. Winslow trug eine Lederhose, ein weißes Rüschenhemd, eine dunkelblaue Weste und einen hellen Wollmantel. Seine rotbraunen Haare lugten da und dort unter dem blauweißen, dreieckigen Hut hervor, und seine kniehohen Stiefel waren auf Hochglanz poliert. *Ich sehe wie ein Bettler aus, den er in der Gosse aufgelesen hat,* dachte der Junge. Als Winslow ihn in ein Geschäft mit vornehmer Herrenbekleidung führte, wurde dieses Unbehagen noch stärker.

„Ja, Sir, kann ich Ihnen helfen?" Ein untersetzter, geschäftig aussehender Mann mit einem Schnurrbart und einer silberrandigen Brille stand sofort bereit. Er warf einen wohlwollenden Kennerblick auf Nathans Erscheinungsbild, würdigte Laddie aber keines einzigen Blickes.

„Ja, ich will diesen jungen Mann ordentlich ausstaffieren", sagte Nathan. Ihm war anscheinend der hochnäsige Blick, mit dem der Verkäufer die heruntergekommene Gestalt an Nathans Seite geringschätzig besah, nicht entgangen, denn mit einer gewissen Schärfe in der Stimme fuhr er fort: „Ich bezweifle, daß Sie etwas haben, das gut genug ist für ihn, aber Sie können es einmal versuchen."

Diese Herausforderung schien die Einstellung des Mannes zu verändern, denn er richtete seine ein Meter fünfundsechzig auf und erwiderte mit Entrüstung in der Stimme: „Da irren Sie sich, Sir, –aber gewaltig! Wir haben genau das Richtige für den jungen Herren!"

„Wird sich herausstellen. Von Kopf bis Fuß, verstehen Sie – Hosen, Hemden, Strümpfe, Weste, Mantel, ein guter Hut, Unterwäsche – und alles, was er sonst noch braucht."

Die pure Gier strahlte aus den eng zusammensitzenden Augen des Verkäufers, und er nickte so schnell, daß ihm beinahe die Brille von der Nase gefallen wäre. „Selbstverständlich! Kleider machen Leute! Und wir machen im Handumdrehen einen neuen Menschen aus diesem Herrn, nicht wahr, junger Mann?"

Ein Anflug von Humor spielte sich in den dunklen Augen des Jungen, aber Laddie nickte nur kurz, wandte sich dann an Nathan und sagte: „Ich kann nicht zulassen, daß Sie so viel Geld für mich ausgeben, Mr. Winslow."

„Du kannst es ja von deinem Gehalt zurückzahlen", meinte er achselzuckend. „Du mußt etwas darstellen für meinen Onkel – und seine Frau, was wohl schwerer sein dürfte. Ich hole dich in einer Stunde wieder ab, einverstanden?"

Er lächelte Laddie mutmachend zu; dann verließ er das Geschäft, und der Verkäufer legte Laddie sofort die Artikel vor, die er erwähnt hatte. Es war eine schwere Prüfung für Laddie, denn über Männerkleidung wußte sie nicht viel Bescheid. Aber sie ging sorgfältig vor und wählte Kleidungsstücke, die ihre weibliche Figur nicht verrieten. Einige ihrer Entscheidungen überraschten den Verkäufer, und er zeigte ein starkes Mißfallen, aber als Nathan zur vereinbarten Zeit zurückkehrte, war alles in einer großen Tasche verstaut, und Laddie war bereit, mit ihm zu gehen.

„Hast du alles?" fragte er und wandte sich nach dem Nicken des Jungen wegen des Preises an den Verkäufer und bezahlte ohne eine weitere Bemerkung. „Gehen wir zurück zu den Nelsons. Ich kann jetzt etwas zu Essen vertragen."

Als sie die Straße entlanggingen, erklärte Nathan: „Wir müssen zum Haus meines Onkels hinausfahren, Laddie. Ich habe mit Strake gesprochen – er ist der Verwalter – und er sagt, er kann einen Buchhalter oder Sekretär gebrauchen; du mußt ihm erst zeigen, was du kannst, bevor wir die Zustimmung meines Onkels einholen können."

Sie betraten den Blauen Eber und gingen hinauf in Laddies Zimmer. An der Theke rief Nathan im Vorbeigehen: „Nelson, wir hätten gern Rühreier und frisches Obst, wenn Sie welches haben – für uns beide."

Als sie die Tür geschlossen hatten, öffnete Laddie die Tasche und legte die Kleidungsstücke auf das Bett: „Wollen Sie sehen, was ich gekauft habe, Mr. Winslow – sehr schöne Sachen!"

Er betrachtete die Kleidungsstücke und sagte dann grinsend: „Ich will aber nicht sehen, wie sie auf dem Bett aussehen, Laddie! Komm, zieh sie an."

Laddie starrte ihn an. Röte stieg ihr über den schlanken Hals ins Gesicht. Nathan blickte den Jungen überrascht an und fragte: „Was ist los?"

„N-nichts – aber würde es Ihnen etwas ausmachen – hätten Sie etwas dagegen, wenn Sie draußen warten, bis ich – angezogen bin?"

„Draußen?" Wenn Laddie ihn gebeten hätte, aus dem Fenster zu springen, hätte er nicht überraschter sein können. Dann lachte er plötzlich: „Laddie, ich glaube, du schämst dich, weil du so dürr bist! Na, mir soll es recht sein – ich gehe hinunter und kümmere mich darum, daß Mrs. Nelson das Frühstück bald fertig hat. Du beeilst dich aber, ja?"

Er schlug die Tür hinter sich zu und dachte mit einem ironischen Lächeln: *Ganz schön anspruchsvoll für einen Bettler!* Aber er hatte Hunger und setzte sich und hörte sich eine von Nelsons großen Geschichten an, wie er einmal auf dem Indischen Ozean sein Schiff gerettet hatte.

Endlich brachte Mrs. Nelson das Frühstück. Als Nathan aufblickte, sah er im selben Augenblick Laddie die Treppe herunterkommen. Er war so überrascht über die Veränderung im Aussehen des Jungen, daß er ihn einen Augenblick lang nur anstarren konnte.

Nelson verschlug es jedoch nicht die Sprache. Er blickte von dem Bierkrug, an dem er genippt hatte, auf und rief mit weit aufgerissenen Augen aus: „Na so was! Schau einer an! Da haben wir ja einen richtigen Herrn!"

Laddie trat mit nicht wenig Angst, daß sie ihre Verkleidung durchschauen könnten, an den Tisch heran. Bei einem Blick in die Gesichter der beiden Männer seufzte sie jedoch erleichtert auf, denn darin war nicht das geringste Anzeichen davon zu sehen.

Julie in der Verkleidung als Laddie hatte sich viele Gedanken darüber gemacht, wie sie ihr Geschlecht verbergen könnte, doch ihr alter Plan, sich einfach in weiter, locker sitzender Kleidung zu verstecken, hatte in diesem neuen Leben ausgedient. Sie hatte schnell begriffen, daß sie sich wie ein Buchhalter kleiden müßte – aber das bedeutete, daß sie auch viel engere Kleidung zu tragen hätte, was viel gefährlicher war. Die ganze Zeit, während der sie die Kleidungsstücke ausgesucht hatte, hatte sie diesen Gedanken im Hinterkopf behalten, und sie hatte eine gute Wahl getroffen. Sie hatte zuerst ihren Oberkörper eng mit einem breiten Stoffstreifen, den sie von ihren alten Kleidern gerissen hatte, umwickelt. Dann hatte sie die weißen Strümpfe und eine Lederkniehose, die übliche Kleidung für junge Männer, überall ausgepolstert. Eine dünne, braune Weste, die so weit geschnitten war, wie sie es nur wagen konnte, war hochgeknöpft bis zu der weißen Rüsche, die ihren schlanken Hals bedeckte. Über dem Ganzen trug sie einen dunkelbraunen Tuchmantel mit einem breiten, doppelten Revers, aus dessen Ärmel die weißen Rüschen eines Hemdes ragten. Ein Paar hohe braune Stiefel bedeckten ihre schlanken Beine.

Was Nathan sah, war ein dünner, junger Mann mit vielleicht etwas zu großen Augen und zu feinen Gesichtszügen für einen Jungen in seinem Alter, der aber in seinem neuen Gewand sehr gut aussah. Er lächelte und schlug mit der Hand auf den Tisch. „Ich kann es kaum glauben!“ rief er mit einem zustimmenden Lächeln aus. „Ich glaube, dieser Idiot von einem Verkäufer hatte doch ein bißchen Hirn! Kleider machen wirklich Leute, nicht wahr, Nelson?“

„Natürlich, ich könnte dem Jungen noch heute eine Stelle als Fähnrich in der königlichen Marine besorgen, Sir! Er sieht wirklich sehr sauber aus!“

„Und wenn er gut genug für die königliche Marine ist, sollte er auch für die Winslow Company gut genug sein“, grinste Nathan. „Iß, Laddie, dann bringen wir dich in einer gutbezahlten Stelle unter!“

Das Gespräch mit Laurence Strake dauerte nicht lange. Strake, ein großer Mann mit einem dünnen Gesicht und scharfen, schwarzen Augen, schob Laddie zwei Blatt Papier zu. „Zähl auf dem einen die Zahlen zusammen – und schreibe auf dem anderen einen Brief“, verlangte er. Er setzte sich und wartete. Überraschung zog über sein Gesicht, als Laddie die Zahlen schneller zusammengezählt hatte als er selbst und auch noch das richtige Ergebnis hatte. Der Brief entzückte ihn noch mehr. „Du hast eine saubere Handschrift, Smith! Du bist in eine gute Schule gegangen.“ Er nickte Nathan zu und erklärte: „Ich bin zufrieden, aber Sie müssen die Zustimmung von Mr. Charles bekommen.“

„Kein Problem. Wir fahren gleich zum Haus. Komm mit, Laddie.“ Sie nahmen den Wagen und kamen gerade rechtzeitig zum Mittagessen der Familie.

„Du brauchst nicht nervös sein, Laddie. Mein Onkel ist kein strenger Mann.“ Der Diener ließ sie ein, und Nathan führte den Jungen geradewegs ins Eßzimmer. Charles blickte überrascht auf, ebenso die anderen. „Entschuldigt, daß ich euch beim Essen störe“, sagte Nathan schnell. „Aber wenn du fertig bist, Onkel, würde ich gern mit dir sprechen.“

„Worum geht es, Nathan?“ fragte Charles und betrachtete Laddie neugierig. „Wer ist dieser junge Mann?“

„Das ist Laddie Smith, Sir – es ist eine geschäftliche Sache, aber wenn es dir nichts ausmacht . . .?"

Dorcas betrachtete die beiden und blickte ihre Schwiegermutter kurz stirnrunzelnd an, dann sagte sie scharf: „Sprich weiter, Nathan."

„Nun, ich habe mich daran erinnert, daß du und Mr. Strake letzte Woche darüber sprachen, daß ihr einen Buchhalter braucht, und ich würde dir gern diesen jungen Mann empfehlen."

„Einen Buchhalter?" fragte Charles stirnrunzelnd. Dann nickte er geistesabwesend. „Ich glaube, wir sprachen davon." Er betrachtete Laddie genauer und sagte dann: „Wir haben uns aber einen älteren Mann vorgestellt – wie alt bist du?"

„Ich war mit ihm schon im Lagerhaus, und Mr. Strake hat ihn einer strengen Prüfung unterzogen", erwiderte Nathan schnell. „Er wird dir selber sagen, was er von ihm hält, aber ich kann sagen, daß er bereit ist, Smith auf der Stelle einzustellen."

„Gut, Strake muß mit ihm zusammenarbeiten. Betrachten Sie sich also als angestellt, junger Mann."

„Danke, Mr. Winslow", sagte Laddie atemlos. „Ich werde mein Bestes geben."

„Übrigens, Onkel, Laddie hat in letzter Zeit etwas unter dem Wetter gelitten. Wärst du damit einverstanden, wenn er erst in ein paar Tagen seine Arbeit aufnimmt – nur bis er wieder ein bißchen bei Kräften ist?"

„Er sieht mir recht schwächlich aus, Charles", sagte Martha.

„Buchhalter müssen nichts Schwereres heben als einen Federhalter, Mutter", sagte Charles leichtfertig. „Ja, ich bin einverstanden, Nathan. Sonst noch etwas?"

„Ja, wir haben noch nicht über seine Bezahlung gesprochen, aber wenn wir hier ein Zimmer finden könnten, könnten wir das als Teil seines Lohnes anrechnen."

Dorcas richtete sich plötzlich auf. Ihr Interesse war geweckt. „Sie können gut mit Zahlen umgehen – und mit der Feder?"

„Ja, Madam."

„Charles, Anne ist im Unterricht sehr schlecht. Ich schlage vor, daß wir Smith als Gegenleistung für Nachhilfestunden mit Anne das Zimmer über dem Stall überlassen."

Immer bereit, etwas für seine Tochter zu tun, warf Charles Laddie einen schnellen Blick zu und fragte dann: „Wären Sie damit einverstanden, Smith?"

„Ich bin kein Lehrer, Mr. Winslow, aber ich helfe der jungen Dame, wo immer ich kann."

„Ausgezeichnet!" Charles legte seine Serviette auf den Tisch und erhob sich. Er streckte seine Hand aus, was Laddie überraschte, und schüttelte ihr freundlich die Hand. „Ich lasse das Zimmer sofort fertigmachen – dort können Sie sich auch gut erholen. Nathan, gut gemacht."

Anne sprang auf und lief um den Tisch: „Mama, kann ich Mr. Smith sein Zimmer zeigen, bitte?"

„Einverstanden, und sag Elsie, daß sie es saubermachen soll." Dorcas hatte einen festen Finger auf dem Geld, und es freute sie, daß es ihr gelungen war, wie sie dachte, dem jungen Mann einen kostenlosen Dienst abzuringen. „Sie können auf der Stelle mit ihrem Unterricht beginnen, junger Mann. Und ich erwarte große Fortschritte bei den Leistungen meiner Tochter."

„Ja, Madam." Laddie wandte sich um und folgte Anne aus dem Zimmer, blieb aber kurz stehen und sagte leise zu Nathan: „Ich bin Ihnen zu Dank verpflichtet, Mr. Winslow."

Nachdem die beiden den Raum verlassen hatten, sagte Charles auf dem Weg zur Tür: „Scheint ein feiner Kerl zu sein – aber ein bißchen schwächlich. Darin hat Mutter recht. Kennst du ihn schon lange?"

„Oh, nicht sehr lang – aber ich habe das Gefühl, daß er einen guten Buchhalter abgeben wird."

„Du hast sehr viel Ähnlichkeit mit deinem Vater, Nathan – so wie du anderen Menschen hilfst, meine ich", sagte Charles. Er hielt inne und blickte seinem Neffen in das Gesicht. „Ich weiß, daß Adam nicht allzuviel von mir hält, aber ich muß dir sagen, daß ich ihn schon seit langem als den ehrlichsten Mann erachte, dem ich je begegnet bin." Er machte wieder eine Pause; dann zog eine düstere Wolke über sein Gesicht, und er sagte mit einem Schulterzucken, während er sich abwandte: „Ja, vielleicht der einzige ehrliche Mann, der mir je über den Weg gelaufen ist!"

Eine warme Brise wehte durch das kleine Fenster von Laddies Zimmer und trug den Geruch von frisch umgepflügter Erde und das Gezwitscher der Schwalben, die vor dem Fenster ihr Nest bauten, herein. Der Winter hatte seit einigen Tagen seinen harten Griff etwas gelockert, und die warmen Frühlingswinde hatten das Land zu neuem Leben erweckt.

Laddie blickte auf das Buch, das vor ihr lag, herab und las noch einmal, was sie geschrieben hatte. Sie hatte sich nie viel aus Tagebüchern gemacht, aber in der Isolation, in die sie durch ihr Geheimnis gezwungen war, war es ihr eine Freude geworden, einmal völlig ehrlich sein zu können, selbst wenn dies nur in einem streng bewachten Tagebuch möglich war. Sie blätterte zu ihrem ersten Eintrag vom 18. Februar 1775 zurück und lächelte über die Worte:

„Hier bin ich nun, wie Jona im Bauch des Wales!"

Sie schüttelte den Kopf und dachte: *Ich habe damals alles ziemlich dramatisch gesehen.* Aber während sie langsam die Seiten umblätterte, fiel ihr auf, daß ihr Leben wirklich etwas Dramatisches an sich hatte. Sie mußte eine Rolle spielen, und im Gegensatz zu jedem Schauspieler, der von der Bühne abtritt und ein eigenes Leben führt, fiel bei ihr *nie* der Vorhang – außer in Augenblicken wie diesem, wenn sie sich allein in ihr Zimmer zurückgezogen hatte. Sie hatte die Gabe, Szenen zu Papier zu bringen, und wußte, daß sie Romane schreiben könnte, wenn sie sich diesem Genre zuwenden würde. Während sie ihre eigenen ziemlich atemlosen Erzählungen las – wie es ihr gelungen war, den Schein aufrecht zu erhalten, sie sei ein Mann, wie sie in einem Fall beinahe entlarvt worden wäre, wie sie in jenem Fall einen weiteren nützlichen Trick lernte, mit dem sie weiterhin vortäuschen konnte, ein Mann zu sein, – sah sie der Realität nüchtern ins Auge und blickte nachdenklich aus dem Fenster. *Früher oder später werde ich entlarvt werden. Ein Mädchen kann nicht jahrelang so tun, als sei es ein Mann, ohne entdeckt zu werden.*

Dann schüttelte sie widerspenstig den Kopf und las den Eintrag, den sie gerade geschrieben hatte:

20. März 1775. Ich hatte heute nacht einen seltsamen Gedanken. Seit ich hier bei den Winslows bin, habe ich so viel Angst, daß meine wahre Identität entdeckt wird! Aber das ist unwahrscheinlich. Ich bin ein guter Schüler, was männliches Verhalten betrifft – der Gang eines Mannes zum Beispiel, der nichts mit derselben Bewegungsart einer Frau zu tun hat! Wie man den Gotteslästerungen mancher Männer zuhört, ohne mit der Wimper zu zucken. Ich gehe sogar manchmal abends aus und prahle danach über meine Eroberungen bei irgendeiner schönen Frau – das gefällt Nathan aber nicht, er sagt, ich sei noch zu jung für so etwas. Ich lerne, meine Rolle gut zu spielen, aber es ist nicht leicht!

Doch der Gedanke von heute nacht hatte nichts mit mir zu tun. Zum ersten Mal bemerke ich, daß ich mir um einen anderen Menschen Sorgen mache. Mir fällt jetzt auf, daß ich mit der Winslowfamilie mitfühle – eine ganz natürliche Sache, da diese Menschen meine ganze Welt geworden sind.

Charles Winslow ist vielleicht kein guter Mensch, aber er behandelt mich anständig. Er ist der Halbbruder von Nathans Vater, und

nach allem, was ich mir zusammenreimen kann, sind die beiden sich überhaupt nicht ähnlich.
Aber Caleb steckt in Schwierigkeiten. Mir ist nicht entgangen, wie er aus der Familie hier ausgeschlossen wird – und das ist kein Wunder, da diese Winslows alle tief eingefleischte englandtreue Tories sind! Mit Nathan kann er nicht sprechen, das ist klar. Deshalb war es keine große Überraschung, daß er anfing, mir sein Herz auszuschütten. Ich bin in seinem Alter und der einzige „Mann", mit dem er sprechen kann. Aus seinen Worten habe ich viel erfahren. Nathan Winslow ist der beste junge Mann der Welt – aber er ist so sehr in diese aufgetakelte Abigail Howland verliebt, die nur mit ihm spielt, daß er überhaupt nicht sieht, wie sein eigener Bruder außen vor bleibt!

Sie schlug das Tagebuch zu und steckte es in eine Stoffhülle, legte diese in eine Schachtel, die sie dann sorgfältig in den falschen Boden einer kleiner Kiste steckte, in der ihre Sachen untergebracht waren.

Sie verstand nicht, warum sie plötzlich von einer solchen Wut gepackt wurde, als sie an dieses Problem dachte, aber es würde noch ernster werden, das wußte sie. Sie schloß die Tür, ging über den frischen grünen Rasen vom Gesindehaus und durch die Hintertür in das Haupthaus. Die Köchin, eine dicke schwarze Frau namens Hausbetty (zur Unterscheidung von der Feldbetty), blickte auf und sagte: „Sie sitzen schon alle beim Frühstück, Mr. Smith."

Anfangs war es ihr schwer gefallen, mit der Familie die Mahlzeiten einzunehmen, aber schon nach den ersten Tagen hatte es sich als am einfachsten erwiesen, mit den Winslows zu essen, da sie Anne Nachhilfestunden gab. Der erste Teil von Laddies Arbeit bestand darin, dem Mädchen nach dem Frühstück Unterricht zu geben, dann fuhr sie in die Stadt und ging dort ihrer Arbeit nach.

„Laddie, ich habe Papa den Brief gezeigt, den ich geschrieben habe", sagte Anne sofort mit strahlendem Gesicht. „Und er sagt, so etwas Gutes hat er noch nie gelesen!"

Charles lächelte und nickte. „Sie haben ein Wunder vollbracht, Laddie – sowohl hier bei Anne als auch im Büro. Ich weiß überhaupt nicht mehr, wie wir ohne Sie ausgekommen sind."

„Es ist leicht, ein guter Lehrer zu sein, wenn man eine gute und lernwillige Schülerin hat", sagte Laddie mit einem freundlichen Blick auf Anne.

Paul ergriff das Wort. „Ich muß schon sagen, Laddie, die beste Arbeit, die Nathan in unserem Geschäft geleistet hat, war, als er Sie gefunden hat."

Nathan lächelte, aber in seiner Art lag eine gewisse Zurückhaltung. Er wirkte unterwürfig, und Laddie fragte sich, ob es irgendein Problem gegeben habe. Sie stellte keine Fragen, aber später während des Frühstücks sagte Charles mit einem seltsamen Blick in den Augen: „Ich glaube, ich habe erwähnt, daß jemand aus unserem Büro nach New York fahren müsse und dieses neue Buchhaltungssystem von Johnson lernen sollte? Jetzt ist es also soweit. Ich will es so bald wie möglich hier bei uns einführen."

„Ich kann nicht fahren", sagten Paul und Nathan im selben Augenblick, unterbrachen sich dann und blickten einander an.

„Von euch will keiner fahren?" fragte Charles überrascht, aber mit einem Funkeln in seinen blauen Augen. „Das ist aber zu schade." Jeder am Tisch außer Anne wußte, daß die Rivalität der beiden Vetter um Abigail sich so erhitzt hatte, daß sie nächtelang wach lagen und sich neue Möglichkeiten ausdachten, wie sie den anderen ausspielen könnten.

Die beiden gerieten sich in die Haare, und jeder versuchte, den anderen nach New York zu schicken. Obwohl sie dabei sehr höflich vorgingen, war offensichtlich, daß beide entschlossen waren, in Boston zu bleiben, um Abigail ungestört den Hof machen zu können.

Schließlich hob Charles, Schweigen gebietend, die Hand. „In Ordnung, dann schicke ich Strake nach New York." Er beobachtete, wie sich beide beruhigten, dann setzte er seine kleine Bombe in Brand. „Aber das ist schade – denn für ihn ist Abigail eine Verschwendung."

„Abigail?" fragte Paul. „Was hat sie mit der Fahrt nach New York zu tun?"

„Oh, habe ich das nicht erwähnt?" Charles versuchte, überrascht auszusehen. „Nun, sie hat Saul und ihre Mutter dazu überredet, sie zum Einkaufen nach New York fahren zu lassen, und so sind wir übereingekommen, da sie Kleider braucht und ich jemanden dort brauche, der Buchhaltung lernt, daß sie die Fahrt gemeinsam unternehmen könnten. Aber es wird Abigail gut tun, einige Zeit in der Gesellschaft eines seriösen Mannes wie Strake zu verbringen, findest du nicht, Nathan?"

Laddie grinste plötzlich über Nathans verblüfften Gesichtsausdruck, versuchte aber, so auszusehen, als bedauere sie ihn zutiefst, als er ihr einen bösen Blick zuwarf. „Onkel Charles, ich glaube, ich war in dieser ganzen Sache zu selbstsüchtig." Er setzte einen betörend frommen Blick auf und fuhr fort: „Ich glaube, ich könnte doch fahren."

Jetzt zog Paul die Augenbrauen hoch und sagte trotzig: „Ich fahre nach New York, und dabei bleibt es!"

Die nächste Viertelstunde war spannend. Beide jungen Männer waren bereit, miteinander um die Fahrt zu kämpfen, aber schließlich wurde Charles der Diskussion müde. Er übertönte die aggressive Stimme seines Sohnes, der viel zu laut sprach, und sagte: „In Ordnung! Es reicht! Ich wußte, daß ich nicht einen von euch fahren lassen könnte – also fahrt ihr eben *beide* – und Sie müssen auch mitfahren, Laddie." Er lachte über die Überraschung auf ihrem Gesicht und erklärte: „Sie müssen sich um die wirkliche Arbeit kümmern, während diese zwei sich um die Dame prügeln werden."

„Charles, das gebührt sich nicht!" rief Dorcas aus.

„Das ist bei der Liebe selten der Fall", sagte er bitter.

„Bitte, Onkel Charles, ich würde auch gern mitfahren."

Caleb hatte so lange kein Wort am Tisch gesagt, daß er normalerweise ganz vergessen wurde. Jetzt erhob er laut und deutlich das Wort und fuhr fort: „Bist du damit einverstanden? Vielleicht kann ich auch etwas lernen."

Charles blickte den jungen Mann an, nickte dann langsam mit einem seltsamen Gesichtsausdruck. *Er hat so viel Ähnlichkeit mit Adam!* „Ja, es wird dir sicher nicht schaden. Ihr müßt den großen Wagen nehmen, damit ihr alle hineinpaßt, aber ich habe nichts dagegen."

„Wann werden wir aufbrechen, Vater?" fragte Paul.

„Ihr holt Abigail morgen früh um zehn Uhr ab." Er lächelte verschmitzt und meinte: „Ich habe ihr gesagt, daß ihr beide fahren werdet – das schien ihr sehr gut zu gefallen."

Natürlich! dachte Laddie wütend. *Sie bringt sie noch so weit, daß sie sich in irgendeinem verrückten Duell gegenseitig erschießen, bevor wir zurück sind!* Dann mußte sie versuchen, Anne zu trösten, die sich ausgeschlossen fühlte. Sie warf einen schnellen Blick auf Caleb und versuchte, seine Motive zu erraten, denn wenn er eines nicht wollte, dann von den Sons of Liberty weg zu sein – aber sein Gesicht verriet nichts. Nur ein leichter Ausdruck der Befriedigung zeigte sich darauf.

KAPITEL ACHT

„Ein verliebter Mann macht sich oft zum Narren!"

„Ich glaube nicht, daß Onkel Charles' großartige Idee Erfolg haben wird, was meinst du, Laddie?"

Das Vorderrad des großen Wagens polterte in ein Schlagloch, als Laddie sich zu Caleb umwandte, und der unerwartete Ruck warf sie mit aller Wucht gegen Caleb, der die Zügel in der Hand hielt. Sie raffte sich schnell auf, hielt sich mit aller Kraft an ihrem Sitz fest und fragte: „Welche großartige Idee?"

„Na, er hat doch die ganze Fahrt nur inszeniert, damit sich Abigail endlich zwischen Nathan und Paul entscheiden muß." Er blickte sie an und lächelte süffisant. „Aber damit hat er sich bestimmt gehörig getäuscht!"

Laddie ließ die Schultern hängen, denn die Fahrt war für keinen von ihnen ein Vergnügen. Sie hatten Boston vor drei Tagen verlassen, und das Frühlingswetter war für die Fahrt ideal gewesen. Die Straßen waren vom Winter immer noch sehr zerfurcht, aber die Gasthäuser waren ziemlich sauber und das Essen meistens recht gut gewesen. Als sie am ersten Abend jedoch in einem zwielichtigen Gasthaus, das sich ‚Der Blaue Löwe' nannte, Halt gemacht hatten, hatte Paul das, was ihm als Tee serviert worden war, ausgespuckt und nach dem Wirt gerufen: „Sir, wenn das Tee ist, bringen Sie mir bitte Kaffee. Wenn das Kaffee ist, dann bringen Sie mir Tee."

Wenig später hätten die Schlafgelegenheiten Laddie beinahe entlarvt. Es gab nur zwei Zimmer; eines davon war natürlich für Abigail, und das andere für den Rest der Gesellschaft. Während des ganzen Abendessens arbeitete Laddies Verstand auf Hochtouren, und als Nathan die anderen aufforderte: „Versuchen wir, etwas Schlaf zu bekommen – wir haben morgen eine lange Fahrt vor uns", wäre sie beinahe in Panik geraten, aber das Zimmer, das sie vorfanden, war so klein, daß er nach einem einzigen Blick erklärt hatte: „Dieses Bett ist zu klein für vier Leute. Caleb, du und Laddie müßt es euch heute nacht im Wagen bequem machen."

Als sie und Caleb sich mit Decken ausgerüstet für diese Nacht niedergelegt hatten, hatte Caleb erklärt: „Mir gefällt es hier ohnehin besser als in diesem schmutzigen, alten Zimmer. Was meinst du, Laddie? Ich würde am liebsten während der ganzen Fahrt draußen schlafen." Laddie hatte ihm schnell zugestimmt, und dann war sie lange wachgelegen und hatte die eisigen Lichterpunkte, die die Sterne am samtschwarzen Nachthimmel hinterließen, betrachtet.

Jetzt, da Caleb das letzte Stück der Straße hinunterfuhr und die Silhouette von New York schon schwach zu sehen war, blickte Laddie zu seiner stämmigen Gestalt hinüber und dachte, wie seltsam es doch war, daß sie mehr über ihn wußte als Nathan. Caleb hatte wehmütig davon gesprochen, wie nahe sich die Brüder früher gestanden waren, und seine Einsamkeit versetzte ihm einen scharfen Schmerz, den er nur vor ihr aufdeckte, wie sie wußte.

Jetzt griff sie seine Bemerkung auf und sagte: „Ich glaube, verliebte Männer sind meistens ziemliche Narren."

„Das stimmt, Laddie!" Er versetzte den Pferden einen Schlag mit der Peitsche, dann lachte er kurz. „Ich verstehe überhaupt nicht, warum ich mich so beeile."

„Warum wolltest du eigentlich mitkommen?" fragte sie.

Er gab ihr keine klare Antwort und meinte nur: „Kann genauso gut hier sein wie in Boston, schätze ich."

Paul übernahm die Zügel, als sie sich den Randbezirken New Yorks näherten, und fuhr in die Firmenniederlassung, die mitten im Hafen lag. Hiram Johnson, der dortige Geschäftsführer, war ein kleingewachsener Mann mit einem schwarzen Vollbart und tiefstehenden, schwarzen Augen. „Sie werden nicht mehr als zwei oder drei Tage benötigen, bis Sie dieses System beherrschen." Er warf einen Blick auf die Reisegesellschaft und meinte unschuldig: „Würde sagen, ihr seid genug, um die Sache in den Griff zu bekommen, nicht wahr?"

Paul blickte ein bißchen unbeholfen drein, und in diesem Augenblick hatte Laddie eine Idee – eine Antwort auf das ständig wiederkehrende Problem, wo sie schlafen sollte. „Wenn Sie ein Bett hier haben, Mr. Johnson, könnte ich rund um die Uhr hier bleiben. Damit würden wir uns doch viel Zeit sparen, nicht wahr?"

„Natürlich, das können wir machen", stimmte der Geschäftsführer zu, und Laddie sah, daß sowohl Paul als auch Nathan erleichtert aufatmeten.

„Ich würde auch gern bleiben."

Nathan blickte Caleb an und öffnete den Mund, um den Jungen zur Rede zu stellen, aber in diesem Augenblick sagte Abigail: „Ich muß mich jetzt wirklich ausruhen; wenn ihr so freundlich wärt und mich in mein Hotel bringen könntet."

Während Caleb und Laddie ihre Taschen aus dem Wagen holten und dann der übrigen Gesellschaft nachblickten, wie sie in die Innenstadt fuhren, meinte Caleb: „Sieht so aus, als würden sie uns nicht sehr mit ihrer Gesellschaft belästigen, nicht wahr, Laddie?“

In dem Verhalten der beiden Männer, mit dem sie Abigail nachliefen und sich gegenseitig bekriegten, lag so viel Kindisches, daß Laddie ärgerlich murmelte: „Wie ich schon sagte: ‚Ein verliebter Mann macht sich oft zum Narren!‘“

Am dritten Tag ihres Aufenthaltes hätte Nathan Laddies Aussage voll und ganz zugestimmt. Er hatte am ersten Tag gut begonnen und war früh am Morgen erschienen, doch als der Vormittag verging und Paul immer noch nicht auftauchte, wurde er allmählich einsilbig. Schließlich sagte er mittags: „Laddie, meinst du, daß du das allein bewältigen kannst? Ich bin immerhin kein Buchhalter – ich kann dich also genauso gut allein hier lassen.“ Dann hatte er, ohne auf eine Antwort zu warten, schnell das Büro verlassen und war nicht mehr zurückgekommen.

Aber es wurde nicht besser für ihn, denn wenn er sich im Büro schon nutzlos vorgekommen war, dann fühlte er sich umso mehr deplaziert, als er Abigail auf Schritt und Tritt nachlief. Als diese Fahrt geplant wurde, hatte er gedacht: *Jetzt kann ich endlich allein mit ihr sein – weg von der Familie und von allen anderen.* Aber das war er nie; genau genommen sah er sie sogar weniger als in Boston!

New York war ein schwirrender Bienenkorb, der aus den Nähten platzte und in dem Tag und Nacht ein reges Treiben herrschte. Auf den Straßen tummelten sich viele Menschen, darunter auch viele Matrosen von der königlichen Marine, die im East River vor Anker lagen. Nathan war sich schmerzlich bewußt, daß die Drohung einer Revolution auch hier ständig knapp unter der Oberfläche brodelte, ebenso wie in Boston – was ihn beunruhigte. Aber er hatte nicht viel Zeit, um sich über Politik Gedanken zu machen, denn Abigail und eine Gruppe von jungen Bekannten ließen ihn mit ihrer unermüdlichen Jagd durch die gesellschaftlichen Ereignisse in der Stadt kaum zu Atem kommen.

Sie begannen morgens mit Tee in den schönsten Häusern der Stadt, und Nathan fühlte sich nicht besonders wohl in seiner Haut. Paul und Abigail kannten jeden, so schien es, und er stand außen vor und konnte nur zuschauen. Er fühlte sich als Außenseiter, als uriger Kolonialist, als Hinterwäldler aus Virginia, der bis zu einem gewissen Grad ganz interessant und originell war. Mehrere hübsche Mädchen versuchten, seine

Aufmerksamkeit zu wecken, aber er hatte nur Augen für Abigail, daß ihm die anderen überhaupt nicht auffielen.

Nachmittags promenierten sie durch die Straßen, besahen sich die Wachsarbeiten und die Gärten und begaben sich später nach Manhattan, wo sie Pferderennen und die vielen Sehenswürdigkeiten, Vorstellungen und Wachsmuseen besuchten, die es dort in Hülle und Fülle gab.

Abends luden dann Abigails Freunde zum Tanz in ihre großen Häuser ein. Diese Veranstaltungen waren wie kleine „Bälle" und dauerten bis in die frühen Morgenstunden. Nathan fühlte sich auch hier völlig fehl am Platz.

Am vierten Abend stand er in einem großen, im holländischen Stil erbauten Herrenhaus mit dem Rücken an der Wand und sah zu, wie die Tänzer über den polierten Boden schwebten. Er hatte in den letzten zwei Tagen wenig gegessen, und seine Nerven waren von den ständigen Unternehmungen und dem wenigen Schlaf zum Bersten gespannt. Er hatte gegen seine eigene Regel verstoßen und mehrere Glas Wein getrunken. Sein Kopf war nicht mehr ganz klar.

Er hatte mehrere Male getanzt, aber nur einmal mit Abigail, und während er so dastand, tanzte sie mit Paul an ihm vorbei, blickte zu ihm auf und lachte; plötzlich warf Paul den Kopf zurück und lachte auch. Hinter ihm sagte jemand: „Ist das nicht ein schönes Paar?" Er besah sich die übergewichtige Frau, die diese Worte zu ihrem ebenfalls übergewichtigen Ehemann gesprochen hatte, und ging dann weg.

In der nächsten Stunde wurde seine Stimmung immer düsterer, und er holte sich noch einige Glas Wein von dem Tisch mit den Erfrischungen, der unter dem Gewicht der aufgetragenen Speisen und der vielen Getränke zu bersten drohte. Schließlich dachte er: *Ein Mann ist ein Narr, wenn er sich so quält!* Er sah, daß Abigail mit einem rot bekleideten britischen Offizier tanzte, stolperte impulsiv über die gefüllte Tanzfläche, und stieß mit mehreren Paaren zusammen, bis er sich vor ihnen aufbaute.

„Abigail, ich muß mit dir sprechen!" sagte er mit dringlicher Stimme. Sowohl Abigail als auch der Offizier, ein gut gebauter junger Hauptmann mit einem glatten Gesicht und kalten blauen Augen, wandte sich überrascht zu ihm um.

„Aber Nathan!" rief sie. „Was ist denn?"

„Komm mit! Hier können wir nicht sprechen."

Er nahm sie am Arm und zog daran, aber der Offizier hatte sich an ihrem anderen Arm fest eingehakt. „Sie sollten bessere Manieren an den Tag legen, Junge!" sagte er mit einer deutlichen Warnung in der Stimme. „Verschwinden Sie jetzt."

Nathan starrte ihn an, ließ aber den Arm, den er fest hielt, nicht los. „Soldat, wir kommen auch ohne dich ganz gut zurecht."

Diese scharfe Verwarnung brachte die kalten, blauen Augen des Offiziers zum Lodern, und er bewegte sich bedrohlich auf Nathan zu, aber Abigail sagte: „Edgar! Bitte!" Sie legte ihm die Hand auf den Arm, lächelte ihn an und sagte: „Bitte entschuldige uns, ja?"

„Gut – aber ich werde noch ein Wörtchen mit Ihnen sprechen müssen, Sir, bevor Sie uns verlassen. Wir können hier Ihre Hinterwäldlermanieren nicht gebrauchen!"

Sie klopfte ihm beruhigend auf den Arm, drehte sich dann um und zog Nathan hinter sich her durch eine Tür, die in die große Halle führte. Er folgte ihr, bis sie ihn durch eine Doppeltür auf eine kleine Veranda führte, die auf den Garten hinausging.

„Also, Nathan, was ist los?"

„Also –" Plötzlich konnte er nichts mehr sagen und kam sich wegen seiner Handlung wie ein Narr vor. Er stand verwirrt vor ihr und wollte gern so viel sagen, doch irgendwie raubte ihm ihre Schönheit die Sprache.

Sie war so schön – schöner, als er je vorher gedacht hatte! Sie stand in dem blassen Mondlicht, das in ihren Haaren schimmerte, vor ihm, und die Nacht war so klar, daß er die Rundungen ihrer Wangen und die Form ihrer Lippen erkennen konnte. Doch Nathans Kopf war hier in der fast heiligen Stille des abgeschlossenen Gartens noch nicht klarer geworden, denn als er sie jetzt anblickte, fühlte er sich noch verwirrter als zuvor.

Schließlich sagte sie: „Was ist, Nathan? Sag es mir." Sie lehnte sich leicht an ihn, hob dann ihre Hand und legte sie ihm auf die Wange. „Du bist in letzter Zeit so still. Bist du wütend auf mich?"

„Nein – aber ich habe das Gefühl, ich gehöre nicht zu deiner Welt, Abigail." Er nahm sie bei den Schultern, und der Fliederduft stieg ihm in die Nase. Er flüsterte: „Du bist so schön, Abigail – und ich habe das Gefühl, ich bin so weit weg von dir."

„So darfst du dich nicht fühlen!" Sie lächelte zu ihm auf, und als er so vor ihr stand, schien die ganze Verwirrung der Fahrt zu verschwinden. Sie war da, und sie war hübsch – so beugte er sich einfach vor und küßte sie. Sie wehrte sich nicht, sondern drückte ihren Körper an ihn. Die Begierde, die er in ihrem schlanken Körper fühlte, überwältigte ihn, und er hielt sie noch fester.

Er löste sich aus ihrer Umarmung, und mit einer Sanftheit in ihren Augen, die sie bis dahin vor ihm verborgen hatte, sagte sie: „Nathan, du bist ..."

Was sie sagen wollte, erfuhr er nie, denn in diesem Augenblick knarrte die Tür und Pauls Stimme unterbrach sie: „Eine hübsche, romantische Szene – aber ein bißchen zu öffentlich, findet ihr nicht?"

Nathan ließ Abigail los, drehte sich schnell um und sah ihn im Türrahmen stehen. Paul deutete mit der Hand nach oben, und als Nathan mit den Augen seiner Bewegung folgte, sah er einen Mann und eine Frau auf einer Galerie über dem Garten stehen, die sie nicht aus den Augen ließen. Rechts von ihnen standen mehrere Zuschauer an den großen Fenstern, die lachten und auf sie deuteten.

„Nathan, du solltest mehr Verstand haben!" sagte Paul scharf. Dann nahm er Abigail am Arm und sagte: „Ich glaube, wir sollten lieber gehen."

„Nimm die Hand von ihr!" rief Nathan sogleich aus.

„Ach, sei doch kein Narr!" erwiderte Paul.

Nathans hatte normalerweise ein ruhiges Temperament, aber ein- oder zweimal in seinem Leben hatte er tief in seinem Inneren die Fähigkeit zu blinder Wut entdecken müssen – nicht nur Ärger, sondern ein viel stärkeres Gefühl. Einmal, als ein Junge sein Lieblingsspielzeug zerbrochen hatte, hatte er schon im Alter von zehn Jahren die Selbstbeherrschung so vollständig verloren, daß er ihn anschrie und auf ihn einschlug, daß sein Vater ganz erschüttert gewesen war.

„Nathan, du darfst dich nie wieder so gehen lassen!" hatte er mit blassem Gesicht gesagt. Es war jedoch gerade zwei Jahre später wieder vorgekommen, als ein Mann, der halb betrunken war, eine Pistole gezogen und Nathans Lieblingshund erschossen hatte. Nathan konnte sich an sein Verhalten nicht mehr erinnern, aber als er schließlich wieder zu sich kam, drückte ihn ein halbes Dutzend Männer mit einiger Anstrengung flach auf dem Rücken zu Boden. Er hatte dem Mann zweimal das Kinn gebrochen und ihm sein Gesicht hoffnungslos zerschmettert. Der Schock darüber, wozu er fähig sein konnte, war so groß, daß er seitdem immer sorgfältig darauf geachtet hatte, die zerstörerische Wut, von der er wußte, daß sie tief in seinem Inneren schlummerte, nicht in sich hochsteigen zu lassen.

Jetzt fühlte er zu seinem Entsetzen, wie sie wieder so düster und häßlich nach ihm griff, und wie schon zuvor schien sie ihm die Sprache zu rauben und ihm den Verstand und sein ganzes Denken zu lähmen. Er hörte sich ein heiseres Brüllen ausstoßen, fühlte, wie seine Hände sich ausstreckten und Paul ergriffen, dann hörte er Abigail wie aus weiter Ferne einen ängstlichen Schrei ausstoßen.

Er kam allmählich wieder zu Sinnen und starrte in Pauls weit aufgerissene Augen, der von dem furchteinflößenden Zorn, der seinen großgewachsenen Verwandten ohne Vorwarnung gepackt hatte, ganz gelähmt war. Nathan ließ ihn plötzlich los, wirbelte herum und lief Hals über Kopf von der Veranda, über den Hof und verschwand dann auf der Straße.

„So habe ich ihn noch nie gesehen!" flüsterte Abigail. „Er hätte dich beinahe umgebracht!"

Pauls Hand war nicht besonders ruhig, als er sie ihr auf den Ellbogen legte und sie wieder in den Saal zurückführte. Er sprach kein Wort, in seinen Augen spiegelte sich eine Mischung aus Ärger und Verwunderung wider, als sie die Gesellschaft verließen, und er warf einen Blick die dunkle Straße hinunter, in der Nathan verschwunden war. *Ja – er hätte mich umgebracht – das ist die dunkle Seite des Winslowblutes, vor der Vater mich immer gewarnt hat,* dachte er grimmig.

Laddie rührte sich langsam und erwachte aus einem tiefen Schlaf auf dem Sofa. Eine große Hand schüttelte ihren Arm, und sie öffnete die Augen und sah Nathan mit blassem und ärgerlichem Gesicht auf sie herabblikken.

„Wo ist Caleb?"

„Caleb?" Sie setzte sich schnell auf, warf einen Blick auf das zweite Bett im Zimmer, das noch nicht benutzt worden war. Sie warf die leichte Decke beiseite und stand auf. „Ich vermute, er ist noch nicht zurückgekommen." Sie blickte ihn forschend an und fragte leise: „Was ist passiert, Mr. Winslow?"

Er blickte sie an und schüttelte den Kopf. „Nicht so wichtig, Laddie. Ich fahre nach Boston zurück. Willst du mit mir fahren oder mit den anderen nachkommen?"

„Warum –" Sie war verwirrt und wußte, daß etwas geschehen sein mußte, wagte es aber nicht, weiterzubohren. „Ich fahre mit Ihnen – aber was ist mit Caleb?"

„Ich will, daß er mit mir fährt." Er warf die Schultern zurück, schlug in einem plötzlichen Ausbruch von Ungeduld die Hände zusammen und fragte aufgebracht: „Ist er sonst auch so spät noch unterwegs?"

„Ja. Wahrscheinlich wurde ihm langweilig, mir beim Arbeiten über den Büchern zuzusehen. Aber er war immer bis spätestens um Mitternacht zurück."

Nathan stand groß und schweigend im Raum, dann sagte er müde:

„Ich warte jedenfalls nicht bis zum Morgen. Pack deine Sachen zusammen. Ich spanne die Pferde an."

Er ließ sie stehen, und sie sammelte schnell ihre wenigen Habseligkeiten zusammen. Sie verstaute sie in einer kleinen Tasche, trat dann aus dem Zimmer und ging einen kurzen Gang hinunter, der zum Stall führte. Nathan war mit den Pferden beschäftigt, und sie bot an: „Ich helfe Ihnen."

Sie sprachen kein Wort, aber als gerade das letzte Pferd angespannt war, öffnete sich die Tür, und Caleb trat ein.

Er war nicht allein; ein großer Mann mit hohen Stiefeln und einem dunklen Umhang begleitete ihn. Beide blieben abrupt stehen, und Laddie sah den Schreck auf Calebs Gesicht, als er Nathan erblickte.

Der große Mann sprach leise mit ihm, und Caleb nickte. Er ging zur Tür und verschwand dahinter. Nathan ließ die Zügel über einen Eisenring, der in der Wand befestigt war, fallen, und baute sich vor dem Mann auf. „Wer sind Sie?" fragte er ohne Umschweife.

Ein Paar unerschrockene, graue Augen blickten ihn unter einem dreieckigen Hut hervor an, dann nach einer kurzen Pause antwortete er mit tiefer Stimme. „Ich heiße Dawes."

„Was wollen Sie hier?"

„Nichts von Ihnen, würde ich sagen."

„Das sehe ich anders. Was haben Sie mit meinem Bruder zu tun?"

„Ihrem Bruder? Verstehe." Dawes nickte und sprach: „Ich habe eine kleine geschäftliche Sache mit Caleb zu erledigen. Dauert nur eine Minute."

Beim Klang von Fußtritten drehte Nathan den Kopf um und sah Caleb mit einer flachen Ledertasche in der Hand aus der Tür kommen. Er blickte Nathan nicht an, sondern ging unbeirrt an ihm vorbei und reichte sie Dawes. „Das ist es."

„Danke, Caleb." Dawes steckte die Tasche in eine Innentasche, schüttelte ihm die Hand und sagte: „Du warst uns eine große Hilfe. Ich sage es —" Dann brach er mitten in seinem Satz ab, warf einen schnellen Blick in Nathans Richtung, nickte, drehte sich um und verließ den Stall.

Als sich das Tor leise schloß, wandte sich Caleb im halbdunklen Licht der Laterne mit aufgerichteten Schultern Nathan zu. Mit einem eigensinnigen Blick sagte er: „Bevor du mich fragst, Nathan, erzähle ich es dir gleich: Ich habe diese Papiere aus Boston mitgebracht und sie Mr. Dawes gegeben. Damit habe ich einem Freund einen Gefallen getan. Mehr brauchst du nicht zu wissen."

Nathan stand wie angewurzelt vor ihm und wußte sofort, daß der

„Freund“ Sam Adams oder Revere war. Er wußte, daß jede Kolonie ein Sicherheitskomitee gebildet hatte, eine bewaffnete Streitkraft, die jederzeit einberufen werden konnte, und die durch ein Netz von Boten am Leben erhalten wurde. Er hatte sogar schon von Dawes als einem der Drahtzieher der Organisation gehört.

Was sollte er dazu sagen? Caleb stand vor ihm und wartete auf eine Reaktion, aber Nathan konnte nichts sagen. Schließlich erklärte er: „Ich fahre heute nacht nach Boston zurück. Ich will, daß du mit mir kommst.“

Caleb warf einen schnellen Blick auf Laddie. Sie nickte, und so zuckte er mit den Schultern und sagte: „Ich hole meine Sachen.“

Während er fort war, trat Laddie neben Nathan und sagte ruhig: „Ich sehe, daß Sie in Schwierigkeiten stecken, Mr. Winslow. Es tut mir leid, was immer es auch ist.“ Sie legte ihm die Hand leicht auf den Arm und fuhr sehr leise fort: „Ich würde Ihnen gern helfen, wenn ich kann.“

Er versuchte, die Bitterkeit, die in ihm aufstieg, zurückzukämpfen. Seine Welt schien ein Trümmerhaufen geworden zu sein, und er wollte um sich schlagen. Aber langsam zwang er sich, sich zu entspannen, und dann legte er ihr die Hand auf die Schulter und fühlte plötzlich eine Dankbarkeit für das Mitgefühl in Laddies dunklen Augen.

„Ich weiß, daß du das tun würdest, Laddie, und das hilft mir.“ Dann schüttelte er den Kopf. „Männer benehmen sich manchmal wie Narren, nicht wahr?“ Er warf ihr ein verlegenes Lächeln zu und sagte dann: „Und ich vermute, ich bin ein größerer Narr als die meisten anderen.“

Sie hätte ihn am liebsten in die Arme genommen und getröstet. Er war so groß – und doch verrieten seine Augen laut und deutlich etwas von einem verletzten Kind.

Aber sie hielt sich vorsichtig zurück und sagte: „Nein, Sie sind kein Narr, Nathan. Sie sind nur momentan ein bißchen verwirrt.“

Es war das erste Mal, daß ihn Laddie beim Vornamen nannte, und es tat ihm gut. Er umarmte sie rauh und sagte mit einem traurigen Lachen: „Laddie, laß dich nie auf eine Frau ein!“

Sie blickte zu ihm auf und lächelte, dabei zwinkerten ihre dunklen Augen. „Bestimmt nicht, Nathan“, versprach sie.

KAPITEL NEUN

Tod in Lexington

Im April verschwand der Frost, und die warmen Frühlingswinde, die den kalten Boden auftauten, erweckten nicht nur die in der Erde schlummernden Saaten zum Leben, sondern entfachten anscheinend auch den Geist der Männer von Boston. Die Sons of Liberty, ständig stärker werdende Blitze, die drohten, jeden Augenblick ein riesiges Gewitter zu entfachen, konnten sich vor Freiwilligen kaum retten, und der Provinzkongreß von Massachusetts versammelte sich illegal, aber regelmäßig in Cambridge, unmittelbar vor den Augen von General Gages Wachen. Unter der Führung von John Hancock bildete das Sicherheitskomitee Milizeinheiten, die sogenannten ‚Minute Men', die jederzeit abrufbar und einsatzbereit waren.

Gage wußte das meiste über sie, doch er hoffte, daß noch irgend etwas den Kolonisten Einhalt gebieten würde. Stattdessen brachten jedoch die ersten beiden Aprilwochen zwei Entwicklungen, die der General nicht mehr außer acht lassen konnte. Eine Gruppe von Patrioten, die von Major John Sullivan angeführt wurden, griffen Fort William und Fort Mary in Portsmouth an, überwältigten die Wachen und machten sich mit dem gesamten Munitionsbestand aus dem Staub; am nächsten Tag wurden von einer anderen militanten Gruppe siebzehn Kanonen in Boston erobert.

Eine Woche später, am 14. April, trafen sich General Gage und Oberst Smith, um eine Lösung des Problems zu finden.

„General, wir können nicht zulassen, daß sich diese Bande auf Kosten der Krone ein Waffenlager anlegt", sagte Oberst Smith erhitzt zu dem Oberbefehlshaber in Boston. „Wir müssen losschlagen – wir müssen stark genug zuschlagen, damit sie sehen, wie Verrat belohnt wird."

General Gage blickte Oberst Smith an und biß sich nervös auf die Unterlippe. Er war in die Ecke gedrängt; London bestand darauf, daß er handelte, ohne zu sehen, wie explosiv die Situation wirklich war. Jetzt blieb ihm keine Wahl mehr, und er nickte müde: „Ich fürchte, das müssen wir – aber es wird eine häßliche Angelegenheit werden, Oberst!"

„Für *sie* bestimmt, General Gage", grinste Smith. „Worauf werden wir den Angriff richten?"

Gage betrachtete die Karte an der Wand und erwog und verwarf die einzelnen Möglichkeiten. „Wir müssen natürlich ein Ziel haben", sagte er. „Ich habe einige Informationen, die zuverlässig zu sein scheinen. Die Rebellen haben ein Waffenlager für fünfzehntausend Mann gekauft, und einer unserer Informanten hat uns den genauen Ort dieses Lagers verraten." Er blickte den Mann an, verzog die Miene und sagte: „Sie sind dabei sehr schlau vorgegangen, fürchte ich."

„Schlau, Sir?"

„Ja. Wenn sie diese Waffen in Boston lagerten, würden wir sie in einem Blitzangriff ausheben – sie haben sie weit genug weggebracht, so daß ein erfolgreicher Angriff sehr schwer sein wird. Sie beobachten jede unserer Bewegungen – wir können nicht über die Straße gehen, ohne daß es jeder Rebell in Amerika weiß!"

„Wir können uns nachts bewegen, Sir", meinte Smith eifrig. „Und Sie haben doch Ihr Versprechen nicht vergessen, daß ich die Männer in der ersten Aktion anführen werde?"

„Nein, das habe ich nicht vergessen."

„Wo liegen diese Waffen? Ich schlage vor, Ihnen einen kräftigen Denkzettel zu verpassen, Sir!"

General Gage warf einen langen Blick auf den kurzgewachsenen, beleibten Offizier und wünschte von Herzen, er hätte einen anderen Mann mit mehr Sinn für Ausgewogenheit, aber dem war leider nicht so. Langsam hob er die Hand und legte einen Finger auf die Karte.

„In Concord. Dort müssen wir zuschlagen!"

„Wir werden dieser Schlange schon den Schwanz abtreten, Herr General!" rief Smith aufgeregt.

„Geheimhaltung ist das oberste Gebot", sagte Gage langsam. „Der Angriffstrupp sollte aus siebenhundert Mann bestehen. Es wird kein Auge in der Stadt geben, das sie nicht aufmerksam beobachtet. Wir müssen also ein Ablenkungsmanöver inszenieren – sie so irreführen, daß sie meinen, wir hätten ein anderes Ziel. Das wird nicht allzu viel Erfolg haben, aber ich glaube, diese Miliz – wie werden diese Männer genannt, Oberst?"

„Minute Men, Sir."

„Es wird länger als eine Minute dauern, um eine Armee zusammenzustellen! Sie brechen am achtzehnten in der Nacht auf – aber nur Sie und ich und Major Pitcairn werden das genaue Datum wissen."

„Major Pitcairn? Aber, Sir, hier gibt es keine königliche Marine, die er befehligen könnte."

„Ich weiß, Oberst, aber wenn Sie nach Concord ziehen, brauchen Sie einen befehlhabenden Offizier."

„Gut, Sir, aber zerbrechen Sie sich meinetwegen nicht den Kopf. Ich werde nicht untergehen, wenn diese Lumpenbande es wagt, uns über den Weg zu laufen!"

Gage behielt mit seiner Vorhersage, daß es unmöglich wäre, eine größere Streitkraft zusammenzustellen, ohne Aufmerksamkeit auf sich zu ziehen, nur allzu recht. Je schneller die Aufstellung der britischen Streitkräfte erfolgte, umso schneller wurden auch die Augen und Münder der Kolonialisten. In Gasthäusern wie dem Grünen Drachen oder der Traube gingen die Gerüchte um; Gages Befehle, der die Grenadier- und leichten Infanterietruppen zu zusätzlichen Manövern einberief, erreichten die Kolonialisten fast genauso schnell wie die britischen Einheiten. *Warum? Was sollten diese Truppen, Eliteeinheiten, speziell ausgebildete und ausgerüstete Einheiten jedes Regiments tun? Man stellt nicht eine Streitkraft aus 700 Mann auf, wenn man nichts im Schilde führt!*

Warren überbrachte über Revere die Nachricht nach Lexington, wo sich Sam Adams und John Hancock nahe des Kongresses in Concord bei Reverend Jonas Clare aufhielten. Gage hatte vielleicht Verhaftungen im Sinn, und wer bot sich dafür besser an als Adams und Hancock? Lexington informierte Concord, und sogleich arbeitete das ganze Dorf Tag und Nacht daran, die Lager zu packen und sie westlich nach Worcester zu befördern.

Dann kam ein neues Gerücht, daß sich Boote und Barken bereit machten – vielleicht um die Rotröcke zu einer schnellen Landung auf der Cambridgeseite über den Charles zu bringen, wo die Straßen nordwärts nach Lexington und Concord führten.

Als am achtzehnten die Nacht hereinbrach, schlief auf beiden Seiten niemand besonders gut; eine Stille legte sich mit der Dunkelheit über die beiden Parteien, aber diese Stille war spannungsgeladen und wartete nur darauf, vom scharfen Knall eines Kanonenfeuers oder von marschierenden Füßen gebrochen zu werden.

Laddie arbeitete an diesem Tag bis spät in die Nacht, wie sie es sich seit ihrer Rückkehr aus New York angewöhnt hatte. Das bißchen Friede, das sie und Nathan im Haus von Charles Winslow gespürt hatten, war seit jener Reise verschwunden. Wenn Paul und Nathan überhaupt miteinander sprachen, dann mit zusammengekniffenen Lippen und großer Förmlichkeit, und ihre Haltung beeinflußte auch die anderen Familienmitglieder. Laddie beobachtete mit Abscheu, wie die beiden weiterhin mit großer Beharrlichkeit Abigail den Hof machten, und meinte einmal zu Caleb: „Sie benehmen sich alle drei verrückt!“

Caleb hatte genickt, aber die Spannung zwischen ihm und Nathan war schlimmer geworden, je weiter der Frühling fortgeschritten war. Laddie ging allein spazieren und arbeitete oft spät – ihr war alles recht, was sie vom Haus fernhielt. An diesem Abend jedoch zehrten die ständigen Truppenbewegungen am Ufer und in den dunklen Straßen an ihren Nerven. Mehrmals hob sie plötzlich den Kopf, ihr Herz schlug schneller, und sie lugte aus dem Fenster auf die flackernden Laternen, die durch die Straßen zogen.

Schließlich wurde die Außentür aufgerissen, und sie sprang mit nervös geballten Fäusten von ihrem Stuhl hoch und wartete darauf, daß sich die innere Tür öffnete. Schnelle Schritte waren zu hören, und als die Tür aufging, sah sie Major John Pitcairn mit angespanntem Gesicht und ernster Miene eintreten.

„Ist Mr. Winslow da?“ fragte er schnell. „Nathan, meine ich.“

„Nein, Sir. Er ging gegen siebzehn Uhr nach Hause.“

Bei diesen Worten verlor Pitcairn die Ruhe, und er schlug die Hände kräftig zusammen: „Verdammt!“ Dann wandte er sich zum Gehen, blieb aber wieder stehen, drehte sich um und betrachtete Laddie mit einem forschenden Blick. „Sie arbeiten für Mr. Winslow, nicht wahr?“

„Ich bin Smith, Herr Major. Buchhalter von Mr. Winslow.“

Er schien sie im Geiste abzuwägen. Schließlich fragte er: „Sind Sie auch ein Freund und nicht nur ein Angestellter, Smith?“

„Ja, Sir!“

Pitcairn biß sich auf die Lippen. Sein Verhalten verriet seine Enttäuschung, doch schließlich trat er nahe heran und sagte leise: „Ich will, daß Sie Nathan etwas ausrichten. Sagen Sie ihm, daß Major Pitcairn ihm sagen läßt, er solle seinen Bruder aus Boston hinausbringen!“

„Sir –!“

„Mehr kann ich nicht sagen!“ Seine Worte waren bitter, und dann nahm er Laddie am Arm, und seine Augen durchbohrten sie fast, als er mit schrecklicher Dringlichkeit fortfuhr: „Sagen Sie ihm, er soll seinen Bruder aus Boston fortschaffen, selbst wenn er dem jungen Narren den Kopf einschlagen und ihn an Händen und Füßen fesseln muß!“

Dann drehte er sich schnell um und lief aus dem Raum. Während seine Schritte auf dem Außengang widerhallten, blieb Laddie wie angewurzelt stehen. Ihr Verstand arbeitete fieberhaft. Dann ließ sie ihr Kassenbuch zu Boden fallen und rannte zum Stall. Sie hatte eine Mähre überlassen bekommen, um damit zwischen dem Lager und dem Haus hin- und herzureiten, und ihr erster Impuls war, zu Nathan zu reiten, doch als sie den Fuß auf den Steigbügel stellen wollte, hielt sie plötzlich inne. *Ich habe Caleb den ganzen Tag noch nicht gesehen,* fiel ihr plötzlich ein. Langsam zog sie den Fuß zurück und überlegte fieberhaft in dem zwielichtigen Laternenschein.

Er ist den ganzen Morgen hier gewesen – aber danach habe ich ihn nicht mehr zu sehen bekommen. Plötzlich wußte sie, daß er irgendwie in die brodelnden Vorkehrungen, die den ganzen Tag schon der Stadt den Atem raubten, verwickelt war. *Aber – wo kann er jetzt sein?*

Seit ihrer Rückkehr aus New York war Caleb noch einsilbiger geworden – besonders gegenüber Nathan, aber auch ihr gegenüber. Er verrichtete seine Arbeit, aber die geringe Kameradschaft, die sie mit ihm verbunden hatte, war verschwunden, und er verbrachte seine Freizeit fast ausschließlich mit Moses Tyler. *Vielleicht ist er bei ihm!* überlegte sie und eilte hinaus und die Straße hinunter. Moses wohnte in einem Zimmer über einer Schmiede. *In seinem Zimmer brennt Licht!* stellte sie hoffnungsvoll fest. Sie mußte durch die Werkstatt gehen und fragte den älteren Mann, der an einer Werkbank saß: „Ist Moses zu Hause?"

Der alte Mann nickte, und sie flog regelrecht die Treppen hinauf. Bei ihrem ersten Klopfen öffnete sich die Tür, und Moses stand vor ihr. Sie hatte dem Jungen ein gewisses Maß an Freundlichkeit entgegengebracht, aber ihr unerwarteter Besuch überraschte ihn doch sehr. „Moses", sagte Laddie schnell. „Ich muß Caleb finden – es ist sehr wichtig!"

Sofort kniff der Junge die Lippen zusammen, und Mißtrauen flackerte in seinen Augen auf. „Weiß nicht, wo er ist", sagte er kurz angebunden.

Sie wußte sofort, daß er log, und erkannte, daß man ihm mit keiner Peitsche der Welt Informationen herausprügeln könnte – besonders nicht, wenn er glaubte, Nathan habe mit der Sache zu tun. Sie wußte aus Gesprächen mit Caleb, wie sehr Moses dem älteren Bruder mißtraute.

„Es ist sehr ernst, Moses", zwang sie sich, ruhig zu sagen. „Seine Mutter ist sehr krank – ja, sie wird wahrscheinlich sterben – und sie fragt nach Caleb."

Die Lüge fiel ihr schwer, obwohl sie sich in einer verzweifelten Lage befand, aber sie sah, daß Moses' Haltung sich änderte.

„Seine Mama liegt im Sterben?" Er schüttelte den Kopf und murmelte: „Caleb hängt sehr an seiner Mama."

„Ja, und er muß zu ihr – bald!"

Moses trat unentschlossen einen Schritt vor und zurück, und sie zwang sich, nichts zu sagen. Endlich sagte er: „Er ist fort – er ist nicht mehr hier."

„Wo ist er, Moses?“

Er biß sich auf die Lippe und sagte: „Das darfst du aber niemandem sagen.“

„Wo ist er?!“

„Er ist mit seiner Gruppe fort – den Minute Men.“ Erregung strahlte aus seinen Augen, als er fortfuhr: „Die Rotröcke ziehen heute nacht aus, um Concord anzugreifen – und wir werden alle dafür sorgen, daß Ihnen das nicht gelingt! Caleb und ich sind in verschiedenen Gruppen, und er ist vor fast einer Stunde aufgebrochen ...! He, du behältst das für dich, verstanden?“

Aber sie war schon fort, die Stufen hinab und durch die Werkstatt hinaus. Vom Laufen ganz außer Atem, erreichte sie die Scheune, sprang in den Sattel und trieb das überraschte Tier hinaus in die Dunkelheit.

Es war ein wilder Ritt, denn die Straßen waren überfüllt und sie war keineswegs ein guter Reiter. Mehr als einmal sprang ein Mann erschreckt vor ihrem Pferd zur Seite und fluchte hinter ihr her, während sie durch die Straßen jagte. Aber schließlich war sie aus der Stadt hinaus und galoppierte weiter wild die Straße zum Haus der Winslows hinab.

Sie kam an anderen Reitern auf der Straße vorbei, und einer von ihnen rief ihr zu, anzuhalten, aber sie ließ sich nicht beirren und trieb die Mähre an, bis sie im Hof vor dem Haus anlangten. Sie ließ sich vom Pferd fallen und warf die Zügel über einen Pfosten. Dann lief sie um das Haus herum und trat durch den Hintereingang ein. Die Familie verbrachte normalerweise die Abende in der Bibliothek oder in dem kleinen Wohnzimmer im vorderen Teil des Hauses; über den Hintereingang konnte sie es vielleicht vermeiden, gesehen zu werden.

Sie lief die Treppe hinauf, trat an Nathans Tür und klopfte schnell. Seine Schritte knarrten auf den Dielen, und als er die Tür öffnete und sie erblickte, fragte er sofort: „Was ist los, Laddie? Ist jemand krank?“

„Lassen Sie mich eintreten!“ flüsterte sie. Sie trat ein und sagte sofort: „Ich habe schlechte Nachrichten – Major Pitcairn kam gerade ins Lager und trug mir auf, Ihnen auszurichten, daß Sie Caleb aus Boston hinausbringen sollen, selbst wenn Sie ihn dazu binden und knebeln müßten.“

„Was? Warum hat er –“

„Er konnte nicht mehr sagen, Nathan, weil er Soldat ist, vermute ich.“

„Soldat? Was hat das alles mit Caleb zu tun?“

„Ich glaube, er sollte nichts mit den Rebellen zu tun haben. Ich – ich wollte schon losreiten und Ihnen seine Botschaft ausrichten; dann fiel mir ein, daß ich Caleb den ganzen Tag nicht gesehen hatte. Deshalb suchte ich Moses auf und fragte ihn, wo Caleb ist.“

Nathan starrte sie an, und langsam dämmerte es ihm. „Was sagte Moses?"

Laddie stand mit besorgtem Blick vor ihm. Schließlich sagte sie zögernd: „Mr. Winslow, ich weiß, wie Sie über die Rebellen denken – Sie müssen mir Ihr Wort geben, wenn ich Ihnen verrate, was Moses gesagt hat – dürfen Sie das nicht gegen ihn verwenden."

„Du hast mein Wort, Laddie", sagte Nathan, ohne nachzudenken. „Ich will mit dieser Revolution nichts zu tun haben – ich will nur meinen Bruder in Sicherheit wissen."

„Das ist nicht mehr so einfach. Moses sagte, daß Caleb mit einer Gruppe auf dem Weg nach Concord ist, um gegen die Rotröcke zu kämpfen."

„Was?" Diese Nachricht war so viel schlimmer, als Nathan erwartet hatte, daß er den Mund aufriß und einen Augenblick überhaupt nichts sagen konnte. Dann biß er die Zähne zusammen und sagte: „Ich habe verstanden, Laddie." Er nahm seinen Mantel und ging zur Tür. Sie folgte ihm die Treppe hinab und aus dem Haus. Er steuerte auf die Scheune zu. Dort standen immer gute Pferde bereit, und er warf einen Sattel auf einen großen Braunen.

„Ich reite mit Ihnen."

Er hielt inne, blickte sie an, und trotz des Schrecks, den die Nachricht in seinem schmalen Gesicht ausgelöst hatte, entspannte er sich etwas und lächelte. „Aber Laddie, ich glaube, du hast mehr als genug getan. Ich danke dir – aber die Lage steht schlecht, und wahrscheinlich wird es noch schlimmer werden."

„Ich reite mit", sagte sie starrsinnig. „Satteln Sie mir ein Pferd, bis ich die Mähre hereinbringe."

„Aber du könntest erschossen werden!" rief er ihr nach. Sie achtete nicht auf seine Worte, und Nathan blickte auf die Tür, schüttelte den Kopf und murmelte: „Welch ein seltsamer Junge!"

Innerhalb weniger Minuten befanden sie sich auf der Straße nach Boston, und Laddie stellte nur eine einzige Frage, während sie sich in Richtung Concord wandten: „Nehmen Sie kein Gewehr mit, Mr. Winslow?"

„Nein, ich nehme kein Gewehr mit." Seine Gestalt warf einen großen, dunklen Schatten auf dem großen Pferd, und sie sah das Funkeln in seinen Augen, als das Mondlicht ihm ins Gesicht schien. „Ich ziehe nicht in diesen Krieg, Laddie. Ich hole Caleb da heraus und verfrachte ihn zurück nach Virginia, das ist alles!" Dann stieß er dem Pferd die Fersen in die Flanken, und Laddie folgte ihm, als er die Straße, die im blassen Mondschein silbrig leuchtete, entlanggaloppierte.

Sie folgten der Straße nach Charleston und machten einige Zeit gut, aber als sie an die Stelle kamen, an der die Straße nach Osten abbog, warf Nathan sein Pferd plötzlich zurück. Kleine Gruppen von Männern wanderten über die Kreuzung, und in ihrem Verhalten lag eine Ungewißheit, die beängstigend wirkte. Ein großer Mann mit einem hohen Hut marschierte vorbei, und Nathan fragte ihn: „Was ist hier los, Freund?"

„Es sind die Truppen des Königs", erklärte der Mann mit nervöser Stimme. Er deutete die Straße nach Cambridge hinab und fuhr fort: „Die ganze Armee ist gerade dort hinunter gezogen – vor höchstens einer Stunde." Er kratzte sich am Hinterkopf und warf einen Blick auf die allgemeine Verwirrung, dann zuckte er mit den Schultern und meinte: „Ich hatte vor, mir einen Rotrock zu schnappen – aber wir haben keine Chance, jetzt, da sie uns zuvorgekommen sind. Glaube, ich gehe heim zu meiner Frau."

Nathan wollte schon die Straße nach Cambridge weiterreiten, aber Laddie sagte: „Warten Sie." Er zog die Zügel an und blickte sie fragend an. Sie dachte an eine Landkarte. Sie hatte nie eine Gelegenheit ausgelassen, Landkarten zu betrachten, und die Winslow Company hatte viele. Eine davon sah sie gerade vor ihrem geistigen Auge.

„Wir können die alte Straße nach Watertown einschlagen. Dann können wir den Weg abschneiden und ihnen dort, wo sie wieder auf die Straße nach Cambridge stößt, zuvorkommen. So erreichen wir Concord vor ihnen."

Er blickte sie verwundert an. „Woher um alles in der Welt weißt du so etwas?" fragte er.

„Unwichtig – aber das ist die einzige Möglichkeit."

Es war genau so, wie sie gesagt hatte. Die alte Straße war stellenweise überwuchert und holprig, aber sie lag nur einen halben Kilometer von der neuen Straße entfernt, so daß sie sogar die Trommeln der Briten hören konnten, als sie parallel an ihnen vorbeiritten. Dann bogen sie drei Kilometer von der Straße nach Cambridge entfernt um und waren eine Stunde vor der Morgendämmerung in Lexington.

„Die Pferde schaffen das nicht mehr, Laddie", seufzte Nathan. Beide Pferde schwitzten und schäumten. „Komm, vielleicht finden wir jemanden, der uns frische Pferde ausleiht."

Sie banden die Pferde an und marschierten über das freie Feld, wo eine ziemlich große Anzahl von Männern herumstand und sich unterhielt. Alle hatten Musketen oder Gewehre in der Hand, aber niemand schien das Kommando zu haben. Nathan fragte herum, aber keiner zeigte Interesse, Pferde auszuleihen; aller Augen blickten auf die Straße, die von Boston nach Lexington führte.

„Was haben sie vor, Nathan?" fragte Laddie schließlich.

„Sie versuchen, sich seelisch darauf vorzubereiten, gegen die Rotröcke zu kämpfen. Aber sie werden es nie tun."

„Sie sind ja nicht mehr als fünfzig – und es müssen sechs– oder siebenhundert Soldaten sein."

„Sie sind nicht so dumm und kämpfen. Schau, dort im Osten ist ein Bauernhaus. Einer der Männer sagte, dort könnten wir Pferde bekommen."

Die beiden marschierten zum Haus hinüber, aber die Frau, die sie dort begrüßte, sagte: „Wegen der Pferde müßt ihr meinen Mann fragen. Er ist irgendwo dort unten. Fragt nach Malcom Richards."

„Das ist ja furchtbar!" brummte Nathan, als sie zurückgingen. Ein blasses, graues Licht im Osten zeigte eine Reihe von Bäumen, und er deutete darauf. „Wird bald dämmern. Vielleicht müssen wir uns Pferde stehlen, Laddie!"

Sie suchten Richards eine Dreiviertelstunde lang ohne Erfolg, die falsche Dämmerung hatte einem roten Schein Platz gemacht, und Nathan sagte: „Wir müssen unsere Pferde einfach reiten, bis sie zusammenbrechen. Komm."

Sie mußten das Feld überqueren, auf dem sich die Männer anscheinend zusammengezogen hatten, und plötzlich schrie einer von ihnen aus: „Dort sind sie!"

Es klang, wie wenn ein Vogel weit entfernt singen würde, aber es war kein Vogel. Es war eine Pfeife, und als sie alle auf dem Feld herumstanden, erklang das Trommeln klar durch die Morgenluft.

„Bildet eine Linie! Bildet eine Linie!" rief einer der Männer aus, und die Männer beeilten sich umständlich, irgendeine Ordnung in ihre Reihen zu bekommen. Sie bildeten eine breite Linie und standen mit den Musketen in den Händen auf der Wiese und starrten auf die leuchtend roten Uniformen, die jetzt im Osten auftauchten.

Nathan und Laddie liefen zu ihren Pferden, aber Nathan sagte: „Sie sollen sich so lange wie möglich ausruhen – vielleicht können wir sie vorbeilassen und ihnen dann wieder den Weg abschneiden."

„Ich glaube nicht, daß es noch einen zweiten Weg gibt." Laddie war es plötzlich gleichzeitig kalt und heiß, denn die rotbekleideten Truppen kamen ständig näher, und das rosa Morgenlicht beleuchtete ihre scharlachroten Jacken und ihre Messingknöpfe mit hellen Lichtstrahlen. Weder Nathan noch Laddie hatte je ausgebildete Truppen gesehen, und sie sahen unbesiegbar aus, als sie unaufhaltsam auf die kleine Gruppe von Bauern zuritten, die unbeholfen auf dem grünen Gras standen.

„Sie haben uns gesehen!“ sagte jemand aus ihren Reihen, und dann ritten zwei Offiziere von zwei Fahnenträgern flankiert vor. Reihe für Reihe kamen die Rotröcke anmarschiert; sie beschleunigten ihren Schritt nicht, sondern marschierten unbeirrt weiter, bis sie ungefähr fünfzig Schritt vor der kleinen Schar von Bauern zum Stehen kamen.

Plötzlich stöhnte Nathan laut, als hätte er einen Schlag in den Magen bekommen. Er packte Laddies Arm mit eisernem Griff. „Schau! Dort ist Caleb!“

Er lief auf die Gruppe zu, und Laddie folgte ihm. Sie erblickte ihn dann auch am Ende einer kleinen Gruppe, die ein bißchen abseits von der Haupttruppe stand. Er richtete mit der Muskete in der Hand den Blick auf die Briten und sah Nathan erst, als er plötzlich unmittelbar vor ihm stand.

„Caleb!“ rief Nathan mit Erleichterung. „Gott sei Dank, daß wir dich gefunden haben!“

Vor Schreck, seinen Bruder hier so unerwartet zu sehen, riß Caleb seine dunklen Augen weit auf, aber dann sagte er: „Nathan, verschwinde hier!“

„Nicht ohne dich.“ Jetzt beging Nathan einen Fehler, denn er legte seinem Bruder die Hand auf den Arm und versuchte, ihn aus der Linie zu ziehen. „Schau dir diese Armee an, Caleb. Sei doch kein Narr!“

Andere in Calebs Gruppe beobachteten die Brüder mit einem Auge, und Caleb entriß seinen Arm Nathans Griff. „Ich muß das tun, Nathan. Du gehörst nicht hierher.“ Dann blickte er an Nathan vorbei und schrie: „Sie kommen! Verschwinde!“

„Macht eure Bajonette bereit!“ ertönte ein schriller Schrei, und das Sonnenlicht funkelte auf dem Metall. Dann spornte einer der Offiziere sein Pferd an, und Nathan erblickte erschrocken Oberst Smith, der höhnisch grinste und ausrief: „Alle Mann bereit!“ Die Rotröcke zielten auf die kleine Gruppe.

„Legt eure Gewehre nieder, ihr Verräter!“ schrie Smith. „Hört ihr? Verschwindet vom Land des Königs!“

Dann sah Nathan, daß der zweite Offizier Major John Pitcairn war. Im hellen Dämmerlicht trafen sich ihre Blicke, und Nathans Lippen bewegten sich wie in einem Gebet: *John! Lassen Sie das nicht geschehen! Sie sind doch mein Freund!*

Einer der Bauern sagte: „Ruhe bewahren! Bleibt jetzt ruhig!“

Mit wildem Geschrei trieb Oberst Smith sein Pferd an, aber seine

Worte waren nicht klar zu verstehen. Er hob den Säbel, und Nathan sah, daß in diesem Augenblick ein Rotrock seine Muskete hob und losfeuerte. Einer der Bauern fuhr sich mit der Hand an die Brust und fiel röchelnd zu Boden. Als Nathan herumwirbelte, brach die gesamte britische Truppe in ein Gewirr von Lärm und Flammen und Rauch aus, und der Boden erzitterte vor dieser Wucht.

Nathan drehte sich gerade rechtzeitig um, um zu sehen, wie Caleb ein Schuß durch die Brust fuhr. Er warf ihn zurück und sogleich strömte purpurfarbenes Blut aus seiner Brust und er stürzte zu Boden.

„Caleb!" schrie Nathan, und dann drang Laddies Schrei an seine Ohren: „Schauen Sie! Die Soldaten – sie laden!"

Nathan blickte auf und sah die Briten im Laufschritt durch einen Vorhang von Rauch näherkommen. Nichts konnte sie aufhalten, denn die Miliz hatte die Flucht ergriffen. Zwei Rotröcke packten einen Mann, der sich auf dem Boden wälzte, und einer von ihnen stieß ihm sein Bajonett mit aller Kraft in den Rücken.

Nathan bückte sich und nahm Caleb auf die Arme, als wäre er ein kleines Kind, und raste dann über den Rasen. Laddie folgte; beide hörten die Schreie der Rotröcke. Als sie die Deckung zwischen den Bäumen erreichten, pfiffen ihnen die Musketenkugeln nur so um die Ohren. Sie liefen durch ein Dickicht und kämpften sich durch Dornen und Stacheln, die ihnen das Gesicht zerkratzten. Das einzige, was sie rettete, war die Tatsache, daß die Rotröcke ihr Marschgepäck schleppen mußten, das über hundert Pfund wog.

Nathan lief, bis er völlig außer Atem war, dann ließ er sich hilflos zu Boden fallen, und als er in das graue Gesicht seines Bruders blickte, hörte er in weiter Ferne die Trommeln und Pfeifen der britischen Armee.

KAPITEL ZEHN

Der Schwur

Die Zeit verstrich. Laddie hatte keine Ahnung, wie lange sie dagesessen war und hilflos zugesehen hatte, wie Nathan den erschlafften Körper seines Bruders festhielt. Sie war sich des Klanges marschierender Truppen vage bewußt, aber dieser war vorbeigezogen, und jetzt drangen Stimmen durch den Wald an ihre Ohren.

Steif kämpfte sie sich auf die Füße, und Nathan hob den Kopf und blickte sie an, als sie herantrat. „Er ist tot, Laddie."

„Ich weiß."

„Er war erst ein Kind, und sie haben ihn umgebracht – diese Schlächter!"

„Nathan, wir müssen hier verschwinden." Dann blickte sie auf Caleb nieder und schrie plötzlich auf. „Nathan – schauen Sie!" Sie ließ sich neben den beiden auf die Knie fallen und legte die Hand auf Calebs Hals. Mit großen Augen rief sie: „Ich kann seinen Puls fühlen – und er blutet!"

Nathan starrte auf das Gesicht seines Bruders und begriff nicht. Es war ihm nie in den Sinn gekommen, daß Caleb noch am Leben sein könnte, aber jetzt sah er das helle Blut regelmäßig aus der Wunde strömen, und er begann zu zittern. „Caleb!" schrie er aus. Dann rief er unruhig: „Wir müssen einen Arzt holen!"

Er wollte sich erheben, aber Laddie sagte: „Nathan, wir müssen diese Blutung aufhalten, oder er stirbt." Als sie sah, daß er vor Schock hilflos war, handelte sie schnell. „Reißen Sie einen Streifen von Ihrem Hemd", befahl sie und nahm den Kopf des verwundeten Jungen, als Nathan einen Streifen von seinem weißen Hemd riß. „Legen Sie es zusammen", ordnete sie weiter an. Dann riß sie vorsichtig Caleb die Jacke und das Hemd auf. Beim Anblick der Schußwunde, aus der das Blut unaufhörlich pulsierte und das Leben des jungen Mannes langsam aber sicher auslöschte, blieb ihr beinahe das Herz stehen. Sie nahm die Presse und legte sie auf die Wunde. Dann sagte sie zu Nathan: „Drücken Sie sie hier drauf – fest genug, um die Blutung zu stoppen."

„Ich muß einen Arzt holen!"

„Nein, Sie bleiben hier. Es können immer noch einige Soldaten hier sein. Ich bin zurück, so schnell ich kann."

Seine Augen bettelten, aber sie ließ ihm keine Zeit. Im Davoneilen sagte sie: „Beten Sie, Nathan!"

Dann war sie verschwunden, und er saß allein da. Er hielt die Presse fest, blickte in Calebs blasses Gesicht – und versuchte zu beten. Sein Gehirn war starr vor Angst, und er konnte nichts weiter sagen als immer wieder: *„Gott! – Gott!"* Die Zeit schlich dahin, und als er versuchte zu beten, hörte er immer wieder die letzen Worte seiner Mutter in den Ohren: *Paß gut auf deinen Bruder auf, Nathan!*

Die Tränen flossen ihm über die Wangen, und die Angst wurde umso schlimmer, je mehr die Zeit verstrich. Er betete laut: „Gott – laß ihn am Leben – und ich tue alles, was du willst!" Seine Stimme schreckte ein kleines, graues Eichhörnchen auf, das vom Wipfel einer großen Fichte auf den Boden geklettert war. Wütend schimpfend huschte es davon.

Endlich hörte er leise Stimmen aus der Richtung des Dorfes kommen, und bald erschien Laddie mit mehreren Männern hinter sich. „Hier ist er, Doktor!" rief sie und führte die Männer zu Caleb.

Ein großer Mann warf Nathan einen seltsamen Blick zu, kniete sich dann nieder, hob die Presse hoch und besah sich die Wunde. Er legte den Kopf auf Calebs Brust, horchte und stand dann auf. „Wir bringen ihn zu den Lewis", sagte er. „Seid so vorsichtig, wie ihr nur könnt."

Nathan sah zu, wie sich vier Männer niederbückten und den verwundeten Jungen aufhoben. Als sie langsam losgingen, fragte Nathan: „Wie steht es um ihn?"

„Sehr schlecht." Der Arzt schüttelte den Kopf und fuhr fort: „Ich kann Ihnen nicht viel Hoffnung machen, Mr. Winslow."

„Er darf nicht sterben!" flüsterte Nathan, aber der Arzt schüttelte nur den Kopf und folgte den anderen. Nathan blieb hilflos stehen, bis Laddie ihn am Arm berührte; dann folgten sie. In weniger als einer halben Stunde hatten sie ein kleines Haus auf einer leichten Anhöhe erreicht, von dem aus man Lexington überblicken konnte. Silas Lewis, ein dünner, silberhaariger Mann, und seine Frau Sarah wohnten dort allein, und der Arzt ließ Caleb in ihr Schlafzimmer bringen.

Nathan und Laddie sahen zu, wie er die Wunde reinigte, das Herz abhörte und dann einen sauberen Verband auflegte. Er richtete sich auf und blickte über das Bett auf Nathan. „Ich fürchte, die Kugel hat ihm die Lungen zerrissen."

„Können Sie sie nicht herausoperieren, Doktor?" bat Laddie.

Er blickte beide an und sagte voll Mitgefühl in seinen grauen Augen. „Das ist unmöglich." Er ging zur Tür, blieb stehen und sagte: „Ich wünschte bei Gott, ich könnte Ihnen irgendeine Hoffnung machen, aber die einzige Hoffnung liegt jetzt bei Gott."

„Sie lassen uns allein?" rief Nathan aus.

„Ich muß", sagte der Arzt, dann fragte er mit einem forschenden Blick auf Nathan: „Sie erinnern sich nicht an mich, nicht wahr?"

„Nein, warum?"

„Ich bin Ihnen und Ihrem Bruder auf einer Versammlung begegnet. Ich bin Dr. Warren." Er zögerte, dann sagte er: „Er kann noch einmal aufwachen – oder auch nicht. Wie dem auch sei, ich kann ihm nicht helfen – und ich werde für andere Dinge benötigt. Gott helfe Ihnen, Mr. Winslow – Gott helfe uns allen!"

Dann war er verschwunden. Nathan schluckte schwer, dann ließ er sich auf den Stuhl neben dem Bett fallen. Laddie schmerzte der Hals, und sie stellte sich neben seinen Stuhl. Sie konnten eine Uhr im Zimmer nebenan ticken hören. Helles Sonnenlicht fiel wie solides Gold auf die helle Decke, die Caleb bedeckte, und der Geruch von frisch gepflügter Erde drang vom Feld in den Raum. Langsam vergingen die Stunden, und Caleb lag mit geschlossenen Augen auf dem Bett und atmete manchmal so schwach, als habe er kein Leben mehr in sich. Einmal kam Mrs. Lewis herein und brachte frisches Wasser, um dem sterbenden Jungen das Gesicht zu waschen, aber Nathan schien das überhaupt nicht wahrzunehmen. Er saß zusammengekauert und mit regungslosem, dünnem Gesicht und leeren Augen auf dem Stuhl.

Laddie ging kurz nach Mittag hinaus und stand auf der vorderen Veranda. Der Hof war mit Männern gefüllt, und ihre Stimmen waren angespannt und wütend. Eine Stimme, die die anderen übertönte, erschallte aus dem Mund eines kräftig gebauten Mannes mit einer Kentuckybüchse in den Händen. „... diese Kerle haben keinen anderen Weg zurück nach Boston als die Menotomystraße – und dort werden wir sie erwischen."

„Wir sind aber nicht mehr als hundert – eher weniger!" warf eine dünne, wütende Stimme ein. „Wie wollen wir diesen vielen Rotröcken Paroli bieten?"

„Wir sind mehr, als du glaubst, Wilkins", sagte der große Mann langsam und mit einem grimmigen Lächeln auf den Lippen. „Entlang der Straße sind sechs Treffpunkte verteilt, und die Komiteemänner westlich vom Sudburyfluß und westlich vom Concordfluß stehen an der North Bridge – und außerdem kommen von überallher die Minute Men! Ich würde sagen, wir haben ungefähr fünfhundert zusammen, bis die Rotröcke wieder diese Straße herunterkommen!"

Ein Schrei erscholl, und die nächste Viertelstunde versuchte Laddie zu begreifen, was vor sich ging. Sie wollte gerade wieder ins Haus gehen, als sie jemanden rufen hörte: „Laddie! Laddie Smith!" Sie wandte sich um und sah Moses Tyler die Anhöhe herauflaufen.

Mit rotem Gesicht kam er bei ihr an. „Ich – ich habe Dr. Warren unten an der Straße getroffen. Er sagte, daß Caleb ein Schuß getroffen hat – und er sagte ..."

Sie sah, wie er schwer schluckte. Als sie erwiderte: „Es geht ihm sehr schlecht, Moses", begann er zu weinen. Es war kein würdevolles Weinen. Er ließ seine Muskete fallen, und mehrere Männer blickten neugierig herüber, als er sich mit dem Rücken gegen die Wand fallen ließ und unter Tränen schluchzte und schluckte.

Als er endlich ruhiger wurde, stand er auf und sagte: „Ich muß ihn sehen, Laddie!"

„Er wird dich nicht erkennen, Moses."

„Ich muß ihn sehen!"

Laddie sah in das angespannte Gesicht des Jungen, nickte und ließ ihn hinein. Sie betraten das Zimmer, in dem Nathan zusammengekauert saß und Calebs ruhiges Gesicht anstarrte. „Nathan, Moses ist da." Laddie erschrak, als sie den Haß in Nathans Augen hochsteigen sah. Er sprang vom Stuhl hoch, packte Moses am Arm und hob die Faust zum Schlag, aber Laddie trat zwischen sie und bat: „Nathan – nicht!"

Er hielt inne, blickte auf die kleine Gestalt von Tyler herab und sagte bitter: „Und, bist du jetzt zufrieden? Du hast ihn umgebracht!" Er drehte sich abrupt um und eilte blindlings aus dem Zimmer. Seine Schritte hallten auf dem Boden wider.

„Ich gehe lieber mit ihm, Moses", sagte Laddie schnell. „Du kannst dich zu Caleb setzen."

Sie erreichte die Veranda gerade rechtzeitig, um Nathan mit gesenktem Kopf über den Hof laufen zu sehen. Sie beeilte sich und holte ihn ein, als er eine Pflanzung von Nußbäumen erreichte. „Nathan – Sie dürfen nicht davonlaufen!" sagte sie.

Er blieb abrupt stehen und blickte sie mit Wut in den Augen an; dann erlosch die Wut, und er schien zu schwanken und flüsterte: „Ich kann nicht mit ansehen, wie er stirbt, Laddie! Das kann ich einfach nicht!"

„Sie sind sein Bruder, Nathan. Was ist, wenn er aufwacht – und keiner von seinen Leuten ist da?"

Er schloß die Augen und blieb scheinbar unendlich lange regungslos stehen; dann öffnete er sie und sagte: „Also gut – gehen wir zurück."

Sie gingen zurück auf die Veranda und kamen gleichzeitig mit Dr.

Warren dort an. Er blickte Nathan an, dann erklärte er: „Ich dachte, ich sollte zurückkommen und noch einmal nach dem Jungen sehen."

Nathan sagte kein Wort, aber Laddie erwiderte: „Danke, Dr. Warren."

Sie gingen hinein, und Moses blickte mit Tränen in den Augen auf. „Dr. Warren! Er ist gerade aufgewacht!"

„Caleb!" Nathan schob den Arzt beiseite und kniete neben dem Bett. „Caleb!"

Laddie sah, daß Caleb die Augen offen hatte, und er sagte schwach: „Nathan!"

Der Arzt war an die andere Seite des Bettes getreten, seine Augen suchten das Gesicht des Jungen, und er legte eine Hand auf den Puls an Calebs Hals. „Dr. – Warren –" sagte Caleb und blickte ihn an. „Ich wußte, daß Sie an dem Kampf teilnehmen." Dann wandte er seine Augen wieder Moses zu und fragte flüsternd: „Haben wir sie geschlagen, Moses?"

Moses wollte etwas sagen, konnte aber nicht, denn die Tränen erstickten jedes Wort. „Was ist mit Moses?" Caleb wandte sich wieder an Dr. Warren. „Haben wir – die Rotröcke nicht zurückgeschlagen?"

Warren schüttelte den Kopf und sagte dann mit starrer Miene: „Sprich jetzt lieber mit deinem Bruder, mein Junge." Er warf Nathan einen warnenden Blick zu und zog sich zurück.

Nathan kniete neben Caleb und hörte den beschwerlichen Atem und das Röcheln in seiner Brust. Aber Caleb bemühte sich zu sprechen. „Nathan – es tut mir leid – daß es so zwischen uns gekommen ist."

„Schon gut, Caleb", sagte Nathan, und die Tränen liefen ihm über die Wangen.

„Nein – nein, es ist nicht gut, daß Brüder solche Gefühle haben." Er hob eine Hand, und Nathan ergriff sie; dann sagte er: „Ich weiß, daß du nicht an diesen Krieg glaubst-" Er machte eine Pause, und seine Augenlider zitterten so, daß Dr. Warren sich schnell vorbeugte, aber dann schien er sich wieder zu erholen. „Ich vermute, ich bin getroffen worden, nicht wahr?"

„Ja, Caleb!"

„Es tut furchtbar weh – Nathan." Dann fragte Caleb: „Werde ich sterben?"

Nathan schluchzte, und Dr. Warren sagte leise: „Ich fürchte es, mein Junge."

Diese Worte schienen Caleb nicht aus der Ruhe zu bringen. Er lag still auf dem Bett, und alles im Raum war ruhig. Endlich sagte er: „Nathan, sag Mutter und Vater, wie ich gestorben bin – und sag, daß ich keine Angst hatte!"

Er schloß die Augen, und Laddies Herz wollte zerreißen, aber er war noch nicht tot. Er lag ruhig da und schien die nächste Stunde zwischen zwei Welten zu schweben. Er blieb einige Zeit ruhig liegen; dann öffnete er die Augen und fuhr fort, wo er aufgehört hatte. Sein Verstand war klar; er richtete einige Botschaften aus und einmal sagte er: „Nathan? – Es ist gut, daß ich mich bei dieser Versammlung vor zwei Jahren bekehrt habe, nicht wahr?“ Er lächelte und sagte: „Ich möchte nicht sterben, wenn ich damals nicht Jesus gefunden hätte – ich hätte sicher Angst vor dem Tod ...“

Schließlich sagte er: „Was machen die Minute Men, Moses?“

„Sie machen sich bereit, mit den Briten zu kämpfen, Caleb.“ antwortete Moses. Er hatte sich an die Wand zurückgezogen, aber jetzt streckte er seinem Freund eine schmutzige Hand entgegen. „Ich – ich wünschte, sie hätten mich erschossen und nicht dich!“

„Nein, du mußt weiterkämpfen, Moses.“ Er hob den Kopf, und seine Stimme wurde stärker und seine Augen öffneten sich weit. „Oh, ich kann nicht helfen! Ich kann nicht mit euch kämpfen!“

„Caleb!“ Nathan ergriff seinen Bruder, und der Junge richtete die Augen auf ihn.

„Nathan – sie werden gegen die Briten kämpfen! Ich muß ihnen helfen! Ich muß helfen!“ Er schlug um sich. Nathan hielt ihn fest. Plötzlich fiel er zurück. Seine Brust hob und senkte sich schwer, als er um Atem kämpfte; dann hob er den Arm, legte ihn um Nathans Hals und flüsterte mit erbrechender Stimme: „Nathan – ich kann nicht helfen!“ Dann blickte er plötzlich zu seinem Bruder auf. „Du mußt das für mich tun, Nathan!“

Nathan blickte in Calebs Augen und sah, wie das Leben aus ihm wich, aber der Arm um seinen Hals hielt ihn wieder fester, und Caleb bettelte: „Nathan – du bist mein Bruder! Bitte – bitte, Nathan – hilf ihnen! Hilf ihnen!“ Dann öffnete er die Augen und bat: „Wirst du ihnen helfen – Nathan? Für mich ...?“

Nathan schrie mit lauter Stimme, die den ganzen Raum erbeben ließ: „Ja! Ja, Caleb, ich kämpfe! Hab keine Angst, ich kämpfe für dich!“

Er drückte den Jungen fest an sich, dann hörte er die Worte so schwach, daß er sie kaum verstand: „Nathan! Danke, Bruder!“

Dann wurde Caleb schwach, und als Nathan ihn zurücklegte, lag ein Lächeln auf seinen Lippen. Dr. Warren streckte die Hand aus, schloß ihm die Augen und sagte mit belegter Stimme: „Tapferer Junge! Tapferer Junge!“

Nathan legte die Hand auf Calebs Haare und strich sie ihm zurück.

Dann erhob er sich und ging mit unbewegter Miene aus dem Zimmer. An der Tür drehte er sich um und sagte: „Laddie, bleib bei ihm, bis ich zurück komme." Dann war er verschwunden.

„Sie kommen!" rief der Reiter, als er den Hügel heraufstürmte. Er war ein kleiner Mann, aber er hatte eine laute Stimme, und er trieb sein schönes Pferd heran und kam sich sehr wichtig vor, als die Miliz sich um ihn scharte. „Ich war in Concord, und ich sah, wie die Rotröcke dort herauskamen – sie haben ihr Fett abbekommen!"

„Die Rotröcke?" wollte Dr. Warren wissen. Er stand in der Mittagssonne, und seine grauen Augen betrachteten den Mann gespannt. „Wer hat gegen sie gekämpft?"

„Die Minute Men natürlich!" sagte der Reiter. Er bat um etwas zu trinken, und nach einem langen Zug aus einer Flasche wischte er sich über die Stirn und sagte: „Die Briten können nicht von der Straße abweichen, und unsere Männer sind hinter Steinmauern in Deckung gegangen und haben sie kurz und klein geschossen – müssen mindestens hundert von ihnen umgebracht haben!"

Ein Rufen machte sich breit, und Warren lächelte. Er hatte eine schwere Aufgabe, die Männer zusammenzuhalten, denn keiner von ihnen konnte den englischen Soldaten im offenen Kampf auf dem Feld gegenübertreten. Aber das war etwas anderes! Er stellte sich auf einen Stein und erbat sich Ruhe. Als endlich Ruhe einkehrte, sagte er: „Hier stehen wir also, und keiner von uns dachte, daß wir an einem schönen Frühlingsmorgen hier in Lexington einen Krieg austragen müßten – aber das müssen wir. Wir haben es uns nicht so ausgesucht. Sie haben erbarmungslos unsere Männer niedergeschossen." Ein wütender Aufschrei folgte, dann sagte er: „Dafür müssen die Rotröcke bezahlen, nicht wahr, Männer?"

„Sagen Sie uns, was wir tun sollen, Warren!" brüllte eine einzelne Stimme. Ein zustimmendes Echo folgte.

„Alle von euch, die Musketen haben, gehen dort hinüber –" Er wartete, bis sich diese Gruppe formierte, dann sagte er: „Mason Bates, Sie haben den Befehl über diese Gruppe. Alle von euch mit Gewehren unterstehen mir."

„Warum bleiben wir nicht zusammen?"

Warren lächelte den großgewachsenen Mann, der diese Frage stellte, geduldig an. „Weil eine Muskete hundert Schritt weit schießt und ein

Gewehr vierhundert. Sie kommen, hört also genau zu. Die Rotröcke müssen auf der Straße bleiben. Sie sind schon angeschlagen, und wir schlagen sie auf den nächsten fünfzehn Kilometern noch schwerer. Wenigstens die Hälfte dieser Strecke ist von Steinmauern eingesäumt. Geht hinter diesen Mauern in Deckung, wartet, bis sie zehn Meter von euch entfernt sind, dann erhebt euch und gebt es ihnen!"

„Aber sie werden eine Salve auf uns loslassen!"

„Laßt euch fallen, sobald ihr euren Schuß gelandet habt, und laßt die Salve über eure Köpfe hinweggehen – dann steht auf, lauft die Straße hinunter und wiederholt das Ganze!"

„Da kommen sie – wie ich gesagt habe!" brüllte der Reiter. „Ich muß weiter reiten!"

Er stürmte die Straße hinunter und brüllte aus voller Kehle, aber niemand beachtete ihn mehr. Alle strengten ihre Augen an und versuchten, die heranziehenden Rotröcke zu sehen. Warren sagte: „Alle mit Musketen, geht jetzt in eure Stellungen! Gewehre, wir warten hier und geben Ihnen eine Begrüßung."

Die Männer mit Musketen eilten davon, und Warren sagte: „Wir gehen hinter diesem Stoß Baumstämmen neben der Straße in Deckung." Er führte sie zu einem Stoß Walnußstämmen, die gefällt und entastet worden waren, dann sagte er: „Bleibt unten, bis sie in Reichweite sind –" Er hielt plötzlich mitten im Satz inne, und jeder Mann in der Gruppe drehte sich um, um zu sehen, warum er nicht weitersprach. Er blickte auf einen großgewachsenen Mann, der eine gute Kentuckybüchse in Händen hielt – ein Gewehr, das der Arzt das letzte Mal an der Wand von Silas Lewis' Haus gesehen hatte. Dr. Warren betrachtete ihn genau, dann sagte er ruhig: „Mr. Winslow, ich glaube, Sie sollten sich die Sache erst in Ruhe überlegen, bevor Sie das tun."

Die Männer sahen, wie der große Mann den Arzt anblickte. Seine Augen waren wie blaues Eis. „Ich verschwinde, wenn Sie es befehlen, Dr. Warren. Aber ich kämpfe, ob Sie mich nehmen oder nicht!"

Warren blickte unverwandt auf Nathan und sagte schließlich: „Wie Gott will."

„Nein, wie ich will, Dr. Warren! Ich kämpfe in dieser Sache, aber ich schiebe die Schuld dafür nicht auf Gott."

Warrens Augen blitzten, aber er sagte nur: „Können Sie mit einem Gewehr umgehen?"

Nathan blickte ihn an, und ohne eine Spur von Stolz in der Stimme sagte er: „Ich kann besser schießen als jeder andere in Ihrer Gruppe." Dann deutete er mit dem Lauf seines Gewehres auf die entfernte Gestalt eines Reiter, der gerade auf der Straße aufgetaucht war. „Das kann ich auf der Stelle beweisen."

„Das ist ein zu weiter Schuß!" mischte sich jemand ein.

Aber Warren sagte: „Wenn Sie in diesem Krieg mitkämpfen wollen, Winslow, dann können Sie genauso gut gleich beginnen."

Nathan nickte mit blassem Gesicht. Der Offizier stürmte die Straße herunter und schrie etwas. Er blieb ungefähr hundert Meter vor ihnen stehen, riß sein Pferd herum und ritt dann eiligst zurück in die andere Richtung. Er war keine zehn Meter weit gekommen, als Nathans Kugel ihn zwischen den Schulterblättern traf und er wie eine Puppe in den Staub fiel.

Ein Schrei ertönte, und ein Mann schlug Nathan auf die Schulter und rief: „Sie haben ihn getroffen, Winslow!" Aber auf dem Gesicht des jungen Mannes war keine Spur von Freude, wie Warren bemerkte, und er befahl: „Alle auf ihre Posten! Sie sind in zehn Minuten hier!" Als die Männer sich verteilten, trat er neben Nathan und sagte: „Es tut mir leid um Ihren Bruder." Er betrachtete den schweigsamen jungen Mann mit forschendem Blick, dann schüttelte er den Kopf und trat hinter einen Baum.

Nathan Winslow lud neu und stand in der frischen Aprilluft und wartete auf ein neues Ziel.

Major Pitcairn blickte müde in das blasse Gesicht von Charles Winslow. Er hatte die ganze Nacht nicht geschlafen, und der Alptraum, den er durchlebt hatte, hatte tiefe Furchen in sein Gesicht geschnitten. „Was ist, Mr. Winslow? Ich muß General Gage Bericht erstatten, ich kann also nicht –"

„Pitcairn, was ist da draußen geschehen?" wollte Charles wissen. „Wir haben Gerüchte gehört, aber sie können doch nicht wahr sein!"

„Haben Sie gehört, daß wir kurz und klein geschossen wurden?" fuhr ihn Pitcairn wütend an. „Haben Sie gehört, daß wir über 250 Mann verloren haben? Haben Sie gehört, daß einige der besten Truppen des Königs von einem Haufen von Bauern in die Flucht geschlagen wurden?"

Charles blickte ihn wie betäubt an und sagte dann schnell: „Es tut mir leid, daß ich Sie belästige, Herr Major, aber ich habe gehört, daß mein Neffe –"

„Nathan war dort", sagte Pitcairn müde. Er fuhr sich mit seiner zitternden Hand über das Gesicht, dann flüsterte er: „Oh, mein Gott, was haben wir nur getan? Was haben wir getan?"

„Sie haben ihn gesehen?"

„Er stand unmittelbar vor unseren Truppen, Charles – und sein Bruder war bei ihm." Er schüttelte den Kopf und sagte leise: „Ich bete zu Gott, daß sie überlebt haben!"

Dann rief eine Stimme, daß General Gage auf ihn warte, und er sagte im Gehen nur noch: „Ich kann Ihnen nichts anderes sagen."

Charles wanderte in der Stadt herum, die völlig aus den Fugen geraten war, konnte aber nichts über Nathan in Erfahrung bringen. Die Familie aß zu Abend, und als Martha einmal etwas über „Rebellen" äußerte, fuhr Charles sie sofort an: „Mutter – halt den Mund oder verlaß meinen Tisch!" Die alte Frau hatte ihn angestarrt, aber er hatte ihren Blick so wild erwidert, daß sie schwieg.

Er ging nach Mitternacht im Zimmer auf und ab, als er einen Wagen über die kleine Brücke fahren hörte; sofort warf er seine Zigarre beiseite, nahm eine Laterne und rannte hinaus. Er lief zu dem kleinen Wagen, der vor dem Haus vorfuhr, und hielt die Laterne hoch. Er sah Nathans ausgezehrtes Gesicht, und dann wanderten seine Augen zu dem Sarg hinten auf der Ladefläche, und die Worte blieben ihm im Halse stecken.

Nathan stieg aus, und Charles sah, daß Laddie auch dabei war. Er brachte kein Wort über die Lippen und wartete, bis Nathan zu sprechen begann.

„Ich bringe meinen Bruder nach Hause – nach Virginia." Seine Stimme war wie tot, und auch seine Augen. „Murchinson hat sich im Bestattungsunternehmen um ihn gekümmert."

„Nathan –" begann Charles, aber dieser ließ ihn mit Laddie allein stehen. Schnell fragte er: „Was ist geschehen, Laddie?"

Die dunklen Augen sahen im gelben Licht der Laterne noch dunkler aus. „Caleb wurde in Lexington getötet." Dann ging auch sie an ihm vorbei in das Haus.

Charles wußte nicht, was er tun sollte, und blieb im Dunkeln stehen. Aber er bekam Angst und ging schnell wieder hinein. Er wanderte auf und ab, und wenige Minuten später kam Nathan mit einer Tasche die Treppe herab. Er blickte Charles an und sagte: „Leb wohl."

Charles folgte ihm hinaus zu dem Wagen und versuchte, auf ihn einzureden, aber es war sinnlos. Nathan schwang sich auf den Sitz und lenkte das Gespann herum, als eine Stimme rief: „Warte, Nathan!"

Er brachte das Gespann zum Stehen, und Laddie kletterte mit einem seltsamen Bündel in der Hand auf den Wagen, setzte sich und blickte

Nathan voll in die Augen. „Ich fahre mit und bringe ihn nach Hause. Er war mein Freund."

Nathan blickte sie an, und zum ersten Mal seit dem Schuß, der seinen Bruder getötet hatte, erschien die Leere, die ihn ergriffen hatte, irgendwie erträglich. Laddies Augen waren in der Dunkelheit riesig groß, aber auf den vollen Lippen lag ein unumstößlicher Eigensinn, so daß er nur nickte.

„In Ordnung, Laddie. Bringen wir Caleb nach Hause."

Teil zwei

Feuertaufe

KAPITEL ELF

„Er ist ein ziemlich beeindruckender Mann!“

Der Frühling hielt mit einer Pracht in Virginia Einzug, die Laddie in Neuengland nie erlebt hatte. Nach Calebs Beerdigung hatte sie es sich angewöhnt, in den dunstigen Morgenstunden über das weite Land zu wandern. Die Akeleien und wild wachsenden Veilchen erfüllten die kühlen Pfade, die sich unter den knorrigen Eichen dahinwanden, mit ihrem Duft, und in den kalten Bächen, die durch die Frühjahrsschmelze viel Wasser mit sich führten, tummelten sich die Flußbarsche.

Adam Winslow hatte Laddie an einen dieser seichten Flüsse geführt, an denen das sanfte, grüne Wasser auf einen vorstehenden Felsen auftraf und weiß schäumte. Der Fluß hatte hier unter einer riesigen weißen Eiche ein tiefes, stilles Becken ausgegraben. Adam hatte Laddie angelächelt und gesagt: „In diesem Becken gibt es so viele hungrige Fische, Laddie, daß du dich hinter dieser Eiche verstecken mußt, wenn du deinen Köder am Haken befestigst!“

Laddie kam dieser Augenblick ins Gedächtnis, als sie jetzt mit dem Rücken gegen den knorrigen Baumstamm lehnte und eine Pause einlegte, bevor sie einen Grashüpfer an ihren Haken hängte, und wie so oft an Nathans Vater dachte. *Das war gerade drei Tage nach Calebs Beerdigung gewesen,* überlegte sie, und die Erinnerung an den ergreifenden Moment, als der einfache Piniensarg mit Calebs Leichnam in den roten Lehmboden Virginias niedergelassen wurde, kam ihr lebhaft ins Bewußtsein. *Adam Winslow litt selbst sehr unter dem Tod seines Sohnes – aber er sah, wie fehl am Platz und elend ich mich fühlte.*

Der Grashüpfer, den sie zwischen dem Daumen und dem Zeigefinger festhielt, trat mit seinen kräftigen Hinterbeinen und unterstrich seinen Protest mit einer Flüssigkeit, die wie Tabaksaft aussah, und die er auf ihren Daumen spritzte. Unbeeindruckt davon drückte sie die Spitze des winzigen Hakens in den harten Kragen, der den Hals des Tieres bildete, und fädelte das sich mit allen Kräften wehrende Insekt durch die Weichteile seines Körpers auf. Sie nahm die biegsame Angelrute, hob sie in die Höhe und ließ den Köder in das grüne Wasser fallen. Eine winzige runde

Bleikugel war dreißig Zentimeter über dem Köder angebracht und zog ihn auf langsame und natürliche Weise unter die Wasseroberfläche.

Das hat mir auch Mr. Winslow gezeigt. Während die dünne Schnur nahe an einer Weidengruppe vorbeitrieb, durchlebte sie die damalige Szene neu.

„Schau her – du spießt ihn einfach so auf den Haken", hatte Adam gesagt. Sie hatte genau aufgepaßt, wie seine starken Finger gekonnt mit dem feinen Haken und dem winzigen Grashüpfer hantierten. Sie hatte auch zugesehen, wie er in seiner Schmiede glühend weißen Stahl mit einem schweren Hammer bearbeitet hatte. Seine Geschicklichkeit beeindruckte sie.

„Tut das den Tieren nicht weh, Mr. Winslow?" hatte sie schüchtern gefragt. Sie hatte sich seit dem Augenblick, in dem sie hier angekommen waren, in der Gegenwart von Nathans Eltern unbehaglich gefühlt. Nathan war von Calebs Tod so mitgenommen, daß er nur erwähnt hatte, Laddie sei ein Freund von Caleb gewesen; Molly Winslow hatte sich darum gekümmert, daß Laddie einen Schlafplatz und etwas zu Essen bekam.

„Keine Ahnung, mein Junge", hatte Adam geantwortet und plötzlich in seinen Bewegungen innegehalten und einen Blick auf das zappelnde Insekt geworfen. Er hob den Kopf und sah in diesem Augenblick ganz wie sein verstorbener Sohn aus, wenigstens in Laddies Augen. Dann hatte er leise gesagt: „Wahrscheinlich wissen wir nie, wie sehr ein anderes Geschöpf leidet, nicht wahr?"

„Nein, Sir", antwortete sie und fügte dann hinzu: „Aber ich wollte Ihnen schon die ganze Zeit sagen, wie sehr ich mit Ihnen mitfühle."

Adam Winslow war nicht ein Mann, der seine Gefühle offen zu Markte trug, aber Laddie sah, wie er seine Schutzmauer fallen ließ, und der Schmerz in seinen dunklen Augen war so groß, daß sie den Blick senkte.

Sie saß am Ufer und sah zu, wie die Schnur bei den leichten Wasserbewegungen hin- und herschlängelte. Als ihr Griff um die Angelrute fester wurde, erinnerte sie sich, wie er ihr in jenem Augenblick seine dicke Hand auf die Schulter gelegt und gesagt hatte: „Molly und ich – schätzen es sehr, daß du gekommen bist, Laddie. Es bedeutet uns viel zu wissen, daß Caleb einen guten Freund hatte, der diesen weiten Weg auf sich genommen hat, um ihn nach Hause zu begleiten."

Plötzlich spannte sich die Leine, und sie rief: „Einer hat angebissen!"

Die geschmeidige Angelrute bog sich beinahe in der Mitte durch, und die Schnur schlug wild auf das Wasser, während der Fisch versuchte, sich von dem Haken zu befreien. Aber sie hatte bereits zu viel Erfahrung. Langsam zog sie die Leine ein, bis sie den Fisch schließlich erschöpft an das seichte Ufer beförderte. Vorsichtig griff sie ins Wasser, steckte die Hand in seine aufgerissenen Kiemen und zog ihn endgültig an Land. „Oh, welch ein schöner Fang!“

Sie bewunderte die glänzenden Farben der Schuppen – tiefblaue, grüne und rote Schuppen glitzerten in der Sonne. „Muß mindestens ein Pfund wiegen“, überlegte sie froh, entfernte dann mit einer geschickten Bewegung den Haken und hängte ihn an eine Leine mit mindestens fünfzehn anderen Fischen derselben Größe.

Genug für uns alle, sagte sie zu sich; schnell löste sie die Schnur und warf die wenigen übrig gebliebenen Grashüpfer in den Fluß. Während hungrige Fische schnell nach ihnen schnappten und sie verspeisten, hob sie ihre Bibel auf, steckte sie in einen kleinen Beutel mit den Resten ihres Imbisses und beeilte sich dann, bachaufwärts zum Haus zu kommen. Zwanzig Minuten später marschierte sie in den Hinterhof des Winslowhauses. Als sie Nathans Eltern vor der Schmiede stehen sah, hielt sie triumphierend ihren Fang hoch.

„Sieht so aus, als habe Laddie den Bach wieder einmal leergeangelt, Molly“, meinte Adam mit einem Lächeln auf seinen breiten Lippen. „Erinnert mich daran, wie gern Caleb an dieser Stelle geangelt hat.“

„Ja, das hat er.“

Adam warf Molly einen schnellen Blick zu, und als er den schmerzerfüllten Ausdruck in ihren Augen sah, legte er seinen Arm um sie. „Tut mir leid. Ich will nicht immer von ihm sprechen.“

„Nein, das ist doch richtig“, erklärte sie. Obwohl ihre Augen halb mit Tränen gefüllt waren, nickte sie und zwang sich zu einem Lächeln. Sie streichelte seine Hand und sagte: „Er ist immer noch unser Sohn, auch wenn er jetzt bei unserem Herrn Jesus ist. Ich will nicht, daß mir die Trauer meinen Sohn zerstört – so wie ich es bei anderen schon erlebt habe.“ Sie wischte sich die Tränen aus den Augen, und zwei Eigenschaften ihres schottischen Blutes – die stille Schönheit und der felsenfeste Glaube – wurden für Adam deutlich sichtbar, als er mit einem zustimmenden Blick in den Augen den Arm von ihr nahm.

Als Laddie durch das Tor trat, bemerkte sie die tiefe Trauer dieses Elternpaares und fühlte sich wie ein Eindringling. Sie zögerte, aber Adam kam auf sie zu und sagte: „Das sind aber viele Fische.“ Er nahm sie ihr ab, bewunderte sie und sagte: „Molly, Laddie und ich nehmen die Fische aus, wenn du sie uns brätst.“

„Dann bekommen wir heute einen Leckerbissen", lächelte Molly und meinte: „Vielleicht ist Nathan rechtzeitig zurück und kann mit uns zu Abend essen." Sie wandte sich um und verschwand im Haus.

„Ich nehme die Fische schon aus, Mr. Winslow", sagte Laddie schnell.

„Einverstanden." Er ging neben ihr her zur Seitenmauer der Schmiede, und während sie die Fische von der Schnur holte und sie auf eine grobe Platte legte, die auf einen Baumstumpf genagelt war, setzte er sich und sagte im Spaß: „Ich schaue anderen gern bei der Arbeit zu."

Sie blickte nervös zu ihm auf, denn seine dunklen Augen waren so scharf, daß sie manchmal sicher war, er durchschaue ihre Verkleidung, aber sein breites Gesicht verriet nichts. Sie zog ihr Messer aus der Scheide und begann, die Fische auszunehmen – diese Arbeit hatte sie anfangs gehaßt, aber Adam hatte ihr beigebracht, wie man dabei vorgehen muß. Sie hielt den Fisch mit einer Hand und zog mit wenigen schnellen Bewegungen mit der stumpfen Seite des Messers die Schuppen ab. Danach legte sie das Messer nieder und nahm den Kopf, brach dem Fisch mit einer Drehung das Genick und zog dann mit einem schnellen Ruck den Kopf und die Eingeweide heraus.

„Du lernst schnell, Laddie", bemerkte Adam, als sie den ausgenommenen Fisch beiseite warf und den nächsten in Angriff nahm. „Ich kann es kaum glauben, daß ein junger Kerl wie du noch nie einen Fisch ausgenommen hat." Er blickte gedankenverloren über die Felder und fragte: „Wo, sagtest du, bist du aufgewachsen?"

„In Philadelphia –" antwortete Laddie und erkannte sofort entsetzt, daß sie zu viel verraten hatte. „Das heißt – nicht direkt in Philadelphia. Wir wohnten dort nur eine kleine Weile, und dann ..." Sie erfand eine Geschichte, die ein junger Mann hätte erleben können. Dabei ließ sie nichts aus, erzählte vom frühen Tod der Eltern und schmückte die Geschichte mit schweren Zeiten aus.

„Nathan hat mir gesagt, daß du gut mit Büchern und Zahlen umgehen kannst."

„Oh, ich habe hier und da ein bißchen etwas gelernt, Mr. Winslow – nicht so viel, wie Nathan meint."

Er bewegte sich, blickte wieder über die Felder, und während sie die Fische weiter ausnahm, fiel ihr auf, daß ihn etwas beunruhigte. Schließlich sagte er leise: „Nathan ist nicht glücklich."

„Ja, Sir, das stimmt – aber das ist doch normal."

„Nein, ist es nicht." Adam biß sich auf die Lippen, schüttelte dann den Kopf und sagte: „Etwas zermürbt ihn innerlich, Laddie – und das ist nicht nur der Tod seines Bruders – auch wenn dieser sicher eine große

Rolle dabei spielt." Er saß nachdenklich auf seiner Bank. Plötzlich fragte er: „Was ist es, Laddie? Was belastet ihn so sehr?"

Laddie legte den letzten Fisch auf ihren Haufen, nahm ein Tuch und wischte sich die Hände ab. „Ich kenne ihn erst seit einigen Wochen", antwortete sie zögernd.

„Er spricht mit mir nicht darüber – auch nicht mit seiner Mutter", sagte Adam. Das war keine Bitte, sondern einfach eine Feststellung. „Aber es ist nicht zu übersehen, daß in Boston etwas vorgefallen ist."

„Ich – ich kann Ihnen ein bißchen etwas erzählen, Mr. Winslow. Vielleicht sollte ich nicht, aber ich will nicht, daß in Ihrer Familie Unfriede herrscht." Sie biß sich auf die Unterlippe und erklärte dann: „Nathan hat sich mit einer jungen Frau getroffen, mit Abigail Howland. Ich glaube, er ist in sie verliebt."

„Mein Bruder Charles hat das in einem Brief erwähnt."

„Hat er Ihnen auch geschrieben, daß Paul und Nathan schon wochenlang um sie kämpfen?"

„Nein."

„Das tun sie aber. Und das Problem ist – ihre Familie besteht aus überzeugten Tories, und Nathan weiß, wie Sie und Mrs. Winslow darüber denken."

„Wir sind in diesem Punkt unterschiedlicher Meinung, das stimmt", erwiderte Adam mit Schmerz in der Stimme. Er erhob sich und sagte: „Ich glaube, Nathan ist wieder an Calebs Grab. Er sucht es jeden Tag um diese Zeit auf. Irgendwie finde ich es nicht richtig, daß er so sehr um seinen Bruder trauert."

„Verstehen Sie das nicht, Mr. Winslow? Er fühlt sich schuldig. Er glaubt, er hätte Caleb aus Boston herausbringen sollen, bevor –"

Sie sprach ihren Satz nicht zu Ende, aber er nickte. „Er glaubt, ich gebe ihm die Schuld dafür, Laddie – aber er irrt sich. Caleb war noch ein Kind, aber er hatte einen starken Willen. Ich bezweifle, ob selbst ich ihn dazu hätte bewegen können, nach Hause zu fahren."

Laddie zögerte, dann sagte sie: „Warum sagen Sie ihm das nicht, Sir? Ich glaube, es würde ihm helfen."

„Meinst du?" Er ließ sich den Gedanken durch den Kopf gehen, dann sagte er: „Danke, Laddie" und wandte sich um, verließ den Hof und schlug die Richtung zum kleinen Dorffriedhof ein.

Laddie sammelte die Fische zusammen und brachte sie in die Küche, wo Molly einen Teig ausrollte. Sie blickte auf und fragte: „Hast du sie schon alle ausgenommen, Laddie? Du kannst sie dort in den Topf werfen. Wo ist Adam?"

„Er – will Nathan holen."

Das Zögern in ihrer Stimme ließ Molly aufhorchen. Sie blickte Laddies Gesicht forschend an. „Oh?" sagte sie schließlich. Dann wandte sie sich wieder ihrer Arbeit auf dem Tisch zu und sagte leise: „Ich hoffe, Nathan findet wieder zu sich."

„Das hoffe ich auch." Laddie wußte, daß Calebs Tod dieser Frau riesige Schmerzen bereitete, und sie wünschte sich sehr, ihr irgendwie Trost bieten zu können. Molly Winslow war so zurückhaltend, daß sie nie um einen Gefallen bitten würde, aber sie brauchte jemand, mit dem sie sprechen konnte. Laddie hatte in den Wochen, die sie nun schon bei der Familie verbrachte, gelernt, daß Molly Winslow eine Frau mit einem tiefen christlichen Glauben war. Sie war nicht nur in ihren Pflichten gegenüber ihrer Gemeinde treu; in ihr herrschte auch ein nicht zu übersehender Geist der Liebe und Freude, den nicht einmal die Schicksalsschläge und das Leid zum Erlöschen bringen konnten.

Laddie stand in der Küche und sehnte sich danach, etwas zu sagen. Sie sah, wie die Pastete langsam Formen annahm. Plötzlich fragte sie: „Mrs. Winslow, wenn ich meine Hände sauber wasche, darf ich Ihnen dann beim Kochen helfen?"

„Aber – kannst du denn kochen, Laddie?"

„Ich bin kein guter Koch", zuckte Laddie mit den Schultern. „Aber jeder kann doch Fische braten, oder? Und irgend jemand muß auch diese Kartoffeln dort schälen."

„Ich würde mich über deine Hilfe freuen." Ein Lächeln zog über Mollys Lippen. „Die meisten Männer sterben lieber, als daß sie so etwas tun würden wie Kartoffeln schälen oder ein Essen kochen."

Laddie nahm eine Kartoffel, zog ihr Messer und setzte sich auf einen Stuhl. Dabei antwortete sie lächelnd: „Außer am Lagerfeuer – dort ist jeder Mann ein Meisterkoch." Sie begann, dünne Schalen von den Kartoffeln zu pellen, und sprach über Belanglosigkeiten. Aber nach zehn Minuten hatte sie das Gespräch auf Caleb gelenkt, und in der nächsten halben Stunde erzählte sie Molly Winslow von ihrem Sohn, wie sie ihn kennengelernt und geschätzt hatte. Sie hatte ihn nicht gut gekannt, dankte aber jetzt Gott für die Male, in denen Caleb stundenlang mit ihr gesprochen hatte, denn jetzt konnte sie der Frau mit den stillen Augen, die ihr gegenüber saß und jedes Wort von ihren Lippen aufsaugte, von diesen Stunden erzählen.

Die Standuhr tickte leise, und als das Essen immer mehr Formen annahm, begann die ältere Frau zu sprechen. Die Trauer stach so schmerzhaft in ihrem Herz, daß sie jeden Gedanken an Caleb aus ihrem

Kopf verbannt hatte und Erinnerungen erstickte, wenn sie in ihr hochstiegen, aber jetzt begann sie, von ihm zu sprechen – von einfachen Dingen, die er als Kind getan hatte, von seiner schnellen Auffassungsgabe und wie diese ihn oft in Schwierigkeiten gebracht hatte. Und sie lachte – zum ersten Mal seit der Beerdigung – als sie von einigen seiner Streiche erzählte.

Endlich war das Essen fertig und wurde mit weißen Tüchern bedeckt. Plötzlich kam Molly Winslow zu Laddie herüber, die aus dem Fenster blickte. „Du bist ein Segen, Laddie", sagte sie leise. Dann fragte sie: „Bist du Christ?"

„Ja, Mrs. Winslow, wenn auch kein sehr guter ..."

„Das wußte ich. Du hast einen sanften Geist, Laddie, und du hast mir irgendwie meinen Jungen zurückgegeben. Ich lobe den Herrn dafür, daß er dich zu mir geschickt hat."

Laddie fühlte sich ziemlich befangen, ihr blieb aber eine Antwort erspart, denn in diesem Augenblick waren Schritte auf der Veranda zu hören, und, vom Tisch aufblickend, rief sie aus: „Sie kommen."

Molly drehte sich schnell um und sah Nathan und Adam eintreten. Rasch sagte sie: „Gerade rechtzeitig, ihr zwei! Setzt euch, bevor das Essen kalt wird!"

Laddie erfuhr nie genau, was Adam auf dem Friedhof zu seinem Sohn gesagt hatte, aber Nathan war nicht mehr derselbe, das sah sie sofort. Er war unter einer starken Anspannung gestanden, seit er nach Hause gekommen war, aber jetzt hatten sich die verbitterten Züge, die sein schmales Gesicht zerfurcht hatten, deutlich geglättet. Ein neuer Glanz schien aus seinen Augen, als er zu seiner Mutter herüberkam, sie umarmte und sagte: „Riecht gut, Mutter. Hoffentlich hast du genug gekocht."

Molly blickte erstaunt auf, dann leuchtete Freude aus ihren grauen Augen. Sie streckte die Hand aus und berührte seine Wange mit den Worten: „Wir haben genug."

Sie setzten sich alle um den Tisch und aßen – besonders Nathan. Er hatte wochenlang in seinem Essen nur herumgestochert, aber jetzt ging er so hungrig auf die Fische und Kartoffeln los, daß Adam meinte: „Laddie, wahrscheinlich mußt du noch einmal zum Bach gehen und eine neue Ladung Fische für diesen Kerl holen."

Nathan sprach wenig, aber als er schließlich dem letzten Pastetenstück den Garaus gemacht hatte, lehnte er sich zurück und sagte: „Das beste Essen, das ich je gehabt habe."

„Du brauchst das, Nathan", sagte Molly. „Du hast viel abgenommen."

Er nickte und erklärte nach einer Weile plötzlich: „Ich habe euch etwas zu sagen."

Adam blickte schnell auf, warf dann einen Blick auf Molly und sagte schließlich: „Was ist, Nathan?"

Eine Stille legte sich über den Raum, und plötzlich erhob sich Laddie, da sie das Gefühl hatte, daß es sich hierbei um eine Familienangelegenheit handle. Aber Nathan sagte: „Setz dich, Laddie. Du hast ein Recht zu hören, was ich sagen will." Er legte die Hände ineinander und begann dann, die letzten Wochen in Boston Revue passieren zu lassen. Er sprach nüchtern, ohne irgendwelche Gefühlsregungen zu zeigen, erzählte von seinen Gefühlen für Abigail und seiner Rivalität mit Paul. Er berichtete von seiner Freundschaft mit Major Pitcairn und seiner Bewunderung für einige Offiziere des Königs. Molly und Adam saßen regungslos auf ihren Stühlen, während er schilderte, wie er versucht hatte, Caleb dazu zu überreden, sich aus der Politik herauszuhalten.

„Ich hätte mich dabei mehr anstrengen sollen – das sehe ich jetzt ein", sagte er leise. Die Kerze knisterte im Kerzenständer, und ihre flackernde Flamme beleuchtete seine mitgenommenen Gesichtszüge deutlich und unterstrich seine tief in ihren Höhlen sitzenden Augen. „Gott weiß, daß ich *etwas* hätte tun sollen!" Er sprach eine Weile nicht weiter und starrte auf den Tisch.

„Nathan", entgegnete Molly, beugte sich über den Tisch und legte eine Hand auf seine. „Du kannst dir für den Tod deines Bruders nicht die Schuld geben. Wenn wir einen Menschen verlieren, denken wir immer an Dinge, die wir hätten tun können. Wir wissen, daß du es versucht hast."

„Er hatte einen Dickschädel, das weißt du, mein Sohn", erklärte Adam. „Er tat immer, was er für richtig hielt. Du kannst dich doch selbst an mindestens ein– bis zweimal erinnern, als es selbst *mir* nicht gelang, ihn zur Vernunft zu bringen. Er war ein echter Winslow, und ich habe noch nie gehört, daß sich von diesen Leuten jemand leicht hätte führen lassen. Gib dir keine Schuld."

Nathan blickte mit einem Lächeln auf seinen breiten, zitternden Lippen auf. „Ich – ich weiß das, Sir, aber es ist nicht leicht, damit zu leben."

„Das Leben geht weiter, Junge", sagte Molly. „Du weißt, daß wir Caleb wiedersehen werden."

Nathan warf ihr plötzlich einen seltsamen Blick zu. „Diese Sache hat mich mehr als in einer Hinsicht verändert. Zum einen – will ich kein Pfarrer mehr werden."

Wenn er erwartet hatte, seine Eltern mit dieser Ankündigung zu schockieren, stellte Laddie fest, dann wurde er enttäuscht, denn keiner von ihnen war entsetzt. Molly sagte nur: „Nathan, wir haben immer das Gefühl gehabt, daß du dich zu plötzlich dazu berufen sahst."

Er blickte sie an, lachte dann kurz und sagte: „Ich habe immer gewußt, daß du das so siehst, Mutter – und das hat mich nur noch eigensinniger gemacht."

Adam blickte seinen Sohn lange an, und ihm kam ein Gedanke. „Die Winslows – die meisten von ihnen – haben diesen Kampf mit Gott auf die eine oder andere Weise ausgefochten. Kannst du dich noch erinnern, wie Gilbert Winslow von Europa bis Plymouth Rock mit Gott gerungen hatte. Das hast du bestimmt gelesen. Dabei schwor er, nie zu predigen. Aber er hat es getan – und ähnlich erging es auch anderen."

„Aber das gilt nicht für mich."

„Gott hat seine eigenen Wege mit dir, Nathan", sagte Molly bestimmt. „Ich habe dich in der Nacht, in der du geboren wurdest, Gott hingelegt – und Gott hat dich angenommen!"

Nathan schüttelte ungeduldig den Kopf, sagte aber nur: „Ich habe nicht viel Glauben – aber das ist es nicht, was ich euch eigentlich sagen wollte."

Er stand auf und stellte sich hinter seinen Stuhl. Schweigend blickte er sie an; dann erzählte er ihnen von Calebs Tod und wie er versprochen hatte, an seiner Stelle für die Sache zu kämpfen. Leise fuhr er fort: „Ich empfinde anders als ihr in dieser Angelegenheit – ehrlich gesagt, glaube ich, daß wir alle im Gefängnis oder am Galgen landen werden." Dann legte sich ein fester Ausdruck auf seine Lippen, und er richtete die Schultern auf, wie Molly und Adam es schon tausendmal bei ihm erlebt hatten, und erklärte: „Ich glaube nicht sehr an diesen Krieg, der auf uns zukommt – aber Caleb glaubte daran – und ich werde tun, was ich kann – für ihn, für meinen Bruder."

Ein Schweigen breitete sich im Raum aus. Adam brach es schließlich und sagte leise: „Das ist kein wirklich guter Grund, um sich einer Revolution anzuschließen, Nathan – aber ich werde nicht versuchen, dir die Sache auszureden. In diesem Krieg werden Männer aus den verschiedensten Gründen kämpfen – und nicht alle Motive werden gut und richtig sein." Er machte eine Pause, atmete tief ein und sprach dann leise weiter: „Ich glaube, in den Krieg zu ziehen, um einem Bruder ein gegebenes Versprechen zu halten, ist ein Grund, der genügt – solange, bis du einen besseren findest!" Dann fragte er plötzlich: „Wie stellst du dir das eigentlich vor, in den Krieg zu ziehen, mein Sohn?"

„Ich habe keine Ahnung, Vater." Nathan kam plötzlich ein Gedanke, als er ruhig nachdachte. „Ich kann wohl kaum hinausreiten, mich hinter einen Baum stellen und jeden englischen Soldaten, der vorbeireitet, erschießen, nehme ich an."

„Nein, ich glaube, es gibt bessere Möglichkeiten", sagte Adam. Er blickte auf und fuhr fort: „Ich habe es euch noch nicht erzählt, aber Oberst Washington hat mich zu sich bestellt."

„Oberst Washington? Weißt du warum?"

„Ich kann mir nur einen Grund denken. In den letzten Jahren hat er mich mehrmals gefragt, ob ich in die Miliz von Virginia eintreten werde – und ich vermute, er will dieses Mal mit etwas mehr Nachdruck fragen."

„Wirst du es tun?" fragte Nathan.

„Ich habe dir doch einiges über die Zeit erzählt, in der ich unter ihm und Braddock Scout war." Adam schüttelte den Kopf und sagte dann langsam: „Er ist ein ziemlich beeindruckender Mann! Wenn es überhaupt einen Mann gäbe, dem ich blindlings folgen würde, vermute ich, wäre das George Washington!"

„Oberst Washington – zwei Herren sind hier – sie heißen Winslow."

Der Mann an dem Sekretär blickte auf und betrachtete das Gesicht des Schwarzen forschend. „Schick sie herein, Billy."

Der großgewachsene Mann mit großen Knochen, breiten Schultern und Hüften erhob sich. Er wischte sich in einer müden Geste mit der Hand über sein pockennarbiges Gesicht. Seine Nase war groß, sein Kinn kantig und keilförmig, und seine roten Haare wurden auf dem Hinterkopf schon dünn. Er blickte zur Tür und sagte, als sie sich öffnete und zwei Männer eintraten: „Winslow, kommen Sie herein." Er trat vor, reichte ihm die Hand, und ein Lächeln nahm den harten Zügen seines Mundes ihre Schärfe. „Es ist schon eine Revolution nötig, damit Sie zu mir kommen, nicht wahr, Adam?"

„Ja, Herr Oberst." Adam betrachtete den großgewachsenen Mann sorgfältig und stellte fest, daß auch an ihm die Jahre nicht spurlos vorübergegangen waren. Doch er sagte nur: „Das ist mein Sohn Nathan. Ich dachte, Sie würden gern aus erster Hand über Lexington informiert werden."

Washingtons Augen wichen nicht von Adams Gesicht. „Ich habe von Ihrem Jungen gehört. Das ist eine schlimme Sache."

„Ja, sehr schlimm."

Washington stand wie ein Fels vor ihm; dann wurde seine Miene plötzlich sanft. „Ich habe keine Söhne – aber ich fühle mit Ihnen, Winslow." Die Sanftheit wich wieder, und er fuhr fort: „Nur Gott weiß, wie viele junge Männer für diese Sache noch mit ihrem Leben bezahlen müssen." Dann wandte er sich an Nathan und reichte ihm die Hand. „Sie waren dort, Mr. Winslow?"

„Ja, Sir."

„Erzählen Sie mir davon."

Zuerst fühlte sich Nathan unbehaglich, denn er war sich genau bewußt, daß er vor dem reichsten Mann in Virginia stand, dem obersten der Gesellschaft, dem berühmtesten Sohn Virginias, dessen Ruf aus seiner Teilnahme am Krieg gegen die Franzosen und gegen die Indianer sogar schon bis nach Europa gedrungen war. Aber diese Unsicherheit verflog, denn Washington hörte so aufmerksam zu, daß Nathan ganz in seinem Bericht aufging.

Schließlich endete er, und der große Mann saß schweigend an seinem Schreibtisch. *Man kann fast hören, wie er denkt – und kombiniert,* dachte Nathan.

„Das klingt genauso wie Braddocks letzter Kampf, Adam", sagte er schließlich. „Erinnern Sie sich, wie sie uns festnagelten und in diesem mörderischen Kreuzfeuer fingen?"

„Wenn General Braddock auf Sie gehört hätte, Sir, hätten wir sie geschlagen. Er wollte einen europäischen Krieg führen – aber die Indianer wollten sich nicht in Reih und Glied vor ihm aufstellen und sich erschießen lassen."

„Das will auch General Gage, vermute ich." Washington erhob sich und ging im Zimmer auf und ab. Schließlich setzte er sich wieder und fragte plötzlich: „Helfen Sie uns in der Miliz?"

Adam zuckte mit den Schultern. „Ich tue, was Sie wollen, Herr Oberst. Es wird aber ein schlimmer Krieg werden."

„Es gibt keinen guten Krieg", murmelte Washington. „Ich habe gebetet, daß er nicht kommen würde ..." Er wandte den Blick nicht von Adam. „Sie werden gebraucht", sagte er leise. Dann richtete er sich an Nathan. „Sie waren geschäftlich in Boston?"

„Ja, Herr Oberst. Bei meinem Onkel."

„Haben Sie die Absicht, wieder nach Boston zurückzukehren, wenn ich fragen darf?"

Nathan schluckte und schüttelte den Kopf. „Ich würde gern mit meinem Vater in die Miliz gehen."

Washington blickte ihn lange an, und Nathan wurde es unter diesen durchdringenden Augen unbehaglich. „Sie würden mir einen großen

Gefallen erweisen, Mr. Winslow, wenn Sie nach Boston zurückgehen – wenigstens für einige Zeit.“

„Sir?“

„Der Kongreß tritt bald zusammen, und ich zweifle nicht daran, daß er Feindseligkeiten erklären wird. Wir werden eine Armee ausheben und so viele Waffen wie möglich zusammentragen müssen. Inzwischen sind die Briten in Boston. Was tun sie, während unsere Kolonien versuchen, sich auf den Kampf vorzubereiten?“

„Das weiß ich nicht, Sir!“

„Ich auch nicht, Nathan – aber ich würde es sehr gern wissen.“ Ein Anflug von Humor zog in Washingtons kalte graue Augen, und er sagte: „Wir sind der Fuchs – und der Fuchs muß so viel wie möglich über die Jagdmannschaft wissen, die ihm auf der Fährte sitzt.“

Nathan warf seinem Vater einen Blick zu, dann schüttelte er den Kopf. „Sie wollen, daß ich zum *Spion* werde? Dafür bin ich nicht zu haben. Ich will in die Armee.“

„Es gibt keine Armee!“ Nathan hatte schon gehört, daß Washington leicht zu Temperamentsausbrüchen neigte. Den Beweis dafür hatte er jetzt vor Augen. „Was die Sache mit dem Spion betrifft: jeder Mann und jede Frau in den Kolonien wird zum ‚Spion‘ werden müssen, wenn wir gewinnen wollen!“

„Sir“, fragte Nathan schnell. „Was erwarten Sie genau von mir?“

Die ruhige Frage schien Washington zu gefallen. Er hob die Hände und antwortete: „Gerüchte sind wertlos, Nathan. Ich muß genau wissen, was die Briten unternehmen.“ Plötzlich wurde sein Gesicht sehr ernst, und er sagte: „Ich weiß, ich verlange viel von Ihnen – aber diese Arbeit muß jetzt als erstes erledigt werden. Später haben wir für Sie bestimmt einen Platz in der Armee.“

Nathan blickte den großgewachsenen Mann an und erwiderte schnell: „Ja, Sir. Ich gehe nach Boston zurück, wenn Sie das von mir wollen.“ Er hatte seinen Vater oft sagen hören, daß Washington Männer dazu bringen konnte, das zu tun, was er wollte. Jetzt wußte er, wie er das gemeint hatte!

Washington lächelte. „Sie werden uns damit eine sehr große Hilfe sein.“

Eine Stunde später ritten Adam und Nathan nach Hause, jeder in seine Gedanken darüber versunken, was wohl auf sie zukommen werde. Nathan brach schließlich das Schweigen. „Er hat mich nicht gefragt, ob ich an die Sache glaube, Vater.“

„Nein, das hat er nicht.“ Adam dachte an die früheren Jahre zurück und schüttelte dann den Kopf. „Der Oberst hat eine Art, Männer so zu nehmen, wie sie sind – und mehr als einmal gelingt es ihm, aus ihnen das herauszuholen, was er gerade will und braucht." Dann sagte er wie schon früher: „Er ist ein ziemlich beeindruckender Mann, dieser Virginier!"

KAPITEL ZWÖLF

Die Loyalität eines Mannes

„Mir behagt es überhaupt nicht, daß er nach Boston zurückgeht, Adam", erklärte Molly. „Er ist alles, was uns jetzt noch geblieben ist – und wenn auch nur die Hälfte von dem wahr ist, was wir hören, werden die Kämpfe bald ausbrechen." Es war zwei Tage nach dem Besuch bei Washington, und Nathan wollte nach Boston aufbrechen, sobald die Pferde angespannt waren.

„Du hast schon recht", stimmte Adam zu. „Das Ganze verbreitet sich wie ein Buschfeuer. Glaube nicht, daß es einen einzigen Mann gibt, der noch nicht Wind davon bekommen hat, was in Lexington geschehen ist."

Das lag teilweise an einem ehemaligen Postreiter namens Israel Bissel, wie Adam wußte, der von Oberst Joseph Palmer ein Bulletin über die Nachrichten aus Lexington bekommen hatte. Bissel gab sich nicht damit zufrieden, nach Connecticut zu reiten; er ritt weiter durch die ganzen Kolonien und verbreitete die Nachricht unter allen Komiteemitgliedern, und diese Botschaft war auf allen Äckern und in allen Gasthäusern zu hören. Am 23. April erstürmte er, ohne Rücksicht darauf zu nehmen, daß Sabbat war, New York, wo die Menschen sich an seine Fersen hefteten und die letzten Neuigkeiten von ihm hören wollten. Dann war er auch schon wieder unterwegs, über den Hudsonfluß und den Jersey. Seine letzte Botschaft war eindringlich: „Zum Wohl unseres Landes, und zum Wohl unseres Lebens, unserer Freiheit und unseres Vermögens dürft ihr keine Minute verlieren!"

Adam war dabei gewesen, als die Milizkompanien in Virginia lautstark über die Beschlagnahmung ihres Schießpulvers und ihrer Lager durch Lord Dunmore, dem königlichen Gouverneur, lamentierten. Bis zum Sonnenuntergang des achtundzwanzigsten wußten alle, daß es sich um keine lokal begrenzten, sondern um landesweite Aktionen handelte. Oberst Washington entließ die Miliz, aber nicht, ohne vorher eine Resolution zu verabschieden:

> Wir versprechen einander, bereit zu stehen und jeden Augenblick abrufbereit zu sein, uns wieder zu versammeln und mit Waffengewalt das Gesetz, die Freiheit und die Rechte dieser *oder*

jeder anderen Schwesterkolonie vor ungerechtem und böswilligem Eindringen zu verteidigen.

Adam drehte den Kopf und sah zu, wie Nathan mit Laddie neben sich den Wagen aus der Scheune lenkte. „Er muß fahren, Molly." Mehr war nicht zu sagen, und Molly zwang sich zu einem Lächeln, als Nathan abstieg und zu ihr trat. In seiner ganzen Körpergröße stand er in der Morgensonne und sagte lächelnd und gut gelaunt: „Ich weiß nicht, wann ich zurückkomme, aber ich denke jeden Tag an euch – an euch beide." Er beugte sich herab und küßte seine Mutter. Es kostete sie viel Selbstbeherrschung, sich nicht an ihn zu klammern und zu weinen. Dann schüttelte er Adam die Hand und sagte: „Vater, du schreibst aus Philadelphia?"

„Ja." Adam stand vor ihm und ergriff seine Hand und ärgerte sich über seine eigene Wortkargheit. Er zeigte selten seine Gefühle – außer bei Molly, die ihn eines Besseren gelehrt hatte – und jetzt konnte er nicht mehr tun, als Nathans Hand festhalten und ihm schließlich auf die Schulter klopfen: „Vielleicht kommst du auch nach Philadelphia – um mit einigen Anführern dort – zu sprechen." Er hatte Molly nichts von Nathans gefährlichem Auftrag erzählt; sie dachte, er fahre nur zurück, um wieder bei Charles zu arbeiten.

Nathan wandte sich um und stieg wieder auf den Wagen, aber Molly rief: „Laddie, steig ab und gib einer alten Frau einen Abschiedskuß!" Laddie sprang unbeholfen herab und wollte sich vorbeugen und Nathans Mutter kurz umarmen, aber Molly packte sie lachend und sagte: „Ein gutaussehender Junge wie du muß lernen, seine Küsse zu holen, wo er sie bekommt – selbst von einer alten Frau!" Sie war eine starke Frau und packte Laddie und umarmte sie herzlich und verpaßte ihr einen weithin hörbaren Kuß auf die Wange. „So!" lachte sie, als Laddie sich mit rotem Gesicht aus ihrer Umarmung freikämpfte. „Jetzt weißt du, wie sich das gehört."

„Auf Wiedersehen! Gott segne euch", rief Laddie, als sie ihren Sitz wieder erklommen hatte. Beide blickten mehr als einmal zurück und winkten dem älteren Ehepaar zu, das am Tor stand, bis der Wagen über einem Hügel verschwand und nicht mehr zu sehen war.

„Sie werden einsam sein, wenn du fort bist", sagte Laddie.

„Dich werden sie auch vermissen, Laddie. Ich habe noch nie erlebt, daß sie jemand so ins Herz schlossen wie dich." Er gab den Pferden die Peitsche und sagte: „Ich wünschte bei Gott, daß ich nicht zurückfahren müßte!"

Sie legten die Strecke schnell zurück und schlugen in den ersten beiden

Nächten ihr Lager an kleinen Flüssen auf. Nathans Stimmung schien sich zu bessern. In der dritten Nacht gerieten sie jedoch in der Abenddämmerung in einen der schwersten Frühlingsregen des Jahres, und Nathan fuhr vor einem kleinen Gasthaus vor und meinte: „Bei diesem Wetter können wir nicht draußen schlafen, Laddie. Ich sehne mich nach einer hausgekochten Mahlzeit und einem warmen, weichen Bett!"

Das Essen war gut, aber als sie satt waren, fragte Nathan: „Haben Sie ein Zimmer für uns?"

„Natürlich, Sir!" Der Wirt war ein rundlicher Mann mit fröhlichen blauen Augen, und er führte sie die Treppe hinauf in ein Zimmer mit einem großen Bett. Er öffnete den Fensterladen ein Stück und sagte: „So kommt ein bißchen frische Luft herein, aber wenn Sie es ganz öffnen, setzen Sie das Zimmer unter Wasser. Gute Nacht wünsche ich Ihnen beiden."

Nathan streckte sich, gähnte und sagte: „Ich bin müde, Laddie. Dir müssen doch auch schon die Augen zufallen. Komm, gehen wir ins Bett."

Komm, gehen wir ins Bett!

Laddie stand mit pochendem Herzen im Raum, während Nathan aus seinem Hemd schlüpfte; als er anfing, seine Stiefel abzustreifen, und bevor er seine Hose auszog, sagte sie schnell: „Nathan – ich bin noch nicht besonders müde."

Er hatte einen Stiefel ausgezogen und saß mit dem Stiefel in der Hand auf dem Bett und starrte sie an: „Warum nicht? Du hast doch auch nicht länger geschlafen als ich."

„Oh, ich brauche nicht viel Schlaf", sagte sie, während er sich seines anderen Stiefels entledigte und sich aufrichtete, um seinen Gürtel aufzuschnallen. Sie drehte sich blindlings um und wollte zur Tür hinaus, aber seine Stimme hielt sie zurück.

„Wo willst du hin?"

„Ich – ich glaube, ich hole meine Bibel und lese." Sie sah aus den Augenwinkeln, wie er in seiner Unterwäsche ins Bett schlüpfte, und sprach eilends weiter: „Ich – ich will dich nicht beim Schlafen stören, Nathan. Vielleicht bleibe ich einfach unten und lese – bis ich müde werde." Sie packte hastig ihre Bibel, die in ihrem Beutel obenauf lag, und wollte zur Tür hinaus.

„Oh, komm schon zurück, Laddie!" kam die schläfrige Antwort, und sie hörte das Bett knarren, als er sich zurücklegte. „Das Licht stört mich nicht. Geh ins Bett, wenn dir danach zumute ist – wir müssen morgen früh bald aufstehen."

„In Ordnung, Nathan." Mit zitternden Händen zog Laddie den einzigen Stuhl im Zimmer an den verwitterten Eichentisch, auf dem eine einzige Kerze stand, die den Raum beleuchtete, und setzte sich, ihre Augen auf die abgegriffene Bibel geheftet.

Nathan blickte verschlafen durch das Zimmer auf die kleine Gestalt. „Du liest sehr viel in diesem Buch, Laddie", bemerkte er. „Fast so viel wie meine Mutter." Als sie nur nickte, fragte er: „Welches ist dein Lieblingsbuch?"

„Ich glaube – der Hebräerbrief", antwortete Laddie.

„Der Hebräerbrief?" gähnte Nathan und murmelte schon fast im Halbschlaf. „Glaube nicht, daß ich bis jetzt jemanden kenne, der dieses Buch als Lieblingsbuch hat. Warum magst du dieses Buch?"

„Ich weiß es nicht, Nathan – vielleicht weil es davon spricht, daß Jesus besser ist als alles andere – besser als Mose oder die Engel oder Aaron." Sie blickte zu ihm hinüber und sagte dann leise: „Mein Lieblingsvers ist: ‚Denn wir haben nicht einen Hohenpriester, der nicht könnte mit leiden mit unserer Schwachheit, sondern der versucht worden ist in allem wie wir, doch ohne Sünde.'"

„Warum gefällt dir dieser Satz?" Nathan war schon fast eingeschlafen, seine Stimme klang schlaftrunken.

„Weil – ich mir manchmal so *schlecht* vorkomme, und ich brauche jemand, der versteht, warum ich so bin, wie ich bin. Kennst du dieses Gefühl, Nathan?"

Aber vom Bett kam keine Antwort mehr, und sie sah, daß er schon fest eingeschlafen war. Ihre eigenen Augen waren schwer, aber sie machte es sich auf dem Stuhl bequem und begann zu lesen. Stunde für Stunde verging, und ihre Lider wurden immer schwerer, und die Buchstaben verschwammen vor ihr. Ihr wurde kalt, und sie zog leise einen Mantel aus ihrem Beutel und deckte sich damit so gut wie möglich zu. Sie döste, während die Uhr unten in der Gaststube die ganze Nacht hindurch jede halbe Stunde schlug.

Als endlich ein graues Licht in den Raum fiel, stand sie mit schmerzenden Gliedern auf und streckte ihre verspannten Muskeln. Bei einem Blick auf das Bett sah sie, daß Nathan sich zwar auf eine Seite gerollt hatte, aber so um sich geschlagen hatte, daß die Decken und Kissen auf beiden Seiten verknittert waren.

Ihr kam ein Gedanke, und sie legte leise ihren Mantel zurück in ihren Beutel, zog die Schuhe aus und zerraufte sich wild die Haare. Sie hielt den Atem an, schlüpfte ins Bett und fühlte die Wärme seines Körpers; dann nahm sie ihren ganzen Mut zusammen und versetzte ihm einen kräftigen Schlag auf seinen breiten Rücken und rief: „Nathan! Zeit zum Aufstehen!"

Sie setzte sich auf und schwang sich gerade aus dem Bett, als er sich herumrollte und sie durch halb geöffnete, schlaftrunkene Augen anblickte. „Was – was ist denn?" murmelte er, immer noch nicht richtig wach.

Laddie zog sich die Stiefel an, als er sich aufsetzte, und sie versetzte ihm noch einen zweiten Schlag auf seine nackte Schulter. „Ich gehe hinab und hole dir warmes Wasser zum Rasieren", verkündete sie, stand auf und stampfte mit den Füßen auf. Dann streckte sie sich ausgiebig und fügte hinzu: „Ich habe noch keinen Mann erlebt, der im Schlaf so um sich schlägt und so viel redet wie du! Ich schlafe mit dir nie wieder im selben Bett!" *Damit wäre dieses kleine Problem gelöst!* dachte sie befriedigt.

„Was soll das heißen? Ich rede nicht im Schlaf", brummte er und rief hinter ihr her: „Versuche, Eier und Speck aufzutreiben, Laddie!"

Während sich Nathan rasierte, spannte Laddie die Pferde an, und nach einem kräftigen Frühstück setzten sie ihren Weg fort. Der Regen hatte aufgehört, und während der übrigen Fahrt übernachteten sie im Freien, doch sie waren beide müde, als sie sich Boston näherten.

„Ich verstehe das nicht", sagte Nathan plötzlich. Sie fuhren an einem steilen Abhang entlang und versuchten, die Stadt noch vor der Dunkelheit zu erreichen, aber in der Dämmerung erblickten sie etwas völlig Ungewohntes, als sie auf den Höhen über Boston ankamen. „Was um alles in der Welt ist *das?*"

Laddie blickte auf den großen, dunklen Talkessel hinab und sah ein riesiges, hell erleuchtetes Hufeisen aus einzelnen Lichtern, die über Charlestown und Boston einen Bogen spannten. „Sieht nach ganz vielen Lagerfeuern aus", antwortete sie.

Er betrachtete die glühenden Punkte, die sich in den mittleren und westlichen Teilen der Provinz noch verdichteten, und nickte. „Das ist die Armee, Laddie. Sie kommt aus den ganzen Kolonien zusammen." Er ließ die Peitsche knallen, und die Pferde trabten die Straße weiter, vorbei an mehreren Gruppen bewaffneter Männer, die führerlos zu sein schienen.

Laddie erwartete, daß Nathan die Anhöhe hinunterfahren würde, die zum Winslowhaus führte, aber er machte einen Bogen um diese Gegend und fuhr direkt in das Geschäftsviertel der Stadt. „Fahren wir nicht zum Haus?" fragte sie.

„Nein. Ich muß zuerst mit Sam Adams sprechen", lautete seine knappe Antwort, dann fuhr er fort: „Es ist mir wahrscheinlich nicht möglich, ihn tagsüber zu treffen – und ich habe eine Botschaft von Oberst Washington für ihn."

Die Dunkelheit hatte bereits den ganzen Himmel ergriffen, als er dreißig Meter von Adams' Haus entfernt stehen blieb. „Wir gehen den restlichen Weg zu Fuß. Wenn du jemand bemerkst, der das Haus beobachtet, gehen wir einfach an der Tür vorbei."

„Warum, Nathan?" fragte sie und versuchte, mit seinen langen Beinen Schritt zu halten. Er überlegte einen Augenblick, zuckte mit den Schultern und antwortete: „Ich vermute, du mußt sowieso einiges über diese Angelegenheit erfahren, Laddie. Ich erledige einen Auftrag für Oberst Washington."

Als er ihr kurz erklärte, welche Aufgabe ihm übertragen worden war, rief Laddie sofort aus: „Aber dann bist du ja ein Spion, Nathan! Sie hängen dich, wenn Sie dich erwischen."

„Dann ist es wohl besser, wenn ich mich nicht erwischen lasse", grinste er sie an. „Hier ist das Haus." Er klopfte an die Tür. Sie öffnete sich so schnell, als habe Adams nur auf sie gewartet. „Mr. Adams, Sie erinnern sich vielleicht nicht an mich –"

„Ich erinnere mich sehr gut an Sie, Mr. Winslow", sagte Adams abweisend. „Was wollen Sie hier?"

Der Ton in Adams' Antwort verriet seine Abneigung gegenüber dem älteren Winslowbruder, und im Lampenlicht zeigte sein Gesicht einen großen Widerwillen. Nathan erkannte, daß Worte diesen Mann nicht überzeugen würden, und zog einen Brief aus der Tasche und reichte ihn Adams. „Ich vermute, Sie erkennen diese Handschrift, Sir."

„Was ist das?" fragte Adams mürrisch, nahm aber den Brief und trat ins Licht, dabei brummte er widerwillig: „Kommen Sie herein!"

Er brach das Siegel auf, zog ein einziges Blatt Papier hervor, und sobald seine Augen darauf fielen, stieß er ein unfreiwilliges Seufzen aus, warf den beiden jungen Männern mit neuem Interesse einen Blick zu und las dann die Botschaft.

„Wissen Sie, was in diesem Brief steht?" fragte er.

„Nein, Sir. Aber ich vermute, er beschreibt den Auftrag, den ich ausführen soll."

„Kommen Sie in mein Büro." Adams führte sie in dasselbe Zimmer, in dem Nathan ihn zuletzt gesehen hatte – bei der Versammlung der Sons of Liberty, und bei der Erinnerung an Calebs Gesicht zuckte er leicht zusammen. „Ich habe von Ihrem Bruder gehört, Mr. Winslow", sagte Adams, als er den beiden andeutete, sich zu setzen. „Es tut mir leid. Er war ein feiner Kerl." Er setzte sich und fragte mit einem durchdringenden

Blick auf Nathan: „Haben Sie deshalb Ihre Politik geändert – seinetwegen?“

Nathan rutschte ungemütlich auf seinem Stuhl hin und her, denn auf diese Frage gab es keine leichte Antwort. Er schwieg so lange, daß Adams schon ungeduldig wurde; dann antwortete er: „Ich tue für die Sache, was ich kann, Mr. Adams. Um ganz ehrlich zu sein, muß ich Ihnen sagen, daß ich nicht glaube, daß dieses Land je unabhängig sein kann.“ Er hob das Kinn und sagte bestimmt: „Ich habe meinem Bruder, kurz bevor er starb, geschworen, daß ich an seiner Stelle weiterkämpfe – und das werde ich, Sir. Wenn Ihnen das nicht genügt, werde ich Sie nie wieder belästigen!“

Die Wut, die in Nathans Augen aufgestiegen war, gefiel Adams anscheinend, denn er sagte schnell: „Das genügt, Winslow. Andere haben weniger Entschlossenheit, fürchte ich.“ Dann richtete sich sein Blick auf Laddie. „Aber wer ist das? In Washingtons Brief steht nichts von zwei Männern.“

„Das ist Laddie Smith, Mr. Adams. Er war Calebs Freund. Er weiß, wie die Situation steht. Sie können ihm vertrauen. Da wir uns wohl nicht miteinander sehen lassen dürfen, wird er unser Kontaktmann sein.“

„Das klingt sehr gut.“ Adams lehnte sich in seinem Stuhl zurück und wurde still. Sein Gesicht war von Müdigkeit gezeichnet, und seine Stimme klang rauh, wie wenn er sie zu oft benutzt hätte. Schließlich sagte er: „Das ist ein guter Plan, Winslow. Der Kongreß wird eine Armee einberufen, und das erste Problem des Oberbefehlshabers wird darin bestehen, sie einsatzbereit und kampftauglich zu machen. Haben Sie auf dem Weg nach Boston die Miliz gesehen?“

„Ja, Sir. Da draußen scheinen ziemlich viele Männer versammelt zu sein“, nickte Nathan.

„Lexington hat sie hierher geführt“, nickte Adams. „Das ist erst der Anfang. Was zählt, ist, daß ein Ruf erging, und Männer von überall her zu Tausenden diesem Ruf folgen. Das Blut Ihres Bruders und der anderen Männer auf dem Grün von Lexingtons Feldern hat einen Wendepunkt in der Geschichte eines ganzen Kontinents bewirkt!“

Adams sprach, als stehe er vor einer Versammlung von fünftausend Menschen, und sowohl Laddie als auch Nathan erkannten deutlich, daß dieser Mann kein anderes Lebensziel hatte als die Freiheit für Amerika. Sie saßen vor ihm, und er sprach über die riesige Aufgabe, die vor ihnen lag. Schließlich umriß er die militärische Situation.

„Artemas Ward, der General von Massachusetts, hat den Oberbefehl. Er ist ein alter, schwerfälliger Mann mit schlimmen Nierensteinen, aber er ist der beste, den wir bekommen können, bis der Kongreß einen Mann beruft. Auf ihn wartet eine große Aufgabe!" seufzte Adams und fuhr fort: „Die Männer sind da – Tausende von ihnen, aber sie sind keine Armee – noch nicht."

„Worin besteht das Problem, Sir?"

„Die meisten von ihnen haben starke lokale Bindungen. Wenn eine Kompanie aus Sturbridge neben einer aus Barre marschiert, beäugen sie sich gegenseitig mit großem Mißtrauen. Es gibt viel Gerangel über Zuteilungen, Ränge, den Sold und so weiter. Die meisten dieser Gruppen wählen ihre eigenen Offiziere." Adams stand auf und sagte bitter: „Wen der Kongreß auch ernennen wird, er wird diese vielen einzelnen Gruppen zu einer einzigen *amerikanischen* Armee zusammenfügen müssen!"

„Wer wird Ihrer Meinung nach den Oberbefehl bekommen?" fragte Nathan.

„John Hancock hätte ihn sehr gern. Er schwimmt in Geld – aber er hat keinerlei militärische Erfahrung. Mein Vetter John Adams würde diese Aufgabe ebenso gern übernehmen – aber er kann keine Uniform tragen!" Bei diesem Gedanken lächelte er trocken und meinte: „Ich werde an dieser Versammlung teilnehmen – und ich habe einigen schon gesagt, daß es schwerer wird, einen guten Oberbefehlshaber zu finden, als auf dem Schlachtfeld zu streiten! Wenn wir den falschen Mann wählen, sind wir zum Scheitern verurteilt, Winslow." Er schüttelte den Kopf; in den nächsten zehn Minuten erklärte er, wie die Informationen ausgetauscht werden sollten.

„Ich heiße Sie unter den Rebellen willkommen, Winslow", sagte Adams, als er sie zur Tür führte. Er schüttelte Nathan und dann Laddie die Hand. Sie gingen zurück zu ihrem Wagen, und Nathan steuerte ihn in die Randbezirke der Stadt.

Sie sprachen nur kurz über die Sache; plötzlich lächelte Nathan und legte den Arm um Laddies Schultern. „Sie hängen dich genauso wie mich, Laddie, wenn sie dich erwischen. Bist du sicher, daß du das riskieren willst?" Der Druck von seinem Arm löste in Laddie ein seltsames Gefühl aus, und sie erwiderte schnell: „Ja, ich verstehe nicht viel von Politik, Nathan, aber ich glaube, daß die Menschen frei sein sollten."

Nathan schien zu vergessen, wo sein Arm lag, und ließ ihn noch einige Augenblicke auf ihrer Schulter liegen. Dann zog er ihn zurück und sprach: „Ich vermute, Freiheit ist ein ziemlich seltener Schatz auf dieser Welt, Laddie – aber wenn sie möglich ist, lohnt es sich wahrscheinlich, dafür zu kämpfen."

„Was ist denn mit Ihnen, Herr Major? Sie sind heute abend so nüchtern wie ein puritanischer Prediger!"

Major Pitcairn blickte auf und sah Paul Winslow mit Abigail Howland am Arm. Er erhob sich und sagte schnell: „Das weise ich weit von mir, Winslow! Aber Sie haben den ganzen Abend die schönste Frau des Balles für sich in Beschlag genommen. Es ist also Ihr Fehler, wenn ich Trübsal blase und in Selbstmitleid vergehe."

Die Wahrheit war, daß der Offizier den Abend wirklich nicht genießen konnte. Das Essen und die Getränke waren ausgezeichnet, die Gesellschaft bestand aus den Feinsten der Feinsten in Boston, und es fehlte nicht an attraktiven jungen Frauen, die ihm ein Auge zuwarfen. Er war in keiner guter Gemütsverfassung und wußte das auch, aber jetzt leugnete er alles und sagte: „Miss Howland, wenn Sie sich von diesem Mann losreißen können, bittet Sie ein armer Soldat um einen Tanz."

„Ich habe nur auf Ihre Aufforderung gewartet, Herr Major", lächelte Abigail. Sie hatte eine Art an sich, triviale Bemerkungen wahr klingen zu lassen.

Diese Frau kann nichts dafür, daß sie ständig flirten muß, genausowenig wie sie etwas für ihre haselnußbraunen Augen kann! dachte Pitcairn. Es war in Boston wohl bekannt – wenigstens in den oberen Gesellschaftskreisen – daß Abigail ein Spiel mit den Winslowvettern trieb. *Sieht so aus, als habe Paul durch Aufgabe seines Gegners gewonnen,* dachte er süffisant.

„Ich habe Ihnen noch nicht zu Ihrer Galanterie gratuliert, Herr Major", sagte Abigail. „Aber jetzt möchte ich alle schrecklichen Einzelheiten hören."

Diese Worte weckten in Pitcairn schlechte Erinnerungen, und er sagte ein wenig scharf: „An jenem Tag gab es nichts Galantes – wenigstens nicht auf meiner Seite."

„Aber Sie haben doch die Rebellen geschlagen, nicht wahr, John?" warf Paul überrascht ein.

„Wenn General Percy uns nicht zu Hilfe gekommen wäre, hätte kein Mann von uns Boston lebend wiedergesehen", sagte er mit zusammengekniffenen Lippen.

„Aber – ich habe doch gehört, daß die militärische Ausbildung der Rebellen schrecklich ist", warf Paul ein.

„Sie war gut genug, um die Truppen des Königs zu schlagen", erwiderte Pitcairn. „Sie dürfen nicht vergessen, Winslow, daß diese Männer Bauern und Geschäftsleute waren, keine Berufssoldaten oder an Kämpfe gewohnte Grenzbewohner." Er erschauderte kurz und fuhr fort: „Sie haben uns so schon in Stücke gerissen – wie wird es erst werden, wenn sie sich zu einer richtigen Armee organisieren?"

„Aber das ist doch nur ein Lumpenvolk mit ein paar Waffen, Herr Major!" beharrte Abigail. „Es ist einfach undenkbar, daß England von einem zusammengelaufenen Haufen von Verkäufern und Bauern geschlagen werden könnte. Unsere Armeen haben immerhin Spanien, Frankreich und die am besten ausgebildeten europäischen Streitkräfte besiegt."

„Das ist allerdings wahr", nickte Pitcairn. „Aber diese Kriege haben unsere Kräfte so ausgelaugt und uns über den ganzen Globus zerstreut, um das britische Königreich zusammenzuhalten, daß wir nur herzlich wenige Truppen für diesen kleinen Schauplatz zur Verfügung haben. Und ich glaube, Sie haben sich noch nicht bewußt gemacht, wie weit hier alles schon fortgeschritten ist."

„Was meinen Sie damit, Herr Major?" fragte Paul.

„Ich meine damit, daß wir in dieser Stadt gefangen sind, Paul. Wir bilden hier eine gute Streitmacht, aber unsere Kundschafter melden, daß wir von Tausenden von Männern aus allen dreizehn Kolonien umringt werden. New Hampshire hat unter Oberst John Stark eine Streitkraft gesandt – und ich kann Ihnen sagen, daß er ein guter Soldat ist! Dann sind da noch Israel Putnam mit 3000 Mann aus Connecticut, sowie Benedict Arnold und Nathan Greene, um nur einige zu nennen. South Carolina hat dafür gestimmt, zwei Infanterieregimenter mit je 750 Mann und eine Schwadron aus 450 berittenen Soldaten zusammenzustellen – und diese Liste ließe sich noch fortsetzen!"

„Aber, Major Pitcairn, diese Truppen haben keinerlei militärische Ausbildung!"

„Nein, Gott sei Dank – aber es ist nur ein Mann nötig, der weiß, wie man eine Armee zusammenstellen muß – und wenn das geschieht, steht uns ein schwerer Kampf bevor!"

„Kommen Sie, Herr Major!" sagte Abigail und lächelte ihn an: „Sie brauchen mehr Wein und etwas Ablenkung."

Sie zog ihn fort und ließ Paul allein stehen. Die nächste halbe Stunde vergaß Pitcairn den Krieg. Wie sollte es bei einer so schönen Frau auch anders sein? Dann verließ sie ihn wieder, und er zog sich in einen abgetrennten Raum zurück, setzte sich auf einen Stuhl und sah zu, wie die Tänzer über den glänzenden Boden an ihm vorbeischwebten.

Er wollte sich gerade erheben und den Ball verlassen, als eine Stimme sagte: „Hallo, John."

„Nathan!" Pitcairn erhob sich sogleich und sah Nathan Winslow vor sich stehen. „Ich wußte nicht, daß Sie in Boston sind."

„Bin gerade zurückgekommen."

Pitcairn fühlte sich in seiner Haut unwohler als je zuvor in seinem Leben. Nathans Gesicht verriet keine Spur von Ärger, aber es zeigte auch nicht mehr die offene Freundlichkeit, die vor Lexington dort anzutreffen gewesen war. Der Offizier hatte eine eigenwillige Ader des Ehrgefühls, und er kam gleich zur Sache. „Nathan, es hilft so wenig – aber es tut mir leid um Ihren Bruder. Es war eine verrückte Sache – so sinnlos!"

Nathan blickte Pitcairn unbeirrt in die Augen und schüttelte dann den Kopf: „Ich weiß, daß es nicht Ihr Fehler war, John. Ich trage Ihnen nichts nach."

„Das sieht Ihnen ähnlich, Nathan", sagte Pitcairn mit einer gewissen Erleichterung. Dann fragte er: „Was haben Sie jetzt vor?"

„Wieder im Geschäft arbeiten." Hinter dieser Frage steckte mehr, erkannte Nathan. *So fängt es also an,* dachte er plötzlich. *Ein Spion kann nie vergessen, was er ist – nicht eine Sekunde lang!* Unbefangen fügte er hinzu: „Ich schätze, Sie hatten viel zu tun?"

„Das ist nur allzu wahr!" erwiderte Pitcairn bitter. „Ich kann nicht behaupten, daß ich General Gage verstehe!"

„Wieso nicht, John?"

„Jedes Kind kann doch sehen, was hier vor sich geht! Wir leben in einem Belagerungszustand, und es ist nur eine Frage der Zeit, bis wir etwas wegen der Armee, die sich da draußen bildet, unternehmen müssen!" Der Major schüttelte traurig den Kopf und fuhr dann fort: „Aber der General bleibt einfach ruhig sitzen und hofft, daß alles von selbst vorbeigeht!"

Das muß Washington wissen! dachte Nathan. Plötzlich wurde er traurig, als ihm bewußt wurde, daß John Pitcairn offen mit ihm gesprochen hatte, wie ein Mann mit seinem Freund. *Ich lerne schnell, meine Freunde zu benutzen – so ist wahrscheinlich das Leben eines Spions!*

„Nathan!" Er wandte sich schnell um und sah Abigail mit ausgestreckten Händen auf sich zukommen. „Du bist zurück!"

„Gerade angekommen, Abigail", sagte er, nahm ihre Hände in die seinen und küßte sie, was ein Lächeln auf ihre Lippen brachte. Sie schien die Szene in New York völlig vergessen zu haben. Wahrscheinlich hatte sie beschlossen, sie zu vergessen. „Ich habe dich vermißt."

„Und ich fühle mich ohne dich ganz verlassen, Nathan", schmeichelte sie. „Jetzt komm und tanz mit mir! Ich habe viel mit dir zu besprechen!"

Als sie über die Tanzfläche schwebten, trat Paul Winslow zu Pitcairn. Er beobachtete die Tänzer schweigend und sagte: „Es überrascht mich, daß er zurückgekommen ist."

„Ja? Warum?"

„Weil er ein Winslow ist!" Die Worte klangen bitter, und Paul lächelte, als Major Pitcairn ihn überrascht anblickte.

„Lassen Sie sich von ihm nicht zum Narren halten, Major Pitcairn."

„Mich zum Narren halten lassen? Inwiefern, Paul?"

„Er lächelt vielleicht und gibt sich als Ihr Freund – aber er wird nie vergessen, daß Sie seinen Bruder getötet haben."

„Aber, ich –!"

„Oh, ich weiß, daß nicht Sie den Schuß abfeuerten", meinte Paul schulterzuckend. „Aber Nathan wird diesen Unterschied nicht machen können. Es war eine britische Kugel, die Caleb tötete, und das wird er nie vergessen."

„Aber er zeigte doch immer sehr wenig Sympathie für die Sache der Rebellen."

„Weil der Konflikt *ihn* nicht persönlich berührte – aber das gilt jetzt nicht mehr."

„Oh, ich denke, Nathan wird ein gutes Urteilsvermögen zeigen", widersprach Pitcairn mit einem gewissen Unbehagen.

„Nein, das wird er nicht!" Die Worte platzten aus ihm heraus, und Paul schüttelte den Kopf, als er weitersprach: „Mein Vater sagt, daß sein Bruder Adam – das ist Nathans Vater – der eigensinnigste Mann der Welt ist und das immer schon war. Und ich glaube, Nathan ist ganz wie sein Vater. Sie haben ihn verletzt – und ich sage Ihnen frei heraus, John, trauen Sie ihm lieber nicht!"

Pitcairn schüttelte den Kopf. „Sie sagen das alles nur wegen Abigail, Paul. Sie sind eifersüchtig, und das Mädchen hat Sie blind gemacht. Nathan Winslow ist ein Ehrenmann."

„Oh, das ist er! Und er ist in diesem Augenblick felsenfest überzeugt, daß seine Ehre Genugtuung für das Blut seines Bruders fordert. Sie können sagen, was Sie wollen, Herr Major, aber ich sagen Ihnen, daß Nathan Winslow diesen Tag in Lexington nie vergessen wird!"

Pitcairn blickte durch den Raum und betrachtete Nathans großgewachsene Gestalt und sein offenes Gesicht. Dann schüttelte er den Kopf und sagte: „Er trauert um seinen Bruder – aber am Ende wird er sich für das Weise entscheiden."

„Winslows entscheiden sich nicht für das Weise", erwiderte Paul und wandte sich zum Gehen. „Das liegt in unserem Blut, fürchte ich."

Es ist alles so anders! dachte Nathan. Abigails Gesicht war nahe vor seinen Augen, und der sanfte Druck ihres Körpers verwirrte seine Sinne, aber er dachte nur bitter: *Sie ist so schön – aber wenn sie wüßte, was in meinem Herzen vor sich geht, würde sie mich auf der Stelle stehen lassen und nie mehr mit mir sprechen!*

Die Musik spielte weiter, und er hielt Abigail im Arm, tanzte und lächelte. Aber der Gedanke tauchte immer deutlicher wie gedruckt vor seinem geistigen Auge auf: *Früher oder später wird das alles ein Ende haben – alles!*

KAPITEL DREIZEHN

Ein neuer Oberbefehlshaber

Das Bostoner Grenadiercorps hatte nicht besonders viel Erfahrung im militärischen Exerzieren, wie Laddie auf den ersten Blick sah. Ganz im Gegenteil: Sie gingen ziemlich unbeholfen mit ihren Musketen um, und das Kommando: „Rückwärts marsch" von seiten des beleibten Drillmeisters löste eine panische Verwirrung aus. Mehrere Männer drehten sich auf der Stelle um – und rannten Hals über Kopf in die Soldaten hinter sich, die unbeeindruckt von dem Befehl vorwärtsstapften.

„Ihr behäbigen Tölpel!" Der Drillmeister war über einen Meter achtzig groß, und er marschierte mit seiner eindrucksvollen Körpermasse mitten durch den verwirrten Menschenhaufen und schaufelte die Männer herum, als bestünden sie aus Stroh. Er kanzelte sie mit seiner hohen Tenorstimme ab, die wie eine Trompete das ganze Gewirr überschallte und keinen Zweifel daran aufkommen ließ, was er von ihnen hielt. Schließlich nickte er einem Mann, der auf der Seite stand, mit dem Kinn zu. „Williams, üben Sie das eine Stunde lang mit ihnen!"

Laddie folgte ihm, als er von dem kleinen Feld stapfte, auf dem die Übung fortgesetzt wurde. „Mr. Knox?" Er blieb abrupt stehen und blickte ungeduldig auf sie herab. „Mr. Adams bat mich, Ihnen das zu geben."

„Adams?" Knox öffnete den Umschlag, und während er die Nachricht überflog, betrachtete ihn Laddie aufmerksam. Er trug eine glänzende Uniform aus einer schneeweißen Hose, einem smaragdgrünen Mantel mit goldenen Schulterklappen und hohen, schwarzen Stiefeln, die in der Sonne funkelten. Er hatte ein volles Gesicht; ein Doppelkinn lag über einem weißen Schal, und seine Körpermasse füllte die Uniform bis auf den letzten Millimeter aus. Er wog ungefähr dreihundert Pfund, aber wie viele dicke Männer war er würdevoll und sehr schnell in seinen Bewegungen. Sein schweres Gesicht war behende und wurde von einem Paar funkelnder, blaugrüner Augen und einem schnellen Mund beherrscht. Er trug einen weißen Seidenschal um seine linke Hand, die offensichtlich irgendwie verkrüppelt war.

Laddie bemerkte, daß sie Ziel seines durchdringenden Blickes war, und erinnerte sich daran, was Sam Adams über diesen Mann gesagt hatte: *Er ist ein fetter Mann und ein Bücherwurm – aber lassen Sie sich nicht von ihm zum Narren halten. Henry Knox hat einen Verstand aus Stahl, und wenn jemand in den gesamten Kolonien mehr über Kanonen und Munition weiß als er, dann hat er sich noch nicht blicken lassen.*

„Kommen Sie mit, Smith. Muß mir den Geschmack dieser Übung aus dem Mund spülen.“ Er marschierte so schnell durch die engen Straßen, daß Laddie praktisch in Laufschritt fallen mußte, um mit ihm mitzuhalten. Dabei unterhielt er sich lebhaft mit ihr. „Haben Sie schon jemals so schwerfällige Ochsen gesehen? Können nicht über die Straße gehen, ohne hinzufallen! Sie sehen aber gut aus, nicht wahr? Jeder ist genau einen Meter sechzig groß – das ist Vorschrift. Haben wunderschöne Uniformen, aber wenn sie kämpfen müßten, würden sie wahrscheinlich genauso viele von ihren Kameraden umbringen wie Feinde!“

Er führte sie durch mehrere Straßen, die mit kleinen Geschäften gesäumt waren, und Laddie bemerkte über einem großen weißen Gebäude ein Schild mit der Aufschrift METALLARBEITEN – PAUL REVERE. „Hier hinein!“ sagte Knox und trat unter einem Schild mit der Aufschrift NEUE LONDONER BÜCHERSTUBE – EIGENTÜMER HENRY KNOX ein. Er kämpfte sich seinen Weg durch eine Unmenge von Regalen und Tischen, die mit Flöten, Tapeten, Teleskopen, Brotkörben – und Büchern bis auf den letzten Millimeter vollgestopft waren.

„Sie können zum Essen gehen, Mullins“, erklärte er und schob den älteren Verkäufer durch den Laden und die Tür auf die Straße. „Jetzt, junger Mann“, sagte er, während er Laddie einen Stuhl hinschob und sich an einen großen Schreibtisch setzte. „Sie fahren also nach Philadelphia, schreibt Adams?“

„Ja, Sir“, antwortete Laddie. „Mr. Adams hat mich zu sich bestellt, um ihm – einige Informationen zu bringen.“ Sie zögerte leicht, denn sie fühlte sich bei der Aufgabe, die ihr auferlegt worden war, immer noch unbehaglich. Adams war plötzlich zum zweiten landesweiten amerikanischen Kongreß nach Philadelphia gefahren, aber in einer Botschaft an Nathan hatte er angewiesen: *Schicken Sie mir Smith mit allen Informationen her. Kommen Sie nicht selbst. Fragen Sie, ob Henry Knox etwas hat.*

Nathan hatte die kurze Nachricht betrachtet und, nachdem er sie gelesen hatte, zu Laddie gesagt: „Ziemlich schlauer Fuchs! Diese Nachricht hätte Gage höchstpersönlich in die Hände fallen können, und er wäre kein bißchen schlauer als vorher! Also bleibe ich hier, und du fährst mit allem, was wir bis jetzt wissen.“ Laddies Widerrede begegnete er mit den Worten: „Ich glaube, ich werde ziemlich genau beobachtet, Laddie, aber niemand wird dich in Verdacht haben. Wir schreiben nichts auf; wir verlassen uns auf deinen klugen Kopf!“

Dabei war er ihr mit der Hand durch die Haare gefahren, hatte kurz gelächelt und ihr dann alle Informationen eingetrichtert, die er bereits gesammelt hatte. Schließlich hatte er ihr etwas Geld gegeben und gesagt: „Geh zu Knox – und paß auf dich auf, Laddie! Ich will nicht, daß dir etwas zustößt." Sie hatte ihm die Hand hingestreckt, die er ergriff, aber statt sie wieder loszulassen, hatte er sie festgehalten und geöffnet und ihre Handfläche betrachtet. „Eine ziemlich kleine Hand hast du – die Hand eines Buchhalters." Er hatte sie angeblickt, und sie wußte instinktiv, daß er an Caleb dachte, denn er sagte: „Ich habe schon zu viel verloren, Laddie – nimm dich in acht!"

Jetzt saß sie vor Knox, der sie mit seinem scharfen Blick genau unter die Lupe nahm. „Jetzt sind wir allein – was ist also los?" Er saß ihr gegenüber und hörte zu, während Laddie zaghaft erklärte, was sie tun sollte.

Als sie schließlich geendet hatte, zog er den Seidenschal von seiner linken Hand, und Laddie sah, daß an der Hand zwei Finger fehlten. „Habe sie während der Jagd abgeschossen", erklärte er beiläufig, blickte auf und sagte: „Gut, mein Junge, Sie sind jung für eine solche Aufgabe, aber wenn Adams Sie empfiehlt, sage ich nicht nein. Ich schreibe alles auf, was Adams wissen muß, und –"

„Sir, es wäre vielleicht am besten, wenn Sie es mir einfach sagen, statt es aufzuschreiben. So überbringt Mr. Winslow seine Informationen."

Er blickte sie an und warf dann skeptisch ein: „Einiges, das Adams wissen muß, ist ziemlich technisch. Sie vergessen das vielleicht."

„Das glaube ich nicht, Mr. Knox."

Er lachte, schlug sich mit seiner gesunden Hand auf den kräftigen Oberschenkel, stand dann auf, und als er vor eine Landkarte auf einem großen Tisch trat, sagte er: „Mir gefällt ein Mann, der weiß, was er kann! Kommen Sie her." Er wartete, bis Laddie neben ihm stand, und deutete auf die Landkarte. „Hier ist Boston, und hier sind die Rotröcke versammelt, und genau hier sind die Rhode Islanders stationiert, und hier ..."

Er sprach zehn Minuten lang weiter, erklärte die Stellungen der verschiedenen Einheiten, dann drehte er sich um und richtete seine hellen Augen auf sie. „Jetzt wiederholen Sie das alles, Laddie Smith!"

Laddie spulte ohne Probleme die Stellungen der Einheiten herab, und das Gesicht von Henry Knox strahlte vor Entzücken. „Das war hundertprozentig richtig!" Er hielt inne, und als er sah, daß Laddie die Stirn runzelte, fragte er schnell: „Was ist?"

„Sir, diese Karte – sie ist nicht genau."

„Was?"

„Die Größenverhältnisse sind falsch, Mr. Knox – und schauen Sie hierher, sie zeigt nicht die Straße zu den Dorchesterhöhen – und dieses Gebiet ist *nicht* flach, sondern die höchste Erhebung in der ganzen Gegend.“ Laddie hatte sehr viel mit Karten von diesem Gebiet zu tun gehabt, bevor ihr Vater gestorben war, und jetzt zeigte sie, ohne lange zu zögern, einen Mangel nach dem anderen an Knoxs Karte auf. Sie war so darauf konzentriert, daß sie das aufkeimende Interesse in Knoxs rundem Gesicht nicht bemerkte. Schließlich sagte sie: „Sir, Sie sollten sich wirklich eine bessere Karte besorgen.“

Sie blickte in die blaugrünen Augen des beleibten Mannes auf und errötete, aber er sagte: „Ich sehe, daß Sie einiges von Landkarten verstehen, Laddie?“

„Oh – nicht viel . . .!“ Laddie fühlte sich ertappt, aber es war zu spät.

„Ist es möglich, daß Sie schon selbst Karten erstellt haben?“

„Nur ein bißchen, Sir.“

„Verstehe.“ Er blickte sie von seinem Stuhl aus an, erhob dann plötzlich seine füllige Körpermasse und sagte: „Setzen Sie sich bitte hier hin, Laddie – ich will, daß Sie etwas für mich schreiben.“

Sie war überrascht, gehorchte aber, und er diktierte ihr einige Zeilen, die mit einem Buch zu tun hatten, das er aus London bestellen wollte. Als sie fertig war, nahm er das Papier in die Hand. Er betrachtete es, nickte und sagte: „Saubere Handschrift. Meine ist schlichtweg unleserlich.“ Plötzlich erhob er sich, und nach einigem Stöbern in mehreren Regalen kam er zurück und reichte ihr drei Bücher. „Etwas, das Sie in Philadelphia in Ihrer Freizeit lesen können.“

Laddie saß verwirrt vor ihm, betrachtete die Bücher, die alle langweilig aussehende Texte über militärische Angelegenheiten enthielten. Knox lachte herzlich. „Alle Buchhändler sind ein bißchen seltsam, Laddie Smith. Machen Sie sich um mich keine Gedanken. Ich schreibe Ihnen jetzt noch eine kurze Nachricht für Sam Adams auf. Ich wäre wirklich selbst gern in Philadelphia! Dort unten geht sicher die Post ab! Wenn Sie zurück kommen, besuchen Sie mich bitte und erstatten mir Bericht, junger Mann!“

„Ja, Sir, natürlich.“ Laddie stand auf, und nachdem Knox ihr ein versiegeltes Paket mitgegeben hatte, verließ sie ihn und beeilte sich, die Postkutsche nach Philadelphia zu erreichen.

Der zweite amerikanische Kongreß wies eine gewisse Ähnlichkeit mit einem Kampf zwischen bellenden Hunden auf, und Laddie, die erwartet hatte, feierliches und würdevolles Auftreten von den wichtigsten Persönlichkeiten des amerikanischen Lebens zu sehen, wohnte mehrere Tage lang in entsetztem Schweigen diesem Durcheinander bei. Sie hatte eine schnelle Fahrt gehabt und hatte Sam Adams ohne große Schwierigkeiten ausfindig gemacht, aber er steckte bis über beide Ohren in der wütenden Debatte und hatte nur Zeit, um einen kurzen Bericht zu hören. Er las die Nachricht von Knox und sagte eilig: „Bleiben Sie in meiner Nähe, Smith. Es wird sich schon eine Zeit für Ihre Informationen finden – und ich will dann keine Zeit verlieren, um Sie erst zu suchen. Knox schreibt, Sie haben eine gute Handschrift – ich brauche einen Sekretär, bleiben Sie also einsatzbereit." Er war davongeeilt, aber in den folgenden Tagen ließ er sie oft Nachrichten niederschreiben, die manchmal den anderen Komiteemitgliedern überbracht werden mußten.

Sie fand ein kleines Zimmer und verbrachte die Nächte über den Büchern, die Knox ihr mitgegeben hatte. Sie handelten alle von dem Einsatz von Kanonen und Artillerie, und sie ackerte sich mühsam und pflichtbewußt durch den trockenen Stoff. Eines, das über die Schwierigkeiten sprach, Waffen von einem Ort an einen anderen zu befördern, weckte sogar ein leichtes Interesse in ihr; ihr gefiel dieses Buch, denn es hatte mit Landkarten und Landschaften zu tun, aber sie hätte eine leichtere Lektüre bevorzugt.

Die Tage zogen sich dahin und wurden zu einer Woche, und die Debatte ließ immer noch nicht auf ein Ende hoffen. Eines Abends spazierte sie in der Dämmerung in die Nähe ihres ehemaligen Zuhauses und stand in der einbrechenden Dunkelheit vor dem alten Geschäft. Das Schild, auf dem SILAS SAMPSON – KARTOGRAPH gestanden hatte, war verschwunden. An seiner Stelle hing ein neues Schild: AARON SAMPSON – LANDKARTEN. Das Herz schlug ihr bis zum Hals, als eine dick beleibte Gestalt aus dem Haus trat und sie darin ihren Onkel erkannte. Die Angst, die sie überfiel, steigerte sich noch, als er die Straße überquerte, und sie wäre beinahe in blinder Panik davongelaufen, als sie bemerkte, daß er unmittelbar an ihr vorübergehen würde!

Es war schon fast dunkel, aber es war noch hell genug, um ihr Gesicht zu erkennen, und als er näher kam, betrachtete er sie forschend. Mit zitternder Stimme sagte Laddie: „Guten Abend."

Sampson antwortete nicht, aber seine kleinen Augen blickten in ihre, und eine schreckliche Sekunde lang glaubte sie, alles sei vorbei und er habe ihre Verkleidung durchschaut – aber sie atmete erleichtert auf, als er kurz brummte und weiterging.

Gott sei Dank! stieß sie aus, wandte sich um und suchte das kleine

Gasthaus in der Straße auf. Sie war befangen, denn sie hatte das Wirtsehepaar flüchtig gekannt, und es bestand doch ein gewisses Risiko. Aber als sie an einem Tisch Platz nahm, blickte Mrs. Cowens sie nur an und fragte: „Guten Abend, Sir, was darf ich Ihnen bringen?"

Laddie bestellte ein Abendessen und saß dann über einer Tasse Tee. Wie sie gehofft hatte, erwies sich Mrs. Cowens als so gesprächig wie eh und je. Sie war eine Frau mit strahlenden Augen, groß in ihrer Gestalt und eine notorische Schwatzbase. Es fiel Laddie nicht schwer, sie zum Reden zu bewegen, und bald lenkte sie das Gespräch in die Richtung, die sie am meisten interessierte. „Ich brauche eine Landkarte von dieser Gegend – hier in der Nähe gibt es wohl keinen Kartographen?"

Mrs. Cowens erzählte ihr bald die gesamte Familiengeschichte der Sampsons, einschließlich eines detaillierten Berichtes von dem Verschwinden von Miss Julie Sampson. „Das ist aber seltsam!"

„Ich klage niemanden an, verstehen Sie mich richtig –" Sie zwinkerte Laddie verschwörerisch zu und beschrieb, wie der Vater des Mädchens gestorben und der Bruder gekommen war und das ganze Geschäft übernommen hatte. „Er ist nicht so ein guter Mensch wie der alte Mann! Aber allen war klar, daß er sich in den Kopf gesetzt hatte, das Mädchen zu heiraten – es wäre ein gutes Geschäft für ihn gewesen, und sie war ein hübsches kleines Ding."

„Sie sagen, sie ist verschwunden?" Laddie nahm einen Schluck Tee und sagte dann teilnahmslos: „Vielleicht wollte sie einfach in einer anderen Stadt wohnen."

„Das ist unwahrscheinlich, Mister!" ereiferte sich Mrs. Cowens. „Sie ist auf- und davongelaufen – daran besteht kein Zweifel! Warum hätte er sonst eine Belohnung ausschreiben und sie im ganzen Land suchen lassen sollen?"

„Inzwischen hat er es wahrscheinlich aufgegeben, nehme ich an."

„Das hat er nicht, Sir, denn Emily Shultz sagt – sie putzt bei Sampson – Emily sagt, er muß das Mädchen finden, denn er hat irgendwelche rechtlichen Probleme mit dem Geschäft, und er braucht ihren Namen auf irgendeinem Papier. Emily sagt, Sampson gebärdet sich wie ein Verrückter und schwört, er werde das Mädchen schon finden, und wenn er jede einzelne Kolonie auf den Kopf stellen müsse!"

Laddie hatte genug gehört. Sie verabschiedete sich und wanderte viele Stunden lang in tiefer Verzweiflung durch die Straßen. Schließlich ging sie in ihr Zimmer, fand aber nur einen unruhigen Schlaf, und am nächsten Tag waren ihre Augen ziemlich klein, als sie den Kongreß über sich ergehen ließ.

An diesem Tag spitzte sich das Drama jedoch zu. Washington hatte Tag für Tag in der Versammlung gesessen, mit einer gelbbraunen und blauen Uniform bekleidet. Laddie hatte ihn neugierig betrachtet; er war ein sehr großer Mann mit einem langen Gesicht und in einen tiefen Mantel des Schweigens gehüllt. Sein Schweigen war fast mit den Händen greifbar, während andere schwärmten und wetterten und John Adams knurrte: „Oh, diese Narren! Diese Schwätzer mit ihrem endlosen Gerede!"

Ein Delegierter, der vor Laddie saß, fragte den Mann neben sich: „Wer ist das?"

„Niemand von Bedeutung. Heißt Washington. Er ist ein Bauer aus Virginia."

„Aber er *sieht* bedeutend aus", erwiderte der andere.

„Er ist reich – vielleicht so reich wie Hancock."

„Er spricht nie?"

„Nein."

„Vielleicht hat er nichts zu sagen?"

Später winkte Sam Adams Laddie zu sich. Er unterhielt sich mit seinem Vetter John und unterbrach das Gespräch lange genug, um nebenbei eine Nachricht zu diktieren. Während Laddie schrieb, fragte Sam Adams: „Wie viel ist dieser Washington wert?"

„Hat viel Geld", antwortete John Adams.

Sam warf ihm einen scharfen Blick zu und sagte dann: „Ihn will ich haben."

„Als Oberbefehlshaber? Hancock gäbe alles für diese Position!"

Sam grinste seinen Vetter an. „Du doch auch, nicht wahr, John?"

„Ja – aber ich kann keine Uniform tragen."

„Wir brauchen jemand aus dem Süden, John – das weißt du!"

Sie wußten es beide, denn die Delegationen aus Neuengland standen hinter ihnen, aber die Abgesandten aus den südlichen Kolonien würden einen Anführer aus diesem Gebiet nicht akzeptieren. Die zwei Männer unterhielten sich ausführlich darüber; dann hörte Laddie John Adams sagen: „Einverstanden, Sam, ich nominiere ihn."

„Hancock wird in die Luft gehen!"

„Er muß sich damit abfinden."

Noch am selben Nachmittag stand John Adams auf und sprach über die Qualifikationen, die ein Oberbefehlshaber mitbringen müsse. Die meisten Delegierten meinten, er spreche von Hancock, und Hancock selbst errötete und blickte sich lächelnd im Raum um.

Dann sagte Adams: „Meine Herren, die Anforderungen sind hoch, und wir dürfen in dieser Angelegenheit keinen Fehler begehen. Haben wir einen solchen Mann? Ich sage, ja, und ich nominiere George Washington aus Virginia!"

Aus Hancocks Gesicht wich jede Farbe, und Washington stand auf und verließ wortlos den Saal.

Damit war die Sache erledigt.

Washington wurde gewählt, und das Land hatte einen neuen Anführer.

Laddie konnte es nicht erwarten, nach Boston zurückzufahren, denn es hatte viele Gerüchte über die zum Bersten gespannte Situation in der Stadt gegeben, aber Adams hatte gesagt: „Ich will, daß Washington Ihren Bericht hört." Zwei Tage später packte Sam Adams die verwirrte Laddie am Arm und flüsterte: „Kommen Sie mit – Washington will hören, was Sie zu berichten haben."

Sie folgte ihm mit steigender Nervosität, und betrat den großen Raum, in dem Washington in der Gesellschaft von zwei Männern an einem Schreibtisch saß. Sie erkannte sie als General Charles Lee und General Philip Schuyler.

„Herr General, das ist Laddie Smith", sagte Adams und trat dann in den Hintergrund zurück.

Washington blickte auf, und Laddie sah die Spuren von Müdigkeit auf seinem zerfurchten Gesicht. Seine Stimme klang rauh, als er sagte: „Wie steht die Situation in Boston, Mr. Smith?"

Laddie überbrachte ihm die Informationen von Nathan. Plötzlich blickte er interessiert auf. Er sagte kein Wort, aber als sie geendet hatte, nickte er und sprach: „Sagen Sie Mr. Winslow, daß wir seine Hilfe sehr schätzen."

Dieser Bericht war zu Ende, aber Laddie schluckte und sagte schnell: „Herr General, Mr. Knox hat mir Informationen über die Stellung der Truppen um Boston mitgegeben."

„Henry Knox?" Washingtons Gesicht verriet ein breites Lächeln, und er meinte: „Das hätte ich erwarten können." Er blickte den dünnen, häßlichen Mann an, der mit halbem Ohr dem Bericht gefolgt war, und sagte: „Sie müssen Henry Knox unbedingt kennenlernen, General Lee."

„Wer ist das?" Lee war Engländer, hatte in Europa gedient und war als ausgezeichneter Soldat bekannt.

„Ein Buchhändler aus Boston", lächelte Washington. „Aber er hat aus seinen Büchern viel über Waffen gelernt – weiß mehr über eine Kanone als jeder andere in Amerika, vermute ich. Ich werde ihn zum Offizier ernennen und ihm unsere Artillerie unterstellen." Dann streckte er die Hand aus und sagte: „Geben Sie mir den Bericht, Mr. Smith."

„Er hat ihn nicht aufgeschrieben, Herr General. Mr. Knox hielt es so für sicherer. Aber ich kann Ihnen den Bericht mündlich geben."

„Schlampige Arbeit!" brummte Lee verächtlich.

Washington sagte schnell: „Erstatten Sie mir Ihren Bericht." Laddie nannte, ohne zu zögern, die Stellungen der Briten, ihre Anzahl und ihre Offiziere. Dann wiederholte sie dasselbe für die amerikanischen Truppen. Als sie geendet hatte, warf Washington Schuyler einen vielsagenden Blick zu und sagte ruhig: „Wir müssen uns beeilen, General. Ich kann mir beim besten Willen nicht vorstellen, warum General Gage noch nicht zum Schlag gegen unsere Leute ausgeholt hat!"

„Er wird nicht mehr lange warten – und unsere Männer dort benötigen Sie", nickte Schuyler. „Wir müssen schnell eine Armee aus ihnen machen."

Washington wandte sich Laddie zu und sagte: „Danke für Ihren ausführlichen Bericht, Mr. Smith. Wir stehen tief in Ihrer Schuld."

Adams trat neben Laddie, und als sie aus dem Zimmer waren, sagte er: „Fahren Sie zurück nach Boston. Berichten Sie Knox, was geschehen ist, und sagen Sie Winslow, er solle herausfinden, was Gage im Schilde führen könnte!" Dann streckte er ihr die Hand entgegen und sagte mit einem seltenen Lächeln auf den Lippen: „Gut gemacht, mein Junge – sehr gut!"

Laddie eilte davon und verließ drei Stunden später in der Postkutsche Philadelphia, glücklich, daß der Kongreß vorbei war und daß sie nach Boston zurückfahren konnte. Sie erschrak, als ihr bewußt wurde, wie der bloße Gedanke, Nathan wiederzusehen, sie mit einem angenehmen Gefühl erfüllte, und sie schüttelte wütend den Kopf, als die Kutsche weiter über die Straße rollte. *Vergiß das – er macht sich nichts aus dir!*

Washington stellte eilig einen Stab zusammen, und am 21. Juni machte er sich in der Begleitung von Lee und Schuyler und einer eindrucksvollen Eskorte auf den Weg. Die Menschen jubelten ihnen in jedem Dorf zu, durch das sie ritten, aber sie waren noch keine dreißig Kilometer weit gekommen, als ihnen ein Botschafter auf einem erschöpften, mitgenommenen Pferd begegnete und seine Nachricht verkündete: „Herr General – es hat eine Schlacht gegeben!"

„Wo?" Washington richtete sich in seinen Steigbügeln auf, und sein Gesicht errötete.

„An einem Ort namens Bunker Hill außerhalb von Boston!"

Washington war ein riesiger Mann auf seinem weißen Pferd, und er fragte mit bebender Stimme weiter: „Hat die Miliz gekämpft?“

„Ja, Herr General – wie die Wilden!“

Washington blickte abrupt zum blauen Himmel empor und hob halb die Hände. Plötzlich schlug er sie kräftig zusammen und rief mit gefühlsbeladener Stimme aus:

„Dann ist die Freiheit dieses Landes sicher!“

KAPITEL VIERZEHN

„Das Weiße in ihren Augen"

Als Laddie nach Boston zurückkehrte, mußte sie feststellen, daß die Berichte über die Ereignisse in der Stadt nicht übertrieben gewesen waren – denn die Stadt war überfüllt mit britischen Berufssoldaten. Die neu an Land gegangenen Generäle – Sir William Howe, Henry Clinton und John Burgoyne – waren gekommen, um die Rebellion niederzuwerfen.

Nathan hatte Laddie mit einer kräftigen Umarmung begrüßt, als sie in das Lagerhaus trat und ihn dort vorfand. Er rief: „Laddie! Gott sei Dank! Du bist zurück!" Als er sie wieder auf den Boden stellte, lachte er über ihr errötetes Gesicht. „Entschuldige, Laddie. Ich glaube, kein junger Mann läßt sich gern von einem großen, häßlichen Kerl wie mich umarmen, nicht wahr?"

Laddie schüttelte den Kopf, zog ihre Jacke zu, die aufgegangen war und lächelte dann. „Ein einziges Mal bringt mich schon nicht um, Nathan. Ich habe dich auch vermißt."

Er nahm sie beim Arm und führte sie zum Blauen Eber. Als Nelson Laddie erblickte, rief er aus: „Frau, dein früherer Mieter ist wieder da", und schlug Laddie mit der Hand auf die Schulter.

„Bringen Sie uns das beste, was Sie haben, Nelson", lächelte Nathan; dann drehte er sich zu Laddie um, und seine kornblumenblauen Augen glänzten, als er sagte: „Ich habe dich vermißt, Junge! Erzähl mir jetzt alles."

Laddie erzählte alles; schließlich lehnte sich Nathan zurück und blickte sie an. „Washington ist also unser Oberbefehlshaber! Ihn brauchen wir auch, wenn wir mit heiler Haut aus dieser Sache herauskommen wollen."

„Was ist los? Ich dachte, unsere Männer hätten Boston eingekreist? So hieß es wenigstens in Philadelphia."

Nathan schüttelte traurig den Kopf, und Sorgenfalten zogen über seinen Augenbrauen auf. „Ich habe viel Zeit mit den britischen Offizieren verbracht. Vermute, es zahlt sich aus, einem Torymädchen, das in ihren Kreisen verkehrt, den Hof zu machen", fügte er bitter hinzu, ohne das plötzliche Stirnrunzeln auf Laddies Gesicht zu bemerken. „Sie wissen, was wir über diese Einheiten um die Stadt herum wissen."

„Es sind doch gute Männer, nicht wahr, Nathan?"

„Ja, aber nicht ausgebildet und nicht ausgerüstet – und am schlimmsten von allem ist, daß sie keinen Anführer haben."

Nathan war so froh gewesen, Laddie zu sehen, daß sie gern an seine Wiedersehensfreude dachte, aber in den nächsten paar Tagen wurde er immer einsilbiger, und sie wußte, daß er vor einem britischen Angriff Angst hatte.

Als der Angriff tatsächlich kam, traf er Nathan unvorbereitet. Am Morgen des siebzehnten arbeitete er im Lagerhaus, als Laddie aufblickte und Henry Knox mit nervös angespanntem Gesicht eintreten sah. Sie hatte die beiden Männer miteinander bekannt gemacht, und fast augenblicklich hatte sich ein gegenseitiges Vertrauen eingestellt.

„Was ist, Henry?" fragte Nathan und begrüßte ihn.

„Der Teufel ist los, das ist!" Knox blickte sich um, um sicherzugehen, daß sie allein waren, dann sagte er mit großer Aufregung in der Stimme: „General Ward hat einen schweren Fehler begangen – und die Briten lassen sich das nicht entgehen. Haben Sie nicht die vielen Truppen bemerkt, die sich auf die Schiffe zurückziehen?"

„Ja, aber ich habe mir darüber keine Gedanken gemacht", erwiderte Nathan überrascht. „Howe ordnet ständig neue Übungen an."

„Das ist aber keine Übung! Sie bereiten sich auf einen Angriff vor!"

„Wo?"

Knox schüttelte den Kopf und sagte mit großer Verzweiflung auf seinem runden Gesicht. „Ich versuchte, Ward dazu zu bewegen, Dorchester zu befestigen. Es liegt hoch genug, um die Landenge der Bostoner Halbinsel zu beherrschen – aber er wählte Charlestown über dem Jamesfluß."

„Das ist aber doch falsch!" rief Laddie plötzlich aus, die ein klares Bild von der Bostoner Landkarte vor Augen hatte.

„Sie verstehen, was ich meine?" nickte Knox mit einem grimmigen Lächeln. „Nathan weiß nicht, wo das Problem steckt. Erklären Sie es ihm bitte."

Laddie nahm ein Blatt Papier, zeichnete eine grobe Karte und sagte: „Schau, das hier, das aussieht wie eine Kaulquappe. Das ist Charlestown – hier ist der Breed's Hill und hier ist Bunker Hill."

Als Nathan immer noch verständnislos dreinblickte, erklärte sie: „Dieses Stück Land ragt wie eine Kaulquappe in das Wasser hinaus – es hängt nur mit diesem kleinen Schwanz am Land fest." Sie deutete auf den dünnen, schmalen Landsteg, der die Halbinsel mit dem Festland verband. „Wenn unsere Männer auf diesen Hügeln sind, müssen die Briten nur ihre

Leute an dieser Landenge an Land setzen – und unsere Männer sitzen wie die Ratten hoffnungslos in der Falle."

„Richtig!" nickte Knox lebhaft. „*Sie* sehen es – und ich sehe es – aber warum kann General Ward es nicht sehen? Zum Kuckuck, ich wünschte, General Washington wäre schon hier!"

Nathan blickte ihn an und fragte: „Was haben Sie jetzt vor, Henry?"

„Mich umbringen lassen, nehme ich an." Knox zuckte mit den Schultern. „Wir haben keine Kanonen, nicht viel Munition, eigentlich überhaupt nichts oder viel zu wenig – aber der Kampf geht los! Es ist Zeit, nicht mehr zu reden, sondern zu kämpfen, Nathan!"

Er wandte sich zum Gehen, und Nathan trat mit angespanntem Gesicht neben ihn. „Ich gehe mit Ihnen."

Knox hielt inne, und seine Augen wurden groß. „Nathan, Sie nützen uns mehr, wo Sie sind – wenn Sie Informationen besorgen –"

„Zum Kuckuck damit! Ich bleibe keinen einzigen Tag mehr Spion!" Seine Augen sprühten, und sein Kinn verriet seinen ganzen Eigensinn. „Ich finde meinen Weg zum Bunker Hill mit Ihnen oder ohne Sie, Henry – aber ich gehe!"

Knox schlug ihm auf die Schulter und sagte: „Einverstanden – aber Sie brauchen eine Muskete."

„Habe ich hier!" Nathan lief in den kleinen Lagerraum und kam mit seiner Kentuckybüchse, einem kleinkalibrigen Gewehr und einer Schrotflinte zurück.

Knox betrachtete die Waffen, warf dann den Kopf zurück und lachte. „Wir erwischen sie, ob von nah oder fern, was, Winslow? Gehen wir."

„Ich nehme die Schrotflinte." Laddie streckte die Hand aus, und Nathan blickte sie überrascht an.

„Aber Laddie", warf er schnell ein. „Du kannst nicht in den Kampf ziehen!"

„Warum kann ich nicht?" Auf Laddies vollen Lippen spiegelte sich ein ähnlicher Starrsinn wider wie auf Nathans Lippen, ihre Augen funkelten vor Entschlossenheit.

Knox stand daneben, und seine blaugrünen Augen schauten fragend von einem zum anderen. Er hatte diese jungen Leute ins Herz geschlossen, und er hatte von Laddie genug über Calebs Tod gehört, um zu wissen, daß Nathan Winslow nicht bereit war, einen neuen schweren Verlust zu ertragen. *Nathan sieht in Laddie den Bruder, den er verloren hat,* dachte er. *Man muß ihn ja nur ansehen! Er kann den Gedanken nicht ertragen, ihn zu verlieren.* Er sagte nichts, denn er wußte, daß die beiden die

Sache unter sich abmachen mußten, doch er sah, daß an Laddies Entschluß nicht zu rütteln war.

„Ich finde den Bunker Hill, Nathan, auch ohne dich!"

Knox sah Nathans Hilflosigkeit und warf ein: „Lassen Sie den Jungen mitkommen, Nathan. Lieber ist er bei uns, wo wir ein Auge auf ihn werfen können, nicht wahr?"

Nathan nickte langsam, reichte Laddie die Schrotflinte und Knox die Muskete. „Ich hole das Pulver und die Kugeln", sagte er leise und ließ Knox und Laddie allein.

„Er hat Angst um Sie, Laddie", sagte Knox sanft.

„Und?" Die dunklen Augen blitzten ihn plötzlich an, und Laddie fuhr mit einer leichten Spur von einem Zittern fort: „Ich habe Angst um ihn – aber das versteht er nicht."

Knox legte ihr seine gesunde Hand auf die Schulter und sagte leise: „Gott wird auf euch beide aufpassen müssen, Laddie!"

„Es sind ziemlich viele, Nathan." Laddie blickte von dem Gipfel des Breed's Hill hinab, und die Schrotflinte brannte ihr in den Händen. General Wards Befehle hatten gelautet, den Bunker Hill zu befestigen, den höheren der beiden Gipfel – aber der Befehl war falsch verstanden worden und stattdessen der Breed's Hill eingenommen worden. Er lag näher am Wasser, an den Gewehren der englischen Marine und an den Ufern, auf denen die feindlichen Truppen landeten.

Es war ein schöner Junitag, und es war eine herrliche Farbenpracht, als die Barkassen und Beiboote mit scharlachrot gekleideten Soldaten nacheinander an Land gingen. Trommeln schlugen, Pfeifen durchschnitten schrill die warme Luft, und auf dem Charlesfluß bot sich ein lebendiges Schauspiel. Männer in rot und blau – das königlich britische Artillerieregiment – rollten Feldgeschütze in die Boote, und die Schiffe Seiner Majestät Lebendig und Falke erhöhten ihre Schlagkraft.

„Das ist die königliche Marine", sagte Nathan. Und obwohl es zu weit entfernt war, um die einzelnen Menschen zu erkennen, wußte er, daß John Pitcairn seine Truppen den Berg heraufführen würde. *Gott! Laß ihn nicht vor mein Gewehr kommen!* stöhnte er; dann sah er Dr. Warren näherkommen und mit Oberst Prescott sprechen, der das Kommando führte. Sie standen so nah, daß Nathan Prescott sagen hörte: „General Warren, Sie sind hier der Ranghöchste."

„Nein, ich bin als Freiwilliger hier, Herr Oberst. Ich nehme meinen Platz bei den anderen ein." Er hatte eine Muskete in der Hand, und als er sich umwandte, sah er Nathan und blieb stehen. Ein Leuchten zog über sein gutaussehendes Gesicht, und er lächelte. „Darf ich mich zu Ihnen gesellen, Mr. Winslow?“

„Aber sicher!“ Nathan lächelte bitter und sagte: „Ich bin in einer etwas anderen Verfassung als damals, als wir uns bei Sam Adams begegneten, Doktor.“

„Sam hat mir von Ihnen erzählt, Mr. Winslow. Ich bin stolz, Sie hier zu sehen.“ Er nickte und blickte auf die Truppen hinab, die sich zum Angriff formierten. „Ich finde, Gage muß inzwischen altersschwach sein, Nathan. Er will einen Frontalangriff gegen Männer in gefestigten Stellungen unternehmen.“

„Ich frage mich nur warum?“

„Er verachtet uns“, sagte Warren und fuhr lächelnd fort: „Ich glaube, in ein paar Stunden wird er die Sache anders sehen!“

„Da kommen sie!“ Prescotts Stimme durchschnitt die Luft, und er rief aus: „Schießt erst, wenn ihr das Weiße in ihren Augen seht, Männer!“

Die Streitkräfte am Ufer formierten sich, stellten sich neu auf, und der Angriff begann – lange, weißrote Dreierreihen stiegen wie eine langsame Brandung bergauf. Sie kamen in der heißen Sonne immer näher, und jeder Mann trug eine Last von ungefähr 120 Pfund.

Laddie hörte eine Stimme, und als sie sich umblickte, sah sie einen älteren Bauern, der seine Muskete schußbereit auf die Rotröcke zielte. „Ich danke dir, Herr, daß du mich diesen Tag erleben läßt. Gepriesen sei der Name des Herrn.“ Auf seinem Gesicht spiegelte sich eine unglaubliche Geduld wider, und Laddie sagte leise: „Amen!“

Der Schweiß rann Laddie über das Gesicht, als die Reihen näherkamen. Sie zählte in der breiten britischen Front zehn Kompanien, und zehn weitere unmittelbar dahinter – Hunderte von rot gekleideten Männern, die sich langsamen Schrittes den Berg heraufkämpften.

Langsam und unermüdlich kamen die königlichen Marinesoldaten näher. Eine Stimme sagte: „Noch nicht schießen!“ Laddies Finger lag auf dem Abzug, und in ihrem Mund schmeckte sie die Angst – aber es war die Angst zu töten und nicht die Angst, getötet zu werden. Sie konnte ihre Gesichter jetzt deutlich erkennen – einige waren dick und einige dünn; einige sonnenverbrannt und einige blaß, und das Weiß in den nervösen Augen war auf allen Gesichtern zu sehen.

„Feuer!“ erklang der plötzliche Befehl, und ein Flammenmeer blitzte aus den Hunderten von Gewehren und Musketen in den Händen der Amerikaner auf. Als der Rauch sich legte, sah Laddie, daß ganze Reihen zu Boden geworfen waren, Männer, die sich auf der Erde wanden und schrien, während ihre Kameraden über sie hinwegschritten. Sie hörte Kugeln über ihren Kopf pfeifen. Drei Meter rechts von ihr richtete sich ein Mann plötzlich auf, er war in den Hals getroffen worden. Er versuchte zu sprechen, spuckte aber nur einen Strom scharlachroten Blutes aus, fiel zu Boden, trat zweimal um sich und starb.

„Sie ziehen sich zurück!“ rief Dr. Warren aus. So war es auch. Die Briten rannten wild durcheinander den Abhang hinunter und ließen ihre Verwundeten hinter sich liegen.

„Das versuchen sie nicht noch einmal!“ rief jemand.

Aber er täuschte sich.

Der zweite Angriff kam mit mehr Wucht als der erste, und der erste Mann, den Nathan ausmachte, war John Pitcairn. Nathan feuerte und lud sein Gewehr wieder neu, als sei er eine Maschine, aber als er sich aufrichtete, um zu schießen, zögerte er, denn genau vor ihm stand der Major. Er trug nur einen Säbel, hielt ihn hoch in die Luft und feuerte seine Männer an. Sein Gesicht war vor Anspannung ganz rot, aber es zeigte keine Spur von Furcht, und Nathan konnte den Abzug nicht drücken!

Noch während er zögerte, traf eine andere Kugel Pitcairn in die Seite, und er fiel zu Boden und griff nach dem plötzlichen Blutstrom, der auf seiner blauen Jacke erschien.

Männer fielen in der ganzen Reihe zu Boden, aber die Gefallenenzahl auf seiten der angreifenden Rotröcke war schrecklich. Der Hügel war mit Menschenkörpern übersät – einige lagen reglos, andere versuchten mühsam, wegzukriechen, viele wanden sich wie ein Wurm. Die Zeit schien stillzustehen, und Nathan fühlte sich wie ausgebrannt. Es kam ihm vor, als habe er ewig auf dem Berg gestanden und geschossen und neu geladen, und er erschrak, als er Laddie ausrufen hörte: „Nathan! Sie ziehen ab!“

Er kam aus der wütenden Schlacht und sah zum zweiten Mal, wie die Briten abzogen. Dann hörte er Dr. Warren sagen: „Ich habe kein Pulver mehr.“ Männer in allen Reihen stellten dasselbe fest, und Warren erklärte: „Wenn sie es noch einmal versuchen, steht es schlecht um uns.“

„Sie können diesen Berg nicht noch einmal hochkommen!“ flüsterte Nathan. „Das ist ja die reinste Schlachtbank!“ Dann stand er auf, nahm eine Wasserflasche und trat plötzlich aus den Befestigungsreihen heraus. Er achtete nicht auf den entsetzten Ruf von Warren und Laddie und ging unbeirrt über das Feld, das mit Menschen übersät war, bis er Pitcairn erreichte. Er blieb stehen und sah, daß der Major die Augen geschlossen hatte. „John – John!“ flüsterte er. Als er sich niederkniete, öffneten sich die Augen plötzlich und verrieten große Schmerzen.

„Nathan – sind Sie es?" flüsterte er. Er stieß einen leisen Schrei aus, als Nathan seinen Kopf hob und ihm die Wasserflasche an die Lippen hielt; dann trank er einen tiefen Schluck. Auf seinem fein geschnittenen Gesicht lag ein blasser, elfenbeinfarbiger Ausdruck, und er versuchte zu lächeln.

„John – es tut mir so leid!" Die Tränen strömten Nathan über das Gesicht, und er drückte den Mann wie ein Kind an sich, als ob er dadurch die schreckliche Wunde heilen könnte, die den Major das Leben kostete.

Pitcairn blickte auf und sagte mit einem sanften Lächeln: „Sie dürfen deshalb nicht traurig sein, Nathan. Sie dürfen nicht."

„Ich kann aber nicht anders!"

„Sie dürfen nicht!" Dann spannte sich Pitcairns Körper an, und er sagte in einem ersterbenden Flüstern: „Die Lichter gehen aus – leb wohl, mein Junge ..." Er hustete einmal, atmete erstickt ein, dann wurde sein Körper schlaff.

Nathan saß auf dem Schlachtfeld und hielt den toten Körper seines Freundes; sein Kopf war leer, und sein Herz schrie vor Trauer. Schließlich fühlte er eine Hand auf seinem Arm und sah, als er den Kopf hob, Dr. Warren mit erstarrter Miene vor sich stehen. „Nathan – sie kommen zurück!"

Er folgte Warren zurück in die amerikanischen Schlachtreihen und nahm wieder seinen Platz neben Laddie ein. Langsam sah er, wie die Engländer zum erneuten Angriff bliesen. Er überprüfte seinen Munitionsvorrat und stellte fest, daß er nur noch genug für einen einzigen Schuß übrig hatte. Dann hörte er Prescott sagen: „Wir fallen zurück!"

Als der Feind zum Angriff überging, wurde der ganze Kampf ein einziger Alptraum! Männer ohne Munition waren wehrlos gegen die glänzenden Bajonette der Grenadiere. Sie versuchten, ihre Musketen als Knüppel einzusetzen und wurden von den funkelnden Schneiden ihrer Gegner durchbohrt; sie versuchten zu laufen, aber die Marinesoldaten rammten ihnen den dünnen Stahl in den Rücken.

Nathan hatte Laddie zurückgeschoben und den Schädel eines Rotrokkes zerschmettert, als er sah, daß Dr. Warren von zwei Soldaten in die Zange genommen wurde. Der Arzt hob seine Muskete, um damit zuzuschlagen, aber beide jagten ihm ihre Bajonette durch den Leib. Warren fiel zu Boden, und sie stießen immer wieder mit ihren Bajonetten auf ihn ein.

Die Sonne war im Untergehen begriffen, und die kühle Luft zog über Laddies Gesicht. „Es ist kaum zu glauben, daß wir noch am Leben sind, Nathan“, sagte sie und atmete tief ein.

„Viele von uns sind es nicht mehr“, antwortete er. Sie saßen neben einem kleinen Bach auf einem Hügel, der Boston überragte, und die Wege waren mit Männern überfüllt, die nach Hause zurückkehrten.

Sie hatten sich zu Knox gesellt, und dieser blickte auf die verschwommenen Umrisse der Männer, die durch die Bäume hindurchströmten; viele von ihnen waren verwundet. „Da geht unsere Armee“, sagte er langsam.

„Sie meinen, es ist vorbei, Mr. Knox?“ fragte Laddie leise. Sie hatte den großen Mann noch nie entmutigt gesehen, und es beunruhigte sie.

Er erhob sich, und in der um sich greifenden Dunkelheit sahen sie ihn bitter lächeln. „Sie werden nicht weit kommen, Laddie.“

„Wir haben verloren, nicht wahr?“ fragte Nathan.

Knox fluchte und sagte laut: „Nein, wir haben nicht verloren! Howe hat diesen Hügel zum Preis von tausend Menschenleben erkauft, und wir können nicht mehr als zweihundert verloren haben. Ich würde ihm gern noch so einen wertlosen Hügel zum selben Preis verkaufen!“

„Was kommt als nächstes?“ fragte Nathan und stand auf.

„Wir warten auf Washington“, antwortete Knox und erhob sich schwerfällig. Dann legte er Nathan die Hand auf die Schulter und sagte: „Seid lieber vorsichtig. Die Briten gehen bestimmt mit keinem, der heute hier auf diesem Hügel war, zimperlich um.“

„Ich gehe nicht zurück“, sagte Nathan. Sein Gesicht wirkte in dem blassen Licht bitter, als er hinzufügte: „Ich warte auf General Washington.“

Knox lachte und sagte: „Dann bleiben wir am besten alle zusammen. Sie müssen einen ziemlich dicken Strick finden, wenn sie Henry Knox daran aufknüpfen wollen. Aber das würden sie bestimmt gern versuchen. Ich schließe mich Washington als Stabsoffizier an. Ich würde mich freuen, wenn ihr als Teil meiner Abteilung mitkommt – in die Artillerie.“

„Ich weiß ein bißchen etwas über Gewehre – aber nicht viel über Kanonen.“

„Wir haben keine Kanonen“, erwiderte Knox trocken. „Sie haben also Zeit, das zu lernen, bis wir welche bekommen.“ Dann sagte er plötzlich: „Und Sie hätte ich auch gern bei mir, Mr. Laddie Smith.“

„Mich, Sir?“

„Ja, Sie.“ Knox stellte sich vor Laddie, und seine Stimme klang sanft, als er fragte: „Ich glaube nicht, daß Sie jetzt noch in Boston bleiben wollen, habe ich recht? Nicht, wenn Nathan weggeht.“

„Ich – ich will nicht gern allein zurückbleiben." Laddie vermied Nathans Blick, fühlte aber deutlich seine Augen auf sich ruhen.

„Knox, was soll Laddie in der Armee?" fragte Nathan.

„Ich würde sagen, Landkarten erstellen", entgegnete Knox. „Wir brauchen jemand, der dafür sorgt, daß wir uns nicht verlaufen – und soweit ich weiß, haben wir keinen erfahrenen Kartographen bei der Hand." Dann warf er einen Blick auf Nathan und sagte sanft: „Laddie bleibt in meiner Nähe, Nathan, er kommt nicht in die Infanterie. Der sicherste Platz in einem Krieg ist bei den Generälen!"

Nathan sah, daß Knox dies ernst meinte, und fragte Laddie: „Du willst dich also nicht heraushalten?"

„Nein – nicht, wenn du dich nicht heraushältst, Nathan."

Eine Eule segelte vorbei, und ihr Schatten zeichnete sich gegen den dunkel werdenden Himmel ab. Nathan blickte auf, als sie leise wie ein Geist in ein kleines Gebüsch herabschoß. Man hörte die Geräusche eines kurzen Kampfes, dann war alles wieder still.

Nathan blickte in Laddie Smiths dunkle Augen und sagte lächelnd: „Ich hätte dich erfrieren lassen sollen, Junge! Du bist nur eine Last für mich." Dann lachte er und raufte Laddies weiches, dunkles Haar und sprach: „Du bist also wild entschlossen, ein Rebell zu werden, wie ich sehe."

Knox blickte auf Laddie, die immer noch am Boden saß, herab, betrachtete ihre sanften Augen und die weichen Gesichtszüge, lächelte und sagte, als er sich schon zum Gehen wandte:

„Ein Rebell, ja – aber zum Kuckuck – *ein sanfter Rebell!*"

KAPITEL FÜNFZEHN

Laddie ist verliebt

Der 2. Juli 1775 war ein regnerischer Sonntag in Cambridge. Als sich das Wetter aufhellte, ritt General George Washington in die mit Regenpfützen übersäte Collegestadt und übernahm von General Artemas Ward den Befehl über die gesamte amerikanische Militärstreitmacht. James Steven, der diensthabende Soldat an diesem Tag, erstattete eine einzige gelangweilte Meldung: „Keine außergewöhnlichen Vorkommnisse."

Nathan und Laddie hatten einen schnellen Ritt zum Winslowhaus unternommen, um ihre Sachen zu packen. Charles war als einziger im Haus auf den Beinen gewesen, als sie kamen, und es hatte eine erhitzte Debatte gegeben, denn er vertrat die Meinung, Nathan werfe sein Leben weg. „Du junger Narr, kannst du nicht sehen, wo das alles enden wird?" rief er leidenschaftlich, und in seiner Erregung ergriff er Nathan am Arm und schüttelte ihn. „Der König und das Parlament *können* diese Rebellion nicht durchgehen lassen! Das wäre eine offene Einladung an jede königliche Kolonie, sich gegen England zu erheben!"

„Onkel Charles, es hat keinen Sinn, darüber zu diskutieren." Nathan hatte sich von der Hand seines Onkels gelöst und in einem endgültigen Ton gesagt: „Ich kämpfe in dieser Sache bis zum Ende, und Vater auch."

Charles war mit einem traurigen Blick in den Augen dagestanden. „Das ist dein Tod, Junge! Alles – alles ist verloren. Abigail – hast du schon an sie gedacht?"

„Ja, das habe ich."

„Du weißt, daß sie für die Krone ist und sich nicht ändern wird?"

Laddie warf einen schnellen Blick auf Nathan und bemerkte den Schmerz in seinen Augen. Dann richtete er sich auf und sagte entschlossen: „Es tut mir leid, Onkel Charles, aber ich tue, was ich tun muß."

Sie hatten ihre Sachen zusammengepackt und waren noch in derselben Nacht zu den Rebellen zurückgekehrt. In den folgenden Wochen versuchten beide, in der Armee, die in den Höhen um Boston herum aus der Wiege gehoben wurde, ihre Nische zu finden.

Nathan schrieb in einem Brief an seinen Vater:

2. August 1775
Lieber Vater,
ich schreibe dir schnell diese Zeilen, denn in zehn Minuten geht die Post ab. Ich bin jetzt ein Gefreiter unter Henry Knoxs Befehl. Hauptmann Knox kratzt alle Waffen zusammen, die größer als eine Muskete sind, und ich habe einen winzigen Dreipfünder bekommen, mit dem sich kaum viel Staat machen läßt!
Laddie steckt auch mitten in der Sache – denn es stellt sich heraus, daß er etwas von Kartographie versteht und ein guter Sekretär ist. Er untersteht Hauptmann Knoxs persönlichem Befehl und wurde zum Feldwebel ernannt! Er ist mit seinem neuen Rang ziemlich unerträglich! Als er den Mut hatte, mir heute morgen einen Befehl geben zu wollen – und dabei über beide Ohren grinste! –, drohte ich, ihn über's Knie zu legen. Da blickte er mich frech an und meinte, das wäre Meuterei, für die er mich auspeitschen lassen müßte!
Spaß beiseite, ich bin ziemlich froh, daß er diese Aufgabe bekommen hat, denn das ist viel sicherer, als an vorderster Front zu kämpfen. Er ist so ein zerbrechlicher Junge, und es wäre schwer für mich, wenn ihm etwas zustoßen würde.
Ich habe gehört, daß du eine Truppe von Soldaten aus Virginia hierher führst. Dann werden wir uns bald treffen. Begleitet Mutter dich? Bei Onkel Charles kann sie unmöglich wohnen, glaube ich, aber ich finde es nicht gut, wenn sie allein bleibt. Ich versuche, in einem kleinen Dorf hier in der Nähe eine Unterkunft für sie zu finden, wo wir sie öfter sehen können.

Dein Sohn
Nathan Winslow

Die Truppen um Boston wohnten in Behausungen, die aus allem zusammengestellt waren, was die Soldaten nur finden konnten, und Laddie erkannte schnell, daß sie, wenn sie nicht direkt einem Offizier unterstellt wäre, Probleme bekommen hätte. Einige Männer bauten provisorische Hütten auf, einige hatten Zelte, aber die meisten schliefen einfach auf dem Boden zwischen ständig feuchten Decken.

Die Stabsoffiziere hatten ihre Unterkünfte in Häusern, und Laddie hatte um ihre Entdeckung gebangt, bis Knox sie in einen kleinen Bungalow in der Nähe der Dorchesterhöhen brachte. „Leutnant Mason und ich nehmen das Schlafzimmer, Laddie, und Sie können es sich in der Scheune bequem machen.“ Sie atmete erleichtert auf; sie könnte also ihr Geschlecht noch geheim halten – wenigstens momentan.

Knox war ein einziges Kraftbündel, und er behielt sie die meiste Zeit in seiner Nähe und hielt sie ständig mit Notizen, Berichten und Briefen auf Trab. Sie lernte, sich durch das Chaos, das er verbreitete, hindurchzuarbeiten, und war nach einer Woche bereits unentbehrlich für den riesigen Mann geworden. Die Verwirrung wurde noch dadurch erhöht, daß es unmöglich war, Offiziere von einfachen Soldaten zu unterscheiden, denn trotz General Washingtons Bemühungen, die Männer mit so etwas wie einer Uniform auszustaffieren, griff der Kongreß nicht ein. Washington erlaubte den Offizieren schließlich, Schals, Kokarden, gebrauchte Schulterklappen und ähnliches zu benutzen – alles, was sie finden konnten, um sich auszuweisen.

Als die Wochen vergingen und die erste amerikanische Armee unter Washingtons Hand allmählich Formen annahm, blieben Gage und seine Truppen in Boston seltsamerweise tatenlos. „Ich glaube, er meint, unsere Armee werde aufgeben und nach Hause gehen“, sagte Knox einmal zu Nathan; dann hatte er mit einem Grinsen hinzugefügt: „Und er könnte teilweise auch recht haben – bei unserer acht Monate alten Armee. Am Ende des Jahres werden viele dieser Einheiten ihren Wehrdienst abschließen, dann steht es ihnen frei, nach Hause zu gehen.“

Aber das geschah nie. Wenn einige Männer nach Hause gingen, wurden kurzzeitige Milizen aufgestellt, während Offiziere bis in die entlegensten Dörfer und Städte gingen und dort neue Soldaten anwarben. Viele blieben auch nach Ablauf ihrer Zeit noch in der Armee, und Nathan sagte einmal zu Laddie: „Sie bleiben wegen Washington. Er ist nicht ein Mann, dem die Truppen jubelnd und begeistert nachlaufen. Aber ist dir schon einmal aufgefallen: Wenn er vorbeigeht, stehen die Männer strammer und nehmen ihre Musketen ein wenig fester in die Hand – und schließlich schreiben sie Briefe nach Hause und versuchen zu erklären, warum es ihnen richtig erscheint, trotz allem noch länger dabei zu bleiben.“

Der September kam, dann der Oktober, und die Höhen färbten sich in die Herbstfarben gelb, rot und gold. Die Männer, die auf dem blanken Erdboden geschlafen hatten, befiel plötzlich eine Bauwut, und sie errichteten Hütten, und der Klang von Äxten begleitete die Truppe ständig, während die für Feuerholz abgestellten Abteilungen Holz schlugen.

An einem dieser Tage Ende Oktober gingen Laddie und Nathan auf Hauptmann Knoxs Vorschlag hin auf die Jagd. „Zum Kuckuck, wenn ich auch nur noch einen einzigen Teller von diesem Eintopf essen muß, gewöhne ich mir das Essen ab", hatte er gebrummt. „Winslow, Sie haben die Übungen mit dem Gewehr gut gemeistert. Nehmen Sie also ihre Flinte und schießen Sie uns einen Bock – selbst wenn Sie dabei eine schöne Hirschkuh für einen Bock halten müssen! Und Feldwebel Smith, Sie gehen mit und passen auf, daß er nicht sich selbst erschießt." Seine kleinen Augen hatten gefunkelt, denn trotz seiner derben Worte hatte er bemerkt, daß sowohl Nathan als auch Laddie durch die Bemühungen, so etwas wie eine Artillerieeinheit zusammenzubringen, ganz abgemagert waren. „Ihr habt beide eure Arbeit gut gemacht", sagte er mit einem plötzlichen warmen Lächeln. „Verschwindet ein paar Tage und vergeßt die Briten."

Weder Nathan noch Laddie erhoben Einspruch, und binnen zwei Stunden verließen sie das Lager und steuerten auf die dicken Wälder nordöstlich von Boston zu. Sie ritten auf zwei großen Maultieren, die das Wild zurückbefördern sollten. Den ganzen Tag drangen sie immer tiefer in die Wildnis vor, und als es zu dämmern begann, bauten sie sich an einem großen Bach unter einer riesigen Tanne ein Lager. Nathan hatte mehrere Gelegenheiten, Wild zu erlegen, ungenutzt vergehen lassen und stattdessen lieber genug Wachteln geschossen, damit sie ein reichliches Abendessen hatten. Laddie wollte kaum ihren Augen trauen, als er ihnen mit einem einzigen Schuß den Kopf abtrennte. Als sie die Vögel über einem kleinen lodernden Feuer brieten, sagte sie schließlich: „Nathan, wenn du so ein winziges Tier treffen kannst, hätte ein Mensch keine Chance gegen dich, nicht wahr?"

„Laddie, zwischen Wachteln und einem Menschen ist aber ein großer Unterschied – Wachteln schießen nämlich nicht zurück!" antwortete er mit einem schnellen Lächeln. Er trug eine gefranste Jagdjacke, und sein schmales Gesicht nahm im flackernden Licht des Feuers noch schärfere Züge an. Der Ausflug hatte ihn entspannt, und das Nachlassen der Anspannung ließ ihn jünger aussehen. Er fuhr nachdenklich fort: „Viele Männer können einen Nagel aus hundert Metern auf den Kopf treffen, aber Nägel sind keine Menschen, und es ist eine schlimme Sache, einem Menschen das Leben zu nehmen." Er blickte sie über das Feuer hinweg an und fragte forschend: „Hattest du Probleme, auf dem Breed's Hill dein Gewehr abzudrücken?"

„Ich – ich glaube nicht, daß ich es hätte tun können", sagte sie mit belegter Stimme. „Aber die Schrotflinte war mit Vogelschrot geladen. Ich glaube, wir hatten nichts anderes. Damit hätte ich niemanden umbringen können. Ich habe einfach in die Menge gezielt und abgedrückt, und ich weiß, daß einige Männer getroffen wurden." Sie dachte darüber nach, und als sie ihn anblickte, spiegelten sich in ihren ungewöhnlichen mandelförmigen Augen die goldenen Funken des Feuers wider. „Ich weiß immer noch nicht, ob ich schießen könnte – wenn ich wüßte, daß ich einen Menschen damit umbringe."

Er antwortete nicht gleich, aber ihre Worte beunruhigten ihn, und er widmete seine Aufmerksamkeit dem Vogel, den er gerade briet. „Der ist gerade richtig." Er riß ein Stück des gebratenen Fleisches herunter, jonglierte es in den Händen, bis es ein bißchen abgekühlt war, kostete es dann und sagte: „Laddie, das schmeckt gut!" Beide aßen die Wachteln mit einigen Keksen und gekochten Kartoffeln, die sie mitgenommen hatten. In einem kleinen Topf kochten sie Tee, und später zog Laddie die großen wilden Blaubeeren heraus, die sie gepflückt hatte, als sie durch den Wald marschiert waren.

„Ich habe nichts dagegen, wenn es eine Woche dauert, bis wir Wild finden", sagte Laddie schließlich. Die scharfe Herbstluft hatte ihrem Gesicht eine kräftige Farbe verliehen, und sie kuschelte sich in ihren kurzen Wollmantel, legte sich auf ihre Decke und starrte in die züngelnden Feuerflammen. Schläfrig murmelte sie: „Nathan – wie lange wird dieser Krieg noch dauern?"

„Wie lange?" lachte Nathan leise und stocherte mit einem Stock in dem Feuer herum und ließ winzige Funken aufsteigen, die sich in den Baumwipfeln mit den Sternen vermischten, die über ihrem Kopf glitzerten. „Junge, er hat noch nicht einmal *angefangen*, und du denkst schon an sein Ende! Aber ich schätze, du denkst wie viele – diesen Winter vertreiben wir die Briten aus unserem Land; dann gehen wir rechtzeitig für die Frühjahrsaussaat nach Hause und vergessen König George."

Sie blickte, von dem Zweifel in seinen Worten berührt, auf und fragte: „Du glaubst nicht, daß es so kommt?"

„So kommt es sicher nicht. Erstens werden wir wahrscheinlich verlieren und nicht gewinnen. Laddie, wir haben einen wilden Haufen aus Bauern und Verkäufern mit wenigen Gewehren – von denen die meisten noch nie eine Schlacht *gesehen* haben. Wir haben keine Fabriken, keine Marine, keine Berufssoldaten. Und England hat alles. Sie haben hunderttausend Mann in ihren Truppen, und wenn ihnen die nicht genügen, können sie noch viele Deutsche oder Hessen anheuern! Du hast doch gesehen, wie sie diesen Berg hinaufmarschierten, als wären sie Maschinen! Was wäre geschehen, wenn wir ihnen ohne jeden Schutz gegenübergestanden wären – oder wenn wir gegen diese ausgebildeten Truppen einen Berg erstürmen müßten?"

Er nahm einen Schluck Tee und schwieg. Das Schweigen wurde nur von dem Schrei eines Nachtvogels durchbrochen – einem einsamen Geräusch, das Laddie erzittern und ihre Decke enger um sich legen ließ. Sie war in den letzten Wochen so von Aktivitäten und einem solchen Optimismus umgeben gewesen, daß sie eine Niederlage nicht einmal in Erwägung gezogen hatte. Jetzt wirkte Nathans Gesicht im Schein des Feuers so trostlos, daß sie gern die Hand auf seine gelegt hätte, aber sie sagte nur: „Nathan, wenn du nicht glaubst, daß wir gewinnen können, warum ...?“

„Warum bin ich dann hier?“ Er trank seinen Tee aus, stellte die Tasse beiseite, rollte seine Decke als Kissen zusammen und bereitete sich auf sein Nachtlager vor. „Ich habe Caleb ein Versprechen gegeben, Laddie. Ich halte es. So lange gekämpft wird, bleibe ich dabei.“ Ein plötzlicher Schrei aus dem Wald ließ sie beide zusammenzucken, und er stand auf, ergriff in einer geschmeidigen Bewegung sein Gewehr und blieb schußbereit und abwartend stehen.

„Nur ein Panther“, brummte er schließlich. „Diese Tiere klingen, als schreie eine Frau, findest du nicht?“ Er legte das Gewehr ab, warf einen dicken Ast auf das Feuer, und als er sah, daß sie immer noch wie erstarrt in den dunklen Wald blickte, trat er näher. Er griff in ihr dickes Haar und zog ihr erschrecktes Gesicht nach oben; dann schüttelte er sie sanft, lachte und sagte: „Du hast doch keine Angst vor einem harmlosen alten Panther, Laddie?“

Der sanfte Griff in ihr Haar tat ihr nicht weh, aber seine Berührung fuhr ihr wie ein elektrischer Schlag durch die Nerven. Als sie in die großen blauen Augen, die zu ihr herunterlachten, aufblickte, konnte sie ein plötzliches Zittern nicht unterdrücken, das sie schwach und verletzlich zu machen schien. Monatelang hatte sie alles daran gesetzt, jede Spur von Weiblichkeit aus ihrer Sprache und ihren Bewegungen zu verwischen – und jetzt brachte eine einzige Berührung von Nathans Hand auf ihrem Kopf alles ins Wanken!

Ich liebe dich, Nathan Winslow! Die Worte lagen auf ihren Lippen, erfüllten ihre Brust, und sie wußte, daß sie auch als alte Frau noch diese Szene frisch in ihrem Herzen bewahren würde – wie sein Gesicht von den Tannenzweigen eingerahmt war und sein Lächeln strahlend aus seinem gebräunten Gesicht blickte, der Geruch von Leder und Holzrauch zusammen mit dem knisternden Feuer und dem sanften Gurgeln des Baches, und die Berührung seiner Hand auf ihrem Haar – das alles würde immer lebendig bleiben, wenn sie an diesen Augenblick dachte. *Ich werde ihn nie bekommen – aber ich werde diese Nacht nie vergessen – als ich zum ersten Mal wußte, daß ich ihn liebe!*

Er hatte ihren Kopf hoch gehoben, um sie anzulächeln, aber er sah etwas in ihren Augen und dachte, das sei Angst. Er bückte sich plötzlich zu ihr herab, legte seine freie Hand auf ihre Schulter und sagte: „Laddie, hab keine Angst! Panther greifen nie Menschen an." Die dunklen Augen, in die er blickte, zwinkerten schnell, und nur eine Spur von einem Zittern zog über die volle Unterlippe. Was er sah, beunruhigte ihn. Die Zeit verstrich, und Laddie sprach kein Wort. Endlich sagte Nathan: „Laddie, seit Caleb starb, fühle ich mich elend – und das liegt vor allem daran, daß ich – ihm nie wirklich sagte, wie sehr ich ihn mochte. Es fällt mir schon immer schwer, Menschen zu sagen, daß ich sie mag. Manche Familien können das anscheinend – verteilen großzügig Küsse und Umarmungen und sagen immer, wie sie einander lieben. Aber so bin ich nicht."

Die leichte Berührung seiner Hand war Laddie eine Qual, aber ein angenehmer Schmerz, und sie war von seiner Nähe wie hypnotisiert. Sie wußte, daß sie sich von seiner Berührung lösen sollte, aber sie blieb ganz ruhig sitzen und wollte den leichten Druck seiner Hände nicht missen.

„Was ich damit sagen will", sagte Nathan sanft. „Ich will das nicht noch einmal zulassen – deshalb will ich es dir jetzt auf der Stelle sagen – ich habe dich lieb, Laddie – so schwer es mir fällt, so etwas zu sagen – Ich habe dich lieb, mein Junge!"

Laddie wußte, daß er darauf wartete, daß sie etwas über ihre Gefühle sagte, aber sie war zum Überfließen voll und traute ihrer Selbstbeherrschung nicht. Sie wartete. Schließlich ließ er sie los und sagte: „Ich wollte nur, daß du das weißt."

Er rollte sich in seine Decken ein, und sie tat dasselbe, aber sie biß sich kräftig auf die Hand, um nicht laut loszuschluchzen.

Das Feuer brannte weiter und warf gespenstische Schatten an die Bäume, und der Wind wehte sanft durch die Baumwipfel. Über ihnen zogen die Sterne ihre Bahn am dunklen Himmel und vollführten ihren großen Tanz.

Schließlich war der Ast, den Nathan aufgelegt hatte, entzweigebrannt, krachte auseinander, fiel auf die glühenden Kohlen und schickte viele kleine Funken gen Himmel. Und mit einer Stimme, die Nathan nie hörte, flüsterte Julie Sampson – nicht Laddie Smith! – ganz leise:

„Und ich liebe dich – Nathan Winslow!"

Die große Gestalt unter der Decke rührte sich nicht, aber in weiter Ferne heulte ein einsamer Wolf sein Lied zu den Sternen; aus seinem nächtlichen Schrei hallte die Traurigkeit, die das Herz des Mädchens erfüllte, wider.

Zwei Tage später kehrten sie ins Lager zurück. Die Maultiere waren mit vier Hirschen und einem Sack, der mit wilden Truthühnern vollgestopft war, voll beladen – es gab genug, um eine ganze Einheit satt zu bekommen! Keiner von ihnen erwähnte diese erste Nacht je wieder, und Laddie hatte das Gefühl, daß ihre Reaktion für Nathans Empfinden zu kalt gewesen sei. Sie hatte versucht, dies wieder gutzumachen, aber der Moment war vorüber, und als sie ins Lager zurückkehrten, war Nathan niedergeschlagen. Obwohl er nur wenig gesagt hatte, argwöhnte Laddie, daß er an Abigail Howland dachte. Er hatte einmal gesagt: „Schätze, Paul hat jetzt eine schöne Zeit mit Abigail – während ich hier draußen monatelang festsitze."

Knox begrüßte sie beim Anblick ihrer Beute mit einem Freudenschrei. „Holt den Koch!" brüllte er. Dann hatte er die Arme um beide geworfen und Laddie in seinen massiven Armen vom Boden hochgehoben. „Gut gemacht ihr beide! Ist mir egal, wenn ihr nie wieder etwas richtig macht – ich vergebe euch alles, wenn ich dieses frische Fleisch sehe!"

„Ist irgendetwas vorgefallen, während wir weg waren?" fragte Nathan.

„Nein, aber es *wird* etwas geschehen!" sagte Knox. „Heute abend ist eine Besprechung der Stabsoffiziere, und ich habe einen Plan, wie wir unseren Braten aus dem Feuer holen können – wenn ich Washington dazu überreden kann!"

„Welchen Plan, Sir?" wollte Laddie wissen.

„Sie werden es bald erfahren, denn ich will, daß Sie mit allen Landkarten, die sie zwischen die Finger bekommen können, dabei sind, Feldwebel Smith!"

Nathan sagte plötzlich: „Sie brauchen mich hier doch eine Weile nicht, oder, Sir?"

„Nein, Nathan –" Er hielt inne und sagte dann schnell: „Heute abend brauche ich Sie nicht – aber wenn mein Plan auf offene Ohren stößt, will ich, daß Sie bereit sind."

„Ich bin übermorgen zurück."

Knox blickte ihn an, wollte etwas sagen, schloß aber dann schnell wieder den Mund. Als er wegging, blickte ihn Laddie an und sagte leise: „Tu es nicht, Nathan."

„Was soll ich nicht tun?"

„Oh, stell dich nicht so unschuldig!" Sie hob den Kopf und fuhr ärgerlich fort: „Du meinst, ich weiß nicht, was du im Schilde führst? Du willst dich nach Boston hineinschleichen und diese Frau sehen!"

Er blickte sie an; dann zog ein Grinsen über seine Lippen. „Du kennst mich schon zu gut, Laddie. Aber es ist kein Risiko dabei. Ich gehe erst nach Einbruch der Dunkelheit. Die Wachen werden mich nicht erwischen."

Sie starrte ihn an und bettelte: „Nathan, bitte geh nicht! Du weißt, was man sich erzählt – daß sie schon zwei Männer erschossen haben, die sie beim Spionieren erwischt haben!"

„Ich spioniere nicht."

„Du meinst, daß man dir das glauben wird? Nathan, warte noch eine Weile – bitte!"

Er überlegte, dann sagte er: „Es tut mir leid, Laddie. Ich weiß, du bist zu jung, um das zu verstehen – aber aus Liebe macht man oft verrückte Sachen."

Er wandte sich plötzlich um und ging davon, während sie dastand und hilflos zusah, wie er hinter einer Zeltreihe verschwand.

Beim Abendessen wußte sie, daß er gegangen war, denn er erschien nicht zu dem Festessen. Viele Hände schlugen ihr auf die Schulter und sagten: „Gut gemacht, Laddie!" und „Danke für das Essen, Herr Feldwebel!" Aber sie brachte nicht mehr als ein paar Bissen hinunter.

Später ging sie mit Schuyler und Knox zu einem großen Haus, in dem Washington wohnte. Seine Frau hatte ihn begleitet, eine kleine Frau mit strahlenden Augen und freundlichen Begrüßungsworten für alle. Aber sie zog sich bald zurück, und die Beratung konnte beginnen.

Washington sprach kurz und dankte allen seinen Offizieren für ihre Arbeit, dann sagte er mit müder Stimme: „Meine Herren, wir haben die Briten in der Falle, aber wir können nichts gegen sie unternehmen."

„Herr General", sagte Nathanael Greene, ein groß gewachsener, gut aussehender Offizier. „Ich bin Quäker, wie Sie uns nennen, und wir sind im Prinzip gegen Kriege; aber ich sehe keine Möglichkeit, wie uns Abwarten der Freiheit näher bringen soll. Können wir sie nicht frontal angreifen?"

Washington hätte das sehr gern getan. Abwarten war nicht das, was er unter einem Krieg verstand, aber er schüttelte den Kopf und sagte: „Nein, wir sind noch nicht bereit für einen solchen Kampf. Die Lösung bestünde natürlich darin, sie mit schweren Geschützen herauszuschießen – aber wir haben keine. Bis wir welche bekommen können, müssen wir einfach beten, daß General Gage nicht auf die Idee kommt, loszuschlagen."

Knox erhob sich. Er war außer Washington der größte Mann im Raum. „Darf ich einen Lösungsvorschlag vorbringen, Sir?"

Washington hatte eine tiefe Zuneigung zu dem Offizier und sagte höflich, aber mit wenig Hoffnung: „Natürlich Hauptmann Knox."

Washington setzte sich, und Knox blickte sich in der Runde um. Vor ihm saßen der zynische Charles Lee, der temperamentvolle John Sullivan, der alte Indianerkämpfer Israel Putnam, John Grover vom 21. Massachusettsregiment, Greene und Schuyler. „Meine Herren, Geschütze sind die Antwort, wie der General ausgeführt hat. Ich schlage vor, einige schwere Geschütze zu besorgen, sie auf den Dorchesterhöhen aufzustellen und die Rotröcke aus ihren Hemden zu pusten!"

Ein verächtlicher Blick zog über General Charles Lees Gesicht. „Knox, das ist unmöglich! Wir haben überall versucht, Geschütze aufzutreiben." Lee war immer pessimistisch, und jetzt gähnte er und verwarf Knoxs Vorschlag mit einem Wink seiner manikürten Hand.

„Wo wollen Sie die Geschütze herbekommen, Henry?" fragte Washington mit einer Spur von Hoffnung auf dem Gesicht.

„Feldwebel Smith, halten Sie Karte Vierzehn-C hoch", sagte Knox, und Laddie hielt sie schnell mit beiden Händen hoch. Sie fühlte Knoxs schwere Hand darauf deuten. Er sagte nur ein Wort:

„Ticonderoga!"

Washington blickte Knox verständnislos an; dann erhellten sich seine grauen Augen. „Es *gibt* dort schwere Kanonen – das habe ich vergessen!"

Alle dachten an den wilden Angriff unter dem Oberbefehl von Ethan Allen und seinen Green Mountain Boys und Benedict Arnold. Diese beiden hatten im vergangenen Mai Fort Ticonderoga eingenommen. Das Fort selbst zerfiel und war für niemanden von besonderem Nutzen, aber dort befanden sich viele unbenutzte Kanonen.

„Henry!" Washington war sichtbar erregt, was sehr selten bei ihm zu beobachten war. Er stand auf und blickte die Karte an. „Ist das zu schaffen? Der Winter wird euch einholen, und die Straßen sind in einem schrecklichen Zustand."

Knox erklärte, ohne nachzudenken: „General Washington, ich hole diese Geschütze, oder ich sterbe bei dem Versuch!"

Washington schlug mit der Faust auf den Tisch. „Wir brauchen diese Waffen! Rufen Sie alle Männer zusammen, die Sie benötigen – tun Sie, was Sie tun müssen!"

Lee warf ein: „Aber das ist nicht zu schaffen – nicht vor dem Frühling!"

Doch Knox blickte seinem Kommandanten geradewegs in die Augen und sagte bestimmt: „Sie bekommen sie, Sir!"

Die Besprechung wurde noch eine Weile fortgesetzt, aber Laddie wurde entlassen und ging zu Bett. Am nächsten Tag fegte Knox wie ein

Wirbelwind durch das Lager und rief seine Männer zusammen. Dabei wählte er nur die besten und am härtesten gesottenen Soldaten aus. Er fragte Laddie: „Wo ist Nathan?"

„Ich – ich habe ihn nicht gesehen, Sir – aber Sie sagten, er könne zwei Tage frei haben."

„Richtig, aber sagen Sie ihm, sobald er auftaucht, daß ich ihn bei dieser Mission dabeihaben will!"

Den ganzen Tag hielt Laddie nach ihm Ausschau, aber von Nathan war keine Spur zu sehen. Abends kam Knox mit einem wütenden Blick in seinem runden Gesicht auf sie zu. „Ich habe schlechte Nachrichten, Smith." Er blickte sie an und sagte dann rund heraus: „Sie haben Nathan erwischt."

„Nein!"

„Ja. Einer unserer Informanten hat es soeben gemeldet. Es besteht kein Zweifel daran."

„Aber, was werden sie mit ihm machen?"

Er blickte in das entsetzte Gesicht vor sich und sagte nach einer Pause: „Sie werden ihn hängen, fürchte ich. Er wurde von einem Militärgericht zum Tode verurteilt."

„Ich muß zu ihm!"

Er schüttelte den Kopf. „Das hilft überhaupt nichts, Laddie. Sie können ihm nicht helfen – und man wird Sie auch erwischen."

Sie blickte ihm unbeirrt in die Augen und erklärte: „Sir, ich muß gehen. Wenn Sie mich nicht einsperren, gehe ich."

Er blickte sie an und sagte dann: „Das trifft mich sehr, Laddie! Sie wissen, wie gern ich Winslow habe –" Dann brummte er vor sich hin und sagte: „Also gehen Sie. Ich gebe Ihnen einen Passierschein – aber es wäre besser, wenn Sie hier blieben."

Laddie sagte leise: „Er hat mir das Leben gerettet, Hauptmann Knox. Ich muß gehen – und tun, was ich kann!"

Sie wandte sich um und ging mit aufrechten Schultern davon. Knox fluchte plötzlich. *Es wäre besser gewesen, wenn er auf dem Breed's Hill gefallen wäre!* dachte er bitter.

KAPITEL SECHZEHN

Ausbruch!

„Miss Abigail – dieser Mann läßt sich nicht abweisen!"

Das schwarze Mädchen betrat zögernd das Zimmer und hielt einen repektvollen Abstand von der jungen Frau, die sich im Bett aufsetzte und sie anfunkelte. „Ich habe dir doch *gesagt,* daß ich ihn nicht sehen will! Warum kannst du nie etwas richtig machen, Susie?"

Die Sklavin blinzelte, dann rollte sie ihre großen Augen nach oben. „Ich habe ihm genau gesagt, was Sie mir aufgetragen haben – aber er hat sich einfach hingesetzt und gesagt, daß er sich nicht von der Stelle rühren werde, bis Sie ihn empfangen." Sie schüttelte atemlos den Kopf und fuhr fort: „Es ist schade, daß Ihr Papa und Ihre Mama nicht im Haus sind – ich wette, sie würden mit ihm fertig werden!"

Abigail stand von ihrem Bett auf, strich ihren Morgenmantel glatt, ging durch das Zimmer und blickte aus dem Fenster in die hereinbrechende Dunkelheit hinaus. Ihr Gesicht war vom Schlaf verschwollen, und sie fragte: „Welch ein Mann ist das, sagtest du?"

„Oh, nur ein junger Mann – ziemlich einfach. Er ist sicher nichts Besonderes, Miss."

„Ich kenne niemanden, der Smith heißt." Abigail trat an den Spiegel, setzte sich und begann, sich die Haare zu bürsten. Schließlich sagte sie: „Na, dann führen Sie ihn eben herauf, Susie. Sie können ja sagen, daß ich krank sei und nicht hinunterkommen könne."

„Ja, Miss Abigail." Als die Sklavin ging, bürstete sich Abigail sorgfältig die Haare, setzte sich auf ein Plüschsofa, zog die Füße nach oben und deckte sie mit einer hellen, bunten Decke zu. Als es an der Tür klopfte, sagte sie: „Herein", und blickte auf. Susie führte einen jungen Mann ins Zimmer.

„Ja, was ist?"

„Sie erinnern sich nicht an mich, Miss Howland?"

Abigail betrachtete den Jugendlichen aufmerksam im Dämmerlicht, sagte aber: „Ich glaube nicht, daß wir uns schon einmal begegnet sind." Ihre Neugier hatte sie veranlaßt, ihn heraufzubitten, aber er war wirklich nur ein einfach gekleideter Jugendlicher. Das ovale Gesicht und die großen Augen erinnerten sie an jemanden, aber sie sagte: „Mir geht es nicht gut, Mr. Smith. Ich muß Sie bitten, morgen wiederzukommen und mit meinen Eltern zu sprechen."

Sie blinzelte nervös, als der Mann, der sich Smith nannte, sich nicht zum Gehen wandte, sondern so nah auf sie zutrat, daß sie die Entschlossenheit in seinen kohlschwarzen Augen und die Bestimmtheit um seine Lippen sehen konnte. Angst stieg in ihr hoch, und sie öffnete den Mund, um nach der Sklavin zu rufen, aber er sagte: „Ich komme wegen Nathan Winslow."

„Was! Wer sind Sie?" Sie warf die Decke zurück, sprang auf die Beine und starrte ihren Besucher an. „Ich kenne Sie nicht, und ich bitte Sie, mich in Ruhe zu lassen!"

„Sie haben mich schon gesehen, Miss Howland", sagte Laddie. „Ich habe einmal für Mr. Charles Winslow gearbeitet. Sie sahen mich dort, wenn Sie seinen Sohn besuchten – und ich war im Lagerhaus, wenn Sie kamen, um mit Nathan auszureiten."

Abigail blickte sie an, dann nickte sie langsam. „Ja – ich glaube, ich erinnere mich an Sie – aber was wollen Sie von mir?"

„Ich will Nathans Leben retten", sagte Laddie ruhig. „Und Sie müssen mir dabei helfen."

„Das ist unmöglich!" rief Abigail plötzlich aus, und sie ging zu dem kleinen französischen Sekretär und zog ein Taschentuch heraus. Sie tupfte an ihren Augen und knüllte das Taschentuch zu einem Knoten zusammen. „Glauben Sie, wir hätten es nicht versucht? Wenn Sie für Charles Winslow arbeiten, müssen Sie doch wissen, daß er stundenlang mit General Gage gesprochen hat – aber der General sagt, die Angelegenheit liege nicht in seiner Macht."

Laddie wußte, daß dies die Wahrheit war, denn sie war direkt zum Winslowhaus gegangen und hatte Charles geradewegs ins Gesicht gefragt, was er unternehme, um Nathan aus dem Gefängnis freizubekommen. Er hatte sie mit einem müden Blick in den Augen angesehen und erschöpft gesagt: „Ich habe kein Auge zugebracht, seit er gefangen wurde – und ich habe meinen ganzen Einfluß geltend gemacht, um ihn freizubekommen – aber sie sind entschlossen, ein Exempel zu statuieren, Laddie. Ich habe alles getan, was in meiner Macht stand!"

Sie war wieder gegangen und hatte den ganzen Tag das große Gebäude umwandert, in dem das zweite Stockwerk als Gefängnis benutzt wurde. In ihrer Verzweiflung war sie hineingegangen und hatte gebeten, Nathan besuchen zu dürfen. Dabei hatte sie sich als seinen Bruder ausgegeben, aber der beleibte Unteroffizier hatte seinen großen Kopf geschüttelt und gesagt: „Schlag dir das aus dem Kopf! Wir haben ihn endlich und werden

den Kerl bei Morgenanbruch hängen! Und wir haben nicht vor, uns von ihm an der Nase herumführen zu lassen und ihm die Gelegenheit zu geben, sich anderweitig aus dem Staub zu machen! Es gibt keine Besucher, außer sie hätten einen Besuchsschein, den der General höchstpersönlich unterzeichnet hat!" Ein großer Offizier in Hemdsärmeln, der seinen roten Rock an einem Haken hängen hatte, blickte am anderen Ende des Zimmers auf, wo er gemütlich eine Zeitung las, zuckte mit den Schultern und widmete sich wieder seiner Zeitung.

Laddie war wieder gegangen, jedoch nicht, ohne sich alle Einzelheiten des Gebäudes genau einzuprägen. Der untere Raum war groß und mit mehreren Schreibtischen eingerichtet, aber außer dem Unteroffizier waren nur zwei diensthabende Gefreite im Haus. *Das heißt, hier sind vier Mann – wenigstens in der Nacht,* dachte sie und betrachtete dann die Treppe im hinteren Teil des Raumes. *Keine Ahnung, wie viele da oben noch sind,* dachte sie, als sie das Gebäude verließ.

Die ganze Nacht wanderte sie durch die Straßen, und am nächsten Tag hörte sie in den Kneipen die letzten Gerüchte. Dabei fand sie heraus, daß Nathans Hinrichtung ein besonderes Fest werden sollte. Die Tories betrachteten seine Hinrichtung als ein Exempel für andere Verräter, und sie hörte, wie Wetten abgeschlossen wurden, ob er sich den Hals brechen oder ersticken und wild um sich schlagen werde.

Sie drehte fast durch, und die Angst erfüllte ihren Mund mit einem metallenen Geschmack. *Wenn nur sein Vater hier wäre!* dachte sie. Aber es blieb keine Zeit. Schließlich kam sie am frühen Nachmittag an einer Kirche vorbei, und irgendein Impuls führte sie hinein. Sie nahm in einem dunklen Winkel Platz. Einige Kerzen brannten auf einem Tisch vor ihr, und ein paar Menschen saßen ruhig und mit gebeugtem Kopf auf den Bänken. Sie wußte nicht einmal, welch eine Kirche es war, aber das war auch gleichgültig.

Die Ruhe legte sich auf sie, und ihre Angst verlor etwas von ihrer durchdringenden Kraft, als sie zu beten begann. Es war ungewohnt für sie, denn wie die meisten hatte sie immer leise und eher routinemäßig gebetet. Aber die Verzweiflung lähmte sie jetzt, und sie begann zu weinen. In ihrer Brust tobte alles, und tiefe, erstickende Schluchzer schüttelten ihren Körper. Sie achtete nicht auf schöne Worte oder den richtigen Tonfall. *Hilf, o Gott! Oh Herr, hab Gnade!* Das rief sie immer wieder aus, als ob sie selbst sterben müßte. Nie hatte sie so viel Traurigkeit erlebt, und sie erinnerte sich, daß Reverend Zachariah Kelly einmal in einer Predigt gesagt hatte: „Die Menschen suchen Gott nur, wenn sie verzweifelt sind." Jetzt wußte sie, daß das wahr war.

Endlich beruhigte sich ihr Schluchzen wieder; plötzlich erfüllte ein seltsamer Friede ihr Denken, und die Erschöpfung und Angst verschwanden. Sie hörte keine Stimmen und erlebte keine mystische Vision, aber eine Stelle aus der Bibel kam ihr in den Sinn. Zuerst achtete sie nicht darauf, denn sie dachte nur an Nathan, aber der Gedanke kam immer wieder, nicht nur einmal, sondern mehrmals:

Der Herr ist mein Licht und mein Heil; vor wem sollte ich mich fürchten? Der Herr ist meines Lebens Kraft; vor wem sollte mir grauen? Wenn die Übeltäter an mich wollen, um mich zu verschlingen, meine Widersacher und Feinde, sollen sie selber straucheln und fallen. Wenn sich auch ein Heer wider mich lagert, so fürchtet sich dennoch mein Herz nicht; wenn sich Krieg wider mich erhebt, so verlasse ich mich auf ihn.

Diese Worte waren ihr sehr bekannt, denn sie gehörten zu Reverend Kellys Lieblingsversen. Sehr oft hatte er den gesamten siebenundzwanzigsten Psalm von der Kanzel herab zitiert, und sie meinte fast, seine Stimme zu hören, als die Worte in ihrem Geist weitersprachen:

Herr, weise mir deinen Weg und leite mich auf ebener Bahn um meiner Feinde willen. Harre des Herrn! Sei getrost und unverzagt und harre des Herrn!

Sie stand auf und trat ohne die geringste Spur von Angst aus der Kirche. Als sie sich ihren Weg durch die Straßen bahnte, wiederholte sie die Worte: ‚Herr, weise mir deinen Weg und leite mich auf ebener Bahn um meiner Feinde willen.'

Laddie zeigte immer noch keine Furcht, als sie vor Abigail stand und sagte: „Es bleibt nicht mehr viel Zeit. Sie wollen ihn am Morgen hängen." Sie war zum Haus der Howlands gekommen, weil ihr kein anderer Weg in den Sinn gekommen war. Sie hatte nie viel von Visionen und Träumen gehalten, aber als sie durch die Straßen ging, nachdem sie die Kirche verlassen hatte, verspürte sie irgendwie den Impuls, als Teil des „Weges", von dem sie meinte, daß Gott ihn ihr zeige, Abigail aufzusuchen.

Abigail zitterte, und sie ließ sich auf ihr Sofa fallen und jammerte. „Ich habe *versucht*, ihm zu helfen! Können Sie das denn nicht verstehen? Mein Vater hat sich vor General Gage praktisch auf die Knie geworfen – aber es hat nichts geholfen."

„Haben Sie ihn besucht?"

„Ich – wollte. Ich habe mir durch Vater sogar einen Besuchsschein von General Gage ausstellen lassen!“ Sie sprang auf und lief zu ihrem Sekretär. Dort zog sie ein versiegeltes Kuvert heraus, hielt es hoch und warf es dann seufzend zurück auf den Sekretär. „Aber Mutter will nichts davon hören!“

„Es gibt keine Besucher, außer sie hätten einen Besuchsschein, den der General höchstpersönlich unterzeichnet hat!“

Die Worte des Unteroffiziers klangen noch in ihren Ohren, und in diesem Augenblick wußte sie, was sie zu tun hatte! Das war kein verschwommener Plan, kein Ringen um Einzelheiten; es kam ihr klar umrissen in den Sinn, und mit einem Freudensprung in ihrem Herzen erinnerte sie sich an die Worte: „... leite mich auf ebener Bahn.“

Vorsichtig bewegte sich Laddie auf den Sekretär zu und fragte ruhig: „Wie konnten sie ihn erwischen?“

„Das wissen wir nicht“, flüsterte Abigail. Sie blickte Laddie mit zitternden Lippen an und fuhr fort: „Er kam natürlich, um mich zu besuchen.“

Trotz der zitternden Lippen funkelten ihre Augen vor Stolz darauf, daß ein Mann ihretwegen sein Leben riskierte! „Ich hatte solche Angst! Ich versuchte, ihn zu überreden, wieder zu gehen – aber er wollte nicht hören!“ Sie lächelte leicht und zuckte mit den Schultern: „Die Liebe bringt Menschen zu den verrücktesten Dingen, finden Sie nicht?“

Laddie dachte an den Plan, zu dem sie entschlossen war; auf ihren Lippen lag ein seltsames Lächeln, als sie leise antwortete: „Ja, ein Mann stellt aus Liebe verrückte Dinge an – aber auch eine Frau.“ Dann wollte sie wissen: „Und warum können Sie den Besuchsschein nicht benutzen – besuchen Sie ihn doch, Miss Howland? Wenn er schon für Sie stirbt, können Sie sich doch wenigstens von ihm verabschieden!“

Abigail ließ verwirrt den Kopf sinken (genau wie Laddie gehofft hatte!), und in einer behenden Bewegung drehte sich Laddie um, nahm den Besuchsschein und steckte ihn sich in das Hemd. Das dauerte keine drei Sekunden. Sie sagte schnell: „Entschuldigen Sie, daß ich Sie belästigt habe, Miss Howland. Ich gehe jetzt.“

Abigail blickte mit einem verwirrten Gesichtsausdruck auf, als Laddie zur Tür ging, und schrie laut auf: „Ich kann nicht zu ihm gehen! Können Sie das denn nicht einsehen?“

Aber die Tür fiel ins Schloß, und wenige Sekunden später marschierte Laddie so schnell sie konnte in das Geschäftsviertel der Stadt.

Zwei Stunden später öffnete sie die Tür des Winslowlagerhauses. Schnell spannte sie die Braunen vor den Wagen – denselben Wagen, bemerkte sie mit einem leichten Schreck, mit dem sie nach New York gefahren waren. Sie war dankbar, daß der Verwalter schon nach Hause gegangen war, und noch dankbarer war sie, daß sie den Schlüssel behalten hatte!

Die Dunkelheit hatte sich über die Stadt gelegt, als das Gespann stampfend in der Kälte des Stalles stand und Laddie das dicke Paket, das sie mitgebracht hatte, hochhob. Im Büro war es noch warm, und sie zog eine kleine Schachtel aus einem großen Sack, öffnete sie und zog zwei kleine Pistolen heraus. Vorsichtig lud sie sie mit schwarzem Pulver, wickelte zwei Kugeln in kleine Stoffetzen und schob sie dann mit einem kleinen Stock hinein. Sie legte sie beiseite und befaßte sich mit der großen Tasche.

Daraus zog sie ein modernes dunkelblaues Kleid hervor und nach und nach die ganzen anderen Kleidungsstücke, die eine junge Frau zu tragen pflegte. Der Verkäufer war sehr erstaunt gewesen, als ein junger Mann solche Kleidungsstücke kaufte, aber er hatte nichts gesagt, denn sie waren teuer – und kosteten fast Laddies gesamte magere Ersparnisse.

Sie betrachtete das Kleid, strich über den feinen Stoff und bekam wakkelige Knie. Als ihre Angst wuchs, hörte sie in der Stille fast Reverend Kellys Stimme flüstern: *Wenn sich auch ein Heer wider mich lagert, so fürchtet sich dennoch mein Herz nicht!* Sie warf das Kleid zu Boden, kletterte schnell aus ihrer Männerkleidung und trug nach nur wenigen Minuten zum ersten Mal seit Monaten wieder Frauenkleider. Die Freiheit und Weite des Kleides erschien ihr fremd, und sie wirbelte herum und lachte, als der Rock sich würdevoll hob. Außer dem kleinen Spiegel über der Waschschüssel, den manche Männer zum Rasieren benutzten, gab es keinen Spiegel. Sie setzte sich den kleinen Hut mit dem Schleier auf und blickte in diesen Spiegel.

Mehrere Locken lugten unter dem Hut hervor und umrahmten ihr Gesicht; sie hatte sich seit Wochen nicht mehr die Wimpern gezupft, so daß sie sich über ihren großen Augen zusammenrollten. „Ich muß sagen, Miss Sampson – Sie sehen hinreißend aus!“ Sie lachte kurz und warf ihre alten Kleider in den Beutel. Die zwei Pistolen steckte sie vorsichtig an den Seiten in den Gürtel ihres Kleides, so daß sie von der kurzen modischen, roten Jacke bedeckt waren, die sie darüber anzog.

Sie lief zur Tür, öffnete sie. Nachdem sie das Gespann herausgefahren hatte, versperrte sie alles wieder sorgfältig und fuhr mit entschlossener Miene zielbewußt zum Gefängnis.

Die sinkenden Temperaturen ließen sie trotz der dicken Kleider frösteln, aber sie war froh, denn das Wetter hatte die meisten Stadtbewohner in ihre Häuser verbannt, und die Straßen waren praktisch menschenleer. Sie fuhr kühn bis zur Tür des roten Ziegelgebäudes vor, stieg schnell ab und band das Gespann an einen Pfosten. Sie zog das Täschchen, das sie gekauft hatte, heraus und trat, konzentriert darauf bedacht, nicht in den männlichen Gang, den sie sich in den letzten Monaten angewöhnt hatte, zu verfallen, ruhig und kaltblütig durch die Tür.

„Was – was ist denn das?" Derselbe beleibte Unteroffizier erhob sich von seinem Stuhl, als sie eintrat, und er blickte sie so ernst an, daß sie einen Herzschlag lang fürchtete, er erinnere sich an sie. Aber er blickte nur verdutzt drein und sagte: „Das ist kein Ort für eine Dame, Miss!"

„Oh, das hat schon seine Ordnung, Herr Unteroffizier", sagte sie freundlich in der weiblichsten Stimme, die sie zustande brachte. „Ich habe einen Besuchsschein für Nathan Winslow." Sie lächelte ihn durch den Schleier an und zog den versiegelten Umschlag aus ihrer Handtasche.

Er blickte sie an und schüttelte sein dickes Gesicht von einer Seite auf die andere. „Das kann ich nicht erlauben!" Er blickte nervös nach rechts und rief: „Leutnant Fitzwilliam!"

Der Offizier war auf einem Feldbett gelegen und kam nur langsam auf die Beine; als er Laddie sah, richtete er sich auf und holte seine Jacke vom Haken an der Wand. „Was ist, Unteroffizier?"

„Die Dame sagt, sie habe einen Besuchsschein für Winslow."

Fitzwilliam wollte gerade seinen Rock zuknöpfen – aber er hielt inne, blickte sie an und schüttelte den Kopf. „Das ist unmöglich!"

Laddie hielt das Kuvert hoch und sagte: „Sie weigern sich, einen Befehl von General Gage auszuführen?"

Dieser Name schien den Offizier zu erschrecken, denn plötzlich stand er stramm, und sein blasses Gesicht errötete im Lampenlicht. „Oh, natürlich *nicht!*" Er nahm behutsam den Umschlag, zerbrach das Siegel und zog dann ein Blatt Papier heraus. Seine Gesichtszüge verrieten den Schreck, den dieses Papier bei ihm auslöste, und er sagte sofort mit einer versöhnlichen Stimme: „Entschuldigen Sie bitte, Miss Howland. Natürlich können Sie den Gefangenen besuchen. Ich bringe Sie persönlich zu ihm hinauf."

„Danke, Herr Leutnant", sagte Laddie und nahm seinen Arm. Er sagte: „Unteroffizier, ich bleibe oben, bis die Dame wieder gehen will."

„Ja, Sir!"

Als sie dem Offizier die Treppe hinauf folgte, bemerkte sie, daß die zwei Gefreiten, die Karten gespielt hatten, ihr mit offenem Mund nachstarrten, und sie wußte, sobald der Offizier nicht mehr zu sehen wäre, würden die drei ihre Sprache schnell wiederfinden, aber den Gedanken an sie verdrängte sie schnell aus ihrem Kopf.

„Wir müssen unsere Gefangenen streng bewachen, Miss Howland", erklärte Leutnant Fitzwilliam. Er brannte vor Neugier und sagte vorsichtig: „Der Gefangene – ist er . . .?"

„Wir – wollten heiraten!" brachte Laddie mit einem Schluchzen in ihrer Stimme hervor und hielt sich das Taschentuch vor das Gesicht.

„Oh – das tut mir leid . . .!" murmelte Fitzwilliam, dann zog er einen Schlüssel aus der Tasche und blieb vor einer schweren Eichentür stehen, die mit einem riesigen Schloß und einer Kette verriegelt war. Als er den Schlüssel ins Schloß steckte, sagte er entschuldigend: „Sie dürfen den Gefangenen allein besuchen – ich bleibe hier. Rufen Sie, wenn Sie wieder gehen wollen. Leider muß ich Ihre Handtasche untersuchen."

Er schaute in die Tasche, zog dann den Riegel zurück und öffnete die Tür mit den Worten: „Winslow! Miss Howland ist hier und will Sie besuchen!"

Laddie stand hinter dem Offizier, der ein sehr groß gewachsener Mann war, und sie erblickte Nathan, als er sich schnell umdrehte und sich zur Tür wandte. Nathans Gesicht zeigte eine große Freude. Aber sobald er sie genauer anblickte, verriet seine Miene augenblicklich eine Veränderung. Laddie wußte, daß der Offizier sie beobachtete, und rief: „Nathan!" und warf sich ihm in die Arme, so daß er sie unwillkürlich auffangen mußte. Sie klammerte sich eng an ihn, bis sie Fitzwilliam seufzen hörte. Dann fiel die schwere Tür mit einem Krach ins Schloß, und der Riegel wurde lautstark vorgeschoben.

Sofort ließ Laddie ihn los und blickte in Nathans verwirrte Augen. Er sagte scharf: „Was ist das für ein Spiel? Wer sind Sie?"

Laddie hob den Arm, zog sich den Hut vom Kopf und grinste ihn an. „Laddie Smith zu Ihren Diensten!" Sie sah, wie er Mund und Augen weit aufriß.

„Laddie!" schnaufte er. „Ich kann es kaum glauben –!"

Sie schüttelte den Kopf und flüsterte beschwörend: „Dieser Rotrock steht da draußen und klebt mit dem Ohr an der Tür. Rede also nicht so laut." Er blickte sie noch immer ungläubig an, so daß sie lächelnd sagte: „Ich stelle doch ein ziemlich gutaussehendes Mädchen dar, nicht wahr, Nathan? Ich glaube, dieser Idiot von einem Leutnant wollte mich beinahe *küssen!*" Sie zog an dem Kleid und fuhr fort: „Diese Takelage und diese ganzen Polsterungen bringen mich fast um! Ich verstehe nicht, wie Frauen es aushalten können, solche Kleider zu tragen!"

„Laddie – du hättest nicht kommen sollen!" Nathan erwachte langsam aus dem Schreck, der ihm die Sprache geraubt hatte, und schüttelte streng den Kopf. „Ich weiß, daß du mir helfen willst, aber das geht nicht. Sie hängen dich neben mir, wenn –!"

„Nathan, ich bin nicht gekommen, um mich hängen zu lassen!" zischte Laddie. „Jetzt hör mir einmal zu – da draußen vor der Tür steht ein Offizier, und unten sind ein Unteroffizier und zwei Gefreite. Ich habe den Wagen unmittelbar vor der Tür stehen, und wenn wir hier hinauskommen, springen wir hinein. Dann sollen sie doch einmal zeigen, ob sie uns erwischen, bevor wir ihre Reihen durchbrechen!"

Er blickte in das Feuer ihrer dunklen Augen und sagte: „Aber sie sind alle bewaffnet, Laddie."

„Wir auch!" Laddie griff in die Jacke und zog grinsend die zwei Pistolen heraus. „Geladen und schußbereit!"

Zum ersten Mal leuchtete ein Hoffnungsfunke in seinen Augen auf, und er nahm eine in die Hand. Als er die Ladung überprüfte, sagte er aufgeregt: „Guter Gott – wir könnten es vielleicht wirklich schaffen!"

Sie nickte und sagte leise: „Das stimmt, Nathan – mit der Hilfe des guten Gottes."

Er warf ihr einen schnellen Blick zu und ließ dann plötzlich den Kopf sinken. Er rang einen langen Augenblick mit sich, dann hob er den Kopf und sagte mit Traurigkeit in den Augen. „Ich – ich habe Gott aufgegeben, Laddie."

„Aber er hat dich nicht aufgegeben!" lächelte Laddie. „Jetzt müssen wir einige Minuten warten; dann können wir den Leutnant hereinrufen. Ich erzähle dir, wie wir dann vorgehen ..."

Sie sprach schnell, und als sie geendet hatte, erwiderte er rasch: „Ich glaube, wir können es schaffen!"

„Einverstanden, aber wir warten lieber noch einige Minuten."

In der folgenden Stille blickte er sie an und sagte: „Laddie, ich – ich habe in diesen letzten Stunden viel an dich gedacht."

„Du meinst an Abigail!" warf sie augenblicklich ein und bereute es sogleich.

„An sie natürlich auch, aber das ist etwas anderes. Ich meine, ich habe an dich gedacht, und an alles, was ich nicht gern verlassen möchte. Ich glaube, meine Familie kam zuerst – und bei Gott, ich wollte auch dich nicht verlassen!"

„Wirklich, Nathan?"

„Ja." Er hob die Hand und fuhr ihr durch die Haare, wie er es am Bach im Wald getan hatte. Dann grinste er plötzlich und sagte: „Du bist zu schön, um ein Junge zu sein, Laddie!" Er lachte und packte ihre Haare fester, als ihm ein Gedanke kam. „Warum kannst du nicht ein Mädchen sein? Dann hätten wir uns verlieben können und ich säße hier nicht in der Patsche!"

Sie holte tief Luft und wandte sich dann mit glühendem Gesicht von ihm ab. „Läßt du gefälligst die Hände von mir!“ Sie drehte ihm den Rücken zu und fragte atemlos: „Erzähl mir, wie sie dich erwischt haben.“

Er erzählte ihr, daß er zuerst zu Charles gegangen war und sich dort den ganzen Tag versteckt hatte, um den Patrouillen nicht in die Hände zu fallen. Nach Einbruch der Dunkelheit war er zu Abigail gegangen; er schloß seinen Bericht mit den Worten: „Als ich aus dem Haus der Howlands trat, wartete schon eine Patrouille auf mich und nahm mich gefangen.“

„Sie warteten schon auf dich?“

Sie drehte sich um und sah, wie ein Schmerz über sein Gesicht zog. „Ja“, sagte er und fügte hinzu: „Ich vermute, ein Diener von den Howlands muß mich gesehen haben.“

Sie blickte ihn forschend an, sagte aber nur: „Ist wohl am besten, das anzunehmen.“ Dann nahm sie ihren Hut, band ihn sich um und brachte ihren Schleier in Ordnung. „Ich glaube, jetzt kannst du Leutnant Fitzwilliam hereinholen.“

„In Ordnung.“ Er ging zur Tür, klopfte und rief: „Leutnant! Miss Howland will gehen!“

Er stellte sich neben der Tür auf und hielt eine der Pistolen in der linken Hand. Als die Tür sich öffnete, wartete er nicht lange, sondern streckte seinen langen Arm hinaus, packte den Offizier an der Jacke und zog ihn mit einer schnellen Bewegung in die Zelle. Fitzwilliam starrte, ehe er sich versah, in den Lauf einer Pistole, und die blauen Augen, die ihn dahinter anfunkelten, waren nicht weniger bedrohlich als die Waffe in der Hand dieses Mannes!

„Rotrock, du hast eine ganz, ganz kleine Chance, am Leben zu bleiben“, sagte Nathan leise. „Ich bin ein toter Mann. Ich habe also nichts zu verlieren. Willst du leben oder nicht?“

Aus Fitzwilliams Hals drang ein gepreßtes Schlucken, und der Schweiß trat ihm auf die Stirn. Er blickte Nathan in die Augen und sah den Tod vor sich. Schnell nickte er. „Ich tue alles! Aber bringt mich nicht um!“ bettelte er.

„Einverstanden, ich verspreche Ihnen, daß wir Ihnen kein Leid zufügen, wenn Sie genau tun, was ich Ihnen sage. Jetzt gehen Sie mit mir zur Treppe und rufen den Unteroffizier. Sagen Sie ihm, daß der Dame übel ist, und daß er heraufkommen solle.“

„In Ordnung!“

Die Bewegungen des Offiziers wirkten nervös, als Nathan ihn mit der

Pistole vor sich herschob, und sobald sie die Treppe erreichten, öffnete Nathan die Tür und hielt die Pistolenmündung direkt an Fitzwilliams Schläfe. Sofort rief dieser laut: „Unteroffizier Dietz! Die Dame fühlt sich nicht wohl! Kommen Sie herauf und helfen Sie mir!"

„Jetzt zurück in die Zelle", ordnete Nathan an. Fitzwilliam gehorchte. Nathan sagte: „Leg ihm diese Pistole an die Schläfe, Laddie, und schieß ihn nieder, sobald er eine falsche Bewegung macht!"

Sie warteten, als Unteroffizier Dietz ins Zimmer gestürmt kam – und geradewegs in den Lauf von Nathans Waffe. Er riß den Mund auf, aber Nathan ließ ihm keine Zeit zu denken. Er sagte: „Soldat, willst du am Leben bleiben?"

Dietz zögerte, dann hörte er ein lautes *KLICK,* als Nathan den Hahn zurückzog. Die Mündung kam dem Unteroffizier plötzlich sehr groß vor. Er stieß hervor: „Nicht schießen!"

Nathan blickte ihn an, dann sagte er streng: „Ich sage Ihnen dasselbe wie dem Leutnant – wenn Sie alles tun, was ich Ihnen sage, bleiben Sie am Leben. Mich können sie nur einmal hängen. Ich habe also keine Hemmungen, Ihnen eine Kugel durch den Kopf zu jagen, sobald Sie auch nur falsch *atmen!*"

Der Unteroffizier nickte schnell, und Nathan trat zurück: „Leutnant, ziehen Sie Ihre Uniform aus."

„Was?"

KLICK. Die Pistole, die Laddie dem Offizier an den Kopf hielt, knackte, und er schrie plötzlich: „Nein!" Dann begann er, sich seiner Uniform zu entledigen.

„Gegen die Wand, alle beide – Laddie, schieß sie nieder, wenn sie sich rühren!" Nathan kleidete sich schnell aus und legte Fitzwilliams Uniform an. Als er die Jacke zuknöpfte, sagte er: „Alles klar, auf den Bauch, Leutnant!" Ohne auf die Proteste des Offiziers zu achten, nahm er die Schnüre, die Laddie in ihrer Tasche mitgebracht hatte, und steckte ihm ein Stück Stoff in den Mund.

Als Dietz den Offizier dümmlich anstarrte, baute sich Laddie vor ihm auf. „Heben Sie mich hoch, Sie dummer Ochse!" Er zuckte, gehorchte aber. Sobald sie auf seinen Armen lag, drückte sie die Mündung ihrer Pistole genau auf sein Herz und bedeckte sie mit ihrer Jacke. „Wird ziemlich unangenehm, wenn das Ding losgeht, nicht wahr?"

„Ich gehe unmittelbar hinter Ihnen, Unteroffizier", klärte Nathan ihn auf. Er hob Laddies Tasche auf und steckte seine Waffe hinein, dann richtete er die unsichtbare Pistole auf Dietz. „Wir gehen hinab, und Sie sagen zu den Wachen: ‚Beide sofort hinauf und den Gefangenen bewachen!

Der Leutnant und ich müssen die Dame zu einem Arzt bringen!' Verstanden?"

„Und sagen Sie ihnen, sie sollen diese Tür fest verschlossen lassen, bis Sie beide zurückkommen", fügte Laddie hinzu. Sie drückte die Pistole kraftvoll gegen die dicke Brust und sagte: „Ich glaube, der Unteroffizier wird sein Sprüchlein gut aufsagen."

„Gehen wir", forderte Nathan sie eilig auf. Er folgte Dietz aus der Tür, verschloß sie sorgfältig und steckte den Schlüssel in seine Tasche. „In Ordnung, jetzt die Treppe hinunter. Beeilen Sie sich, dann haben Sie eine gute Chance, der Hölle noch eine Weile zu entgehen!"

Sie eilten die Treppe hinab, und Nathan wandte sein Gesicht vom Ende des Zimmers, in dem er die zwei Gefreiten flüchtig wahrnahm, ab. Dietz gehorchte, als hänge sein Leben davon ab! Er stieß einen schallenden Ruf aus, der die Fenster erzittern ließ: „Schaut, daß ihr zu dem Gefangenen hinauf kommt, aber plötzlich! Der Leutnant und ich müssen die Dame zu einem Arzt bringen!" Er verschwand zur Tür hinaus und schrie noch zurück: „Und öffnet diese Zelle für niemanden, bis wir zurück sind!"

Nathan folgte ihm auf den Fersen und schlug die Tür zu, aber nicht, ohne vorher noch die Soldaten die Treppe hinaufpoltern zu hören. „Legen Sie sich hinten hinein – mit dem Gesicht nach unten!" befahl er Dietz, während Laddie das Gespann losband und auf den Sitz sprang.

„Ihr werdet mich umbringen!" jammerte Dietz, aber Nathan zwang ihn, sich mit dem Gesicht nach unten in das Hintere des Wagens zu legen.

„Wir lassen Sie bald laufen, wenn Sie den Mund halten! Fahr los, Laddie!"

Die Pferde taten bei der Berührung mit Laddies Peitsche einen Satz nach vorn, und die wenigen Leute, die sich in die Kälte hinausgewagt hatten, waren überrascht, als sie eine Kutsche so schnell über die vereisten Straßen rasen sahen.

Drei Stunden später stand Unteroffizier Dietz wieder unversehrt auf seinen Beinen, aber er konnte nur im Flüsterton fluchen, denn er war so nah an den Reihen der Feinde, daß er leicht aufgegriffen werden konnte. Er trottete erschöpft in die Stadt zurück und versuchte, sich eine Geschichte auszudenken, mit der er die Offiziere zufrieden stellen könnte, aber auf halbem Wege kam er zu dem Schluß, daß es keine solche Geschichte gab. Er überlegte es sich noch einmal gründlich, ob er wirklich zurückgehen sollte, und beschloß, ein *ehemaliges* Mitglied der königlichen Streitkräfte zu werden. Er schlug den Weg zum Hafen ein, wo ein Schiff mit der Morgenflut nach Kalkutta auslief.

Sobald sie Dietz abgesetzt hatten und er die Straße hinab verschwunden war, sagte Laddie: „Nathan, ich muß aus diesen Kleidern herauskommen!"

„Dann bist du aber nicht mehr halb so hübsch – aber ich vermute, du hast ein Recht, das zu tun, was du willst." Sie schnappte sich den Sack und sprang in den Wald hinter eine große Eiche, fort aus Nathans Sichtweite. Ihre Zähne klapperten, als sie ihre gewohnte Kleidung wieder anlegte. Dann steckte sie die Frauenkleider in den Sack und kletterte auf den Sitz zurück.

„So ist es besser."

Er rührte sich nicht vom Fleck, sondern saß im Mondlicht auf dem Kutschbock und starrte hinaus auf die Berge. Die Stille hielt an und machte sie allmählich nervös. Schließlich wandte er sich ihr zu und sagte mit seltsamer Stimme: „Die Sonne geht bald auf." Er räusperte sich und blickte sie an. „Dachte, es wäre mein letzter Sonnenaufgang. Wäre er auch gewesen, Laddie, wenn du nicht gekommen wärst."

Sie rutschte leicht auf dem Sitz hin und her und blickte ihm in die Augen. „Damit sind wir quitt, nicht wahr?"

„Nein, sind wir nicht." Als sie ihn fragend anblickte, lächelte er und sprach: „Ich habe überhaupt nichts riskiert, als ich dich aus dem Schnee zog – aber du hast heute nacht deinen Hals für mich in die Schlinge gesteckt."

Laddie betrachtete ihn und sagte leise: „Fahren wir jetzt lieber, Nathan."

Er warf ihr einen Blick zu. „Du willst keinen Dank, nicht wahr, Laddie? Aber ich werde es nie vergessen. Vergiß nicht, was du einmal erzähltest. Diesen alten indischen Brauch – wenn jemand dir das Leben rettet, gehörst du für immer ihm?" Seine Augen hielten den ihren stand, und er sagte bewegt: „Wir gehören also anscheinend irgendwie zusammen, nicht wahr, Laddie?"

Sie brachte kein Wort heraus, denn der Kloß in ihrem Hals war zu groß. Erst als sie schon mehrere hundert Meter weit gefahren waren, flüsterte sie: „Wenn du das sagst, Nathan, ist es wahrscheinlich so!"

Er streckte die Hand aus, und ihre kleine Hand verschwand in seiner. „So ist es", sagte er. Dann ließ er ihre Hand los. „Wo fahren wir aber jetzt am besten hin?"

„Ach, ich vergaß ganz, dir zu sagen, Nathan, daß wir auf dem Weg zu Hauptmann Knox sind. Er ist unterwegs nach Fort Ticonderoga, um genug Kanonen zu holen, mit denen er die Rotröcke aus Boston vertreiben kann!"

Er grinste sie an und meinte dann: „Schätze, ich sollte mich auch umziehen, Laddie. Sonst hält er mich für einen Engländer und erschießt mich noch!“ Er lachte und rief: „Ticonderoga, wir kommen!“

KAPITEL SIEBZEHN

Krise in Half Moon

Laddie und Nathan holten Hauptmann Knox drei Tage später ein. Als er ihre Geschichte angehört hatte, blickte er Laddie lange an, dann sagte er endlich: „Ich bin froh, daß Sie uns bei diesem Unternehmen begleiten, Feldwebel Smith. Diesen Kerl aus dem Gefängnis zu holen erforderte viel Mut und Initiative – aber ich habe das Gefühl, die Aufgabe, die wir jetzt vor uns haben, wird noch *schwerer!*"

Sie drangen so schnell, wie die Männer marschieren konnten, vor, und anfangs bedeutete das Unternehmen eine große Freude für Laddie. Sie genoß den ihr bis dahin unbekannten Reiz der Berglandschaft, der weiten, stillen Wälder, die mit weichem, schnell schmelzendem Schnee bedeckt waren. Nathan war nie weit von ihrer Seite, und die beiden saßen nachts am selben Lagerfeuer. Er sprach wenig über Abigail; seit er dem Tod ins Auge geblickt hatte, war er anscheinend von der Schwermut, die er mit sich herumgeschleppt hatte, befreit; gleichzeitig war er nachdenklicher geworden. Oft lasen sie bis spät in die Nacht in Laddies Bibel. Knox marschierte manchmal vorbei und betrachtete sie mit einem nachdenklichen Blick in seinen scharfen Augen. Er machte sich nur etwas aus Waffen und seinem Idol, General Washington, und so faszinierte ihn die Freude, die die beiden aus dem alten Buch schöpften.

Der Marsch blieb ohne besondere Vorkommnisse bis kurz vor Albany. Als sie dort einen Fluß überquerten, brach eine Stelle, an der das Eis zu dünn war, ein, und Laddie sank bis zu den Hüften in das eiskalte Wasser. Nathan half ihr heraus und meinte: „Am besten machen wir ein Feuer und stecken dich in trockene Kleidung."

„Ach, in einer Stunde lagern wir sowieso", erwiderte sie. „Solange kann ich noch warten."

Das war eine schlechte Entscheidung, und die ganze Nacht zitterte sie und konnte die beißende Kälte, die ihr bis auf die Knochen durchdrang, nicht abschütteln. Am nächsten Tag hatte sie leichtes Fieber, und nachts hatte sich bereits der Husten dazu gesellt. Nathan beobachtete sie schweigend und hilflos. Am zweiten Tag ging ihre Temperatur sprunghaft in die Höhe, und sie brachte keinen Bissen hinunter. Als sie nachmittags in einem kleinen Dorf namens Half Moon ankamen, in dem der Mohawk- und der Hudsonfluß zusammenlaufen, war sie so schwach, daß Nathan sie die letzten drei Kilometer praktisch tragen mußte. Er wickelte sie neben einem Feuer, das einige Männer entfacht hatten, in Decken, und suchte Knox auf.

„Sir, Laddie braucht unbedingt einen Arzt."

Knox schüttelte den Kopf und warf einen zweifelnden Blick auf die kleine Ansiedlung, die vor ihnen lag und aus nicht mehr als zwanzig Häusern bestand. „Sehr unwahrscheinlich, daß es hier einen gibt – aber versuchen Sie Ihr Glück."

Nathan marschierte in das Dorf und fragte einen großgewachsenen Mann, der Holz hackte: „Gibt es in dieser Stadt einen Arzt?"

„Einen Arzt? Nein – der nächste ist flußaufwärts in Saratoga." Er betrachtete Nathan forschend und fragte: „Gehören Sie zur Armee?"

„Ja. Das ist die Kompanie von Hauptmann Knox." Er besah sich den Mann sorgfältig, denn sie waren auf ihrem Weg einigen ziemlich hitzigen Loyalisten begegnet, die ihnen ihren Haß offen zeigten, sobald sie sie nur erblickt hatten. „Wir sind auf dem Weg nach Ticonderoga, um Waffen für General Washington zu holen."

Der teilnahmslose Blick des großen Mannes verriet keine Gefühlsregung; doch plötzlich lächelte er und sagte: „Stimmt das? Na, ich hoffe, ihr findet genug, um diese Rotröcke nach England zurückzublasen! Ich heiße Ezra Parker."

Nathan schüttelte ihm die dargebotene Hand. „Nathan Winslow. Denken viele im Dorf so wie Sie?"

„Allerdings. Wir hatten einige Tories hier, aber sie fühlten sich so fehl am Platz, daß sie fortzogen. Was war das mit einem Arzt? Sind Sie krank?"

„Nein, aber wir haben einen kranken Feldwebel. Braucht schleunigst Hilfe."

Parker meinte langsam: „Die meisten von uns suchen in solchen Fällen Schwester Greene auf, wenn wir krank werden oder uns verletzt haben."

„Schwester Greene?"

„Sie ist die Ma unseres Predigers." Parker lachte über Nathans zweifelnden Blick, dann fuhr er fort: „Ich kann es Ihnen nicht verübeln, wenn Sie so skeptisch dreinblicken, Winslow, aber ich sage es, wie es ist: Ich habe mehr Vertrauen zu Schwester Greenes Arztkunst als zu den meisten dieser Medizinmänner! Ich habe einen Wagen hier, wenn Sie Hilfe benötigen."

Nathan gewann Sympathie für diesen Mann und sagte: „Das ist sehr freundlich, Ezra."

Parker spannte die Pferde an und rief seiner Frau zu: „Martha – ich fahre einen kranken Soldaten zu Schwester Greene!" Auf dem Weg zum Lager lauschte er begierig den Neuigkeiten über den Krieg. „Einige von unseren jungen Leuten zogen los, als wir von Lexington hörten. Ich wollte auch mit, aber dann meinte Martha, daß sich die anderen, die keine Kinder haben, um das Kämpfen kümmern sollten."

Sie fuhren neben dem Feuer vor, und Nathan sagte: „Warten Sie auf mich, Ezra. Ich hole den Jungen." Er stieg ab, nahm Laddie auf die Arme und trug sie zum Wagen. „Müssen dich aus diesem Wetter bringen, Laddie", sagte er und fügte aufmunternd hinzu: „Das ist Ezra Parker – er sagt, sie haben eine Frau in der Stadt, die genauso gut ist wie ein Arzt."

Laddie lächelte schwach, aber ihr Gesicht war gerötet, und ihre Stimme war ein rauhes Krächzen, als sie leise sagte: „Guten Abend."

Parker betrachtete sie stumm und gab den Pferden die Peitsche. „Der junge Mann sieht nicht gut aus – aber ich setze viel Glauben in Schwester Greene." Ein Gedanke kam ihm in den Sinn. „Es fällt mir gerade ein, Nathan, Mrs. Greene hat einen Bruder, der General in der Armee ist."

„Nathanael Greene von Rhode Island?"

„Das ist er. Er ist auch Quäker, wissen Sie? Genauso wie Schwester Greene und ihr Sohn, Dan."

„Sie halten nichts vom Krieg, habe ich gehört", meinte Nathan und warf Ezra einen zweifelnden Blick zu. „Sie werden es nicht begrüßen, einem Soldaten zu helfen."

„Ha! Sie kennen diese Leute nicht! Sie werden zwar selbst nie einen Schuß abfeuern, aber ich glaube, Schwester Greene würde ihren größten Feind verarzten, wenn er krank vor ihrer Tür stünde!"

„Sind Sie auch Quäker, Ezra?"

„Ich? Nein, ich bin ein Sünder!" grinste Parker. „Es sind nicht viele Quäker hier – vielleicht dreißig. Aber viele von uns anderen betrachten *Freund* Daniel als unseren Prediger. Er hält nichts davon, *Herr Pfarrer* oder sonstwie genannt zu werden, deshalb nennen wir ihn einfach Freund Dan, auch wir Sünder – die in Half Moon reichlich vertreten sind."

Er fuhr in das Dorf, die Hauptstraße entlang und bog dann in eine Einfahrt ein und deutete auf ein kleines, mit Holz verkleidetes Haus, das unter einer kleinen Pflanzung von großen Tannen stand. Er sprang vom Wagen und nickte Nathan zu, während er die Pferde anband. „Bringen Sie ihn herein."

Nathan hob Laddie auf, und während er den Weg zum Haus hinauf ging, öffnete sich die Tür und eine Frau trat heraus. „Haben einen kranken Mann für Sie, Schwester", erklärte Parker. „Das hier ist Nathan Winslow. Sein Feldwebel ist krank."

„Bringen Sie ihn herein, Freund Nathan", sagte die Frau. Sie war eine großgewachsene Frau Mitte fünfzig mit einer guten Haltung und Figur. Ihre Haare waren rotbraun und zeigten nur kleine silberne Spuren, und ihre braunen Augen verrieten eine Ruhe, die Nathan sofort gefiel. „Wir legen ihn in unser Gästezimmer." Nathan folgte ihr einen kurzen Korridor entlang und trat dann in ein kleines Zimmer, in dem er Laddie auf den Boden stellte.

„Legen Sie sich in dieses Bett, junger Mann", ordnete Schwester Greene an. „Ich bin gleich zurück und bringe Ihnen etwas, das Ihnen gut tun wird." Sie betrachtete Laddie und fragte im selben ruhigen Tonfall: „Sind Sie ein Mann Gottes?"

Laddie blickte schnell zu ihr auf, nickte und sagte: „Ich bin Christ."

„Gut. Dann wissen wir beide, woher Ihre Heilung kommen muß." Schwester Greene drehte sich um und öffnete eine Schublade, zog ein Nachthemd heraus und reichte es Laddie. „Schlüpfen Sie hier hinein."

Als die Frau das Zimmer verließ, sagte Nathan: „Ich komme heute abend wieder, Laddie, nach dem Appell. Du gehorchst Schwester Greene, klar!"

Er wandte sich um und ging. Als er Schwester Greene in der Küche begegnete, sagte er: „Er gefällt mir überhaupt nicht, Schwester."

„Das glaube ich gern – er hat eine Lungenentzündung."

Nathan schluckte und blickte der Frau fragend in die Augen. „Sie – Sie sind sich wirklich sicher?"

„Ja. Wie lang bleibt Ihre Einheit hier?"

„Wir brechen bei Tagesanbruch auf, aber –!"

„Sie können den jungen Mann hier lassen."

„Das kann ich doch nicht!"

„Er stirbt, wenn er keine strenge Bettruhe einhält." Dann stellte sie ihm in derselben ruhigen, sanftmütigen Stimme genau dieselbe Frage, die sie Laddie gestellt hatte: „Sind Sie ein Mann Gottes?"

Nathan wurde rot und warf einen unsicheren Blick auf Ezra, der diese Szene zu genießen schien. Schließlich schüttelte er den Kopf. „Das glaubte ich früher einmal, Schwester – aber jetzt bin ich nur so etwas wie ein Suchender."

Die Tür öffnete sich, und Nathan war erleichtert über diese Unterbrechung. Der Mann, der in den Raum trat, hatte dieselben fein geschnittenen Gesichtszüge wie Schwester Greene – dieselben warmen, braunen Augen und großzügigen Lippen.

„Freund Dan", sagte Ezra. „Das hier ist Nathan Winslow. Er hat einen kranken Soldaten bei ihnen abgeladen, während er geht und Armee spielt."

Dan Greene blickte Parker an. Humor zog in seine Augen, und auf seine Lippen legte sich ein freundschaftliches Lächeln. „Freund Ezra, wenn Sie mit Gott ins reine kommen, haben Sie vielleicht etwas mehr Taktgefühl." Er hatte eine tiefe Baritonstimme, und in seinen Schultern war eine Zähigkeit, und seine Brust verriet einen Umfang und eine Kraft, die den meisten Pfarrern fehlte. Er schüttelte Nathan die Hand. Sein Griff war so fest wie ein Schraubstock. Dabei sagte er: „Ich hoffe, die Krankheit ist nicht zu schlimm."

„Lungenentzündung, Daniel", sagte seine Mutter. „Wir behalten ihn bei uns, bis Freund Nathan ihn wieder holen kann."

„Das ist sehr viel verlangt ..." sagte Nathan unsicher. „Ich weiß, daß Leute wie Sie nichts von Armeen und von Kriegen halten –"

„Wir halten etwas davon, den Menschen zu helfen, die es nötig haben, Freund Nathan", unterbrach ihn der Mann. „Sie können versichert sein, daß Ihrem Freund eine gute Pflege zuteil wird." Seine Augen blickten Nathan forschend an. Er fragte: „Sind Sie mit ihm verwandt?"

Nathan erklärte schnell, wie er Laddie gefunden hatte und versuchte dabei, die Rolle, die er dabei gespielt hatte, so gut wie möglich herabzuspielen. Dann sagte er: „Ich habe in Lexington einen Bruder verloren – und Laddie Smith ist ...!"

Er konnte nicht weitersprechen, und als Dan sah, wie verwirrt er war, sagte er: „Es ist nicht zu übersehen, daß Ihnen der junge Mann am Herzen liegt. Aber hier ist er wirklich in den besten Händen."

Nathan nickte. Ihm fehlten die Worte. Deshalb drehte er sich schnell um und sagte: „Ich komme heute nacht noch einmal zu ihm."

Ezra folgte ihm zum Wagen und sprach auf dem Weg zurück ins Lager wenig, denn er sah, daß sein neuer Freund von Zweifeln geplagt wurde. Als er den Wagen anhielt, um Nathan aussteigen zu lassen, sagte er mit einem Anflug von Bedauern in der Stimme: „Ich vermute, in Augenblikken wie diesen wünschen sich Sünder wie Sie und ich, wir wären Christen, Nathan. Aber Sie haben den Jungen wirklich zu Leuten gebracht, die wissen, was sie von Gott erwarten dürfen."

Nathan war den ganzen Tag besorgt und deprimiert, und als er abends endlich von seinem Besuch bei den Greenes zurückkam, ging er geradewegs zu Knox. „Herr Hauptmann, Laddie hat eine Lungenentzündung."

„Steht es schlimm um ihn, Nathan?"

„Ich komme gerade von ihm." Seine Lippen waren schmal und seine

Augen sahen im Lampenlicht traurig aus. „Er war im Delirium – er hat mich nicht einmal gekannt!"

Knox blickte ihn schweigend an. „Ich würde Sie gern hier bei ihm lassen, Nathan – aber ich kann keinen einzigen guten Mann entbehren."

„Ich weiß – ich breche am Morgen mit Ihnen auf. Aber es wird schwer sein – nicht zu wissen, ob er lebt oder tot ist."

Er war dann gegangen, und als am nächsten Morgen die Kompanie im grauen Morgenlicht durch die Stadt marschierte, warf Nathan einen letzten verzweifelten Blick die Auffahrt hinauf zu dem kleinen Haus, das im frühen Tageslicht kaum auszumachen war, und betete eindringlich: *Gott – bitte hilf Schwester Greene!*

Während er dieses Gebet sprach, blickte Daniel Greene die Straße hinunter auf die Truppe. Er wandte sich um und sagte zu seiner Mutter, die mit ihrer aufgeschlagenen Bibel am Tisch saß: „Sie ziehen weiter. Glaube nicht, daß sie so schnell zurückkommen, wenn das stimmt, was ich gehört habe. Bei diesem Wetter und diesen Straßenverhältnissen bekommen diese Männer ihre Probleme."

Schwester Greene blickte zu ihm auf sagte: „Ich glaube, wir haben auch unsere Probleme, Daniel."

Er warf ihr einen schnellen Blick zu, denn er konnte sich an nicht viele Male erinnern, an denen seine Mutter eingestanden hätte, ein Problem zu haben. Ihr Glaube war unerschütterlich wie ein Fels, und er trat an den Tisch und setzte sich ihr gegenüber. „Was ist Mutter?"

„Dieser junge Mann da drinnen, Daniel."

„Glaubst du, daß er stirbt?"

„Nein. Die Krankheit führt nicht zum Tod – aber Feldwebel Smith hat ein größeres Problem als eine Lungenentzündung." Sie machte eine Pause, und er wartete. Das Warten fiel ihm leicht, denn die Quäker üben sich sehr oft darin. Manchmal sitzen sie stundenlang auf harten Bänken ohne Rückenlehne und warten, bis einem der Freunde das innere Licht die Seele berührt und eine Botschaft gegeben wird.

Schließlich hob sie die Augen und sagte: „Feldwebel Laddie Smith lebt eine Lüge, Dan."

„Eine Lüge? Welche Lüge?"

„Vor ungefähr einer Stunde ging ich hinein, und das Fieber war so hoch, daß ich ihm kalte Wickel machen mußte, um es zu senken. Dabei habe ich es herausgefunden – als ich ihm sein Nachthemd auszog. Feldwebel Smith ist kein Mann, Dan. Wir haben eine kranke junge Frau in diesem Zimmer liegen."

Er starrte sie an und wollte seinen Ohren kaum glauben. Schließlich sagte er: „Das ist schlimm! Eine Frau bei diesen vielen Männern!“

Er stand auf, trat ans Fenster und warf einen letzten Blick auf die Truppen, die über einer Anhöhe verschwanden; dann drehte er sich um und sagte ruhig: „Ich habe Winslow falsch eingeschätzt. Er sah nicht so aus, als tue er so etwas – ein leichtes Mädchen bei sich behalten.“

„Leicht oder nicht – wir müssen Gott suchen, Daniel, oder sie ist eine tote Frau. Ich kümmere mich um die Heilung ihres Körpers – aber du mußt dich ihrer Seele annehmen.“

Freund Daniel Greene sagte nichts, aber der Zweifel stieg in seine braunen Augen. Schließlich sagte er schweren Herzens: „Gott helfe ihr – das arme Kind!“ Dann stand er auf und verließ die Wärme des Feuers. Den Rest des Vormittages ging er in der eisigen Kälte spazieren.

Teil drei

Kanonen über Boston

KAPITEL ACHTZEHN

Freund Daniel und Laddie

Manchmal ergriff das Fieber sie so stark, daß sie am ganzen Leib zitterte und versuchte, sich tiefer in die warmen Decken zu vergraben; dann stieg die Hitze wieder wie eine Feuersflut in ihrem Körper hoch, und sie kämpfte mit ihren schwachen Kräften, um sich die Decken vom Leib zu reißen. Sie war manchmal in einem kalten, dunklen Loch und wurde immer tiefer in eine noch schwärzere Tiefe hinabgezogen. Sie wollte darin versinken – um dem abwechselnden Schmerz durch das Feuer und das Eis, der ihren Körper erschütterte, zu entgehen.

Aber jedes Mal, wenn sie wieder in einen willkommenen Zustand des Vergessens sank, drang eine beharrliche Stimme an ihre Ohren, gerade, wenn sie in die unfaßbarsten Tiefen abrutschen wollte; die Stimme wurde lauter, und ihr Klang holte sie zurück ins Licht.

Die Zeit war für sie kein Fluß, der sich von einem Punkt zum nächsten bewegte, sondern ein endloser Ozean ohne Anfang und ohne Ende. Sekunden, Tage, Jahre hatten keine Bedeutung; das einzige Zeichen für die Zeit waren die Hände, die sie berührten, sie mit kaltem Wasser badeten und ihr den Kopf hielten, um eine Tasse Wasser an ihre aufgesprungenen Lippen zu führen. Und sogar die Stimme und die Hände waren verwirrend, denn in ihrem Delirium konnte sie irgendwie zwischen einer sanften, ruhigen Stimme und einer tiefen, kräftigen Stimme unterscheiden – und manchmal wiesen die Hände denselben Unterschied auf.

Endlich kam sie aus der Dunkelheit heraus. Das helle Sonnenlicht, das durch ein Fenster im Zimmer hereinströmte, tat ihren Augen weh. Sie schloß sie schnell, nachdem sie eine weiße Zimmerdecke und eine Wand, die mit gelben Blumenmustern tapeziert war, wahrgenommen hatte. Sie lag mit geschlossenen Augen in ihrem Bett, während ihre anderen Sinne mit vielen Signalen überflutet wurden – die kühlen Bettlaken an ihrem Körper, der Druck einer kühlen Feuchtigkeit auf ihrer Stirn, der bittere Geschmack in ihrem Mund, der Geruch von frisch gebackenem Brot, der beißende Geruch von Kampfer – und der Klang einer Männerstimme.

Die Stimme war sehr nah, aber so ruhig, daß sie zuerst meinte, er spreche mit jemand anderem im Zimmer, aber plötzlich wurde ihr mit einem leichten Schreck bewußt, daß er betete. Sie war so an die erhobene

Stimme von den Pfarrern auf den Kanzeln gewöhnt (die sie in ihren eigenen Gebeten unbewußt bis zu einem gewissen Grad nachahmte), daß sie fasziniert lauschte, wie hier jemand – wer auch immer es war – mit Gott ganz vertraut sprach!

„... und Herr, es ist ein schwerer Kampf, nicht wahr?“ Die tiefe Stimme schluckte, dann fuhr sie fort: „Ich stand ein- oder zweimal nahe davor, an dir zu zweifeln – aber du verläßt uns nie. Aber jetzt ist es klar, daß du diese junge Frau wieder aus der Grube gezogen hast, und ich danke dir dafür, daß du sie am Leben gelassen hast – aber Herr, wir müssen etwas wegen ihrer Seele unternehmen! Herr, ich bin kein guter Prediger, aber dir ist nichts zu schwer – und jetzt, da du diese Krankheit geheilt hast, glaube ich auch, daß die Seele dieser Sünderin wieder heil wird. Und, Herr, wenn es – na, Sie sind wach?“

Er brach plötzlich ab, als er merkte, daß er in ein Paar schwarzer Augen blickte, die sich geöffnet hatten und ihn aufmerksam betrachteten. Er hatte ein feuchtes Tuch auf ihren Kopf gehalten, und in dieser Stellung lag sein Gesicht nur wenige Zentimeter über ihrem. Deshalb sah sie, wenn sie später an ihn dachte, immer dieses Bild von ihm mit seinem braungebrannten, vollen Gesicht. Er hatte dicke, braune Haare und dichte Augenbrauen in derselben Farbe über seinen tiefliegenden braunen Augen, und sie konnte die Narbe in seiner geraden Nase deutlich sehen und fragte sich, wie er sie sich wohl gebrochen haben mochte. Er war ein gut aussehender Mann mit sehr regelmäßigen Gesichtszügen, und ein heiterer Ausdruck kennzeichnete sowohl sein Gesicht als auch sein ganzes Verhalten.

„Ich vermute, Sie haben einen trockenen Mund“, sagte er, als sie versuchte zu sprechen, und dabei feststellte, daß ihr Mund ihr nicht gehorchte. Er legte das Tuch beiseite, nahm eine Tasse, legte seinen Arm unter ihre Schultern und verhalf ihr in eine sitzende Stellung. „Trinken Sie so viel davon, wie Sie können.“

Sie hatte so viel Durst, daß sie die Tasse mit beiden Händen nahm und in ihrer Begierde das Wasser über das weiße Nachthemd, das sie trug, schüttete. Als die Tasse leer war, gab er ihr mehr; dann sagte sie mit eingerosteter Stimme: „Danke.“

„Und wie fühlen Sie sich?“

Sie dachte über die Frage nach und nickte dann. „Ich – fühle mich schwach.“ Sie blickte sich im Zimmer um und richtete dann die Augen auf ihn. „Wie lang liege ich hier schon?“

„Wie lang? Man hat Sie vor fünf Tagen hierher gebracht. Erinnern Sie sich daran?“

Plötzlich erinnerte sie sich an das Zimmer und nickte. „Undeutlich. War damals nicht eine Frau hier?"

„Meine Mutter. Sie kommt bald zurück. Haben Sie Hunger?"

Diese Frage traf sie wie ein Schlag und weckte in ihr einen riesigen Appetit. Eilig sagte sie: „Ja!"

Er lachte und stand auf. „Ich brate ein paar Eier. Es ist schön, Ihnen zur Abwechslung einmal nicht eine Suppe einflößen zu müssen." Er stand auf und sagte noch, ehe er das Zimmer verließ: „Versuchen Sie nicht, jetzt schon aufzustehen. Sie würden wahrscheinlich hinfallen und sich den Hals brechen!"

Er blieb einige Zeit fort, und Laddie versuchte einmal, aufzustehen. Das Zimmer schwankte unter ihren Beinen, und sie fiel zurück und lag entsetzt über ihre Schwäche mit geschlossenen Augen in ihrem Bett. Er kam mit einem Holztablett zurück, auf dem ein Teller Rühreier und ein großes Glas Milch standen. „Können Sie sich aufsetzen und essen, oder soll ich Sie füttern?" fragte er.

„Oh, ich kann selbst essen!" sagte sie schnell und stürzte sich auf die vorzüglichen Eier. Sie aß alle auf und hätte am liebsten auch noch den Teller abgeleckt, wenn sie nicht seine Augen auf sich ruhen gefühlt und sich geschämt hätte. „Ich habe so einen großen Hunger", sagte sie, als er das Tablett wegnahm und es auf den Nachttisch stellte.

„Sie können in einigen Stunden eine feste Speise bekommen." Er setzte sich und schaute sie mit einem forschenden Blick an. „Es ist Gottes großer Gnade zu verdanken, daß Sie nicht gestorben sind, junge Frau."

Junge Frau!

Laddie schluckte und rief erschreckt aus: „Sie wissen . . .!" Er verstand sofort, was sie meinte, und seine Lippen wurden schmal, als er langsam nickte. Etwas in seinem direkten Blick störte sie, und sie fühlte, wie ihr die Röte ins Gesicht stieg. *Er glaubt, ich bin ein leichtes Mädchen, das bei den Soldaten lebt!* kam es ihr schlagartig in den Sinn. In der jungen Armee gab es Frauen, die sich in der Nähe der Lager aufhielten – Frauen, die ohne Schamgefühl von einem Mann zum anderen gingen.

Sie hob die Hand an ihre Wange, und Daniel Greene blickte sie an. *Sie sieht so unschuldig aus!* dachte er. Die Krankheit hatte ihr Gesicht dünn gemacht und ließ ihre großen Augen noch riesiger erscheinen. Er ertappte sich dabei, wie er die Schönheit dieses Mädchens bewunderte – was ihn beträchtlich erschütterte! Er war der begehrteste Junggeselle in der ganzen Gegend und war schon seit langem gegenüber den Reizen von jungen Frauen unempfindlich geworden; so viele hatten ihn schon angelächelt.

Ich glaube, ich fühle mich von ihr angezogen – wie damals, als ich das kranke Kätzchen wieder gesund pflegte, dachte er. Aber sie ist ein schönes Mädchen – und sie sieht so jung und unschuldig aus! Er hatte keine Erfahrung mit leichten Mädchen, da es in Half Moon keine gab – wenigstens keine professionellen – aber er hatte sie sich immer ordinär und angemalt vorgestellt. Das Mädchen, das er jetzt betrachtete, hatte einen feuchten Ausdruck in den Augen und eine leichte Röte, die ihren schlanken Hals bedeckte und ihren weichen Wangen Farbe verlieh. Er hatte in einem Museum in Philadelphia einmal ein Gemälde von einer Madonna gesehen, und sie sah eher wie dieses Porträt von der Jungfrau Maria aus als wie eine Isebel!

Sie drehte nervös an dem Bettlaken, und plötzlich blickte sie ihn an und flüsterte: „Weiß es – jeder –, daß ich eine Frau bin, meine ich?"

„Nein. Nur meine Mutter und ich." Er sah die Erleichterung in ihren Augen und wunderte sich erneut. *Warum sollte eine Frau, die bei den Soldaten lebt, auch nur einen Gedanken darauf verwenden, was andere Menschen von ihr denken? Vielleicht würden die Offiziere sie nicht mit den Truppen ziehen lassen, wenn sie wüßten, daß sie kein Mann ist.*

„Es tut mir leid, daß ich Ihnen so viele Unannehmlichkeiten bereite", sagte sie leise. „Vielleicht bin ich schon bald wieder gesund genug, um Sie zu verlassen."

„Die Soldaten bleiben mindestens noch drei Wochen aus, vielleicht auch länger", erwiderte Greene. Er sah die Traurigkeit, die über ihr Gesicht zog, und deutete sie als Sehnsucht nach dem Gefreiten, der sie hierher gebracht hatte. Er kramte in seinem Gedächtnis nach dem Namen des Mannes, fand ihn und fuhr fort: „Ich habe Winslow versprochen, daß wir uns um Sie kümmern, bis die Armee auf dem Rückweg mit den Geschützen durch unser Dorf kommt."

Greene machte eine Pause. Sein Gesicht verriet einen Wandel. „Natürlich wußten wir damals noch nicht –" Er unterbrach sich und wußte nicht, wie er seinen Satz beenden sollte. Zu seiner Verärgerung fühlte er, wie sein eigenes Gesicht auch zu glühen begann. Er stand eilig auf, nahm das Tablett und sagte: „Ich bringe Ihnen warmes Wasser und Handtücher. Sie wollen sich doch bestimmt waschen."

Zwei Stunden später kam seine Mutter zurück. „Sie ist aufgewacht", sagte er tonlos.

Seine Worte waren so kurz angebunden, daß er ihre Aufmerksamkeit erregte. „Was ist los, Daniel? Beunruhigt dich etwas an dem Mädchen?"

Er fuhr sich mit den Fingern durch die festen, braunen Haare, schüttelte den Kopf und warf ihr dann einen seltsamen Blick zu. „An ihr ist etwas seltsam, Mutter", sagte er. „Sie sieht so *unschuldig* aus! Aber das kann sie nicht sein – bei ihrem Lebenswandel."

Carrie Greene war mit Leib und Seele Quäkerin, und wenn sie jemals das Gefühl hatte, Gott wirke in ihrem Geist, dann jetzt, als sie in der Küche stand und ihren Sohn betrachtete. Er war die Freude ihres Lebens – stark, wie sein Vater gewesen war; schon von Kindheit an hatte sie den starken Wunsch, Gott zu dienen, immer mehr in ihm wachsen gesehen. Sie hatte sich einmal gefragt, ob er so wenig in dieser Welt lebte, daß er sich zu wenig um die kleinen weltlichen Dinge kümmerte. Sie sehnte sich nach Enkelkindern, aber er hatte nie Interesse an einer der jungen Frauen gezeigt, die ihm praktisch die Tür einliefen und ihre Bereitschaft kund taten, ihr Leben mit ihm zu teilen. Er war ein guter Bauer, aber er erledigte diese Aufgaben routinemäßig, und er machte sich nichts aus dem Wohlstand, den er als Ergebnis seiner Arbeit erworben hatte.

Ich habe ihn noch nie so beunruhigt gesehen, dachte sie plötzlich und beobachtete ihn, wie er im Zimmer auf und ab ging. Seine Aufgebrachtheit verwirrte sie. „Ich schaue, ob sie irgendetwas braucht." Alles, was mit ihrem Sohn zu tun hatte, berührte sie zutiefst, und sie konnte sehen, daß diese junge Frau, die in ihrem Haus lag, es fertig gebracht hatte, die harte Schale der Unberührbarkeit, die ihr Sohn um sich herum aufgebaut hatte, zu durchbrechen.

Sie betrat auf Zehenspitzen das Zimmer und fand das Mädchen schlafend vor, aber sie war frisch gewaschen und hatte die Haare gekämmt. *Sie sieht so jung aus – und so schön, dachte die Frau. Kein Wunder, daß Daniel von ihr angetan ist.* Sie hatte genug erlebt, um zu wissen, daß schlechte Frauen etwas an sich haben, das Männer anzieht, und wenn eine dann noch so schön war wie diese ...!

In diesem Augenblick schlug Laddie die Augen auf, setzte sich im Bett auf und zog sich die Decken bis ans Kinn. „Oh – ich muß eingeschlafen sein!"

„Sie werden in den nächsten Tagen noch viel schlafen." Schwester Greene trat zu ihr und legte ihr die Hand auf die weiche Stirn. Dann nickte sie. „Das Fieber ist verschwunden. Sie werden jetzt wieder kräftiger werden." Sie blickte in das runde Gesicht und die mandelförmigen Augen und versuchte, den Geist des Mädchens zu erkennen. „Ich bin Schwester Greene. Meinen Sohn Daniel haben Sie ja schon gesehen. Wie heißen Sie?"

„Man – nennt mich Laddie Smith –" Sie zögerte; dann sagte sie beinahe unfreiwillig: „Aber mein richtiger Name ist Julie Sampson." Sie holte tief Luft und erschrak, als sie sich dabei ertappte, daß sie ihren

Namen verriet, aber etwas im Auftreten dieser Frau, die auf sie herabblickte, zwang sie zur Ehrlichkeit. Sie sagte eilig: „Bitte – sagen Sie niemand meinen richtigen Namen. Ich – ich bekäme sonst große Schwierigkeiten."

„Ich glaube, Sie haben schon Schwierigkeiten, mein Kind", sagte Schwester Greene leise. „Aber wie Sie wünschen. Mein Sohn und ich werden Ihr Geheimnis bewahren."

„Danke, Schwester Greene!" Laddie biß sich auf die Lippen, dann fügte sie hinzu: „Ich versuche, Ihnen nicht zu sehr zur Last zu fallen, bis Nathan zurückkommt."

„Sie fallen uns nicht zur Last", erklärte Schwester Greene, und ihre Augen kamen Laddie plötzlich weit entfernt vor. Für einen langen Augenblick sah sie aus, als höre sie auf eine unhörbare Stimme. Dann blickte sie Laddie in die Augen und sagte ruhig: „Ich glaube, Gott hat sie zu uns geschickt. Aus welchem Grund weiß ich noch nicht – aber ich werde darum beten, daß wir es erfahren." Plötzlich beugte sie sich vor und küßte Laddie auf die Wange. Ein Lächeln huschte über ihre Lippen. „Ruhen Sie sich jetzt aus, wir können später weitersprechen."

Sie verließ das Zimmer, und während Laddie sich die Tränen abwischte, die ihr bei der unerwarteten Zuneigung dieser Frau in die Augen getreten waren – es war der erste Kuß einer Frau, seit ihre Mutter gestorben war –, ging Schwester Greene zurück zu ihrem Sohn, der trübselig aus dem Fenster blickte.

„Ich verstehe, warum dieses Kind dich verwirrt, Daniel", sagte sie mit einer tiefen Falte auf ihrer glatten Stirn. „Sie hat etwas auf dem Herzen."

„Sie ist kein Kind mehr!"

„Nein, körperlich nicht, das weiß ich. Aber sie hat etwas Kindliches an sich – und ich hatte nur ein winziges Wort über sie in meinem Geist. Wir müssen mit diesem Mädchen sehr vorsichtig umgehen, mein Sohn."

Die zwei blickten einander an. Schließlich sagte Daniel: „Ich gebe dir recht. Wir verwenden viel zu viel Zeit auf die neunundneunzig Schafe – aber dieses verlorene Schaf wurde uns mit einem bestimmten Zweck ins Haus gebracht." Er blickte in den Raum hinüber, in dem sie lag, und fuhr fort: „Sie ist in Nathan Winslow verliebt – das ist nicht zu übersehen." Dieser Gedanke verwirrte ihn, und er stand auf und verließ das Zimmer, ohne sich von seiner Mutter zu verabschieden.

Das hat er noch nie getan! dachte sie und überlegte mit einem Blick auf das Zimmer, welche Veränderungen ihre kleine Welt durch die Besucherin, die dort lag, erfahren könnte.

In den folgenden Tagen war Laddie froh, daß Nathan ihren Beutel zurückgelassen hatte, denn darin war ihr Tagebuch – und sie empfand es als große Erleichterung, ihr Herz auf den leeren Seiten auszuschütten und das niederzuschreiben, was sie nicht laut zu sagen wagte. Eines Morgens saß sie in ihrem Zimmer am Tisch und schrieb, sobald die ersten Sonnenstrahlen von den östlichen Hügeln her in ihr Zimmer lugten und ihr Gesicht rötlich erstrahlen ließen:

27. Dezember 1776. Es ist kaum zu glauben, daß ich schon über drei Wochen hier bin! Ich weiß noch, wie schwach ich war, als ich zum ersten Mal aus dem Fieber erwachte, wie mich Freund Daniel an den Tisch tragen mußte; später ließ er mich an seinem Arm aufstützen und trug mich praktisch jeden Meter. Aber gestern habe ich ihn überholt, als wir durch den Wald spazierengingen! Er hatte einen besorgten Blick auf dem Gesicht und hatte gerufen: „Sie müssen vorsichtig sein!" Aber ich habe nur gelacht und ihn eine langsame Schnecke genannt!
Sie sind so anders als andere Menschen! Jetzt bin ich schon so lange hier, und sie haben mich noch nie gefragt, warum ich als Mann verkleidet hier aufgetaucht bin. Manchmal hätte mich Freund Daniel beinahe gefragt – aber dann schluckt er die Frage wieder hinunter – fast, als habe er Angst zu erfahren, warum ich es tue. Und es tut mir sehr weh, es ihnen nicht zu sagen. Vielleicht sage ich es ihnen bald. Ich glaube, ich warte nur darauf, daß sie mich fragen, und sie warten darauf, bis ich bereit bin – aber trotz ihrer Freundlichkeit liegt eine gewisse Spannung in der Luft.
Sie lieben Gott – beide. Ihr ganzes Leben gründet sich darauf. Sie lesen fast die ganze Zeit in der Bibel, und sie beten mehr, als ich gedacht hätte, daß ein Mensch überhaupt beten kann! Sie geben mir das Gefühl, so nichtsnutzig zu sein!
Und sie meinen, ich sei schlecht. Das tut sehr weh! Bevor ich sie verlasse, muß ich ihnen meine ganze Geschichte erzählen – ich liebe sie so sehr – und ich kann es nicht ertragen, daß sie so etwas von mir denken – obwohl ich ihnen keinen Vorwurf machen kann, denn ich weiß, wie die Situation aussieht.
Ich bin mit ihnen zum Gottesdienst gegangen – sie nennen ihn „Versammlung." Alle halten mich für einen Mann, also mußte ich bei Dan und den Männern sitzen, während Schwester Greene bei den Frauen Platz nahm. Beide sagten mir später, daß ihnen das

Schwierigkeiten bereitet habe. Ich werde also wahrscheinlich nicht wieder mit hingehen.

Wir saßen eine Stunde auf der Bank, und keiner sprach ein Wort! Dann stand eine Frau auf und sagte, Gott habe zu ihr gesprochen, und teilte den anderen seine Botschaft mit. Darauf folgte wieder ein langes Schweigen; schließlich stand Daniel auf und predigte. Er ist ein guter Prediger! Er ist normalerweise so ruhig, aber seine Stimme wird lauter, wenn er predigt, und ich fühlte Gottes Gegenwart so stark wie noch nie in einer Kirche!

Ich muß es niederschreiben. Mehrmals hätte ich es schon beinahe aufgeschrieben, doch es klingt so – albern. Aber jetzt bin ich sicher.

Freund Daniel ist in mich verliebt.

Das sieht so – so verrückt aus, wenn ich diese Worte lese, aber so ist es nun einmal!

Er weiß es selbst nicht – aber ich glaube, seine Mutter weiß es. Sie macht sich Sorgen, und das ist auch kein Wunder – ihr Sohn, der Prediger, verliebt sich in ein leichtes Mädchen, das mit den Soldaten durch das Land zieht!

Ich weiß nicht, wann es mir zum ersten Mal bewußt wurde – aber ich glaube, es fing an, weil er sich um mich gekümmert hatte, als ich krank war. Er fühlt sich zu allem hingezogen, das hilflos ist! Und so wenig ich auch über Männer weiß – er weiß noch weniger über Frauen!

Ich kann mich noch genau erinnern, wann er zum ersten Mal sah, daß ich eine Frau bin. Ich wankte neben ihm einher und war so schwach und wackelig auf den Beinen. Er führte mich. Seine Mutter war nicht im Haus, und wir lachten beide, weil meine Knie immer wieder wie Gummi unter mir nachgaben. Dann wäre ich beinahe gestürzt, und er hob mich auf wie ein kleines Mädchen und sagte: „Genug für heute!“ und trug mich zu einem Stuhl, aber bevor er mich niedersetzte, hielt er plötzlich inne und blickte mich an. Da sah ich, wie ihm die Augen aufgingen – er sah, daß ich kein kleines Mädchen mehr bin! Ich war eine Frau, die nur ein sehr dünnes Nachthemd trug, und ich hatte die Arme um seinen Hals gelegt. Wir beide hörten auf zu lachen. Es war so still, daß ich mein eigenes Herz schlagen hörte, und mein dummes Gesicht glühte wieder wie immer, wenn ich verlegen bin! Und seines auch! Er setzte mich schnell ab – wie wenn ich aus rot glühendem Stahl bestünde – und stürzte beinahe Hals über Kopf aus dem Zimmer!

Seit damals ist er – anders. Er spricht viel mit mir – meistens über die Bibel, aber er benimmt sich sehr seltsam! Hat anscheinend Angst davor, mich zu berühren!
Und ich muß das auch niederschreiben – ich habe auch seltsame Gefühle für ihn! Ich liebe Nathan schon so lange, und dann hält mich dieser Quäkerprediger einmal in seinen Armen – und ich muß bekennen, daß ich in seiner Nähe genauso nervös bin wie er in meiner!
Ich wünschte, Nathan käme bald zurück! Ich bin so durcheinander.

Plötzlich ließ Laddie ihr Tagebuch sinken, lief zum Bett und warf sich darauf. Ihr ganzer Körper wurde von ihrem Schluchzen gebeutelt. Sie lag lange weinend da und wußte nicht einmal, warum sie weinte. Sie konnte sich die plötzliche Traurigkeit und Angst nicht erklären, die nach ihr griff. Schließlich erhob sie sich, wusch sich das Gesicht und verstaute das Tagebuch an einem sicheren Ort.

„Laddie? Zeit zum Frühstück!"

Der Klang von Dans Stimme drang durch die Tür, und ihre Hände zitterten, als sie sie öffnete. *Sei kein Narr, Julie Sampson!* dachte sie wütend. Dann hob sie den Kopf, setzte ein Lächeln auf und verließ den Raum.

KAPITEL NEUNZEHN

Neujahr

Der letzte Tag des Jahres brachte kein Nachlassen der lähmenden Kälte, die die Flüsse zugefroren hatte und die Bäume mit schweren Ladungen glitzernden Eises zu Boden beugte, aber das konnte den Dorfbewohnern, die beschlossen hatten, das neue Jahr mit einer Neujahrsfeier zu begrüßen, nicht die gute Laune verderben.

„Sie haben Weihnachten verpaßt", sagte Dan beim Frühstück. „Das passiert, wenn man sich mit Quäkern einläßt – aber ich glaube, wir können bedenkenlos zu der Feier heute abend gehen."

„Aber Daniel, du bist doch noch nie in deinem Leben zu einer solchen Feier gegangen!" Schwester Greene hörte auf, ihren Ahornsirup über einen Pfannkuchen zu gießen, und blickte ihn erstaunt an. „Einige Männer dort werden trinken."

„Eine gute Gelegenheit, um Zeugnis dagegen abzulegen. Ich mache mir nichts aus diesen Dingen, aber Julie würde es vielleicht gefallen."

„Bitte – nennen Sie mich nicht so!" rief Laddie sofort. Dann bedauerte sie die Schärfe in ihrer Stimme und fügte hinzu: „Es ist nur, wenn Sie mich mit diesem Namen anreden, Freund Daniel, rutscht er Ihnen vielleicht auch über die Lippen, wenn andere dabei sind."

„Tut mir leid." Er zuckte mit den Schultern und fragte: „Würden Sie gern gehen? Ich habe gehört, daß es dort Musik und Spiele gibt."

„Langweilen Sie sich dort nicht nur?"

„Oh, es wird mich nicht umbringen – Laddie." Er lächelte und blickte seine Mutter an. „Vielleicht solltest du auch mitgehen, Schwester Greene. An den Fleischtöpfen riechen – und herausfinden, wie sie schmecken. Erfahren, was du in all den Jahren versäumt hast!"

„Ich glaube, ich überlasse dir das Riechen, mein Sohn", lächelte seine Mutter. „Einer von uns muß ja in gutem Kontakt mit dem Herrn bleiben!"

Laddie hatte sich gelangweilt, und als sie über die verschneite Straße zu dem Fest gingen, lachte sie über ein Reh, das sich erschreckte, als es aus dem Holz lugte und ihnen plötzlich von Angesicht zu Angesicht gegenüberstand. Es hatte einen großen Satz in die Luft gemacht, war herumgewirbelt und hatte dann in seiner erstaunlich würdevollen Bewegung, halb laufend, halb fliegend, das Weite gesucht.

„Oh, wie schön!“ rief Laddie aus.

„Ja. Ich könnte keines erschießen, und wenn es um mein Leben ginge.“ Dan lächelte sie an und sagte: „Komisch, ich kann einen Stier umbringen, den ich selbst aufgezogen habe – aber ich kann kein Wild erlegen.“

„Sie könnten es, wenn Sie genug Hunger hätten, glaube ich.“

Er nickte, dann sagte er: „Dieser Krieg – er ist eine schlimme Sache für die Freunde.“

„Er ist für jeden schlimm.“

„Ja – aber manche Männer –“ er blickte sie an und erwähnte den Namen wie beiläufig. „Männer wie Nathan, sie haben keine Probleme dabei, im Krieg zu töten.“

Sie schüttelte den Kopf und sagte mit Traurigkeit in ihrer Stimme. „Doch, er hat Probleme dabei.“

Er betrachtete sie und zuckte die Schultern. „Ich vermute, Sie kennen ihn – aber bei uns ist das anders. Wir halten nichts vom Töten.“

„Auch nicht, um frei zu sein, Freund Daniel?“ Sie blieb stehen und warf ihm einen seltsamen Blick zu. „Sie und Ihre Mutter sind die besten Christen, die ich je kennengelernt habe – aber viele Männer gehen für dieses neue Land in den Tod. Und – bitte seien Sie mir nicht böse, Daniel –“ Sie legte ihm die Hand auf den Arm, und trotz ihrer Männerkleidung und ihres kurzgeschnittenen Haares, dachte er, er habe noch nie im Leben etwas Schöneres gesehen als ihr Gesicht, das vom weißen Schnee umrahmt wurde. „Sie werden die Freiheit auch mit genießen, für die andere Männer sterben.“

„Ich verlange das nicht von ihnen!“ Er war wütend und ging schnell weiter, aber sie holte ihn ein und zog wieder an seinem Arm.

„Ich mache Ihnen keinen Vorwurf, Freund Daniel“, sagte sie. Sie lächelte in der aufkommenden Dunkelheit und fügte mit sanfter Stimme hinzu: „Sie und Ihre Mutter sind näher bei Gott als jeder andere, den ich kenne. Ich werde Sie bestimmt nie vergessen, wenn ich von hier fortgehe.“

Er ging an ihrer Seite weiter und war über die Wirkung, die ihre Worte in ihm auslösten, entsetzt. *Wenn ich hier fortgehe.* Sie sprach nicht mehr vom Krieg, und er hörte nur halb hin, was sie sagte. Er überlegte, wie leer das Haus ohne sie sein würde. *Erst ein Monat – und sie ist das erste, wonach ich Ausschau halte, wenn ich nach Hause komme!*

Das Fest war schon in vollem Gange, als sie das Schulhaus betraten. Die Schulbänke waren beiseite geschoben worden, und eine Reihe von Tischen an einer Wand war mit Essen und Getränken voll beladen. Über vierzig Personen waren anwesend, fast nur junge Leute, und an einer Seite des Raumes stimmten mehrere Musiker ihre Fiedeln und Hackbretter.

„Welch eine Überraschung, Freund Daniel!" Ein junges, hübsches Mädchen in einem hellblauen Kleid verließ eine Gruppe am Erfrischungstisch und begrüßte sie. Sie hatte strahlende, blaue Augen und den schönsten Teint, den Laddie je gesehen hatte. „Ich kann es kaum glauben, daß Sie tatsächlich zu einer Silvesterfeier kommen – aber es wird auch höchste Zeit." Sie wandte sich Laddie zu und betrachtete die saubere Uniform und die klar geschnittenen Gesichtszüge. „Das ist bestimmt der Soldat, den Sie vor uns allen versteckt halten?"

„Wenn Sie zu unseren Versammlungen kommen würden, hätten Sie unseren Gast schon längst kennengelernt. Laddie Smith, das ist Faith Thomas. Faith, Feldwebel Laddie Smith."

„Kommen Sie mit, Feldwebel", sagte das Mädchen mit einem betörenden Lächeln. Sie nahm Laddie am Arm und sagte mit einer kecken Kopfbewegung: „Freund Daniel, Sie können sich zu den Älteren setzen – Feldwebel Smith gehört für diesen Abend mir."

Laddie blieb keine Wahl, als ihr zu folgen und dem Prediger einen hilflosen Blick zuzuwerfen. Bald wurde sie einer neugierigen Gruppe von jungen Leuten vorgestellt. Die Namen kamen alle viel zu schnell, als daß sie sich einen hätte merken können, aber in einem Anflug von Humor fiel ihr auf, daß die Mädchen von ihrer Uniform beeindruckt waren; jeder vorzeigbare junge „Mann" sorgt in einem kleinen Dorf unter den Mädchen für Aufregung.

Die jungen Männer interessierten sich für den Krieg, und sie drängten sich nahe an Laddie heran und stellten Fragen über die Armee und die Schlachten, wurden aber unterbrochen, als die Musiker zu spielen anfingen und Faith Thomas sagte: „Ihr müßt uns entschuldigen. Feldwebel Smith hat den ersten Tanz mit mir."

Laddie war verblüfft, aber ihr blieb keine Zeit zu langen Protesten, denn das Mädchen war nah an sie herangetreten, hielt ihr die Hände hin, und plötzlich tanzten sie. Laddie hatte bislang wenig getanzt, aber sie hatte oft genug zugesehen, so daß die beiden bald unbeschwert über die Tanzfläche schwebten.

Welch ein Flirt! dachte Laddie, als die junge Frau sie anlächelte und sich immer näher an sie drückte und ihr zärtlich zuflüsterte. Laddie war für ein Mädchen groß gewachsen, und Faith mußte zu ihr aufblicken, was ihr Gelegenheit gab, ihr Lächeln und ihre schönen Augen ins rechte Licht zu rücken. Sie sagte: „Sie sind sehr jung für einen Soldaten! Und – ich muß sagen, selbst wenn Sie mich für zu forsch halten – Sie sehen in Ihrer Uniform sehr gut aus!"

Laddie sagte, was das Mädchen hören wollte, und als sie einen zweiten Tanz und dann noch einen dritten miteinander über die Bühne brachten, erheiterte die Szene sie allmählich. Sie gingen mehrmals an den Tisch, und ein großer, junger Mann versuchte, Faith für sich zu beanspruchen, aber sie ließ ihn mit den Worten: „Später, Hawk", abblitzen.

„Wer ist das?" fragte Laddie. Sie blickte über die Schulter des Mädchens hinweg und erhielt von dem jungen Mann einen wütenden Blick, der sie schlucken ließ. „Ist das Ihr Verlobter, Miss Thomas?"

„Das glaubt er", erwiderte sie lächelnd; dann zuckte sie die Schultern und sagte: „Er ist eifersüchtig – aber ich gehöre ihm nicht."

Dan hatte sich auf einen Stuhl an der Wand zu Ezra Parker gesetzt, der verwundert aufblickte. „Freund Daniel! Ich hätte nie gedacht, daß ich das noch erleben werde."

Dan hatte ihn angegrinst. „Sie kommen nicht zu unserer Versammlung, Freund Ezra, also komme ich, um Sie bei einer Party zu bekehren."

„Immer gleich zur Sache!" Ezra mochte den jungen Pfarrer und hatte einen großen Respekt vor ihm, den er nur wenigen Männern zollte. Er behauptete nicht, religiös zu sein, aber er sagte oft: *‚Wenn ich mich je für eine Religion gewinnen lasse, dann für so eine, wie sie dieser junge Mann hat!'* Die beiden unterhielten sich gemütlich, während die Party auf vollen Touren lief. Ezra entschuldigte sich mehrmals, verließ den Raum und kam mit einer starken Alkoholfahne zurück. Die meisten jungen Männer im Raum taten das gleiche. Als der Abend fortschritt, brachte Ezra Dan einen Apfelwein und sagte: „Glaube nicht, daß Ihr Gewissen etwas dagegen hat, oder?"

„Nein. Er schmeckt gut."

Er sprach leise, und Ezra folgte seinem Blick zu den Paaren auf der Tanzfläche. Dann sagte er einfühlsam: „Dieser junge Soldat – er war ziemlich krank, nicht wahr?"

„Sehr krank, Freund Ezra."

Parkers hellblaue Augen leuchteten, und er sagte leise: „Aber wenn er so weiter macht, steht es bald noch viel schlimmer um ihn, Freund Daniel."

„Was meinen Sie damit?" Der Quäker blickte den großen, hageren Mann an. „Was soll das heißen, Freund Ezra?"

„Sie wissen viel über die Bibel, Herr Pfarrer, aber auf junge Leute und Parties verstehen Sie sich nicht so gut – Sie haben darin natürlich keine Erfahrung. Sie sehen nicht, was sich hier zusammenbraut?"

„Ich verstehe nicht."

„Schauen Sie sich das doch einmal an!" Ezra deutete durch den Raum, und um seine Lippen spielte ein ironisches Grinsen. „Sehen Sie meinen Jungen, Hawk? Sie wissen doch, daß er mit Faith Thomas befreundet ist. Er hat schon zwei oder drei ziemlich starke Kerle zusammengeschlagen, als sie ihm ins Gehege kamen! Und es sieht so aus, als sollte der kleine Soldat auch eine Abreibung abbekommen!"

Dan blickte erschreckt auf. Ein einziger Blick verriet ihm, was im Raum vor sich ging, und brachte ihn eiligst auf die Beine. Aber so schnell er auch reagierte, mußte er doch mit Entsetzen feststellen, daß er zu spät kam.

Laddie hatte sich über die Situation amüsiert, aber nach einer Stunde wurde ihr die Sache doch zu dumm. Als die Musik eine Pause einlegte, ging sie mit Faith an den Tisch und wollte sich entschuldigen, um sich zu Dan setzen zu können. Doch plötzlich ergriff eine grobe Hand ihre Schulter, wirbelte sie herum, und sie blickte in die eisigen Augen von Hawk Parker. Er hatte getrunken, und aus seinen scharfgeschnittenen Gesichtszügen sprach eine wilde Wut.

Laddie wollte sich von seiner Hand befreien, aber sein Griff war hart wie Stahl. „Du meinst wohl, in dieser Uniform bist du etwas Besonderes?" rief er laut.

„Du bist betrunken, Hawk!" sagte Faith ärgerlich.

„Nein, ich bin nicht betrunken – ich will nur diesen hübschen Jungen von einem Soldaten wissen lassen, daß er nicht einfach hier auftauchen und mir mein Mädchen stehlen kann!"

„Lassen Sie mich los", rief Laddie und versuchte, sich loszureißen. Dabei sah sie aus den Augenwinkeln Daniel mit alarmbereitem Gesicht durch den Raum eilen. „Ich will nicht . . .!"

„Ist mir völlig schnuppe, was du willst!" brüllte Hawk, und mit der Geschwindigkeit einer angreifenden Schlange holte er mit der Faust aus und traf Laddie an der Schläfe!

Laddie sah den Schlag nicht kommen; plötzlich sah sie nur noch viele bunte Sterne vor ihren Augen und sank in ein dunkles Loch, ohne den harten Boden zu fühlen, auf den sie zurückfiel.

Hawk blickte sie verblüfft an. Er hatte viel Kraft und war daran gewöhnt, mit starken Männern zu kämpfen. Als sein Faustschlag Laddie bewußtlos zu Boden warf, verwirrten ihn die Schreie der Frauen.

Daniel kam zu spät, um den Schlag zu verhindern, aber der Anblick von Laddie, die bewußtlos und mit einem von dem Schlag geröteten Gesicht auf dem Boden lag, löste bei ihm eine Wut aus, die er nie für möglich gehalten hätte. Seine Hand schoß vor, und er packte den jungen Parker am Arm und wirbelte ihn herum.

Der Alkohol hatte den jungen Mann benebelt. Er freute sich, einen starken Mann vor sich zu haben. Er schlug kräftig gegen den Pfarrer aus und traf Daniel mit einem riesigen Schlag an den Mund. Dabei brüllte er: „Halten Sie sich hier raus, Prediger!"

Er erwartete, daß Greene zu Boden gehen würde, denn er hatte mit seiner ganzen Kraft zugeschlagen, aber der Schlag schien ohne Wirkung zu bleiben! Der Quäker beachtete ihn überhaupt nicht und versetzte stattdessen dem jungen Parker einen schrecklichen Schlag genau zwischen den Augen. Er konnte nichts mehr sehen und wankte. Als er an der Wand aufschlug, war er bereits bewußtlos.

Das Geräusch, als Parker gegen die Wand donnerte, brachte Greene wieder zu Bewußtsein, und er sah entsetzt, wie der junge Mann wie ein Sack zu Boden fiel.

Es trat ein plötzliches Schweigen ein. Ezra Parker blickte auf die regungslose Gestalt seines Sohnes herab. Seine hellblauen Augen verrieten so etwas wie Ehrfurcht, als er den Pfarrer ansah, dann pfiff er leise und sagte: „Sie haben getan, was nötig war, Freund Daniel – aber ich hätte wirklich nie geglaubt, daß ein Mensch Hawk mit einem einzigen Schlag umhauen könnte!"

„Ist er – in Ordnung?" fragte Daniel schwach. Ihm war übel, und er wollte gehen, denn die Scham über seinen Gewaltausbruch nagte an seinem Geist.

„Oh, er wird einen Brummschädel haben – aber ich hätte ihn sowieso mit dem Griff meiner Axt verprügelt – weil er den Soldaten geschlagen hat, als dieser noch nicht darauf vorbereitet war. So habe ich ihn nicht erzogen!"

Dan drehte sich um und bückte sich zu Laddie auf den Boden. Er hob sie auf und trug sie aus dem Raum. Kein Wort war zu hören, bis er durch die Tür verschwunden war; dann glich der Saal einem Bienenschwarm.

Er war von dem Vorfall so erschüttert, daß er blindlings die Straße hinunter ging. Er hatte nie einen Menschen in Wut geschlagen, und sein Kopf drehte sich von der Szene: er sah Parkers Gesicht vor sich, als dieser zurücktaumelte und gegen die Wand polterte.

„Lassen Sie mich hinab!"

„Was?" Er bemerkte, daß Laddie kämpfte und versuchte, sich aus seinen Armen zu befreien. Er stellte sie sofort ab, und sie wankte und hielt sich an ihm fest, um sich zu stützen. „Ich trage Sie doch lieber."

„Nein! Ich – ich bin nur ein wenig schwindelig." Sie hielt sich leicht an seinem Arm fest, und sie konnten den leisen Klang der Musik hören, als die Fiedeln wieder zu spielen begannen. Sie lächelte reumütig und griff sich an die Schläfe. „So habe ich das neue Jahr noch nie begrüßt", sagte sie.

Er blickte sie geradewegs an und schüttelte den Kopf: „Ich auch nicht."

„Was ist passiert – nachdem er mich niederschlug?"

Er stand still in der Nacht, und das silberne Mondlicht umriß seine Gesichtszüge, spiegelte sich auf seinen Wangen und schuf einen tiefen Schatten um seine Augenhöhlen. „Ich schlug ihn zusammen", sagte er langsam, und nach einer Weile fügte er hinzu: „Ich wußte nicht, daß ich zu so viel Haß fähig bin."

Sie rührte sich nicht von der Stelle, sondern blickte in sein Gesicht auf, und was sie dort erblickte, war Traurigkeit. Sie hatte genug über den Glauben der Quäker gehört, um zu wissen, wie wichtig es ist, daß ein Mensch nicht zuschlägt, und sie sah den nackten Schmerz in seinen Augen. „Dan –" sagte sie sanft und benutzte unbewußt zum ersten Mal seinen Vornamen. „Sie dürfen sich nicht so fühlen. Bitte! Es war alles meine Schuld! Ich habe mich zum Narren gemacht!"

Er antwortete nicht, und die Stille wurde immer schwerer und nur vom Geräusch eines bellenden Hundes, der irgendeinen unbekannten Feind verscheuchen wollte, unterbrochen. Schließlich schüttelte er den Kopf und ließ mutlos die Schultern hängen. „Es war nicht Ihr Fehler. Ich bin schon früher auf die Probe gestellt worden. Während meiner ganzen Jugendzeit gab es Jungen, die hörten, daß Quäker nie kämpfen würden – und mehr als einmal habe ich mich schlagen lassen – und nie zurückgeschlagen. Bis heute abend."

Sie erschrak, als sie seine festen Lippen zittern sah. Sie flüsterte: „Dan – Dan, Sie haben doch nur versucht, mir zu helfen!" Der Schmerz, den er fühlte, war so greifbar, als wolle er ihn entzwei reißen, und sie wußte, daß dieser häßliche Vorfall seinen Glauben erschüttert hatte. Sie haßte sich dafür, daß sie diesen Zweifel herausgefordert hatte, und, ohne sich richtig bewußt zu machen, was sie tat, legte sie ihm ihre Hand auf die Wange. Es war eine Geste, mit der sie ein verletztes Kind getröstet hätte, und sie flüsterte: „Bitte, seien Sie nicht so traurig, Dan! Ich kann es nicht mit ansehen, wenn Sie so verletzt sind!"

Er sah die Tränen in ihren Augen, und ihre Nähe ließ ihn plötzlich erschüttern. Er hatte seine Gefühle schon seit langem in den Griff bekommen und ihnen nie erlaubt, irgendeine Rolle in seinem Leben zu spielen – aber seine Schutzmauer war zerbröckelt. Der wilde Wutausbruch hatte ihn leer gemacht, und jetzt war er sich nur bewußt, daß sie im Mondlicht wunderschön aussah und nett zu ihm war.

Bei dem, was er nun tat, dachte er sich nichts. Ihre Hände lagen warm auf seinen Wangen, ihre Lippen waren halb offen, und sie blickte mit einem Bitten in ihren strahlenden Augen zu ihm auf. Er legte die Arme um sie, und sie warf ihm nur einen überraschten Blick zu, entzog sich ihm aber nicht. Und als er langsam den Kopf senkte und sie küßte, verrieten ihre Lippen eine zitternde Unschuld, die ihn erschütterte. Ihre Hände auf seinen Wangen waren plötzlich still, aber als er sie, von einem plötzlichen Hunger ergriffen, fester hielt, legte sie ihre Hände um seinen Hals und zog ihn näher zu sich.

Als sich ihre Lippen trennten, flüsterte sie: „Dan . . .!“ Dann stieß sie ein Schluchzen aus und entzog sich seinen Armen.

Der Kuß hatte ihn tiefer erschüttert als die Schlägerei, und seine Gedanken waren noch aufgewühlter. Schließlich sagte er: „Wir gehen am besten nach Hause.“

„Ja!“ Sie stieß ein leichtes Schluchzen aus, und sie gingen weiter, ohne ein Wort zu sagen. Man hörte nichts als das Knirschen des Schnees unter ihren Füßen.

Schließlich kamen sie zum Haus. Bevor sie es betraten, hielt er sie zurück. „Es tut mir leid – daß ich Sie geküßt habe.“

Sie schüttelte den Kopf, und als sie den Kopf hob, sah er, daß die Tränen silberne Spuren über ihre Wangen gezogen hatten. „Ich schäme mich . . .“ flüsterte sie. Sie spürte, wie tiefe Schluchzer in ihr hochstiegen, und drehte sich schnell um und stürzte ins Haus.

Er blieb stehen und starrte auf das Haus. Schließlich ging er zu Bett. Die ganze Nacht lag er mit offenen Augen im Bett und starrte blind an die Decke. Er durchlebte die Szene wieder und immer wieder, und der Gedanke stieg auf und quälte ihn: *Aber sie ist die Frau eines anderen!* Er versuchte zu beten, aber der Himmel schien verschlossen. Er schrie verzweifelt zu Gott, aber sein Herz fühlte sich wie tot in seiner Brust.

Laddie weinte, bis sie keine Tränen mehr hatte. Dann setzte sie sich auf und blickte aus dem Fenster auf die Landschaft, die vom Mondlicht erhellt wurde. Der friedliche Anblick der Felder und Bäume war ein Kontrast zu dem Sturm, der in ihrem Inneren tobte.

Als der Morgen anbrach, war sie froh, aufstehen zu dürfen, aber das Frühstück war eine stille, angespannte Angelegenheit. Sie blickten sich über den Tisch hinweg an, und obwohl sie lächelten und miteinander sprachen, wurde Schwester Greene still, denn sie spürte, daß sich etwas verändert hatte. Das bereitete ihr zum ersten Mal in ihrem Leben Angst.

Sie waren mit dem Frühstück fast zu Ende, als im Hof das Geräusch eines vorfahrenden Wagens zu hören war. Stiefel knarrten auf den Stufen; dann klopfte es an der Tür. „Ich gehe schon, Mutter", sagte Daniel schnell. „Ich bat Edward Rollins, heute morgen vorbeizukommen." Er ging zur Tür und öffnete, aber der Gruß, der ihm auf den Lippen lag, blieb ihm im Halse stecken, als er den Mann anstarrte, der den Türrahmen füllte.

„Wo ist Laddie?"

Nathans Stimme klang scharf, und dann sah er Laddie über Greenes Schulter hinweg, drängte sich an dem Pfarrer vorbei, und über sein Gesicht zog ein ungezügeltes Grinsen. „Laddie! Du bist wieder gesund!" Er streckte die Arme aus und umarmte sie stürmisch, ohne ihr blasses Gesicht zu bemerken. „Ich habe bei dem Gedanken, daß du tot sein könntest, fast durchgedreht, Laddie, und hier sitzt du und siehst so gesund wie ein Bär aus!"

Laddie wankte, als er sie schüttelte, und mit einem Lächeln sagte sie: „Nathan – ich bin so froh, daß du zurück bist!" Dann wandte sie sich um und blickte Freund Daniel Greene geradewegs in die Augen und sagte leise: „Jetzt muß ich diesen guten Menschen nicht länger zur Last fallen!"

KAPITEL ZWANZIG

Die Geschütze von Ticonderoga

Henry Knox hatte kein einziges Pfund abgenommen, soweit Laddie das beurteilen konnte. Sie war mit Nathan zum Lager hinausgegangen, und zu ihrer Überraschung hatte Daniel Nathans Einladung angenommen, sie zu begleiten. Als sie sich der Stelle näherten, an der die Kompanie ihr Lager aufgeschlagen hatte, deutete Nathan auf eine Gruppe Soldaten, die an einem riesigen Geschütz auf einem Schlitten arbeiteten. „Schau dir diesen Mann an, Laddie", grinste Nathan. „Dieses Unternehmen hat uns anderen unsere ganze Kraft gekostet – aber Henry Knox ist genauso dick wie eh und je!"

„Wie ich sehe, sind Sie noch unter den Lebenden, Feldwebel!" Knox hatte sie erspäht und lächelte Laddie an. Seine Wangen waren rot, und er sprühte geradezu vor Energie. „Zum Kuckuck, wenn ich gewußt hätte, daß Sie nicht sterben, hätte ich eine Arbeit für Sie gehabt. Sie hätten Ochsen für mich auftreiben dürfen!" Er warf einen Blick auf die ausgemergelten Tiere, die mit gesenktem Kopf herumstanden und teilnahmslos fraßen.

„Sie werden es nicht schaffen, Herr Hauptmann", bemerkte Nathan. „Wir brauchen frische Tiere. Vielleicht kann uns General Schuyler neue besorgen."

General Philip Schuyler, ein wohlhabender Patrizier aus der Gegend um New York hatte achtzig Schlitten in Sonderanfertigung und achtzig Joch Ochsen versprochen. Aber der aufgetaute, schlammige Boden hatte den Zug verhindert, und schließlich hatte es zu schneien begonnen. Die Fahrer hatten ihre Tiere vorwärts peitschen müssen, die Schlitten rutschten und glitten über unwegsame Straßen. Das launenhafte Wetter hatte ihnen sehr zu schaffen gemacht, und jetzt waren viele Ochsen nicht mehr zu gebrauchen.

„Sie sind seit einem Monat hier im Ort, Feldwebel", sagte Knox. „Wir brauchen einige Patrioten, die uns helfen, diese Waffen zu General Washington zu befördern. Wer könnte dafür in Frage kommen?"

Laddie erwiderte impulsiv: „Hauptmann Knox, ich vermute, er steht vor Ihnen. Das ist Daniel Greene. Ich glaube, er kann Ihnen weiterhelfen – und er ist ein Neffe von General Nathanael Greene."

„Schön! Lassen Sie sich die Hand schütteln, Sir!" Knox strahlte über das ganze Gesicht und schüttelte kräftig Greenes Hand. „Ihr Onkel ist meiner Meinung nach der beste unserer jungen Generäle – ich weiß, daß General Washington diese Meinung mit mir teilt. Also, Mr. Greene, wir brauchen unbedingt Ochsen!“ Er ließ dem Pfarrer keine Gelegenheit zu einer Antwort, sondern zog ihn an der Schlittenkolonne entlang und wies auf ihre Vorzüge hin, als seien sie seine geliebten Kinder. „Wir haben achtundfünfzig Stück – Vierpfünder bis Zwanzigpfünder. Schön nicht wahr? Und die hier gefällt mir am besten –“ Er legte seine Hand zärtlich auf ein riesiges Geschütz und sagte liebevoll: „Die Männer nennen sie die Alte Sau – kein schöner Name, aber sie wird die Rotröcke aus Boston jagen!“

„Sir –“ Dan versuchte, sich zu Wort zu melden, aber Knox war schwer zu bremsen.

„Wir haben diese Geschütze dreihundert Kilometer durch das schlechteste Wetter und über die schlimmsten Straßen in ganz Amerika geschleppt! Alle haben gesagt, es sei unmöglich! Und wir haben dreiundzwanzig Kisten Munition und ein Faß erstklassiger britischer Feuersteine – die alle in Kanus und Booten über den George-See gebracht werden mußten.“

„Hauptmann Knox“, unterbrach ihn Dan. „Ich – ich muß Ihnen sagen – daß ich Ihnen bei dieser Arbeit nicht helfen kann.“ Er warf Laddie einen vorwurfsvollen Blick zu und fügte dann hinzu: „Ich gehöre zu den Freunden – Quäker, wie Sie sagen. Und es widerspricht unserer Lehre, uns im Krieg zu engagieren.“

Knox blickte ihn lange an, dann sagte er: „General Greene ist ein Quäker, aber er hat sich dieser Sache verschrieben.“

„Ich kann nicht für ihn sprechen – nur für mich.“

Knoxs gutmütiges Gesicht errötete. „Ich verlange von Ihnen ja nicht, daß Sie *kämpfen* sollen – wir brauchen nur Ihre Hilfe beim Transport.“ Er hatte in einem scharfen Ton gesprochen, beherrschte sich aber wieder und fuhr ruhig fort: „Zwei Gruppen haben unter den Händen der Engländer sehr schwer zu leiden – die Baptisten und die Quäker. Die Baptisten stürzen sich in diesen Kampf, denn sie wissen nur zu gut, daß sie zugrunde gehen, wenn wir dieses Land nicht von der englischen Tyrannei befreien. Ihre Gruppe wird in England und in diesem Land verfolgt. Wenn Sie nicht kämpfen, fordere ich Sie auf, uns wenigstens auf diese Weise zu helfen.“

„Das kann ich nicht.“ Daniel wandte sich um und marschierte hoch erhobenen Hauptes und mit unnachgiebigem Blick davon.

Knox starrte ihm nach, dann wandte er sich an Laddie. „Ich werde aus diesen Leuten nicht schlau!" Dann zuckte er die Schultern und meinte: „Sie beide versuchen, was Sie können. Ich habe schon in die umliegenden Dörfer Leute geschickt. Wir brauchen unbedingt diese Ochsen! Wenn die Briten sich zum Angriff entschließen, kann alles vorbei sein!"

Er marschierte davon und schrie wütend einen Gefreiten an, der eine Kanone vom Schlitten rutschen ließ, dann rief er noch zurück: „Wir bleiben zwei Tage hier – treibt bis dahin so viele Ochsen auf, wie Ihr nur könnt. Versprecht ihnen, was ihr wollt – aber bringt mir die Ochsen!"

„Ich hole meine Sachen", erklärte Laddie und wandte sich zum Gehen, aber Nathan hielt sie zurück. In seinen hellblauen Augen zeigte sich ein Funkeln, und ein Anflug von Humor umspielte seine Lippen.

„Nein, du bleibst dort wohnen, Laddie. Ich laufe allein herum und versuche, etwas aufzutreiben – aber du kannst uns mehr nützen, wo du bist. Ich will, daß du diesen Quäker zum Kämpfen überredest! Irgendwie muß man aus Freund Daniel Greene doch einen Patrioten machen können, und das mußt du herausfinden!"

2. Januar 1776. Ich habe versucht, mit Dan darüber zu sprechen, uns zu helfen, die Waffen nach Boston zu transportieren, aber er will nicht. Nathan sagt, daß die Leute hier uns nicht freiwillig helfen wollen, aber er sagte, wenn Dan helfe, würden ihm die anderen folgen. Dan ist so ein guter Mensch – aber er hat einen solchen Dickschädel!

Laddie starrte niedergeschlagen auf die Worte, die sie soeben geschrieben hatte; sie biß die Zähne zusammen und begann von neuem zu schreiben. Auf ihrem Gesicht zeigte sich eine wilde Entschlossenheit.

Ich glaube, ich weiß, warum Dan nicht helfen will. Es hat nichts mit seiner Religion zu tun! Seit Nathan zurück ist, haßt Dan mich! Er glaubt, daß Nathan und ich ein Verhältnis miteinander haben, und ist eifersüchtig! Ich vermute schon seit Wochen, daß er Gefühle für mich hegt. Als er mich nach der Schlägerei küßte, wäre er beinahe damit herausgerückt und hätte gesagt, daß er mich liebt. Aber er glaubt, daß ich schlecht bin!
Ich werde ihm die Wahrheit sagen! Und ich muß ehrlich sein, so schwer es mir auch fällt – ich glaube, ich könnte Dan dazu bewegen, seine Meinung zu ändern und uns bei den Kanonen zu helfen, wenn er die Wahrheit weiß – aber es geht um mehr als das. Als er mich küßte, fühlte ich – ach, ich weiß nicht, wie ich mich fühlte!

Aber ich weiß, wenn ich nicht in Nathan verliebt wäre, gäbe es keinen Mann, den ich eher lieben könnte als Dan!

Sie legte die Feder beiseite, schloß das Tagebuch und räumte es sorgfältig weg. Es war früh am Morgen, aber sie wußte, daß Dan und seine Mutter um diese Tageszeit in der Bibel lasen und beteten. Sie traf beide in der kleinen Küche an und sagte unumwunden: „Ich habe Ihnen beiden etwas zu sagen." Sie blickten erstaunt auf, und Laddie fühlte, wie ihr die Röte ins Gesicht stieg, aber jetzt gab es kein Zurück mehr: „Letztes Jahr starb mein Vater und zum Vormund über mich bestimmte er meinen Onkel, Aaron Sampson ..."

Sie saßen schweigend am Tisch und sahen sie an, während sie ihre Geschichte erzählte. Sie verschwieg weder Calebs Tod noch Nathans Liebe zu Abigail Howland. Schließlich sagte sie: „Es ist schwer, und ich hätte Ihnen das schon längst erklären sollen. Sie sind so gut zu mir gewesen – obwohl Sie beide dachten, ich sei ein leichtes Mädchen, das mit den Soldaten herumzieht."

Jetzt war es an Dans Reihe, rot zu werden. Er blickte seine Mutter an. „Ich – ich kann das nicht leugnen", sagte er leise. Dann blickte er mit einem plötzlichen Lächeln, das sein Gesicht erhellte, auf, und die Last, die auf ihm gelegen war, schien von ihm abzufallen. „Danke, daß Sie uns das erzählt haben, Laddie", sagte er.

„Ich wußte in meinem Geist, daß Sie nicht schlecht sind", sagte Schwester Greene. Sie erhob sich und umarmte Laddie. Sie hielt sie einen langen Augenblick fest. Als sie Laddie losließ, standen ihr Tränen in den Augen. „Ich mache Ihnen keinen Vorwurf, meine Tochter. Gott hat Sie auf diesem seltsamen Weg bewahrt."

Sie drehte sich um und verließ schnell den Raum. Dan sagte überrascht: „Mutter zeigt nicht oft ihre Gefühle. Sie war mehr um Sie besorgt, als ich gedacht hatte. Sogar noch mehr als –"

„Mehr als Sie?" lächelte Laddie ruhig.

„Das wollte ich sagen, ja." Er war aufgestanden und trat vor sie. Als er in ihre klaren Augen blickte, fehlten ihm die Worte, und sie sah, daß er in seinem Inneren rang.

Ich darf diesen Mann nicht verletzen, dachte sie plötzlich, und als ob er diesen Gedanken hätte lesen können, sagte er: „Ich war immer ziemlich unproblematisch, Laddie – hatte nie viel mit Frauen zu tun. Selbstverständlich hatte ich die Vorstellung, Gott wolle, daß ich ihm mein Leben ganz übergebe – und das fand ich richtig. Aber Sie haben das alles geändert." Er sprach nicht weiter. Ein verwunderter Blick trat in seine warmen, braunen Augen, und er ergriff ihre Hand und betrachtete sie, als habe er etwas Seltsames und Wunderbares darin gefunden.

„Dan . . .!"

Ihr verschlug es fast den Atem, aber er achtete nicht auf ihre Worte. Er blickte sie direkt an und sagte ruhig, als rede er über das Wetter: „Ich liebe Sie, Julie Sampson."

„Das – das dürfen Sie nicht sagen!" flüsterte sie. Seine Worte versetzten ihr Herz in eine Unruhe, und sie versuchte, sich abzuwenden und ihr Gesicht zu verbergen, aber er hielt sie fest.

„Ich weiß, daß Sie Nathan Winslow lieben", sagte er leise. „Aber er liebt Sie nicht, nicht wahr?"

„Nein! Er weiß nicht einmal, daß ich eine Frau bin!"

„Und wir wissen beide, warum Sie es ihm nicht sagen, nicht wahr?"

„Ich – verstehe nicht, was Sie meinen!"

„Sie sagen es ihm nicht, weil Sie wissen, daß Sie ihn dann verlieren, Julie", sagte er unbarmherzig. „Sie wissen, daß er Sie für das, was Sie ihm angetan haben, hassen wird. Kein Mann läßt sich gern anlügen. Auch nicht, wenn Sie es tun mußten. Er wird sich trotzdem wie ein Narr fühlen!"

Sie drehte sich von ihm ab, und die Wahrheit seiner Worte traf sie tief. Sie hatte sich dasselbe schon hundertmal gesagt, hatte eine blinde Wut verspürt, wenn sie sich Abigail in Nathans Armen vorstellte – aber so lange diese Worte nicht ausgesprochen gewesen waren, konnte sie immer noch träumen, daß er ihr gehörte.

Jetzt nickte sie langsam und blickte ihm wieder in die Augen: „Ich – ich weiß das alles – aber ich werde es ihn nie wissen lassen."

„Sie sollten aber", bestand er. Dann zuckte er mit den Schultern. Plötzlich huschte ein überraschendes Grinsen über seine Lippen. „Etwas Gutes kommt bei all dem doch heraus."

„Was?" fragte sie überrascht.

„Ich helfe beim Transport der Geschütze." Er lächelte noch mehr, als er ihren Gesichtsausdruck sah, und sagte: „Sie sind nicht die einzige, die sich selbst etwas vormacht, Julie. Ich habe gesagt, daß ich nicht helfe, weil es gegen meine Glaubensüberzeugung gehe, aber ich wußte die ganze Zeit, daß der Hauptgrund darin lag, daß ich auf Winslow eifersüchtig war."

„Oh, Dan, wir sind zwei Narren!" Sie blickte ihn an, und die Traurigkeit in ihrem Gesicht machte der Besorgnis Platz. Sie legte ihm die Hand leicht auf den Arm. „Ich – will Ihnen nicht weh tun. Ich bin in Nathan verliebt."

Er schüttelte mit einem Starrsinn im Blick den Kopf und antwortete: „Das glauben Sie nur, Julie – das ist auch kein Wunder. Ein junges Mädchen wird von einem großen, gut aussehenden, jungen Mann auf romantische, märchenhafte Weise gerettet – es wäre wahrscheinlich überraschender, wenn Sie sich nicht zu ihm hingezogen fühlten!" Dann beugte er sich vor, und ehe sie sich versah, küßte er sie leicht und lächelte, als sie ihre Augen weit aufriß. „Aber als Sie mich in jener Nacht küßten, Julie, dachten Sie nicht an Nathan Winslow – sondern an Daniel Greene!"

„Aber . . .!"

„Lassen Sie uns ein bißchen Zeit, Julie", sagte er, und trotz des Lächelns auf seinen Lippen sah sie, daß er es todernst meinte. „Ich komme mit nach Boston, und ich bleibe Ihnen die ganze Zeit so nahe, daß Sie sich eines Tages in mich verlieben werden."

Sie schüttelte den Kopf, doch in ihrer Stimme lag nur Verwunderung, als sie leise sagte: „Das glaube ich nicht – aber Knox wird sich über die Ochsen freuen."

Darin hatte sie recht, denn als der Morgen dämmerte und sie aufbrachen, strahlte Knox vor Bewunderung über die beträchtliche Menge an Tieren, die er plötzlich zur Verfügung hatte.

„Zum Kuckuck, Freund Greene . . .!" rief er aus, als er den Zug sah, der von frischen, starken Tieren gezogen wurde, die nur darauf warteten, loszumarschieren. „Sie sind vielleicht ein Quäker, aber Sie tun mehr für diesen Krieg, indem Sie uns helfen, diese Geschütze nach Boston zu bringen, als Sie vielleicht glauben!"

„Ich mußte mit meiner Lehre brechen, Hauptmann Knox", gestand Greene schulterzuckend ein.

„Was werden die anderen Quäker dazu sagen?" fragte Knox.

„Sie haben es leider schon gesagt." Er griff in die Tasche und zog ein Papier heraus. Er faltete es auseinander und sagte: „Das ist eine Stellungnahme über die offizielle Haltung der Quäker zum Krieg. Es wurde soeben an alle Freunde verschickt." Er las das Papier mit deutlicher Stimme:

> Wir stellen fest, daß diejenigen, die unser religiöses Bekenntnis teilen und entweder offen oder durch stilles Dulden irgendeinen Beitrag, eine Strafe oder Steuer an Stelle ihrer persönlichen Dienste bezahlen und damit den Krieg unterstützen; oder diejenigen, die einwilligen und ihren Kindern, Bediensteten oder anderen von ihnen abhängigen Personen erlauben, sich daran zu beteiligen, damit unser christliches Zeugnis verletzen und

dadurch zum Ausdruck bringen, daß sie keine religiöse Gemeinschaft mit uns haben.

Knox starrte ihn an. „Heißt das, daß Sie sie hinauswerfen?"

„So ist es, hart gesagt."

Nathan hatte sich alles schweigend angehört. Jetzt grinste er plötzlich und sagte: „Freund Greene, Sie können bei uns immer unterkommen! Wir können einen guten Mann gebrauchen, was meinst du, Laddie?"

Laddie lächelte und nickte, aber Nathan fuhr fort: „Laddie behauptet, ich schnarche zu laut, deshalb schlage ich vor, Sie beide teilen sich die Decken auf dem Weg nach Boston. Sind Sie damit einverstanden?"

„Ich glaube, das wäre nicht schlecht, Freund Nathan", sagte Dan ruhig. „Was meinen Sie dazu, Freund Laddie?"

Aber Feldwebel Smith hatte sich abrupt abgewandt und war mit einem wütenden Brummen davongegangen.

Nathan entschuldigte sich für Laddies Verhalten. „Er ist manchmal ein seltsamer Kauz, Dan", sagte er bedauernd. „Ich habe versucht, ihn etwas abzuhärten, aber er ist so schrecklich *sensibel!*" Er klopfte Freund Daniel auf die Schulter und grinste. „Na, wir werden schon noch einen Mann aus Laddie Smith machen, nicht wahr, Freund?"

Der breitschultrige Quäker blickte Nathan mit einem seltsamen Funkeln in den Augen an.

„Eine solche Aufgabe kann schwerer sein, als Sie glauben, Freund Winslow!"

KAPITEL EINUNDZWANZIG

Nachricht aus Boston

General Gage, der in England wegen des Massakers auf dem Bunker Hill in Ungnade gefallen war, war von Sir William Howe abgelöst worden, einem großen Kämpfer und Schürzenjäger. Im November hatte er aus London den Befehl erhalten, Boston aufzugeben und sich südwärts nach New York zu bewegen, aber er konnte nicht die nötigen Transportmöglichkeiten auftreiben, um seine Männer zu evakuieren, deshalb machte er es sich vorerst bis zum Frühling gemütlich und vertrieb sich die Zeit mit einer gewissen Mrs. Loring, der Frau eines Offiziers.

Washington baute eine kleine Flotte von Gefreiten auf, die in den felsigen Häfen herumsegelten, die sie gut kannten. Sie griffen die kleinen britischen Händler auf, die Nachschub bringen sollten. Ein Großteil der Nahrungsmittel, die ankamen, waren verdorben. Kapitän John Manley vom Schoner *Lee* landete einen größeren Coup, als er die britische Brigantine mit ihrer Ladung von 2000 Musketen, 7000 Kanonenkugeln, 10500 Feuersteinen und einem riesigen Minenwerfer, den Israel Putnam mit einer Flasche Rum, die er über seiner großen Mündung zertrümmerte, „Der Kongreß" taufte, einnahm.

Vom Land abgeschnitten und vom Meer fast erdrückt, versuchten die Briten mit dem, was ihnen noch geblieben war, ihr bestes. Die alte Nordkirche wurde zu Brennholz, ebenso wie der Freiheitsbaum, eine große Ulme, unter der Sam Adams und seine Bande sich oft versammelt hatten. Gouverneur Winthrops hundert Jahre altes Haus ging inmitten der Stadt in Flammen auf.

Um die Langeweile zu bekämpfen, wenn schon nicht die Revolution, hielten die Briten elegante Bälle ab, und Abigail ließ keinen davon aus. Normalerweise war sie in der Begleitung von Nathans altem Rivalen, Paul Winslow. Eines Abends betraten die beiden die Faneuel-Halle, um einem Theaterstück beizuwohnen, das General John Burgoyne geschrieben hatte. Burgoyne, der den meisten als Gentleman Johnnie bekannt war, war im März mit Howe und General Henry Clinton eingetroffen und hatte erklärt: „Was? Zehntausend Bauern halten fünftausend Männer des Königs gefangen? Laßt uns hinein, und wir schaffen uns bald mit dem Ellbogen Raum!" Später wurde er von den Truppen wegen dieser Aussage nur noch „General Ellbogen" genannt.

Jetzt, da Howe mit Glücksspielen und mit Mrs. Loring beschäftigt war, hatte Burgoyne, ein Mann, dem seine Männer sehr am Herzen lagen, ein Theaterstück zur Unterhaltung seiner Soldaten geschrieben. Paul führte Abigail durch die johlende, ordinäre Menge, die zum größten Teil aus Soldaten bestand, die von vielen sehr grell geschminkten Frauen begleitet waren, zu einem Platz in der vordersten Reihe.

„Ganz schön laut, nicht wahr?" Er mußte laut sprechen, um sich Gehör zu verschaffen, und fügte hinzu: „Wenn sie so kämpfen können, wie sie sich amüsieren, haben die Rebellen keine Chance."

Abigail blickte sich um und lächelte Paul an. „Bislang haben sie nicht viel mehr getan, als sich am Bunker Hill abschlachten zu lassen und unsere Stadt in Trümmer zu legen. Wenn Vater nicht so ein treuer Untertan der britischen Krone wäre, hätten sie unser Haus auch schon niedergebrannt."

„Unseres auch, nehme ich an", Paul zuckte mit den Schultern. Die britischen Truppen hatten in ihrer Enttäuschung über die zurückgebliebenen Bostoner Einwohner, die sie verdächtigten, den Rebellen Feuerzeichen mit Schießpulver zu geben, den Besitz jedes Amerikaners, der seine Loyalität zur Krone nicht eindeutig beweisen konnte, niedergebrannt und geplündert.

Paul dachte darüber nach und meinte dann: „Es stünde schlecht um uns, wenn die Rebellen zurückkämen. Einige Patrioten, denen die Häuser abgebrannt wurden, würden sicher jeden, der dem König treu geblieben ist, dafür büßen lassen."

Sie starrte ihn beunruhigt an. „Aber – das ist doch nicht im Bereich des Möglichen, oder? Sie sind doch nur ein Lumpenpack!"

„Ich hoffe, du hast recht, meine Liebe", erwiderte Paul. Er hatte eine düstere, fatalistische Ader und fügte hinzu, als der Vorhang aufging: „Ich will nicht gern auf die Gnade unserer rebellenfreundlichen ‚Nachbarn' angewiesen sein."

Sie wandte sich der Aufführung zu, aber er sah, daß sie von dem Gedanken, daß sie und ihre Familie sich auf der Verliererseite befinden könnten, erschüttert war. Das Stück hieß *Maid of Oaks* und war von Burgoyne geschrieben und in London von David Garrick aufgeführt worden. Diese wesentlich schwächere Bostoner Aufführung hatte eine Karikatur Washingtons mit einer riesigen Perücke und einem verrosteten Schwert zum Hauptdarsteller. Die Soldaten und ihre Begleiterinnen lachten schallend über das Stück und schrien derbe Bemerkungen in den Raum. Als das Stück fast zu Ende war, stürmte eine Wache in den Saal und rief laut: „Verlassen Sie den Raum! Verlassen Sie diesen Raum! Sie greifen an!"

Das Publikum, das dies für einen Teil des Stückes hielt, klatschte begeistert Beifall. Doch die Wache brüllte: „Was zum Teufel geht hier vor? Die Rebellen stürmen Charlestown Neck, sage ich euch!"

Es entstand ein wildes Durcheinander, als die Offiziere und Männer sahen, daß die Drohung ernst war, und Paul führte Abigail durch eine fast menschenleere Halle zu ihrer Kutsche. Auf dem Rückweg fragte sie mit ängstlicher Stimme: „Paul, können wir verlieren?"

„Nein, den Krieg nicht", sagte er trübsinnig. „Aber hier können wir verlieren. Wenn die Rebellen je herausfinden, wie schwach wir sind – oder wenn Sie es jemals schaffen sollten, auf diese Hügel da oben Kanonen hinaufzubringen, ist es aus."

„Aber – was werden wir *tun?*"

„Die Flucht ergreifen, wenn wir können, möglichst nach England. Aber wir werden alles verlieren. Ich habe letzte Woche mit Vater darüber gesprochen. Er sagt, wir haben dann keine Hoffnung, außer vielleicht, wenn Adam uns hilft."

„Adam?"

„Nathans Vater", erwiderte er mit einem seltsamen Lächeln. „Hat Nathan dir nicht unsere Familiengeschichte erzählt?"

„Nein."

„Er ist nobler, als ich es gewesen wäre. Ich habe nicht erwartet, daß dein Vater etwas sagen würde, aber ich glaubte, Nathan würde es vielleicht."

„Was hat mein Vater damit zu tun?"

Er grinste leise und sagte: „Dein Vater und meiner haben vor Jahren einen kühnen Versuch unternommen, Nathans Vater um seinen Anteil an dem Familiengeschäft zu bringen. Adam ist ihnen auf die Schliche gekommen und hätte Vater beinahe die Zähne ausgeschlagen, bis dieser es bereute."

„Mein Vater hat nie ein Sterbenswörtchen davon erwähnt!"

„Er ist wahrscheinlich nicht allzu stolz auf diesen Abschnitt seines Lebens." Plötzlich lachte er und schlug sich auf den Schenkel. „Wenn ich mir das recht überlege, ist das schon komisch! Wir haben hier alles auf die Briten gesetzt – und waren uns völlig sicher, daß diese Rebellen verlieren würden. Wenn die Briten gewinnen, gehen Nathan und sein Vater am Bettelstab, und wir sind reich. Wenn Washington aber mit seiner Armee zurückkommt, sind Nathan und seine Familie oben, und wir sind arm wie eine Kirchenmaus, wenn wir nicht sowieso wegen Verrates gehenkt werden." Er lachte wieder und blickte sie plötzlich forschend an. „Ich glaube, dann wirst du es bereuen, daß du dich für mich und nicht für Nathan entschieden hast, nicht wahr, Liebste?"

„Rede doch keinen solchen Unsinn", sagte sie schnell. Aber sie blieb auf dem restlichen Nachhauseweg sehr schweigsam, und als er ihr einen Gutenachtkuß gab, war sie sehr zurückhaltend.

„Kann ich mit hochkommen?"

„Heute nicht, Paul. Ich bin müde."

Er warf ihr einen zynischen Blick zu und machte sofort kehrt. Aber sie konnte in dieser Nacht lange nicht einschlafen und wälzte sich von einer Seite auf die andere. Schließlich dachte sie: *Nathan würde nicht zulassen, daß es mir schlecht geht. Er ist vielleicht verletzt, aber er liebt mich immer noch!* Sie lächelte, streckte sich gemütlich aus und fühlte sich viel besser.

Adam und Molly kamen auf ihrem Weg durch Cambridge und stellten fest, daß die meisten Soldaten, die sich in der Stadt aufhielten, keine Uniform trugen. Es gab natürlich auch Ausnahmen. Die Rhode Islanders waren mit ihren sauberen Zelten da, von denen jedes mit seinem eigenen Vordach ausgestattet war. Die einundzwanzigste Kompanie aus Massachusetts hatte ihre Beschäftigung als Schiffbauer und Fischer aufgegeben, aber nicht ihr seefahrerisches Erbe. Molly sagte leise, als sie an ihnen vorbeifuhren: „Wie sauber sie aussehen!"

Adam warf einen Blick auf die Truppen, die in blaue Seemannsjacken und weite, weiße Seemannshosen gekleidet waren. „Sehen hier mitten auf dem Land lustig aus, findest du nicht? Dagegen wirken unsere Jungs richtig schlampig."

Er war jetzt Hauptmann Winslow von den Virginia Rangers – ein Rang, den er nicht angestrebt hatte; aber General Washington hatte darauf bestanden, und Molly war stolz auf ihn. Sie sagte, als sie sich dem Haus näherten, das Washington als Hauptquartier benutzte: „Unsere Männer sind ganz anders als die anderen!"

Damit hatte sie recht. Die Virginier hatten wenig mit den anderen Truppen gemeinsam. Sie waren große, rauhe Männer mit einer Haut, die gegerbtem Leder glich, und unter Adams Kommando waren sie in drei Wochen tausend Kilometer weit marschiert und trafen ohne einen einzigen Verletzten oder Deserteur in Boston ein.

Die Virginier trugen flatternde, weiße Jagdhemden und runde, breitkrempige Mützen mit Pelzschwänzen. Ihre Kleidung allein hätte schon die Aufmerksamkeit auf sie gelenkt, aber ihr Verhalten forderte die anderen Truppen noch mehr heraus. Sie trugen viel längere und schmalere Waffen als die üblichen Musketen – und sie gewannen das meiste Geld im Lager, indem sie die anderen zu Schießwettkämpfen herausforderten und jedes Mal gewannen – sie zerschossen Flaschen aus dreihundert Meter Entfernung. Die Braune Bess hatte nicht einmal eine halb so große Schußweite!

Sie kämpften gegen jeden – rauften, bissen, schlugen sich die Augen aus – und wenn sich kein Fremder anbot, kämpften sie gegeneinander. Washington hatte gesagt, als er Adam diesen Auftrag erteilt hatte: „Sie sind der richtige Mann dafür, Winslow. Der Offizier über diese Männer muß genauso hart im Nehmen sein wie die Virginier!"

Sie erreichten das Haus, und während die Wache hineinging, um ihn zu melden, sagte Adam: „Ich bin so froh, daß du hier bist, Molly. Ohne dich wäre es hier sehr einsam für mich."

Sie lächelte ihn mit einem koketten Blick in den Augen an und kniff ihn am Arm. „Du glaubst doch wohl nicht, daß ich einen so gut aussehenden Mann wie dich an solch einem Ort allein lasse?"

„Da besteht keine große Gefahr", grinste er. „Ich frage mich nur, was General Washington will?"

Sie mußten nicht lange warten, denn die Tür öffnete sich und Washington trat höchstpersönlich in einer makellos sauberen Uniform heraus. Adam fiel sofort auf, daß die Erwartungshaltung, die er an diesem Anführer kennengelernt hatte, offensichtlich fehlte. Der Druck auf ihn war sehr stark gewesen, und erst einige Tage vorher hatte er an Joseph Reed geschrieben:

> *Ich denke oft, wieviel glücklicher ich wäre, wenn ich, statt unter diesen Umständen einen Oberbefehl zu übernehmen, mir meine Muskete über die Schulter geworfen und ein einfacher Soldat geworden wäre; oder wenn ich es vor der Nachwelt und meinem eigenen Gewissen hätte rechtfertigen können, mich in das Hinterland zurückgezogen hätte und in einem Wigwam leben würde.*

Aber jetzt hatte der große Virginier eine Leichtigkeit in seinem Gang, und seine Augen leuchteten, als er sagte: „Hauptmann Winslow – Mrs. Winslow, Sie sind pünktlich."

„Ja, Sir", nickte Adam. „Aus Ihrer Nachricht schloß ich, daß die Sache dringend sein könnte."

„Ist sie auch", lächelte Washington. „Mrs. Winslow, hätten Sie etwas dagegen, in meiner Kutsche zu fahren, während ich mit Ihrem Mann reite? Es ist nur eine kurze Fahrt, aber das Wetter ist immer noch beißend kalt."

Adam half Molly in den Wagen und schwang sich dann auf ein Pferd, das ihm bereitgestellt wurde. Als Washington sein Pferd, einen eindrucksvollen weißen Hengst bestieg, dachte Adam: *Wie dieser Mann ein Pferd reiten kann!* Während sie Cambridge hinter sich ließen und die Richtung nach Boston einschlugen, unterhielt sich Washington über Nebensächlichkeiten, was Adam verwunderte. *Er hat mich doch bestimmt nicht kommen lassen, um mit mir gemütlich auszureiten!*

Als sie schließlich die Wache erreichten, steuerte Washington aufwärts und deutete auf ein kleines Lager an der Straße. „Ich glaube, das interessiert Sie, Hauptmann."

Adam wußte sofort, was er vor sich hatte, und rief aus: „Knox hat es mit den Waffen geschafft!"

„Gott sei Dank, ja!" sagte Washington und trieb sein Pferd vorwärts. Sie erreichten das Lager, und als Adam sich aus dem Sattel schwang und Molly aus der Kutsche half, kam Knox aus seinem Zelt und rannte seinem Vorgesetzten fast entgegen.

In Knox steckte eine theatralische Ader, und er baute sich in seiner vollen Größe auf, salutierte und sagte mit seiner kräftigen Stimme: „Herr General – der Auftrag ist ausgeführt! Jetzt steht der Freiheit nichts mehr im Wege!"

Washington lachte gutmütig und sagte: „Henry, Sie sind ein bißchen vorschnell, aber Ihnen gebührt mein tiefster Dank – das ganze Land schuldet Ihnen viel, *Oberst Knox!*"

Knox riß bei dieser plötzlichen Beförderung die Augen weit auf, und der riesige Buchhändler war tatsächlich einmal sprachlos. Washington meinte: „Jetzt müssen Sie und ich uns ein bißchen darüber unterhalten, wie wir diese kleinen Lieblinge von Ihnen am besten einsetzen – und Hauptmann Winslow und seine Frau hier würden gern ihren Sohn sehen."

„Natürlich, Herr General!" erklärte Knox. Als er sich umblickte, sah er Nathan in respektvoller Entfernung warten. „Kommen Sie sofort her – *Feldwebel* Winslow!" Er wandte sich an Adam und Molly und sagte mit einem breiten Lächeln: „Wenn ich könnte, würde ich ihn zum Leutnant ernennen, Sir! Er und sein junger Freund haben uns bei diesem Unternehmen den Kopf gerettet!"

Er führte Washington in sein Zelt. Nathan kam näher und ließ sich von seiner Mutter umarmen. „Du bist ja so *dünn!*" rief sie aus.

„Wir haben die Rinde von den Bäumen gegessen", erwiderte er. Dann sagte er mit einem Lächeln: „Darf ich Ihnen salutieren, Hauptmann Winslow?"

Adam blickte seinen großen Sohn an und dachte an die Schwermut, die er seit dem Beginn des Krieges mit sich herumtrug. Eine Wand war lange zwischen ihnen gestanden, und er haßte diese Mauer mehr als alles andere in seinem Leben. Deshalb trat er jetzt vor den Augen des gesamten Lagers vor und öffnete die Arme. „Später kannst du salutieren – aber ich bin so froh, dich zu sehen – mein Sohn!"

Nathan wurde, ehe er sich versah, von den stahlharten Armen seines Vaters umarmt, Als er die Umarmung erwiderte, brannten ihm die Augen, und er sagte: „Ich – ich bin froh . . ." Dann versagte ihm die Sprache.

Als Adam sich aus der Umarmung löste, war eine verräterische Feuchtigkeit in seinen eigenen Augen und er sagte streng: „Nun, Feldwebel, ich glaube, ich habe die Befugnis, Sie in die Stadt mitzunehmen und Sie zum Essen einzuladen."

„Und Laddie soll auch mitkommen", sagte Molly. „Ich habe so oft an ihn gedacht."

Nathans Gesichtsausdruck änderte sich, und Molly dachte: *Sie hatten anscheinend eine Auseinandersetzung.* Aber Nathan sagte nur: „Er wird sich freuen, euch beide zu sehen. Spricht viel über euch – aber wahrscheinlich müßt ihr seinen Kumpel auch mitnehmen. Wir haben ihn unterwegs aufgegabelt, und er und Laddie sind seitdem die dicksten Freunde."

„Bring ihn mit, Sohn", sagte Adam schnell, und als Nathan hinter den Wagen verschwand, um Laddie zu suchen, meinte er: „Ist dir das aufgefallen?"

„Ja. Nathan konnte seine Gefühle noch nie gut verbergen – wie du."

„Ich? Du liest in mir doch wie in einer groß gedruckten Bibel", grinste Adam. „Aber dieser neue Freund von Laddie – ich glaube nicht, daß Nathan ihn besonders mag."

„Vielleicht ist es ja ein rauher Soldat, der den Jungen auf Abwege führt", erwiderte Molly. „Aber Nathan war schon immer ziemlich besitzergreifend – genauso wie ich." Sie warf ihm einen raschen Blick zu und sagte leise: „Ich bin froh, daß du ihn umarmt hast. Er braucht dich, Adam."

„Ich schätze, ich bin nicht besonders liebevoll, Molly."

„Oh – es gibt da schon Momente, Hauptmann Winslow!" Sie lachte vergnügt, als sein Gesicht plötzlich errötete, und sagte sanft: „Das Mädchen, mit dem er sich immer getroffen hat, erwähnen wir lieber nicht, Adam. Wenn er darüber sprechen will, soll er das Gespräch auf sie bringen."

Nathan kam mit Laddie zurück. Sie war außer sich vor Freude, die beiden wiederzusehen. „Das ist Freund Daniel Greene", sagte sie, und Molly entging die Bewunderung in Laddies leuchtenden Augen nicht, als sie den gut aussehenden Mann in seiner einfachen schwarzen Kleidung vorstellte.

Sie fuhren zu fünft im Wagen zusammengedrängt nach Cambridge zurück. Und die ganze Geschichte ihres heldenhaften Unternehmens sprudelte aus ihnen heraus. Der Quäker sprach fast kein Wort, aber Laddie sagte schließlich: „Wenn Freund Daniel nicht diese vielen Ochsen zusammengetrieben hätte, steckten wir wahrscheinlich immer noch am Hudsonfluß!"

„So viel habe ich auch nicht getan." Er hatte eine tiefe musikalische Stimme, bemerkte Molly. Und später, als sie vor dem Hotel vorfuhren, in dem sie und Adam ein Zimmer genommen hatten, ließen sie die drei kurz allein, um sich zu waschen, bevor sie sich mit ihnen zum Essen trafen.

„Was hältst du von Freund Greene?" fragte Adam, sobald sie allein waren.

„Es ist gut, daß ich eine alte verheiratete Frau bin", antwortete sie, als sie ihr glänzendes Haar zurückbürstete. „Dieser Quäker sieht zu gut aus! Welch eine Schande, daß das alles an einen Prediger verschwendet ist, der mit diesem guten Aussehen nichts anfangen kann."

„Er *sieht* gut aus", gab Adam zu. „Und er ist auch nett." Er blickte sie an, bewunderte ihre langen Haare und sagte dann: „Ich dachte, Quäker sind gegen Kriege und alles, was damit zu tun hat. Überrascht mich, daß er Knox aus der Patsche geholfen hat. Aber – er ist nicht das, was wir meinten – nicht wahr? Ich meine, er ist weder ein Trinker noch ein Frauenheld – der einen schlechten Einfluß auf Laddie ausüben könnte?"

„Nein, das tut er sicher nicht." Sie sprach langsam, dann erhob sie sich und sagte: „Komm, gehen wir essen. Ich will mehr über dieses Unternehmen hören."

In den nächsten drei Tagen steckten Washington und Knox die Köpfe zusammen, und die Männer erhielten Erlaubnis, oft in die Stadt zu gehen. Adam hatte wenig zu tun und sagte: „Ich kenne Washington – er führt etwas im Schilde. Wenn es ausbricht, glaube ich, haben wir alle nur noch wenig Zeit, uns zu amüsieren – also genießen wir es lieber jetzt."

Es war eine gute Zeit für Molly; sie hatte wenig von Adam gesehen, als er so sehr damit beschäftigt war, die Rangers zu organisieren, und die beiden verbrachten viel Zeit mit Nathan. Sie aßen jeden Abend zusammen, und Laddie wurde auch immer eingeladen ebenso wie der junge Quäker.

Sie lachten viel, aber Molly sah, daß unter der Oberfläche alle drei jungen Leute irgendwie unruhig waren. Sie sagte nichts zu Adam, aber am dritten Abend geschah schließlich etwas, das den Frieden brach.

Sie aßen in einem Gasthaus, und Adam diskutierte mit Greene eine theologische Frage. Die beiden waren gute Freunde geworden; sie hatten zwar in kleinen Lehrfragen unterschiedliche Meinungen, aber jeder spürte, daß der andere es gut meinte. Ein junger Mann in Zivilkleidung trat ein und fragte: „Mr. Nathan Winslow?"

Nathan nickte, nahm den Zettel, der ihm gereicht wurde, und las ihn. Der Überbringer der Nachricht, ein großer, junger Mann, wartete. Schließlich hob Nathan den Blick und fragte: „Können Sie eine Antwort mitnehmen?"

„Ja, Sir."

Nathan stand auf, ging zum Wirt und lieh sich einen Federhalter aus. Dann kritzelte er eine Nachricht auf die Rückseite des Zettels, den er soeben erhalten hatte. Er kehrte zum Tisch zurück und gab dem Mann den Zettel. Dieser sagte: „Ich sorge dafür, daß sie ihn bekommt, Sir." Dann verschwand er wieder.

Die übrigen am Tisch versuchten, nicht neugierig zu erscheinen, aber Laddie platzte heraus: „Es ist Abigail, nicht wahr?"

Nathan errötete und sagte: „Ich muß kurze Zeit fort. Vater, könntest du mir einen Ausgehschein für zwei Tage ausstellen?"

Laddie blickte ihn mit blassem Gesicht an, dann wandte sie sich an Adam. „Tun Sie es nicht! Er wäre beinahe am Galgen gelandet, als er diese Frau das letzte Mal besuchte!"

„Nathan, es ist zu gefährlich, nach Boston hineinzugehen", sagte Adam ruhig. „Wenn du nur noch ein paar Tage wartest, kannst du mit uns allen einmarschieren."

„Ich kann nicht warten, Sir", erwiderte Nathan mit blassen Lippen. „Ich muß gehen."

Adam blickte ihn forschend an, dann nickte er schweren Herzens. „Ich stelle dir den Schein aus. Komm mit."

„Du bist ein riesiger Dummkopf, Nathan Winslow!" schrie Laddie, und sie war so voll Ärger, daß ihre Worte fast erstickten.

Molly beobachtete, wie Nathan Laddie anstarrte. „Ich muß gehen, Laddie." Dann wandte er sich um und folgte seinem Vater aus dem Raum.

Molly stand auf und sagte abrupt: „Laddie, würdest du bitte mit mir kommen? Entschuldigen Sie uns bitte, Mr. Greene."

„Selbstverständlich." Greene erhob sich und sah Laddie nach, die Mrs.

Winslow aus dem Gasthaus folgte. Er blieb noch lange sitzen und starrte auf den Tisch. Er dachte: *Winslow ist ein Narr! – aber ich auch!*

Laddie folgte Nathans Mutter blindlings aus dem Gasthaus und die Straße entlang. Sie wollte schreien, biß sich aber auf die Lippen, und als sie und Molly das Hotelzimmer betraten, hatte Laddie ihre Selbstbeherrschung wiedergefunden.

Molly nahm den Mantel ab, trat ans Fenster und blickte hinaus. Sie blieb so lange davor stehen, daß Laddie nervös wurde und schließlich sagte: „Worüber wollten Sie mit mir sprechen, Mrs. Winslow?"

Molly Winslow wandte sich vom Fenster ab und stand unmittelbar vor ihr. Sie blickte Laddie in die Augen und sagte: „Ich wollte dich wegen Nathan etwas fragen ..."

Sie sprach nicht weiter, und Laddie fragte schnell: „Ja? Was ist mit ihm?"

„Ich wollte dich fragen, Laddie – bist du in ihn verliebt – genauso wie Daniel Greene in dich verliebt ist?"

Im Zimmer wurde es mucksmäuschenstill, das Schweigen wurde nur von dem Gesang eines Soldaten auf der Straße unterbrochen, und dann sank Laddie Molly in die Arme und weinte, als breche ihr das Herz: „Ich weiß es nicht! Ich weiß es nicht! Oh, ich bin so durcheinander! Helfen Sie mir!"

Molly hielt den zitternden Körper des Mädchens in den Armen und betete: *Gott helfe uns allen!*

KAPITEL ZWEIUNDZWANZIG

Im Roten Löwen

„Seit wann wissen Sie die Wahrheit über mich?"

Molly hatte gewartet und das weinende Mädchen in den Armen gehalten, bis ihr Schluchzen schließlich nachgelassen hatte. Sie gab Laddie ein Taschentuch und betrachtete sie schweigend, während das Mädchen sich die Tränen aus dem Gesicht wischte. Sie antwortete lächelnd: „Seit du dich in Virginia von uns verabschiedet hast, Laddie."

„Woran haben Sie es denn gemerkt?"

„Ich hatte einige Zeit schon meine Vermutungen – aber als ich dich dazu überredete, mich vor eurer Abfahrt zu umarmen, war ich sicher." Sie seufzte und streichelte die tränennassen Wangen. „Männer sind so blind!" brummte sie mit einem leichten Kopfschütteln. „Sie sehen nur, was sie sehen wollen! Oh, ich weiß, du versuchst, dich wie ein Mann zu benehmen, stampfst herum und schwingst mit den Armen und so weiter. Aber ich glaube, als du bei mir warst, hast du deine Rolle vergessen. Du erinnerst dich doch noch daran, als du mir beim Kochen halfst? Kind, kein Mann auf der ganzen Welt könnte eine Kartoffel so schälen oder sich so leichtfüßig bewegen wie du! Das erregte meinen Verdacht, und so beobachtete ich dich. Als ihr aufbrechen wolltet, habe ich dich schließlich richtig fest umarmt." Ihre Lippen verrieten ein Lächeln, und ihre Augen funkelten, als sie sagte: „Ich habe nicht viel Erfahrung darin, Männer zu umarmen, aber ich *wußte,* daß ich keinen Mann umarmte!"

„Oh, Mrs. Winslow, ich fühle mich so elend!"

„Dieser Quäker weiß auch, daß du kein Mann bist", sagte Molly. „Er läßt dich nicht aus den Augen. Und Nathan hältst du immer noch zum Narren – und jetzt bist du in ihn verliebt – und Freund Daniel Greene ist in dich verliebt! Klingt wie ein schlechter Roman, nicht wahr? Wie heißt du?"

„Julie Sampson." Sie blickte auf und fragte: „Darf ich Ihnen alles erzählen?"

„Natürlich, Julie." Molly saß neben ihr und hörte dem Mädchen zu. Als alles erzählt war, lächelte sie und sagte: „Ich vermute, du bringst zwei Mütter um ihren ruhigen Schlaf – Schwester Greene und mich."

„Oh, Sie brauchen sich keine Sorgen machen! Nathan ist nach diesem

Howlandmädchen verrückt! Er hat zweimal für sie seinen Kopf in die Schlinge gesteckt – und sie schert sich keinen Deut um ihn!"

„Das kannst du nicht wissen."

„Ich weiß es!" Laddie schüttelte vehement den Kopf und marschierte wie ein gefangenes Raubtier im Zimmer auf und ab. „Wenn sie sich auch nur etwas aus ihm machen würde, würde sie nicht von ihm verlangen, seinen Kopf in die Höhle des Löwen zu stecken, meinen Sie nicht?"

„Frauen haben viel Macht über Männer, Kind", sagte Molly nachdenklich. „Wenn er diese Frau liebt, geht er zu ihr, ohne zu fragen, was es ihn kostet."

„Ich wünschte, sie wäre *tot!*"

„Du hast meine Frage noch nicht beantwortet", erklärte Molly. „Bist du in Nathan verliebt?"

„Wie sollte ich? Er weiß nicht einmal, daß ich eine Frau bin!"

„Ich habe dich nicht nach seinen Gefühlen gefragt, Julie – ich habe gefragt, ob du *ihn* liebst."

„Ich – ich weiß es nicht. Ich dachte es – aber dann lernte ich Daniel kennen – und er behandelt mich als Frau – und er mag mich."

„Verstehe." Molly blickte dem Mädchen lange in die Augen, dann erklärte sie: „Nathan muß es wissen."

„Nein!"

„Ja, um deinetwillen und um seinetwillen."

„Er wird mich hassen!"

„Das kann sein, aber er wird dich nie lieben, nicht wahr? – solange er nicht weiß, daß du kein Junge bist, sondern eine hübsche Frau."

Laddie begann zu zittern, und als sie mit ihren großen Augen und ihren weich geformten, zitternden Lippen aufblickte, dachte Molly: *Nathan ist zwar mein Sohn, aber er muß der blindeste Mann der Welt sein! Dieses hübsche Mädchen – und er hat das nie gesehen!* Aber sie sagte: „Du hast getan, was du tun mußtest, Kind, um deinem Onkel zu entkommen. Aber jetzt bist du nicht mehr allein. Welche Gefühle Nathan auch hegt, Adam und ich helfen dir – außerdem glaube ich, daß ein ziemlich starker Mann nötig sein wird, um Freund Daniel Greene von dir abzuschütteln, so wie ich ihn einschätze!"

Laddie schüttelte den Kopf und seufzte: „Oh, wenn Nathan nur nicht nach Boston gegangen wäre! Als er das letzte Mal gefangen wurde, wäre ich beinahe gestorben!"

„Wir müssen beten, Julie", sagte Molly. „Glaubst du, daß Gott Gebete erhört?"

„Oh, ich weiß, daß er das tut!"

„Dann beten wir um seine Sicherheit – und daß Gott ihm die Augen öffnet. Er ist aus der Bahn geworfen, Julie“, stellte sie ruhig fest. „Gott muß ihn vielleicht erst kräftig auf die Nase fallen lassen, damit er auf den rechten Weg zurückfindet.“

Nathan,
ich muß dich sehen. Bitte komm in das alte Gasthaus Zum Roten Löwen. Ich bin heute abend um sieben Uhr dort. Komm nicht zum Haus. Das ist zu gefährlich.

Als er vor dem alten Gasthaus saß, das gelbe Lichtstrahlen durch die Fenster warf, dachte er an die Worte, die sich ihm ins Gedächtnis eingebrannt hatten. Auf dem Zettel war keine Unterschrift gestanden, aber er kannte die Handschrift. Er hatte Pistolen dabei und sich in den Seitenstraßen aufgehalten, um den Patrouillen zu entgehen. Bei Einbruch der Dunkelheit ritt er zum Gasthaus, übergab einem Stallknecht sein Pferd, wartete im Schatten des Stalles und beobachtete aufmerksam die Straße.

Es war erst dreißig Minuten nach sieben, als eine geschlossene Kutsche vorfuhr. Nathan erkannte den Fahrer – es war derselbe junge Mann, der ihm die Nachricht überbracht hatte. Er brachte das Gespann zum Stehen, beugte sich herab und sagte etwas, dann nickte er und stieg ab. Er band die Pferde fest und ging gemächlich in das Gasthaus Zum Roten Löwen.

Fünf Minuten lang blieb Nathan argwöhnisch in der Dunkelheit stehen und vermutete eine Falle, aber nichts rührte sich. Er trat an das Fenster und sah den Fahrer vor einem Krug Bier am Tisch sitzen.

Vorsichtig schlich er zur Kutsche und spähte hinein. Er konnte nichts sehen, deshalb legte er die Hand auf die Pistole in seinem Gürtel und flüsterte leise: „Abigail?“

„Nathan!“ Die Tür öffnete sich. Er stieg schnell hinauf und fiel praktisch in Abigails Arme! Sie packte ihn, zog seinen Kopf herab, und ihre weichen Lippen küßten ihn lange und leidenschaftlich.

„Abigail, was ist los?“ fragte er mit dringlicher Stimme, als sich ihre Lippen von seinen lösten. „Ich habe mir große Sorgen gemacht – und mir alles Mögliche ausgemalt.“

Sie nahm seine Hand und hielt sie an ihre Wange, dann küßte sie seinen Handrücken und sagte: „Das ist lieb von dir, Nathan! Aber muß denn immer gleich etwas Schlimmes passiert sein? Kann es nicht einfach sein, daß ich Sehnsucht nach dir habe?“

Er dachte an ihre Nachricht, und ihm wurde jetzt erst bewußt, daß darin wirklich nichts davon gestanden war, daß sie in Schwierigkeiten stecke. „Wahrscheinlich habe ich einfach angenommen, daß du mich brauchst."

Ihr Parfüm stieg ihm zu Kopf, und sie wandte sich ihm zu und legte ihm die Arme um den Hals. Die weichen Rundungen ihres Körpers verwirrten ihn, und ihr Atem war ganz süß, als sie flüsterte: „Nathan, als ich hörte, daß du auf einer gefährlichen Mission unterwegs warst und vielleicht nicht zurückkommen würdest, hätte ich beinahe den Verstand verloren!" Er fragte sich, woher sie von dem Unternehmen wissen konnte, war aber von ihrer Umarmung so überwältigt, daß er den Gedanken nicht weiter verfolgen konnte.

Das schwache Licht der Mondsichel badete den Schnee in einem silbernen Licht, und das gelbe Licht der Laternen an der Fassade des Roten Löwen spiegelte sich in ihren Augen, die er jetzt schwach erkennen konnte, wider.

Er blickte in ihr Gesicht, und die Berührung ihrer Hände auf seinem Gesicht lenkte ihn ab. Er saß in der Kutsche, hielt sie im Arm, und ihr Parfüm verwirrte seine Sinne. Er flüsterte heiser: „Abigail – ich habe jeden Tag an dich gedacht."

„Und ich mußte jeden Tag an dich denken, Liebster – und jede Nacht!" Sie zog ihn näher zu sich heran, und ihre Lippen strichen über seine Wange, als sie flüsterte: „Ich weiß, daß du mich für schamlos halten mußt, aber ich hatte solche Angst!"

„Aber – ich dachte, du und Paul ...?"

„Oh, Nathan, du weißt doch, daß Frauen leicht schwach werden! Paul ist ein attraktiver Mann, und ich bin gern in seiner Gesellschaft – aber ich hätte mir nie träumen lassen, daß du dich davon verschrecken läßt."

Er zog sich plötzlich zurück und erwiderte trocken: „Man kann nicht sagen, daß ich *verschreckt* worden wäre, Abigail. Ich wurde von einer Truppe Dragoner davongeschleppt – fast bis zum Galgen!"

„Ich weiß, Liebster, ich weiß! Es muß schrecklich gewesen sein!"

Er lachte und sagte: „Es gibt Schöneres im Leben, als auf den Henker zu warten."

„Ich hatte einen Besuchsschein von General Gage – aber ich glaube, dein Freund hat ihn mitgenommen!"

„Allerdings!" Nathan erinnerte sich wieder, wie er sich gefühlt hatte, als Laddie zu ihm ins Gefängnis gekommen war. Langsam sagte er: „Er hat mir das Leben gerettet, Abigail."

„Oh, sie hätten dich nicht hingerichtet", erklärte sie schnell. „Vater hatte mit dem General schon alles geklärt. Du wärst begnadigt worden – aber du bist ausgebrochen, bevor wir kommen konnten."

„Tut mir leid, daß ich euren Plan verdorben habe", sagte Nathan mit einem Lächeln. „Aber es erschien mir in der Situation doch nicht geraten, untätig herumzulungern und auf die Hinrichtung zu warten."

„Es ist so schrecklich! Laß uns nicht mehr daran *denken*, Liebling!" Sie lehnte sich gegen ihn, und ihr weicher Körper schmiegte sich an seinen. „Du bist mir nicht böse, oder?"

„Nein, natürlich nicht."

„Ich wußte, daß du das nicht bist – aber ich fürchtete, daß du nie zurückkommen würdest. Deshalb habe ich nach dir geschickt."

„Weiß irgend jemand, daß du hier bist?"

„Nur Justin, der Fahrer, – und er verrät es niemandem."

Er dachte nach; schließlich sagte er: „Es ist eine schlechte Zeit für uns, nicht wahr?"

„Oh, ich bin es so müde – aber es kann nicht ewig dauern, nicht wahr, Nathan?"

„Es kann länger dauern, als mir lieb ist – außerdem kann es für dich unangenehm werden."

„Vater sagt, wir sollten weggehen – nach New York – aber Pauls Vater meint, daß es dort für Loyalisten genauso schlecht stehe."

„Der einzige sichere Ort wäre England, Abigail – oder vielleicht Kanada. Vater macht sich Sorgen um Onkel Charles. Er hat ihm geschrieben, er solle sofort nach Kanada gehen, aber er sagte, er sei zu alt, um jetzt noch wegzugehen."

„Oh, Nathan, Vater geht es nicht gut, und ich habe solche Angst! Ich verstehe nichts von Politik – und alle sagen, wenn Washington mit seiner Armee kommt, werden wir alle hingeschlachtet!"

Er lachte und legte seinen Arm um sie. Sie zitterte, und ihre Schwäche und ihre Schönheit bewegten ihn tief in seinem Inneren. Er sagte: „Niemand wird dich abschlachten, Abigail."

„Nathan, du beschützt mich, nicht wahr?"

Sie hob das Gesicht, und ihre Augen hatten einen goldenen Glanz. Das Laternenlicht spiegelte sich in ihnen, und er küßte sie. Ihre Lippen waren weich. Hungrig legten sie sich auf seine, und ihre Arme zogen ihn stürmisch näher, bis er sich schließlich aus ihrer Umarmung löste und rauh sagte: „Abigail – treibe mich nicht zu weit."

„Ich liebe dich, Nathan", flüsterte sie. „Ich weiß, ich bin zu kühn – aber ich – ich hatte solche Angst, dich zu verlieren!"

Er blieb eine Stunde bei ihr sitzen, und sie unterhielten sich. Schließlich meinte sie: „Ich muß nach Hause, bevor man mich vermißt." Sie hatten sich mehrmals umarmt, und sie griff sich lachend ans Haar und fragte: „Nathan, wann sehen wir uns wieder?"

„Das ist schwer einzurichten", antwortete er, dann fügte er hinzu: „Ich bin in drei Tagen wieder hier – früher kann ich nicht kommen."

„Oh, Liebling!" seufzte sie und hob ihr Gesicht zu einem letzten Kuß. „Das ist so eine lange Zeit!"

Nathan dachte an die Geschütze, die sie gebracht hatten, und sagte schnell: „Wenn ein Angriff auf die Stadt erfolgt, müßt ihr sofort verschwinden, du und deine Familie."

„Aber – wenn wir nicht aus der Stadt hinaus können?"

„Ich glaube nicht, daß es Probleme gibt. General Washington hat den Truppen Disziplin eingeschärft."

„Aber – alle sagen, daß wir von den Patrioten angegriffen werden!" erwiderte sie.

„Wenn die Stadt fällt, bin ich bei dir, sobald die Reihen offen sind. Bleib im Haus, und ich besorge einen Befehl aus dem Hauptquartier, der euch einen gewissen Schutz bietet."

„Oh, Nathan, ich wußte, daß du mich beschützen würdest!" Sie umarmte ihn ein letztes Mal und bat ihn: „Sag Justin bitte, daß ich fertig bin, Liebster!"

Er trat hinaus, ging zum Gasthaus und gab dem Fahrer einen Wink. Als dieser sich von seinem Sitz erhob, ging Nathan schnell in die Scheune. Von dort hörte er die Pferde davongaloppieren, dann holte er sein Pferd wieder ab.

Die Straßen waren stärker bewacht, je mehr er sich Cambridge näherte, und er mußte drei Patrouillen seinen Passierschein zeigen. Er dachte daran, daß er Abigail geraten hatte, die Stadt zu verlassen, und stellte fest: *Zu spät – sie kommen hier nie durch!*

Als er in die Stadt zurückkehrte, ging er zu Bett, aber bei Morgenanbruch stand er auf, ohne geschlafen zu haben. Er nahm sein Frühstück ein. Als er bei seiner letzten Tasse Kaffee saß, wurde er von seinem Vater begrüßt.

„Schön, daß du zurück bist", sagte Adam. Er setzte sich und goß sich eine Tasse des starken Gebräus ein. „Geht mich zwar nichts an, Sohn, aber hattest du Erfolg?"

„Ja, Sir. Doch ohne den Passierschein von dir wäre es unmöglich gewesen. Auf den Straßen schwärmen die Wachen scharenweise herum." Er blickte sich um und bemerkte durch das Fenster der provisorischen Offiziersmesse, daß überall Männer unterwegs waren, herumliefen und einander dringlich etwas zuriefen. „Was geht hier vor?"

Adam lächelte ihn an, nippte an seinem Kaffee und sagte dann: „Washington und Knox – haben beschlossen, die Geschütze, die ihr mitgebracht habt, einzusetzen."

„Wann?"

Die Frage kam wie aus der Pistole geschossen, daß Adam aufhorchte. Dann sagte er: „Das dauert schon noch ein bißchen, Nathan. Wenn die Briten *sehen,* wie wir diese Höhen befestigen, kommen sie heraus und kämpfen. Wir dürfen uns dabei nicht von ihnen erwischen lassen."

„Ich sehe nicht, wie das funktionieren sollte."

„Das ist eine seltsame Sache, mein Sohn, aber ich glaube, Gott ist hier am Werk." Ein Leuchten strahlte aus den Augen seines Vaters, und er beugte sich vor und erklärte in einem lebhaften Ton: „Ein junger Ingenieur namens Rufus Putnam kam gerade in General Heaths Quartier. Während er auf den General wartete, erspähte er unter einem Haufen alter Bücher ein Buch über Geländearbeit. In dem Buch fand er ein Diagramm und eine Beschreibung von einem französischen Ausrüstungsgerät, das er noch nicht kannte. Es ist ein Holzrahmen, hat man mir erklärt, auf dem man ‚Faschinen' befestigen kann – das sind große, eng zusammengebundene Holzbündel. Wenn man diese zusammenfügt, bekommt man eine Barriere, die genauso wirkungsvoll ist wie ein Graben. Der junge Putnam erzählte Heath davon. Dieser wiederum erzählte es Washington. Und jetzt ist der Befehl ergangen, Hunderte davon zu bauen."

„Du glaubst, das funktioniert?"

Adam zuckte mit den Schultern, lehnte sich zurück und kniff die Augen zusammen, während er in seinen Erinnerungen kramte. „Im Krieg gegen die Franzosen und gegen die Indianer habe ich gesehen, wie britische Truppen von schweren Ästen und Balken aufgehalten wurden – der General war damals auch dabei und hat das gesehen. Diese Geräte sind wesentlich härter als jeder Stamm, den du je gesehen hast – und wenn die Rotröcke sie angreifen, werden sie von unseren Gewehren niedergeschlagen!"

„Es wird eine Weile dauern, bis diese Geräte fertig sind, nicht wahr?"

„Nicht so lang, wie du vielleicht glaubst. Wir haben viele Männer, die nichts zu tun haben, und die meisten von ihnen können gut mit einer Axt umgehen. Glaube, wir müssen mehr auf das richtige Wetter als auf etwas anderes warten. Wir brauchen einen schönen Bodennebel im Tal, aber oben auf den Höhen Vollmond, damit wir selbst etwas sehen können."

Nathan nickte und rechnete in Gedanken die Tage aus. Als er sich erhob, fragte er: „Wie geht es Mutter?“

„Sie macht sich Sorgen um dich.“ Adam grinste ihn verschmitzt an und sagte: „Sie und Laddie hatten ein längeres Gespräch – vor allem über dich, denke ich. Dieser Junge hat es dir ganz schön gegeben, nicht wahr?“

„Oh, er hatte sich nur Sorgen um mich gemacht.“

„Das denke ich auch. Aber ich vermute, Molly hat ihn beruhigt – oder vielleicht dieser Quäkerprediger.“

„Ist er immer noch da?“

„Ja sicher.“ Adam stand auf und nahm einen letzten Schluck Kaffee. „Wenn ich ihn richtig verstanden habe, bleibt er.“

„Für einen Mann, der nichts von Kriegen hält, hat er sich mitten ins Geschehen gesetzt.“

Adam blickte aus dem Fenster, richtete sich auf und sagte: „Der General sagte, du und Laddie kommen in meine Kompanie. Aber du kennst ja diese Kerle – daß du Feldwebel bist, heißt bei ihnen überhaupt nichts. Du wirst schon ein paar von ihnen zusammenschlagen müssen, um ihnen zu zeigen, daß du das Recht hast, Befehle zu erteilen.“

„Sie sind ziemlich harte Männer, Hauptmann“, sagte Nathan mit einem Grinsen. „Könnte sein, daß sie mich in Grund und Boden schlagen.“

„Schätze, wenn einer von ihnen das tut – dann ist er der Feldwebel.“

„Das schafft keiner. Ich gehe mit dem Axtgriff auf ihn los!“

Er arbeitete den ganzen Tag mit seiner Abteilung daran, junge Bäume für die Faschinen zu fällen. Nach Feierabend traf er Laddie. Sie saß vor Knoxs Zelt und arbeitete an einer Landkarte, die auf einen großen Tisch gespickt war. Er war nicht überrascht, Daniel Greene an ihrer Seite zu sehen. Er beugte sich auch über den Tisch und betrachtete etwas, auf das Laddie deutete.

„Hallo, Laddie“, sagte er. „Sie befassen sich neuerdings auch mit Kartographie, Freund Daniel?“

Greene errötete leicht und schüttelte den Kopf. „Versuchte nur, etwas zu begreifen.“ Er blickte auf die Karte und sagte: „Werde nicht besonders schlau daraus.“

Nathan stellte sich zwischen die beiden und betrachtete die Karte. „Hast du sie gezeichnet, Laddie?“

„Ja.“ Ihr Tonfall war kurz angebunden, und er blickte sie erstaunt an. Er bemerkte, daß sie nicht wie sonst lächelte.

„Etwas nicht in Ordnung?“ fragte er.

„Nein. Alles in Ordnung.“

Er zögerte, dann erklärte er: „Ich glaube, ich besorge mir etwas zu essen.“ Er stand da und blickte sie an. Dann wandte er sich noch einmal an sie: „Du siehst also, daß ich nicht tot bin und auch sonst alles in Ordnung ist.“

„Schön, freut mich“, sagte Laddie teilnahmslos, blickte dann auf die Karte und fuhr fort: „Sehen Sie, Dan, wenn wir die Geschütze hierhin befördern können ...“

Nathan ließ sie allein, und Daniel sagte leise: „Er ist durcheinander. Sie sind nicht fair zu ihm.“

Sie warf den Stock, den sie benutzt hatte, zu Boden und sagte: „Dan, es ist mir egal, was Nathan Winslow tut! Er soll sich doch wegen dieser Frau umbringen lassen, wenn er es so haben will!“

„Sie sind immer noch in ihn verliebt.“

„Das war, bevor er wie ein Narr hinter ihr herlief!“

Dan blickte sie an. In seinen braunen Augen lag Mitleid. „Julie, es ist schlecht, jemanden zu täuschen – aber am schlimmsten ist es, wenn man sich selbst etwas vormacht.“ Er schüttelte traurig den Kopf und sagte: „Ich dachte zuerst, daß Winslow Ihnen weh tun würde – aber jetzt sehe ich, daß er es nicht ist –“ Er berührte sie sanft am Arm und sagte ruhig: „Sie fügen sich selbst den Schmerz zu!“

KAPITEL DREIUNDZWANZIG

„Ich tue, was ich tun muß!"

„Das ist keine Armee – das ist das reinste theologische Seminar!" brummte Henry Knox ungeduldig.

Die Lichter von Boston funkelten wie Glühwürmchen zu der kleinen Gruppe herauf, die um ein fröhlich vor sich hin loderndes Lagerfeuer herumsaß. Seit drei Wochen wurde der Plan, die Dorchesterhöhen zu befestigen, nun schon vom Wetter vereitelt, denn obwohl der März mit wärmeren Winden Einzug gehalten hatte, die den Schnee wegschmolzen, war Knox gezwungen, auf eine Nacht zu warten, in der Boston selbst im Nebel versunken wäre, während die Höhen klar genug sein mußten, um die Geschütze an Ort und Stelle zu schaffen.

Adam war die meisten Nächte gekommen und hatte sich zu Nathan und Laddie gesetzt, während sie warteten. Daniel Greene leistete ihnen normalerweise ebenfalls Gesellschaft. Greene und Adam sprachen begeistert über die Bibel. Einige kniffligere Punkte über die prophetischen Bücher führten zu erhitzten Gesprächen. „Vater", hatte Nathan einmal gegrinst, als beide sich zu sehr ereiferten: „Du und Dan wenden mehr Energie über den grauen Bart des Ziegenbockes im Buch Daniel auf als über die Rotröcke da unten!"

Oberst Knox war plötzlich aufgetaucht, hatte der erhitzten Diskussion zugehört und seine abfällige Bemerkung gemacht. Aber dann hatte er wie ein Jagdhund, der seine Beute vor sich hat, die Luft eingezogen. „Es könnte bald so weit sein", meinte er eifrig.

„Der Nebel ist noch nicht dicht genug, um uns zu verstecken", erwiderte Adam. Er stand auf und blickte ins Tal hinab. Er fuhr fort: „Der Nebel legt sich aber tatsächlich über das Tal . . ." Er schlug ungeduldig die Hände zusammen, blickte Knox an und fragte: „Was sagt der General?"

Knox zuckte seine breiten Schultern und grinste plötzlich. „Er fiebert vor Ungeduld wie immer." Er lachte leise und warf Adam einen listigen Blick zu. „Er hat dem Pfarrer befohlen, für Nebel über Boston zu beten. Glauben Sie, der Herr wird den guten Pfarrer erhören, Hauptmann Winslow?"

„Ich weigere mich, Gott in irgendwelche Schranken verweisen zu wollen. Wenn Gott die Erde überschwemmen kann, kann er auch ein bißchen Nebel aufwirbeln."

Knox fragte unschuldig: „Aber wie entscheidet Gott, welches Gebet er erhört? Ich meine – der britische Pfarrer betet um Sieg in diesem Krieg, und unser Pfarrer erbittet von Gott einen Sieg für uns. Er *kann doch nicht beiden den Gefallen tun, oder?*"

Adam wußte nur zu gut, daß Knox sich gern über solche Dinge lustig machte. Deshalb antwortete er: „Sie wissen, daß diese Frage niemand beantworten kann, Herr Oberst. Aber ich sage Ihnen eines – General Washington ist ein Mann des Gebets."

Knox errötete plötzlich und sagte schnell: „Sie haben recht, Winslow – ich hatte kein Recht, so zu sprechen. Ich weiß ganz genau, daß wir verloren wären, wenn die Beter in unserer Armee nicht wären. Ich glaube sogar, daß diese Armee der Modellarmee von Oliver Cromwell sehr nahe kommt. Die vielen Pastoren überall machen den Krieg zu einem heiligen Krieg."

„Haben Sie von Muhlenberg gehört?" fragte Nathan, der gegen einen Baum gelehnt am Boden saß. „Er war lutherischer Pastor aus unserem Staat. Unmittelbar nach Lexington hielt er eine feurige Predigt über den Text: ‚Ein jegliches hat seine Zeit, und alles Vorhaben unter dem Himmel hat seine Stunde.' Am Ende der Predigt warf er seinen Talar ab und trug darunter die Uniform eines Oberst der amerikanischen Armee."

„Ich habe ihn kennengelernt", antwortete Knox. „Genauso dieser Prediger aus Chelsea, Philip Payson – er schnappte sich zwei britische Versorgungswagen; und Major Craighead – er hat seine eigene Kompanie ausgehoben, und man sagt, er kämpft und predigt abwechselnd." Plötzlich warf er Dan, der aufmerksam zuhörte, einen überraschten Blick zu und fragte: „Freund Daniel, ich habe letzte Woche mit Ihrem Onkel, General Greene, gesprochen. Er kann es kaum erwarten, Sie zu sehen. Sagte, Sie beide müßten sich endlich treffen, nachdem Sie beide wahrscheinlich drauf und dran sind, wegen Mißachtung der Regeln Exquäker zu werden."

Greene nickte mit dem Kopf und sagte nur: „Ich würde ihn gern sehen."

Nathan fragte unverblümt: „Werden Sie sich an diesem Krieg beteiligen, Dan. Früher oder später wird der Kampf beginnen! Wir können nicht ewig auf diesem Hügel herumsitzen! Was tun Sie dann?"

„Das habe ich noch nicht entschieden."

„Dazu werden Sie bald Gelegenheit bekommen." Knox blickte auf Boston hinab und sagte: „Ich glaube, dieser Nebel wird dichter – und wenn es so bleibt – und wenn es nicht regnet, sondern nur feucht bleibt – und wenn ungefähr zwanzig andere Dinge passieren, könnten wir morgen oder übermorgen loslegen. Ich gehe ins Bett. Feldwebel Smith, Sie wecken mich, wenn die Gebete dieses Pfarrers erhört worden sind."

„Ja, Sir." Laddie blickte Knox nach, wie er in der Dunkelheit verschwand, auch Nathan stand auf und verließ die Gruppe, die um das Feuer herumsaß. Adam blickte ihm nach, dann sagte er leise: „Ich hoffe, er versucht nicht wieder, aus dem Lager zu schleichen." Zweimal hatte es Nathan in den vergangenen zwei Wochen geschafft, dienstfrei zu bekommen, und war verschwunden und erst am nächsten Morgen mit übernächtigten, tief in ihren Höhlen sitzenden Augen wieder aufgetaucht. Laddie wußte, daß er sich mit Abigail traf, und war sich sicher, daß Adam und Molly es genauso wußten.

Adam erhob sich, streckte sich und wünschte eine gute Nacht. Dann ging auch er. Es war schon spät, aber Laddie liebte die kalte Luft, deshalb zog sie ihren Mantel enger um sich, blieb sitzen und stocherte mit einem Stock im Feuer herum. Schließlich blickte sie auf und fragte: „Haben Sie Nachricht von Ihrer Mutter, Dan?"

„Gerade heute kam ein Brief. Ich habe nur auf eine Gelegenheit gewartet, Ihnen das zu geben." Er griff in seine Tasche und zog einen Umschlag heraus, den er ihr reichte.

Laddie las ihren Namen auf dem Kuvert, zerbrach das Siegel und hielt den Brief gegen das Feuer. Als sie ihn las, röteten sich ihre Wangen. Schließlich faltete sie ihn zusammen und steckte ihn in die Tasche. Sie hob den Stock auf, stocherte im Feuer herum und betrachtete die Funken, die aufstiegen. Dann blickte sie ihn plötzlich an und fragte: „Wissen Sie, was sie schreibt, Dan?"

„Nein."

An sein schweigsames Abwarten hatte sie sich inzwischen gewöhnt. Die meisten Männer hätten sofort gefragt, was in dem Brief stand, aber er saß ruhig auf dem Boden und blickte sie mit einem sanften Blick aus seinem vollen Gesicht über das Feuer hinweg an. Er war anders als andere Männer, hatte sie entdeckt, und sie wußte, daß seine Mutter und seine Religion in ihm eine seltene Kombination aus Kraft und Sanftmut geschaffen hatten – eine Eigenschaft, die sehr anziehend auf sie wirkte.

„Sie haben kein Wort mehr gesagt über – über uns", fragte sie. „Ich glaube, Sie haben Ihre Meinung inzwischen geändert."

„Nein." Wieder blieb er ruhig sitzen, aber nach einer Weile sagte er: „Ich ändere meine Meinung nicht so leicht – aber solange Sie Ihre nicht ändern, sage ich nicht viel über uns."

„Das ist – das ist lieb von Ihnen, Dan." Sie wußte, daß er an ihre Gefühle für Nathan dachte, und sie rang um die richtigen Worte, aber es gab keine. Schließlich sagte sie: „Dan, glauben Sie, daß Gott in diesem Krieg ist – ich meine, ich höre überall diese Reden über Freiheit und daß es Gottes Wille sei, daß wir darum kämpfen. Sie sagen überhaupt nichts dazu."

„Bin noch zu keinem Entschluß gekommen. Aber ich denke darüber nach." Er schüttelte den Kopf und blickte auf die blassen Lichter der Stadt hinab. Dann sagte er leise: „Ich glaube, der Nebel könnte dicker werden."

Sie blieben noch eine gute Stunde sitzen und unterhielten sich leise. Laddie war sich nicht bewußt, wie sehr sie sich daran gewöhnt hatte, mit einem Menschen offen sprechen zu können. Schließlich sagte sie: „Es wird spät. Ich sehe Sie morgen früh, Dan. Teilen Sie Ihrer Mutter mit, wenn Sie ihr schreiben, daß ich bete – über das, was sie schreibt."

Sie stand auf und verließ ihn. Dan blieb noch eine lange Weile sitzen und blickte auf die Lichter hinab. Dann sagte er laut: „Herr, ich schließe mich den Worten des Pfarrers an. Laß den richtigen Nebel aufsteigen, damit die Armee diese Aufgabe durchführen kann. Ich weiß nicht, was du für dieses Land im Sinn hast – aber zeige mir meinen Platz, sobald es dir richtig erscheint."

Am nächsten Morgen war Knox schon vor Tagesanbruch auf den Beinen und marschierte auf und ab, mittags wandte er sich an Laddie und sagte: „Schreiben Sie, Laddie: ‚Herr General, wir befestigen den Berg, sobald es möglich ist. Wenn Sie uns Deckung geben, wäre das sehr hilfreich.' Welches Datum haben wir – den 2. März?" Er unterzeichnete den Brief und reichte ihn einem diensthabenden Offizier mit den Worten: „Bringen Sie das sofort zu General Washington!"

Den ganzen Tag lang herrschte im Lager eine Geschäftigkeit wie in einem Bienenkorb, und in den zwei folgenden Nächten wurden alle verfügbaren Geschütze so aufgestellt, daß sie ein Dauerfeuer auf Boston hätten eröffnen können.

Die nächste Nacht war erstaunlich mild. Über Boston lag ein Nebel, der die Gipfel der Dorchesterhöhen verbarg. „Alles klar", rief Knox, als die Dunkelheit einbrach. „Howe wird uns heute nacht nichts anhaben wollen, also los geht es!"

Nathan arbeitete mit den Virginiern, Adam war unmittelbar an seiner Seite. Er erklärte: „Wir hätten ein ganzes Jahr warten und keine so gute Nacht erwischen können! Ich glaube, die Gebete dieses Pfarrers sind bei Gott angekommen!"

Achthundert Mann arbeiteten mit aller Kraft, um die vorher zusammengebauten Ketten in die richtige Stellung zu bringen und sie mit den

Faschinen zu beladen – die alle von dreihundert erstaunlich ruhigen Pferdegespannen und ihren Fahrern hinaufgebracht wurden. Leise arbeiteten die Männer Stunde für Stunde in der mondhellen Nacht. Als im Osten der Morgen anbrach, war das letze Geschütz an seine Stelle gerollt. Knox sagte leise: „Jetzt habe ich jedenfalls mindestens ein *Wunder* erlebt. Daß wir das alles geschafft haben – und *nichts schief lief...!*" Er nahm den Hut ab und fügte hinzu: „Gott ist bei uns."

General Howe wurde von seinem Adjutanten unsanft aus dem Schlaf gerissen. Er schüttelte ihn am Arm – ein unerhörtes Handeln! – und rief aufgeregt: „Herr General – Herr General! Wachen Sie auf!"

Howe hatte einen Teil der Nacht im Spielkasino verbracht und einen Teil mit Mrs. Loring. Sein Kopf schmerzte von der Übermenge Wein, die er zu sich genommen hatte. Er schlug blindlings nach seinem Adjutanten aus und murmelte wütend: „Nehmen Sie gefälligst Ihre schmutzigen Hände von mir!"

Aber der Adjutant ließ nicht locker: „Entschuldigen Sie, Sir, aber Sie *müssen* sofort kommen!"

„Was zum Teufel ist denn los?" wollte Howe wissen. Er kämpfte sich aus dem Bett und blickte den verängstigten Adjutanten an; dann beherrschte er sich, da er wußte, daß etwas Ernstes vorliegen mußte, wenn der Leutnant sich so benahm. „Greifen sie an?"

„Nein, Sir –"

„Dann lassen Sie mich erst einmal meine Hose anziehen!" Howe kleidete sich schnell an und trat aus dem Schlafzimmer in den Salon, in dem drei seiner Stabsoffiziere mit aschfahlen Gesichtern auf ihn warteten. „Was ist los?"

„Sir, schauen Sie auf diesen Hügel hinauf!"

Howe ging zur Balkontür und starrte auf die Höhen; dann keuchte er: „Unmöglich!"

Er blickte hinauf und sah auf dem Berg, auf dem am Nachmittag vorher noch nichts gewesen war, eine Festung. General Robertson trat neben ihn; er erklärte aufgeregt: „General Howe, um das in einer einzigen Nacht zustande zu bringen, müssen die Rebellen fünfzehn– bis zwanzigtausend Mann haben!"

Howe verschlug es für einen Augenblick die Sprache; dann sagte er: „Wir müssen alles zum Handeln vorbereiten, meine Herren; die Ehre der britischen Armee gebietet einen sofortigen Angriff dieser Rebellenstellung." Den ganzen Morgen erteilte er Befehle; ein Plan wurde entworfen, daß zwei Streitkräfte aus je zweitausend Mann bei der nächsten Flut auslaufen sollten. An diesem Nachmittag marschierten Reihen von Infanteriegruppen zu den Booten.

Aber um Mitternacht zog ein kräftiger Sturm von Süden auf und machte jede Landung unmöglich. Fenster wurden eingedrückt, Hütten umgeweht und Eisenbahnzäune richtiggehend davongeblasen!

Howe blieb keine andere Wahl, als den Befehl zurückzunehmen und seinen Generälen zu sagen, daß er die Gefahr des Angriffes sehe, aber daß er meine, die Ehre seiner Truppen sei wichtiger. Er befahl die Evakuierung der Stadt, die Boote wurden fertiggemacht.

Die königstreuen Bürger Bostons stiegen in Howes Hauptquartier ab. Die klangvollsten Namen – die Olivers, Saltonstalls, Mathers, Hutchinsons, Faneuels – rafften die wenigen Wertgegenstände, die sie tragen konnten, zusammen und verließen ihre Häuser – viele sahen sie nie wieder.

Charles Winslow war in der Stadt geblieben, als dieses Drama sich abspielte. Er rief Paul an seine Seite und sagte mit blassem Gesicht: „Ich gehe hier nicht fort."

„Wenn Onkel Adam uns zur Seite steht, kann alles gut ausgehen. Immerhin ist er Mitinhaber des Geschäftes." Paul grinste. In seinen Augen lag ein Anflug von Grausamkeit, als er hinzufügte: „Vielleicht hat Adam genug Ehre für uns alle, Vater."

Charles erbleichte, erwiderte aber nichts darauf. Er fragte stattdessen: „Was wird Howland machen? Er ist zu krank, um zu fliehen."

„Ich kann ja einmal zu ihnen fahren. Er hat keinen Verwandten, der Patriot ist und sich zwischen ihn und Sam Adams' Sons of Liberty stellen könnte." Nach einer nachdenklichen Pause fügte er hinzu: „Na, vielleicht hat er doch einen." Mit diesen rätselhaften Worten drehte er sich um und verschwand.

Charles verließ die Stadt und fuhr nach Hause, wo seine Frau und seine Mutter ihn mit Furcht in den Augen empfingen. Dorcas weinte und klammerte sich an ihn. „Was sollen wir tun? Was wird mit uns geschehen, Charles?"

Charles Winslow antwortete ihr nicht, sondern blickte seiner Mutter in die Augen. Er sagte bitter: „Nun, Mutter, du hast meinen Bruder Adam sein ganzes Leben lang gehaßt. Du hast ihm das Leben schwer gemacht, als er noch ein Kind war und ihn verachtet, als er älter wurde."

„Charles – du kannst nicht ...!"

„Aber jetzt ist dieser Mann – der beste der Winslows – unsere einzige Hoffnung. Wenn er uns nicht hilft, sind wir verloren!"

Martha Winslow schien bei seinen Worten zusammenzubrechen. Sie wandte sich langsam um und bewegte unter Schmerzen ihre arthritisgeschwächten Gelenke und verließ den Raum. Charles blickte ihr nach, sein Herz klagte ihn an. Er schüttelte den Kopf und ging ihr nach. „Sie hat Adam nichts Schlimmeres angetan als ich."

Anne klammerte sich an ihre Mutter. Ihre Sommersprossen leuchteten aus ihrem blassen Gesicht hervor. „Mutter – werden sie uns umbringen – die Rebellen?"

Dorcas drückte sie eng an sich und flüsterte: „Nein! Dein Onkel Adam wird nicht zulassen, daß sie uns etwas zuleide tun!" Bittere Tränen liefen ihr über die Wangen, als sie daran dachte, wie gemein sie immer zu Adam und seiner Familie gewesen war.

Als Paul das Haus der Howlands betrat, traf er Abigail allein im Salon an. Ihr Gesicht war ernst, aber sie zeigte keine Furcht. „Mutter ist bei Vater, Paul." Sie biß sich auf die Lippen und fuhr flüsternd fort: „Ich glaube, er liegt im Sterben."

Paul blickte sie an, dann sagte er: „Ich glaube, ihr kommt alle lieber zu uns. Adam wird nicht zulassen, daß uns die Rebellen etwas antun."

„Vater ist transportunfähig", sagte sie. „Außerdem werden sie uns alles wegnehmen, wenn wir das Haus verlassen."

Er starrte sie an. Sie hob den Kopf und begegnete seinem Blick. „Uns wird nichts geschehen, Paul. Mach dir um uns keine Sorgen."

„Verstehe." Er rührte sich nicht von der Stelle, sondern betrachtete sie nachdenklich. Schließlich sagte er: „Wir sind uns sehr ähnlich, du und ich."

„Paul, wir sind uns sehr nahe gestanden –"

„*So* würde ich es nicht gerade ausdrücken!" rief er wütend. „*Wir sind uns sehr nahe gestanden.* Kannst du nicht ehrlicher sein, Abigail?"

Sie errötete, hob aber selbstbewußt den Kopf und sagte mit einem Anflug von Eiseskälte in der Stimme: „Paul, du hast gerade selbst gesagt, daß wir uns ähnlich sind – ich stimme dir zu. Die Welt geht ihrem Ende entgegen – unsere Welt. Deine ist in Sicherheit, weil Adam Winslow sich um euch kümmert. Mein Vater liegt im Sterben, und meine Mutter kann sich nicht einmal um sich selbst kümmern – also kümmere ich mich um uns beide."

Paul blickte sie an, dann schüttelte er den Kopf. „Ich wußte, daß hinter dir mehr steckt als deine zuckersüße Fassade – damit hast du mich keinen Augenblick zum Narren halten können, Abby – aber ich habe trotzdem nicht genau genug hingesehen. Du bist ja steinhart."

„Ich tue, was ich tun muß", sagte Abigail leise. Dann fragte sie in einem sanfteren Ton: „Du doch auch, Paul, nicht wahr?"

Er blickte sie an, dann nickte er langsam. „Wahrscheinlich – du kennst mich genauso gut wie ich dich.“ Er bewegte in einem müden Versuch die Schultern, dann bat er: „Wenn es nicht funktioniert, dann komm zu mir.“

„Es funktioniert, Paul.“ Abigail lächelte ihn an, und in ihren haselnußfarbenen Augen leuchtete ein hartnäckiges Funkeln auf. Plötzlich küßte sie ihn und klammerte sich mit aller Kraft an ihn, dann ließ sie ihn los und sagte: „Leb wohl, Paul – wenigstens für eine Weile!“

KAPITEL VIERUNDZWANZIG

Aus der Vergangenheit

Howes Armee war nicht geschlagen worden; sie war von einer größeren Macht ausmanövriert worden. Das machte die britischen Truppen völlig wütend, und in ihren letzten Tagen in Boston ließen sie ihre Wut an der alten Stadt aus. Sie brachen in viele Häuser ein, und alle militärischen Mittel, die sie nicht an Bord der Flotte mitnehmen konnten, wurden zertrümmert und in den Hafen geworfen.

Adam und Nathan sprachen von der Besetzung der Stadt, als die endgültige Evakuierung der Briten vor sich ging. Adam hatte von einem erhöhten Punkt aus alles durch ein Fernglas beobachtet. Plötzlich klappte er es zusammen und sagte: „Putnam geht als erster hinein. Ich gehe mit ihm."

„Die Leute, die der Revolution treu geblieben sind, haben sich viel gefallen lassen müssen", bemerkte Nathan. „Wenn Charles seine Familie nicht weggebracht hat, werden sie wahrscheinlich zusammen mit den anderen Tories Schwierigkeiten bekommen."

„Er verläßt Boston nicht mit Howe", erklärte Adam. „Ich habe vor zwei Tagen eine Nachricht von ihm erhalten. Ich gehe mit Putnam in die Stadt, um sicherzustellen, daß ihnen nichts zustößt."

Nathan unterbrach ihn schnell: „Vater, ich bitte nicht gern um einen Gefallen – aber ich muß zu den Howlands gehen. Sie sind schlimmer dran als die Winslows. Saul Howland starb vorgestern. Jetzt sind Abigail und ihre Mutter ganz allein."

Adam blickte seinen großen Sohn lange an, schließlich sagte er: „Ich vermute, daß du das tun mußt, Nathan. Deine Mutter und ich kennen diese Frau nicht, aber du bist ein treuer Junge, und deshalb haben wir uns schon gedacht, daß es so kommen würde." Er überlegte zwischen mehreren Möglichkeiten hin und her, dann sagte er: „Eines kann ich tun: einen offiziellen Befehl erwirken, der das Anwesen der Howlands unter den Schutz der Armee stellt. Der General sagt, er will Recht und Ordnung. Dieser Befehl ist nur ein Blatt Papier – aber vielleicht kannst du ihn durchsetzen."

„Danke, Sir", sagte Nathan von ganzem Herzen. „Ich hatte nicht gewagt, darum zu bitten."

Adam blickte ihn mit Zweifel in den Augen an. „Willst du diese Frau heiraten, mein Sohn?"

„Bis jetzt ging alles so drunter und drüber, daß wir darüber noch nicht gesprochen haben ..."

Adam wollte ihn davor warnen, daß es unmöglich ist, der amerikanischen Armee loyal zu sein, wenn man eine Frau hat, die den Tories angehört, aber er dachte: *Das weiß Nathan alles selbst,* deshalb sagte er nur: „Ich besorge dir den Befehl, und wir können zusammen mit Putnam in die Stadt gehen."

Als der letzte Rotrock den Landungssteg hinaufging und Howes Flotte aus dem Hafen abzog, waren Adam und Nathan in der ersten Abteilung, die in die Stadt marschierten. An Türen und Fenstern drängten sich jubelnde Menschen, als sie die Stadt kampflos einnahmen. In Cambridge hielt Pfarrer Leonard einen letzten Gottesdienst für die Belagerung Bostons ab und zitierte aus 2. Mose 14,25: „... und hemmte die Räder ihrer Wagen und machte, daß sie nur schwer vorwärtskamen. Da sprachen die Ägypter: Laßt uns fliehen vor Israel; der Herr streitet für sie wider Ägypten."

Adam sagte zu Nathan, als dieser zu den Howlands aufbrach: „Sei vorsichtig, Nathan. Diesen Menschen wurde übel mitgespielt, und sie sind in der Stimmung, zuerst zu schießen und dann erst zu diskutieren. Du hast ein Blatt Papier, aber einige von ihnen haben alles verloren, und sie betrachten die Winslows und die Howlands als ihre Feinde." Er lächelte und legte Nathan die Hand auf die Schulter. „Wir waren uns lange nicht besonders nahe gestanden – ich will nicht, daß du wegen eines Hauses umgebracht wirst."

„Ich passe auf", lächelte Nathan und schlug seinem Vater auf die Schulter. „Befolge deinen Rat lieber auch selbst, Vater!" Er ritt davon und wunderte sich darüber, wie der Krieg und Calebs Tod sie näher zusammengeführt hatte.

Abigail und ihre Mutter warteten auf ihn. Mrs. Howland war um zehn Jahre gealtert, seit Nathan sie zum ersten Mal gesehen hatte. Sie war eine kleine Frau mit kleinen Augen, aus denen immer viel Stolz gesprochen hatte – aber jetzt waren sie so angsterfüllt, daß es Nathan schwer fiel, sie anzublicken. Abigail sagte schnell: „Siehst du, Mutter? Ich habe dir doch gesagt, daß Nathan kommen würde. Geh jetzt in dein Schlafzimmer und versuche, dich ein bißchen auszuruhen." Eine schwarze Frau trat schnell vor, und Mrs. Howland ging ohne Protest mit. Sie blieb nur kurz stehen und flüsterte: „Danke, Nathan!"

Als ihre Mutter aus dem Zimmer war, lächelte Abigail und nahm

Nathan am Arm. Sie sah ihn forschend an. Schließlich sagte sie: „Du wirst es mir nie glauben, daß ich dich mag, Nathan, nicht wahr?"

„Aber natürlich ...!"

Sie biß sich plötzlich auf die Unterlippe und wandte sich von ihm ab. „Nein, das glaubst du nicht – denn ohne dich wären wir verloren. Du wirst dich immer fragen: *Liebt sie mich wirklich – oder braucht sie mich nur?*"

Er trat hinter sie, drehte sie sanft um und blickte ihr in die Augen. „Abigail, so etwas darfst du nicht sagen. Du brauchst jetzt Hilfe, und ich danke Gott dafür, daß ich dir helfen kann." Sie zitterte unter seiner Hand, und er holte tief Luft und sagte: „Ich glaube, wir sollten so bald wie möglich heiraten. Ich weiß, es ist eine schlechte Zeit – der Tod deines Vaters und die ganzen Probleme – aber ich will mich um dich kümmern!"

Abigail blickte zu ihm auf, und aus ihren Augen strahlte ein rätselhafter Glanz. Einen langen Moment stand sie wortlos vor ihm. Er erwartete, daß sie nein sagen würde. Schließlich nickte sie jedoch langsam und flüsterte: „Wenn du das willst, Nathan." Dann bot sie ihm ihre Lippen dar, und er hielt sie fest in den Armen.

Laddie kam als Mitglied von Knoxs Stab am achtzehnten zusammen mit Washington nach Boston. Der Oberbefehlshaber hielt keine dramatischen Reden oder Zeremonien ab, als er die Stadt einnahm. Als er den ersten Gottesdiensten beiwohnte, die unter der neuen Flagge der Kolonien – dreizehn rote und weiße Streifen mit der britischen Nationalflagge in der Ecke – abgehalten wurden, bat er Dr. Eliot, den Dekan von Boston, eine Predigt über gottesfürchtigen Dank zu halten, und nicht über Krieg. Dr. Eliot fand seinen Text in Jesaja, und George Washington aus Viriginia beugte sein Haupt zu den Worten: „Blicke auf zu Zion, der Stadt unseres Heiligtums: Jerusalem ist eine ruhige Wohnung, eine Hütte, die nicht niedergerissen werden wird."

Am nächsten Tag rief Knox seinen Stab zusammen und sorgte dafür, daß jeder alle Hände voll zu tun bekam. Er strahlte vor Vorfreude und sagte: „Die Rotröcke haben uns 250 Kanonen geschenkt, meine Herren! Sehr freundlich von ihnen! Aber wir müssen Kanoniere dafür ausbilden – und zwar schnell!"

„Sie glauben, daß wir bald in Aktion treten werden, Oberst Knox?" fragte Leutnant Harvester.

„Daran besteht kein Zweifel, Tom! Die einzige Frage ist nur – wo? Ich bin kein Prophet, aber ich sage, es wird in New York sein. Jetzt kommt es darauf an, die Männer richtig auszubilden." Er erteilte schnell Befehle und schickte die Offiziere fort, dann wandte er sich Laddie zu und sagte: „Ich habe eine besondere Aufgabe für Sie, Feldwebel. Dieser Krieg wird uns noch länger beschäftigen, glaube ich, und zwar im ganzen Land. Ich will, daß Sie meinen Buchladen zu Ihrem Hauptquartier einrichten, und bevor wir hier abziehen, erwarte ich von Ihnen, daß Sie mir jede Landkarte, die Sie auftreiben können, besorgen!"

„Jawohl, Sir!"

„Gehen Sie zu jedem Kartographen in Boston – fahren Sie auch sonst überall hin, wo Sie etwas erreichen können. Ich sorge dafür, daß Sie Ausgang und Geld bekommen – aber ich will eine Karte von jedem Gebiet, in dem wir es mit dem Feind zu tun bekommen könnten, verstanden? Hier haben Sie einen Schlüssel zu meinem Geschäft. Mullins hat den Laden zwischenzeitlich geführt, aber lieber haben Sie einen eigenen Schlüssel. Ich werde immer wieder kommen und gehen, aber Sie können sich ja selbst eine Unterkunft besorgen."

„Ich werde mein Bestes tun, Herr Oberst", sagte Laddie und nahm den Schlüssel. „Wieviel Zeit, glauben Sie, haben wir?"

Knox zuckte mit den Schultern und sagte, schon im Gehen begriffen: „Das hängt davon ab, wie lange Howe und sein Bruder, Richard Lord Howe, benötigen, um eine Armee zusammenzustellen und zurückzukommen! Vielleicht einen Monat oder ein bißchen mehr oder weniger. Mit mehr können wir nicht rechnen, Smith – besorgen Sie diese Karten also schnell!"

Laddie warf sich mit ganzer Energie in diese Aufgabe, und während die Tage wie im Flug vergingen, häufte sie einen kleinen Berg von Karten und Skizzen an. Sie fuhr nach New York und brachte viele Karten mit zurück – so viele, daß Mullins sich über den vielen Platz beklagte, den sie in Knoxs Laden beschlagnahmte. Der Ladenbesitzer hingegen war höchst erfreut über das, was erreicht worden war. Als Laddie ihm erklärte, daß ihre Sammlung mehr oder weniger vollständig sei, sagte er: „Fein! Jetzt können Sie sie überarbeiten – besonders das Gebiet um New York, denn ich fresse einen Besen, wenn die Howebrüder dort nicht sehr bald aufkreuzen werden! Washington meint das auch. Er schickt jeden Tag Truppen dorthin ab. Geben Sie mir lieber gleich, was Sie schon über diese Gegend haben."

Während dieser ersten hektischen Tage hatte Laddie viel Zeit allein verbracht. Sie hatte erwartet, daß Daniel Greene nach Hause zurückkehren würde, aber er unternahm nichts dergleichen. Er war seinem Onkel,

General Greene, der endlich seinen Neffen getroffen hatte und Gefallen an ihm fand, ziemlich nahe gekommen. Daniel hatte den General mitgebracht und Laddie vorgestellt. Er war ein charmanter Mann, wie sie feststellte. „Freund Daniel und ich sitzen im selben Boot, Feldwebel Smith", sagte er mit einem freundschaftlichen Blick auf seinen Neffen. „Wir Freunde sind ein dickköpfiger Haufen – der Herr hat praktisch den Engel Gabriel gesandt, um mich in die Armee zu bringen."

Laddie wußte, wie schwer die anderen Quäker dem General das Leben machten, und fragte: „Haben Sie Freund Daniel schon zu Ihren Ansichten bekehren können, General Greene?"

„Ich glaube, der Herr wirkt ein bißchen in dieser Richtung. Meine Schwester wird mich enterben, weil ich ihren Jungen zu einem Soldaten mache, vermute ich." Dann wurde er ernst und sagte nüchtern: „Es ist nie leicht, Gott zu finden, Feldwebel. Wenn etwas wie diese Revolution kommt, kann ein Mann hin– und hergerissen sein, wenn er versucht, dem Kaiser zu geben, was des Kaisers ist, und Gott, was Gottes ist!"

Laddie verbrachte viel Zeit mit Molly. Die Winslows hatten bei einer Familie, die in der Stadt wohnte, Unterkunft gefunden, aber Adam hatte alle Hände voll mit der Schulung seiner Männer zu tun, und Molly hatte viel Zeit. Sie hatte Laddie in Knoxs Buchladen besucht, und die beiden hatten eine schöne Stunde miteinander verbracht. Diese Besuche wiederholten sich, und oft verbrachte Laddie den Abend mit der älteren Frau.

Aber als Laddie Molly immer mehr lieben lernte, wuchs eine seltsame Spannung zwischen den zwei Frauen wegen Nathan. Seine Ankündigung, daß er sich mit Abigail verlobt habe und sie heiraten wolle, hatte Laddie erschüttert, obwohl diese Wendung nicht unerwartet kam. Je mehr Zeit sie mit Molly verbrachte, umso deutlicher sah sie, daß diese Verlobung Nathans Mutter Kummer bereitete. Ihrem Tagebuch vertraute sie an:

3. April 1776. Mir tun Molly und Adam so leid! Es bricht mir das Herz, mit ansehen zu müssen, wie sie lächeln und sich nie beklagen – während sie die ganze Zeit genau wissen, daß ihr einziger Sohn einen schrecklichen Fehler begeht.
Warum ist er nur so blind? Ich muß mir auf die Lippen beißen, um ihm nicht laut ins Gesicht zu schreien, daß Abigail Howland ihn nur benutzt – aber er würde mir das sowieso nicht glauben.
Doch warum werde ich so wütend? Als ich dieses Tagebuch zu schreiben begann, habe ich mir eines geschworen – immer die Wahrheit zu sagen. Ich habe gesagt, daß ich Nathan hasse,

weil er seinen Eltern so viel Kummer bereitet, das stimmt auch – aber es ist nicht die ganze Wahrheit. Die Wahrheit ist – ich bin auf Abigail eifersüchtig! Ja! Jetzt habe ich es niedergeschrieben – und es klingt häßlich, aber wie oft habe ich schon daran gedacht, daß die beiden zusammen sind und beide gehaßt?
Gott vergebe mir solche Gedanken!

Es kostete Laddie viel, diese Worte aufzuschreiben, aber es brachte ihr eine gewisse Erleichterung, wenn diese auch nicht lange anhielt. Zwei Tage nach diesem Eintrag kam Molly am späten Nachmittag in den Buchladen und sagte: „Kommen Sie mit, Laddie. Gehen Sie mit uns zum Abendessen.“ Es war nicht das erste Mal, daß sie eine solche Einladung bekam, und Laddie genoß es immer, mit ihr und Adam zusammen zu sein – aber als sie dieses Mal in den abgetrennten Speiseraum des Gasthauses trat und Abigail mit Nathan dort sitzen sah, wünschte sie sich brennend, sie wäre nicht gekommen.

„Oh, da ist ja Feldwebel Smith!“ sagte Abigail gut gelaunt, und sie erzählte während des Essens die Geschichte, wie Laddie den Besucherschein von ihr gestohlen hatte. Ihre Erzählung war witzig, und sie machte aus dem gefährlichen Abenteuer eine romantische Komödie. Sie schloß mit einem herablassenden Lächeln und den Worten: „Natürlich hatte Vater schon dafür gesorgt, daß Nathan außer Gefahr war.“

Laddie hatte plötzlich Nathan angeblickt, der verlegen wirkte, aber nur sagte: „Das konnte Laddie nicht wissen, Abigail.“

„Oh, natürlich – ich mag junge Männer mit einem kleinen Hang zur Romantik – selbst, wenn ihnen dieser manchmal etwas aus den Händen gerät.“

Adam und Molly sprachen wenig, und Laddie war erleichtert, als sie sich so bald wie möglich entschuldigen und zurückziehen konnte. Aber die ganze Nacht warf sie sich auf ihrem Kissen herum, und in ihr kochte der Ärger wie eine Lavaflut. Sie versuchte zu beten, gab diesen Versuch aber schließlich auf, und als sie bei Tagesanbruch aufstand, waren ihre Augen rot und ihr Herz voll Bitterkeit.

Sie kleidete sich an und versuchte zu arbeiten, war aber zu wütend, um klar denken zu können. Schließlich beschloß sie, eine Karte zur weiteren Überarbeitung zu Jakob Goldman zurückzubringen, einem Kartographen, der ihr eine große Hilfe gewesen war. Sie nahm das Dokument und war bereits fünfzig Meter die Straße hinunter gegangen, als sie jemanden „Laddie!“ rufen hörte. Als sie sich umblickte, sah sie Nathan hinter sich herlaufen.

Er sah hager aus, und sobald er neben ihr stand, erklärte er: „Ich will mit dir sprechen."

„Ich muß diese Karte zu Goldman bringen." Sein Anblick weckte eine Wut in ihrer Brust, und sie wandte sich kühl ab und setzte ihren Weg fort.

Er wich ihr nicht von der Seite und sagte: „Laddie, du warst gestern abend nicht besonders nett zu Abigail. Immerhin hat sie ihren Vater verloren. Sie ist ganz allein und hat nur noch ihre Mutter – und du hast kaum zehn Worte mit ihr gesprochen."

Laddie mußte sich schwer beherrschen, um die heißen Worte, die ihr auf den Lippen lagen, nicht herausplatzen zu lassen. Aber es gelang ihr nicht ganz. „Oh, sie hat mehr als ihre Mutter, finde ich. Sie hat *dich*, Nathan Winslow!"

Er blieb plötzlich stehen und ergriff sie am Arm. Damit zwang er sie, auch stehenzubleiben. Ärgerlich fragte er: „Was ist denn mit dir los?"

„Oh, mit mir ist nichts los! Ich rege mich nur irgendwie auf, wenn gute Menschen wie Adam und Molly Winslow dabeistehen und mitansehen müssen, wie ihr einziger Sohn sich zum Narren macht!" Die Wut, die sie hatte unterdrücken wollen, machte ihr Gesicht bleich, und sie wandte sich schnell ab und rannte fast die Straße hinunter. Als sie sah, daß er immer noch eigensinnig neben ihr herlief, rief sie: „Laß mich in Ruhe!"

„Nein, das werde ich nicht. Ich gehe mit dir; dann suchen wir uns einen Platz, an dem wir in Ruhe reden können."

„Ich will nicht mit dir reden, Nathan!"

„Das ist dein Pech, denn du wirst mit mir reden, ob du willst oder nicht!"

Sie war so wütend, daß ihr die Tränen in die Augen traten. Um ihm ihre Tränen zu verbergen, ging sie weiter und beachtete ihn nicht mehr. Er sprach kein Wort mehr, aber als sie zu Goldman kamen, betrat er mit ihr den Laden.

Goldman, ein kleiner, kahlköpfiger Mann, befand sich im hinteren Teil des Geschäftes und sprach mit einem großen, bärtigen Mann, aber er blickte auf und begrüßte sie: „Ah, Feldwebel Smith!" und eilte mit einem nervösen Lächeln auf sie zu. „Sie brauchen noch mehr Karten, nicht wahr?"

„Nein, ich will mit Ihnen über diese hier sprechen. Es dauert nur eine Minute."

Nathan lehnte sich an die Wand zurück, und Laddie breitete die Karte auf einem Tisch aus. Mehrere Minuten lang führte sie ein angeregtes Gespräch mit Goldman. Die beiden waren sich in mehreren Punkten uneinig. Schließlich sagte Goldman: „Einverstanden, ich gebe zu, daß die

Erhöhungen wahrscheinlich nicht ganz korrekt sind. Lassen Sie mir die Karte da, und ich ändere sie nach der Karte von 1743."

Laddie erwiderte: „Ich glaube, das wäre viel besser. Ich komme morgen wieder, Mr. Goldman."

Sie wandte sich zum Gehen, aber jemand versperrte ihr den Weg. Es war der Kunde, mit dem Goldman vorher gesprochen hatte. Laddie sagte: „Entschuldigen Sie bitte" und wollte an ihm vorbeigehen.

Als sie auf eine Seite trat, schoß seine Hand hervor und packte sie am Arm. „Was machen Sie da?" schrie sie. Sie blickte zu dem Mann auf – und erkannte Aaron Sampson!

Er sah ganz anders aus, denn er hatte sich einen Vollbart wachsen lassen – aber die Augen waren dieselben, und auf seinen wulstigen Lippen breitete sich ein Lächeln aus. „Ich wußte doch, daß ich dich eines Tages finden würde, Julie, aber so hatte ich mir das nicht vorgestellt! Jetzt weiß ich, warum du dich vor mir verstecken konntest!"

„Lassen Sie mich los!" schrie sie auf und versuchte, sich loszureißen, aber seine Finger krallten sich in ihre Arme, wie wenn sie aus Stahl wären.

„So sehe ich aus!" lachte er laut und zog sie zur Tür.

„Was zum Teufel machen Sie da? Lassen Sie ihn los!" Nathan war vorgetreten, und seine blauen Augen blickten den dicken Mann wütend an.

„Mischen Sie sich nicht ein. Diese Sache geht Sie nichts an", knurrte Sampson.

Nathan packte Sampson am Mantel. „Nehmen Sie Ihre Hände von ihm, oder ich breche Ihnen den Hals!"

Samspon blickte zu Nathan auf; die Kampfeslust regte sich in ihm, aber er schüttelte den Kopf und sagte: „Feldwebel, ich werde nicht gegen Sie kämpfen – das muß ich nicht, denn das Gesetz wird dafür sorgen, daß Sie sich nicht in fremde Angelegenheiten einmischen."

Nathan wurde wütend: „Ich weiß nicht, wovon Sie sprechen – es ist mir auch völlig egal! Das ist Feldwebel Laddie Smith aus Oberst Henry Knoxs Stab, und ich sage Ihnen noch einmal – wenn Sie nicht die Hände von ihm nehmen, breche ich Ihnen das Genick!"

Sampson schüttelte den Kopf und sagte: „Sie irren sich. Das ist mein Mündel, Miss Julie Sampson aus Philadelphia."

Nathan starrte ihn an. „Sie müssen verrückt sein! Komm, Laddie, wir gehen!"

Sampson fuhr fort: „Ich sehe, daß dieses Mädchen Sie getäuscht hat, Feldwebel. Aber ich kann problemlos beweisen, was ich sage."

Laddie stand zwischen ihnen. Die Angst übermannte sie so sehr, daß sie kaum stehen konnte. Sie hatte viele Alpträume dieser Art durchgestanden, aber sie wußte, daß es dieses Mal kein Erwachen geben würde. Sie blickte Nathan an, der vor Wut ganz rot angelaufen war. Dann hörte sie Sampson sagen: „Julie ist im letzten Winter davongelaufen, und ich habe viel Geld darauf verwendet, sie wiederzufinden." Er zog ein Blatt Papier aus der Taschte, reichte es Nathan und sagte: „Das habe ich in allen großen Städten dieses Landes aufhängen lassen – aber jetzt verstehe ich, warum es zu keinem Erfolg führte. Ich hätte nie gedacht, daß sie sich in einen Mann verwandeln würde!"

Nathan las die Beschreibung, und als er die Augen hob und Laddie anblickte, erklärte er: „Sie irren sich, Sampson."

„Das kann man leicht feststellen, wie ich bereits sagte." Er blickte Laddie an und sagte mit einem verschlagenen Blick in den Augen: „Sie muß nur ihre Jacke und ihr Hemd ausziehen. Einem jungen Mann wird das nichts ausmachen, nicht wahr? Natürlich hätte eine junge Dame schon etwas dagegen."

Nathan sah ihn durchdringend an und knurrte: „Er muß nichts dergleichen tun! Wir gehen jetzt."

„Sie sind in Knoxs Kompanie?" fragte Sampson. „Ich bin sicher, daß der Oberst von seinem Feldwebel diese Kleinigkeit verlangen wird – denn wenn er es nicht tut, komme ich mit dem Zivilrecht und setze es durch! Aber es gibt einen viel einfacheren Weg."

„Und der wäre?"

„Schauen Sie ihr doch einmal ins Gesicht, Feldwebel!" sagte Sampson lächelnd. „Es steht ihr doch deutlich ins Gesicht geschrieben!"

„Laddie . . .?" begann Nathan, aber dann blickte er in Laddies kreidebleiches Gesicht und hielt abrupt inne. Er hatte keine Sekunde lang in Erwägung gezogen, daß Sampson die Wahrheit sprechen könnte, aber als das Schweigen anhielt, war der schuldbewußte Blick auf dem Gesicht der Person, die er Laddie Smith nannte, nicht mehr zu übersehen!

Er schluckte und konnte nur noch flüstern: „Laddie . . .?" Dann sah er, wie sich die dunklen Augen mit Tränen füllten.

„Es ist wahr, Nathan, aber . . .!"

Er hörte ihre übrigen Worte nicht mehr, sondern drehte sich auf dem Absatz um und stürzte aus dem Laden. Als er blindlings die Straße hinunter flüchtete, glaubte er, seinen Namen zu hören, blieb aber nicht stehen.

KAPITEL FÜNFUNDZWANZIG

Julie geht auf einen Ball

Das Gerücht, daß eine junge Frau als Soldat verkleidet in der amerikanischen Armee diente, verbreitete sich wie ein Buschfeuer durch ganz Boston, und die Soldaten sponnen derbe Witze um diesen Fall. Wenn Aaron Sampson sein Mündel mitgenommen hätte, wäre es Nathan leichter gefallen, aber das geschah nicht. Sobald Molly Winslow hörte, daß Laddie enttarnt war, erzählte sie Adam die ganze Geschichte. Sie hatten daraufhin gemeinsam Knox aufgesucht. Er war wie vom Blitz getroffen, aber nachdem Molly ihm die mildernden Umstände erklärte, hatte er sich einverstanden erklärt zu helfen. Er hatte Sampson in sein Büro gerufen und ihm gesagt, daß er den gesetzlichen Nachweis für seine Verwandtschaft mit dem Mädchen erbringen müsse.

„Aber – dazu muß ich nach Philadelphia! Diese Göre wird wieder davonlaufen!" Sampson war außer sich vor Wut. Er war im Begriff gestanden, mit Julie als Gefangene aufzubrechen, und starrte Knox ärgerlich an.

„Ich übernehme die Verantwortung für sie. Sie ist offiziell ein Mitglied meines Stabes und untersteht meinem Befehl. Sie wird hier sein, wenn Sie Ihre Nachweise bringen. Das ist alles!" erklärte Knox kurz angebunden. Er beachtete Sampsons Blicke nicht, und nachdem der Mann gegangen war, blickte er die kleine Person an, die vor ihm saß, und schüttelte seinen schweren Kopf. „Zum Kuckuck! Ich hätte nie gedacht, daß ich einmal wegen eines Mädchens Schwierigkeiten bekäme!"

Julie blickte zu ihm auf und sah, daß er Mitleid hatte, aber nicht wütend auf sie war. „Es tut mir sehr leid, Oberst Knox", flüsterte sie. Die Tränen schimmerten in ihren Augen, als sie fortfuhr: „Lassen Sie zu, daß er mich mitnimmt, wenn er zurückkommt?"

Knox war ein herzensguter Mann, auch wenn er äußerlich ein Riese war, und er haßte es, dem Mädchen noch mehr wehzutun – aber er mußte ihr die Wahrheit sagen. „Ich fürchte, er hat das Gesetz auf seiner Seite, Laddie – Miss Sampson, meine ich natürlich." Er trat um den Schreibtisch herum, legte ihr die Hand auf die Schulter und fügte hinzu: „Bevor er zurückkommt, haben sich Ihre Freunde sicher einen Ausweg ausgedacht, wie sie Ihnen helfen können. Dessen bin ich mir sicher." Dann wechselte er abrupt seinen Tonfall und sagte brüsk: „Ich habe die

Sache mit Mrs. Winslow besprochen, und da Sie ja irgendwo wohnen müssen, haben wir vereinbart, daß Sie bei ihr und Hauptmann Winslow bleiben."

Er hatte sie in der Begleitung von Leutnant Wilkins zu den Winslows geschickt. Der Leutnant hatte ihr neugierige Blicke zugeworfen, aber nur gesagt: „Ich hoffe, die Sache geht gut für Sie aus, Miss." Molly begrüßte sie herzlich, und als die Tür hinter ihnen geschlossen war, fiel Julie ihr in die Arme und ließ den Tränen, die sie bislang zurückgehalten hatte, freien Lauf. Die ältere Frau hielt das weinende Mädchen fest. Schließlich sagte sie: „Das genügt! Jetzt trinken wir erst einmal eine Tasse Tee und unterhalten uns."

Ihre entschlossene Art wirkte sehr beruhigend auf Julie, und als Adam hereinkam, war sie bereits in der Lage, ihn ohne eine Spur von Traurigkeit zu begrüßen. Er nahm sie an den Händen. In seinen dunklen Augen zeigte sich eine tiefe Freundlichkeit, als er sanft sagte: „Das ist eine ziemlich schlimme Sache, nicht wahr?" Dann zwinkerte er mit den Augen, und ein Lächeln spielte sich um seine Lippen. „Wird ein wenig dauern, bis ich mich daran gewöhnt habe, daß wir eine junge Frau im Haus haben, Julie! Du mußt ja glauben, alle Winslows seien blind wie eine Fledermaus, stimmt's? Können eine junge Frau und einen jungen Mann nicht auseinanderhalten!"

Sie wußte, daß er versuchte, ihr zu helfen. Aber der Gedanke an Nathan verwirrte sie. „Ich glaube nicht, daß Nathan mir je vergeben wird, Hauptmann Winslow."

„Unsinn! Natürlich wird er das", sagte Adam schnell. „Er braucht nur ein wenig Zeit, Kind."

Aber drei Tage vergingen, und während Julie die Winslows immer mehr lieben lernte, kam Nathan kein einziges Mal zum Haus. Daniel, der jeden Tag seine Aufwartung machte, ließ nur einmal eine Bemerkung darüber fallen. „Es fällt ihm sehr schwer, Julie. Er glaubt, die ganze Welt hält ihn für einen Narren. Aber er wird darüber hinwegkommen – Pech für mich!"

Doch es vergingen noch zwei Tage, und Julie sagte traurig zu Molly: „Nathan wird mir nie vergeben, und ich – ich liebe ihn so sehr, Molly!"

„Ich weiß, Julie." Molly wollte ihr irgendwie Trost spenden, aber ihr eigenes Herz war voll Zweifel, und sie konnte nichts sagen.

Als Adam abends zurückkam, sah Molly sofort, daß er etwas mit sich herumtrug. „Was ist mit dir?"

„Nathan – kommt heute abend zu uns."

„Woher weißt du das, Adam?"

„Weil ich ihm den *Befehl* dazu gegeben habe!“

„Oh, Adam, das hättest du nicht tun sollen!“

„Ich weiß, Molly, aber er bringt sich selbst in große Schwierigkeiten, wenn er sich nicht zusammenreißt. Ich habe mehrmals versucht, mit ihm zu sprechen, aber er igelt sich nur ein und sagt nichts. Heute morgen hat einer von der Marylandbrigade eine Bemerkung darüber fallen lassen – eine schmutzige Bemerkung natürlich, und Nathan hätte ihn beinahe umgebracht! Der Mann hat keinen einzigen Zahn mehr im Mund! – und Nathan wäre es ganz genauso ergangen, wenn es ein Offizier gewesen wäre!“ Er schüttelte den Kopf und fuhr fort: „Er benimmt sich wie ein Kind, Molly! Er muß handeln wie ein Mann – und wie ein Christ.“

„Und du glaubst, wenn du ihm Befehle erteilst, ändert sich etwas?“

„Es kann nicht schlimmer werden, als es ist“, erwiderte er grimmig. „Du siehst doch, wie verletzt Julie durch sein Verhalten ist.“

Molly war durch Adams Eingreifen beunruhigt, aber sie erwähnte Julie gegenüber kein Wort. Als Nathan an diesem Abend ins Zimmer trat, sah sie, wie das Gesicht des Mädchens kreidebleich wurde. Doch sie erhob sich sofort, trat vor ihn hin und sagte leise: „Nathan, ich wollte dir sagen, wie leid es mir tut – was ich dir angetan habe.“

Nathan blickte zu ihr herab und versuchte, etwas in ihren Augen zu finden. Sein Gesicht verriet eine Mischung aus Verletztheit und Bitterkeit. Er sagte kurz: „Wahrscheinlich mußtest du so handeln.“

Die Kälte in seiner Antwort und der harte Blick in seinen Augen trafen sie wie ein Schlag. Sie biß sich auf die Lippen und sprach: „Ich werde nie vergessen, was du für mich getan hast, Nathan. Ich – ich hoffe, du kannst irgendwann besser von mir denken – wenn einige Zeit vergangen ist.“

Sie verließ den Raum, und Molly sah, daß Adam so wütend wie selten war. Bevor er jedoch sprechen konnte, sagte sie schnell: „Nathan, versuche doch, es von ihrer Warte aus zu sehen – sie war allein, und du hast ihr geholfen wie sonst niemand. Ich habe nie einen so dankbaren Menschen wie sie erlebt.“

„Du hast es gewußt, nicht wahr?“

„Ja, aber –“

„Und ich habe herausgefunden, daß Daniel Greene und seine Mutter es auch wußten. Warum hat *mir* keiner etwas gesagt?“

„Oh, um Himmels willen, Nathan!“ rief Adam aus. „Du klingst ja wie ein verwöhnter kleiner Junge, der heult, weil er nicht mitspielen darf! Ich bin so stolz auf dich gewesen – aber jetzt schäme ich mich für dich, wenn ich sehe, daß du ein Mädchen haßt, das eine schreckliche Zeit durchgemacht hat!“

Seine Worte trafen Nathan schwer, denn er schätzte die Anerkennung seines Vaters mehr als alles auf der Welt. Aber eigensinnig preßte er die Lippen zusammen und sagte nur gezwungen: „Ich hasse – *sie* nicht." Beide sahen, wie schwer es ihm fiel, auch nur dieses Wort über die Lippen zu bringen. Molly wußte, wie sensibel er war. Für Adam war er ein erwachsener Mann, aber ihr war bewußt, daß Nathan unter dem militärischen Auftreten an manchen Stellen noch weich wie ein Kind war.

Die Atmosphäre war gespannt, und Nathan verließ sie bald wieder mit erhobenem Haupt und einer Blässe auf seinem gebräunten Gesicht. „Das war wohl nicht gerade die beste Idee meines Lebens, nicht wahr, Molly?" seufzte Adam, als er ihm nachblickte.

„Ich glaube, du hast das richtige getan", sagte sie prompt und legte den Arm um ihn. „Er ist so verwirrt, Adam. Aber er hat ein gutes Herz. Wir müssen nur Geduld haben und vertrauen, daß Gott ihn führt."

„Aber es bleibt nicht viel Zeit. Sampson kann jeden Augenblick mit diesen verfluchten Papieren zurück sein." Er seufzte und blickte durch das Fenster hinaus in die Dunkelheit. „Ich wünschte, der Herr würde bald eingreifen."

„Ich habe eine Idee", sagte Molly langsam. „Vielleicht können wir damit die Sache etwas beschleunigen." In ihren grauen Augen funkelte ein geheimnisvolles Licht. Adam hatte schon lange erfahren, daß normalerweise etwas passierte, wenn seine Frau diesen Blick aufsetzte.

„Oh, Molly, das kann ich nicht!" jammerte Julie. Sie stand mitten im Zimmer und betrachtete sich im Spiegel. „Alle werden mich anstarren!"

„Das sollen sie doch gerade, Julie – das ist ein Teil meines Planes." Molly kniete auf dem Boden und arbeitete an dem Saum des schönen weißen Kleides, das sie und Julie an diesem Nachmittag gekauft hatten. Sie stand auf, trat zurück und unterzog das Mädchen einem kritischen Blick. Dann nickte sie: „Du wirst das schönste Mädchen auf dem Ball sein. Aber –" Ein Klopfen an der Tür unterbrach sie, und sie sagte: „Freund Daniel ist da. Vergiß nicht, was ich dir gesagt habe."

„Es wird nie gelingen!" seufzte Julie und dachte an den Tag zurück, an dem Molly mit ihrer Idee zu ihr gekommen war. *Nathan sieht in dir nur einen Mann, Julie – wir müssen also dafür sorgen, daß er erkennt, daß du eine Frau bist! In drei Tagen ist ein Ball. Nathan wird bestimmt dort sein. Wir kaufen dir das schönste Kleid in ganz Boston, putzen dich schön heraus, und wenn Nathan dich als junge Frau sieht, muß er einfach seine Meinung ändern!*

Julie hatte schließlich widerwillig zugestimmt, doch jetzt, da es ernst wurde, stand sie angsterfüllt im Raum, während Molly Daniel einließ. „Julie ...!" Daniel trat vollends ein, blieb aber wie angewurzelt stehen und riß die Augen weit auf, als er sie erblickte.

„Ist sie nicht schön?" strahlte Molly.

„Wunderschön." Daniel trat näher, und Julies Wangen erröteten, als er sie anblickte, als habe er sie noch nie zuvor gesehen. Dann schüttelte er den Kopf und lächelte. „Ich habe Ihnen ja schon gesagt, Mrs. Winslow, daß ich mir ziemlich seltsam vorkomme – ein Freund, der auf einen weltlichen Ball geht." Um seine Augen lagen leichte Lachfältchen und sein Lächeln wurde breiter, als er fortfuhr: „Aber ich glaube, diese junge Dame braucht einen Aufpasser und Beschützer – so wie sie aussieht!"

„Ich will nicht gehen!"

„Du mußt", sagte Molly bestimmt und scheuchte sie zur Tür. „Ich würde gern Nathans Gesicht sehen, wenn er dich zum ersten Mal in diesem Kleid erblickt! Du mußt mir alles erzählen, wenn du nach Hause kommst."

Daniel war mit einer Kutsche vorgefahren und half ihr hinein, dann stieg er selbst auf und ergriff die Zügel. „Wir kommen etwas spät."

„Dan, wir brauchen doch nicht zu dem Ball fahren!" bettelte sie. „Wir können einfach spazierenfahren und uns unterhalten."

Er antwortete eine Weile nichts, sondern wartete, bis sie die breiten, mit Ulmen gesäumten Straßen passiert hatten. Schließlich blickte er sie an, kauerte sich zusammen und sah völlig elend aus. „Um die Wahrheit zu sagen, Julie. Dazu wollte ich Sie eigentlich überreden. Sie wissen, wie ich für Sie fühle, und es gehört viel dazu, wenn ich zulasse, daß Nathan Sie so sieht."

„Er wird sich nichts daraus machen, Daniel."

„Wenn er das wirklich tut, dann wartet der treue Freund Daniel Greene auf Sie, Julie."

Sie antwortete nicht. Bald fuhren sie vor einem riesigen Gebäude vor, das den Himmel mit einer Vielzahl von Lichtern erhellte. Dan reichte einem Diener die Zügel und half ihr beim Aussteigen. Sie gingen einen Weg hinauf, der so breit war wie eine Straße, und traten durch große Türen in ein geräumiges Foyer. Durch mehrere Doppeltüren zu ihrer Rechten sahen sie viele Menschen. Die Musik umfing die beiden, als sie den Raum betraten.

„Hier ist es anders als bei unseren Sabbatversammlungen, nicht wahr, Julie?" sagte Dan leise und blickte sich interessiert im Raum um.

Auf die in leuchtenden Farben gekleideten Frauen warfen Tausende kleiner Kerzen, die in den massiven Kronleuchtern über ihren Köpfen flackerten, ihren Schein. Alles schien sich zu bewegen, einige tanzten, und andere gingen am Rand der Tanzfläche spazieren, suchten die Tische mit den Erfrischungen auf oder unterhielten sich angeregt. Das Stimmengewirr aus Lachen und Gesprächen übertönte beinahe das kleine Orchester, das am anderen Ende des Raumes spielte. Viele Gäste waren Offiziere. Ihre gelb- und blaufarbenen Uniformen hoben sie deutlich von den Zivilisten ab, die dunklere Farben trugen.

„Gehen wir bitte zu den Tischen hinüber", schlug Dan vor. „Freunde sind keine leidenschaftlichen Tänzer."

Als Julie ihm durch die Menge folgte, wurde sie sich bewußt, daß sie viele Blicke auf sich zog. Eine Frau in einem scharlachroten Kleid starrte sie an und fragte so laut, daß sie es hören konnte: „Wer ist denn das?" Ihr Begleiter, ein großer Major in der Uniform der 19. Marylandkompanie, beugte sich vor und flüsterte ihr etwas ins Ohr. Die Augen der Frau leuchteten. „*Das* ist sie also!" Dann sagte sie etwas zu der Frau zu ihrer Linken, und die beiden lachten.

Als sie den Tisch erreichten und Dan das Aufsehen bemerkte, das sie erregten, sagte er: „Machen Sie sich nichts daraus. Es gibt immer Leute, die nicht gerade freundlich sind."

Julie ertrug tapfer die Blicke und die Kommentare, die sich auf sie richteten, und sehnte sich danach, davonlaufen zu können. Doch plötzlich stand jemand vor ihr, und als sie aufblickte, erkannte sie Oberst Knox. Er lächelte sie an und sagte: „Meine Frau ist sehr eifersüchtig, Miss Sampson. Ich werde also wahrscheinlich dafür büßen müssen – aber ich muß mit der schönsten Frau auf diesem Ball tanzen!"

Ehe sie sich versah, befand sich Julie mit ihm auf der Tanzfläche. Knox war zwar groß, aber sehr leichtfüßig, und als der Tanz zu Ende war, bemerkte Julie, daß er sie zum Tanz aufgefordert hatte, um allen zu zeigen, daß er hinter ihr stand. „Sie sind so nett zu mir, Herr Oberst", flüsterte sie, als er sie zu Daniel zurückführte.

Er drückte sie leicht am Arm und flüsterte: „Sie und dieser Christenhaufen werden die Sache schon durchbeten!" Dann war er verschwunden, und drei Offiziere baten um den nächsten Tanz. Der Sieger war ein lächelnder Virginier aus Adams Kompanie. Ihm folgte ein großer Hauptmann und eine Reihe anderer.

Nathan und Abigail kamen spät, aber Daniel hatte nach ihnen Ausschau gehalten. Er ging durch den Saal, noch bevor sie Gelegenheit hatten, mit jemandem zu sprechen, und sagte: „Nathan, ich hatte noch nicht die Ehre, Ihre Verlobte kennenzulernen." Er verbeugte sich, als Nathan die beiden miteinander bekannt machte, und sagte: „Ich gratuliere Ihnen beiden."

„Sind Sie allein hier, Mr. Greene?" fragte Abigail.

„Nein – aber meine Begleiterin hat sich als so beliebt herausgestellt, daß ich etwas außen vor stehe." In diesem Augenblick tanzte Julie in den Armen eines jungen Brigadiers höchstens fünf Meter an ihnen vorbei. „Ich glaube, Sie kennen sie, nicht wahr?"

Abigail richtete sich plötzlich auf und kniff die Augen zusammen, aber Dan beobachtete Nathan. Er riß den Mund auf, und seine hellblauen Augen verrieten seine Ungläubigkeit. „Das ist ja Laddie!" flüsterte er, ohne zu bemerken, daß er den gewohnten Namen benutzt hatte.

„Nicht Laddie", korrigierte ihn Daniel. „Miss Julie Sampson. Ist sie nicht hübsch?"

Das Kleid, das Julie trug, war ganz in Weiß und hatte einen weiten Rock und ein enges Mieder, das ihre schlanke Figur betonte. Ihre Haare waren zwar kurz, aber Molly hatte sie so frisiert, daß sie ihr Gesicht in leuchtenden, schwarzen Locken umrahmten. Sie trug nur ein Schmuckstück, eine Goldkette mit einem grünen Stein, der auf ihrem Hals funkelte. Ihre Haut war makellos, und Nathan blickte erschrocken auf die voll geschwungenen Lippen, die mandelförmigen Augen und die schön geformten Augenbrauen.

„Darf ich Sie um Ihren ersten Tanz bitten, Miss Howland", fragte Daniel und fügte mit einem Funkeln in seinen braunen Augen unschuldig hinzu: „Nathan, ich bin sicher, Sie bekommen einen Tanz mit Miss Sampson, wenn Sie sich beeilen." Er handelte so schnell, daß keinem von beiden Zeit blieb zu reagieren. „Darf ich bitten, Miss Howland ..." sagte er, als er sie an der Hand nahm und auf die Tanzfläche führte. „Ich bin nur ein einfacher Pfarrer, Sie müssen also meinen unbeholfenen Schritt entschuldigen ...!"

Nathan blieb allein zurück und war versucht, Daniel zu folgen und Abigail zurückzufordern. Die Wut und Bitterkeit, die er seit Tagen darüber gehegt hatte, daß Julie ihn getäuscht hatte, war zu einem gewissen Grad geschwunden, und plötzlich ergriff ihn eine seltsame Neugier. Er ging schnell über die Tanzfläche, drängte sich vor einen jungen Mann, der sich um den nächsten Tanz bemühte, und fragte: „Tanzen Sie mit mir, Miss Sampson?"

Sein Anblick, als er plötzlich vor ihr stand, rührte Julies Nerven so tief an, daß sie nur nicken und murmeln konnte: „Natürlich." Die Berührung seiner Hand löste ein Kribbeln in ihr aus, und als er sie über die Tanzfläche führte, kam sie sich vor, als träume sie.

Er blickte auf sie herunter und dachte plötzlich: *Sie ist so klein!* Sie war groß, aber schlank und fein gebaut. Ihr Gesicht war nach unten gerichtet, und er blickte auf ihre wohlgeformten Gesichtszüge und war erstaunt über ihre Anmut und Schönheit. Schließlich hob sie den Kopf, lächelte ihn mit zitternden Lippen an und flüsterte: „Haßt du mich so sehr, Nathan?"

Ihre Sanftheit durchbohrte ihn wie ein Messer, und er fühlte einen Anflug von Zuneigung, als er plötzlich an die erste Zeit denken mußte, die er mit ihr erlebt hatte. Er wollte etwas sagen, bemerkte aber, daß sie im Mittelpunkt der Aufmerksamkeit standen. „Ich muß mit dir sprechen", sagte er abrupt, und als sie an einer großen Balkontür vorbeitanzten, zog er sie von der Tanzfläche. Die Türen führten zu einem niedrigen Balkon hinaus, von dem aus man einen großen Garten überblicken konnte. Der Mond schien hell über ihnen, und der Klang der Musik wirkte fast gespenstisch in der Stille der Nacht.

Er machte eine Pause, blickte sie an und sagte: „Ich – ich kann es kaum fassen, wie schrecklich ich dich behandelt habe – Julie." Zum ersten Mal benutzte er ihren Vornamen. Das erwärmte sie, wie sein ganzes Verhalten.

„Es war nicht deine Schuld, Nathan. Ich weiß, was man sagt – die ganzen schrecklichen Witze ...!"

Er schüttelte den Kopf und ging auf und ab. Sein Gesicht verriet, daß er sich schämte. Mehrere Minuten lang machte er sich selbst große Vorwürfe, und sie unternahm keinen Versuch, ihn aufzuhalten. Schließlich blieb er stehen, und sie sagte: „Nathan – tust du mir einen Gefallen?"

„Natürlich!"

Sie trat vor ihn und hielt ihm die Hände entgegen. „Denk an die guten Zeiten und vergiß die letzten Tage!"

Er ergriff ihre Hände und wunderte sich darüber, daß ihm nie aufgefallen war, wie schlank ihre Finger waren. Ihr Gesicht war ihm zugewandt, und er sagte: „Das ist nett von dir, Julie. Das würde ich gern. Es gab auch gute Zeiten, nicht wahr?"

Ihre Lippen öffneten sich, und sie sagte: „Oh, ja! Du bist der freundlichste Mann, den ich je kennengelernt habe! Und – ich werde dich immer lieben!"

Jetzt war es an Nathan, erschrocken zu sein. Er meinte, er habe sie falsch verstanden. Er beugte sich vor und brachte sein Gesicht nahe an ihres. „Ich habe dich nicht richtig verstanden."

Julie wußte, daß sie sich schrecklich irrte, aber seine Sanftheit hatte sie schwach gemacht, und sie hob langsam die Hände und legte sie ihm hinter den Kopf. Dann zog sie seinen Kopf nach unten und flüsterte: „Ich habe gesagt: *Ich liebe dich!*" Dann schloß sie die Augen und küßte ihn voll auf die Lippen.

Nathan hatte nie einen solchen Schreck erlebt, und die Berührung ihrer weichen Lippen war süßer als alles, was er sich je erträumt hatte. Er hielt sie fest, seine Arme legten sich, ohne daß er noch etwas dachte, um sie, und die Musik, die durch die Luft klang, ließ ihn alles um sich herum vergessen.

„Nathan! Ich sehe, du und *Laddie* versteht euch sehr gut!"

Nathan richtete sich auf, wirbelte herum und war entsetzt, als er Abigail mit Freund Daniel Greene an ihrer Seite vor sich stehen sah. Sie war wütend, und er hätte kein Wort über die Lippen bringen können, selbst wenn es um sein Leben gegangen wäre.

Daniel hatte den Kuß auch gesehen, und er kannte in seiner eigenen Seele etwas von der bitteren Eifersucht, die aus Abigails Augen aufblitzte. Aber die jahrelange Übung in der Geduld der Quäker kam ihm zu Hilfe, und als er alle drei anblickte, zwang er sich zu einem Lächeln. Er legte Abigail eine Hand auf den Arm und sagte: „Regen Sie sich nicht zu sehr auf, Miss Howland. Nathans Mutter hat mir erzählt, daß er schon immer ein liebesbedürftiger Junge war."

Aber Abigail lächelte nicht. Sie packte Nathan am Arm, riß ihn von Julie fort und zerrte ihn praktisch vom Balkon.

„Sieht aus, als bekomme Freund Nathan einiges zu hören", bemerkte Dan trocken. Dann fragte er: „Ich habe genug Unterhaltung für diesen Abend gehabt. Können wir gehen?"

„Ja!"

Julie folgte ihm vom Balkon, und als sie in der Kutsche aus dem riesigen Garten fuhren, blickte Daniel zu dem Haus zurück und schüttelte den Kopf. „Ich glaube, weltliche Vergnügen sind auch nicht ganz das, was man sich immer davon erzählt!"

KAPITEL SECHSUNDZWANZIG

Eine Sache der Ehre

Tag für Tag bewegten sich Einheiten aus Cambridge und Boston nach New York, denn Washington und sein Stab waren überzeugt, daß Howe dort zuschlagen werde. Knox arbeitete mit allen Kräften daran, Kanoniere auszubilden, um die Kanonen, die ihnen die Briten hinterlassen hatten, bedienen zu können. Adam hielt die Virginier mit ständigen militärischen Übungen in Bewegung. „Ich rechne damit, daß wir in einer Woche aufbrechen, Molly", sagte er eines Abends nach dem Essen.

„Was wird aus Julie, wenn wir weggehen – wenn dieser Halunke Sampson bis dahin noch nicht aufgetaucht ist?"

Adam zuckte mit den Schultern und brummte verächtlich. „Ich weiß es nicht. Ich dachte, sie könnte wieder davonlaufen. Aber wohin?" Er streckte sich, dann warf er Molly einen nachdenklichen Blick zu. „Ich hatte die Idee, daß dieser Quäker sie heiraten könnte. Damit wäre das Problem gelöst."

„Ja – aber ich glaube nicht, daß sie ihn heiraten wird."

„Er ist ein guter Mann." Dann betrachtete er sie genauer und wollte wissen: „Was geht in deinem Kopf vor? Ich kenne diesen Blick!"

„Oh – ich habe nur nachgedacht." Sie wich seiner Frage aus und sagte: „Charles will, daß wir morgen zu ihnen zum Abendessen kommen."

„Oh, Molly, dazu habe ich keine Lust!"

„Ich weiß, Adam, aber ich glaube, wir sollten hingehen." Sie kam zum Tisch und setzte sich neben ihn. Sie ergriff seine kräftige Hand, streichelte sie sanft und fuhr mit dem Finger über eine lange, weiße Narbe, die die Form eines Angelhakens hatte und sich um seinen Daumen krümmte. „Ich fühle mich dort auch nicht wohl, aber wir sollten hingehen – um Charles willen."

„Ich verstehe dich nicht."

„Er will dir danken, daß du sein Haus gerettet hast – und versuchen, die Dinge zwischen euch zu bereinigen. Er hat mich heute besucht, als du fort warst, und hat uns gebeten zu kommen. Ich versuchte, ihm zu erklären, daß wir nicht könnten, aber er bettelte fast. Ich glaube, dieses eine Mal sollten wir vielleicht gehen."

„Oh, muß das denn sein!" brummte er. „Ich will keinen Dank ...!" Dann warf er die Hände in die Höhe und ergab sich, wie immer, wenn sie ihn um etwas bat. „Also, wir gehen hin – aber wir verschwinden so bald wie möglich wieder. Martha wird mich wie immer am liebsten lynchen. Kommt Nathan auch?“

„Ja, mit Abigail – wenn sie mitgeht. Sie und Nathan hatten eine kleine Auseinandersetzung. Er spricht nicht darüber – aber Abigail macht ihm das Leben momentan nicht leicht. Deshalb läßt er den Kopf so hängen. Sie läßt ihn zappeln und will ihn damit für etwas bestrafen.“

„Er sollte ihr die Peitsche geben“, grinste Adam. „Ein paar kräftige Prügel von Zeit zu Zeit – das brauchen alle Frauen! Aber ich fürchte, er ist zu verliebt, um vernünftig zu handeln.“

Molly kniff ihren Mann gutmütig in den Arm. „Laß Nathan solche Worte lieber nicht hören. Er könnte dich beim Wort nehmen!“

Julie, die oben in ihrem Zimmer saß und in ihr Tagebuch schrieb, hatte dieselben Gedanken, aber sie wagte nicht, sie Nathan gegenüber zu äußern. Sie schrieb stirnrunzelnd und bearbeitete das Papier so aufgebracht, daß sie die Spitze ihrer Feder mehrmals abbrach:

Ich könnte ihr ihren dummen Kopf abreißen! Oder ihm seinen! Es ist schon fast zwei Wochen her, und sie behandelt Nathan völlig unmenschlich, seit sie uns auf dem Balkon ertappte.

Wenn er auch nur ein wenig Grips hätte, würde er ihr einen Grund geben, eifersüchtig zu sein! Aber das wird er nicht – er hat so große Angst, sie zu verlieren.

Das einzige Gute an der Sache ist, daß ich ihn jetzt fast jeden Tag sehe. Er besucht Abigail. Und sie quält ihn entweder eine kurze Weile und schickt ihn dann nach Hause, oder sie will ihn überhaupt nicht sehen.

Ich würde es ihr am liebsten zeigen! Er ist so traurig, und ich vermute, dieser eine Kuß hat ihn davon überzeugt, daß ich ein Mädchen bin. Er ist so sanft zu mir, und wenn er von ihr gedemütigt zu uns kommt, ist er so verletzlich. Gestern erzählte er mir, wie schlecht er sich fühle, und wir saßen ganz nah nebeneinander auf dem Sofa. Ich glaube wirklich, wenn ich ihm auch nur ein einziges Zeichen gegeben hätte, hätte er mich wieder geküßt!

Aber das habe ich nicht. Selbst wenn diese Frau ihn mir direkt in die Arme treibt (sozusagen!), kann keine andere Frau mit ihm etwas anfangen – so wie sie ihn verzaubert hat!

Außerdem habe ich den ganzen Tag darauf gewartet, daß Aaron zurückkommt. Seit er fortgefahren ist, zittere ich jedes Mal, wenn

die Tür aufgeht! Ich werde fast krank, wenn ich an ihn denke – was er mit mir anstellen wird, wenn er mich zurück in Philadelphia hat!
Gott, hilf mir! Du bist der Vater der Waisen!

Sie schloß das Tagebuch, kniete nieder und betete lange, dann verließ sie ihr Zimmer. Molly und Adam waren schon zu Bett gegangen. Sie bereitete sich eine Tasse Tee zu und nippte daran, als die Tür sich öffnete und Nathan eintrat. Er wirkte schwermütig und fragte mit trauriger Stimme: „Sind meine Leute schon im Bett?"

„Ja, sie haben sich früh hingelegt. Hättest du sie gebraucht?"

Er zuckte mit den Schultern und wandte sich zum Gehen. „Es kann bis morgen warten."

„Ich habe gerade Tee gekocht."

Er kam zurück und setzte sich. Der warme Tee schien ihn aufzumuntern, aber er wirkte unruhig. „Ich bin heute nicht müde. Will nicht zu Bett gehen."

„Geh doch mit mir um den Teich spazieren." Das Haus, das die Winslows gemietet hatten, lag in den Außenbezirken der Stadt, und der kleine Teich, der unter dem Schutz eines riesigen Nußbaumes lag, war ein Gottesgeschenk für sie. Sie hatte die kleinen Flußbarsche geangelt, die sich darin tummelten, und hatte sich in den späten Abendstunden bei ihren Spaziergängen an dem Teich erfreut.

Nathan erwiderte schnell. „Wenn du nicht müde bist, gern."

Die sanfte Frühlingsbrise hatte die Erde erwärmt und die Frösche geweckt. Sie quakten lautstark wie gespenstische Schlittenglocken, bis Nathan und Julie den kleinen ausgetretenen Weg, der um den Teich herumführte, betraten. Die plötzliche Stille ließ Julie auflachen. „Die Frösche trauen uns nicht. Sie glauben, der Teich gehöre ihnen, und wir dringen in ihr Gebiet ein."

„Wahrscheinlich." Nathan hob den Blick zum Himmel und betrachtete den Vollmond. Dann meinte er: „Schau, Julie, um den Mond herum liegt ein dünner Ring – ich wüßte gern, was das ist."

„Ich kenne mich mit Sternen nicht gut aus", erwiderte sie. Sie setzten ihren Weg fort, und der Teich lag so still, daß das Spiegelbild des Mondes darin aussah, als sei es echt. Nathan bückte sich, hob einen Kieselstein auf und warf ihn in den Teich; er schlug mit einem lauten *Blubb* auf. Schnell größer werdende Kreise zerschnitten das Bild des Mondes. Als die winzigen Wellen das Ufer erreichten, murmelte er: „Ein kleiner Stein – und er hat das ganze Bild verändert. Es ist nicht viel nötig, um alles durcheinander zu bringen, nicht wahr, Julie?“

Sie blickte schnell zu ihm auf und wußte, daß er an Abigail dachte. Sie fand es ungerecht, wie er sich von ihr behandeln ließ. „Die Zeit bringt alles wieder ins rechte Lot, Nathan.“ Sie deutete auf den Teich. „Schau! Die Wellen sind fast schon verschwunden, und bald ist wieder alles wie vorher – glatt und klar.“

„Das Leben ist anders.“

„Ja – weil wir mehr sind als ein Teich“, stimmte sie ihm zu. Sie sehnte sich danach, ihm etwas zu sagen, das seinen Trübsinn, der ihm das Leben erschwerte, weggenommen hätte. Er war immer fröhlich gewesen, selbst wenn es schlecht gestanden war, aber diese Leichtigkeit hatte er verloren. Schließlich sagte sie: „Abigail wird dir vergeben.“

Er blickte sie an und schüttelte den Kopf. „Sie – sie glaubt, daß ich die ganze Zeit schon gewußt hatte, daß du ein Mädchen bist. Sagt, so eng, wie wir beide uns standen, hatte ich es einfach wissen müssen.“ Seine Zähne blitzten in einem schnellen Lächeln auf, und er fuhr reumütig fort: „Ich verstehe sie. Wenn ich dich jetzt sehe, erscheint es mir völlig unmöglich, daß ich nichts kapierte!“

„Oh, ich habe es schlau angestellt“, erklärte sie. „Sie wird darüber hinwegkommen, Nathan.“

„Vermutlich –“ Er blieb stehen und blickte ihr unverwandt in die Augen. Er war so groß, daß sie den Kopf zurücklegen mußte, um zu ihm aufzublicken, und er legte ihr die Hände auf die Schultern und sagte: „Julie, ich sollte dich nicht auch noch mit meinen Sorgen belasten. Du hast mehr als ich. Ich mache mir Sorgen um dich. Vielleicht sollten wir einen Anwalt nehmen – du kannst doch mit Sampson nicht nach Philadelphia zurückfahren!“

Sie war sich seiner Hände auf ihren Schultern bewußt, ließ sich aber nichts anmerken. „Es wird alles gut werden, Nathan.“

„Meinst du –“ Er ließ plötzlich die Hände sinken, als habe er sie sich verbrannt, und sagte unbeholfen: „Ich – ich glaube, wir gehen lieber zurück.“

„Einverstanden.“ Sie spazierten zurück und sprachen wenig, doch als sie zur Tür kamen, sagte Julie: „Dein Onkel Charles war heute hier. Er will, daß ihr morgen abend alle zu ihm zum Essen kommt – sagte, du sollst Abigail auch mitbringen.“

„Bezweifle, daß sie kommen wird.“

Ein Anflug von Ärger durchfuhr Julie. „Sag ihr, daß ich dort sein werde – dann kommt sie bestimmt.“

Er fühlte sich nicht wohl in seiner Haut und sagte: „Wird kein großes Vergnügen für dich werden. Sie ist wütend auf dich."

Julie lächelte amüsiert, als sie ins Haus trat. „Sie kann mir nicht wehtun, Nathan. Gute Nacht."

Ob Abigail sich dafür entschied, die Einladung zum Abendessen bei den Winslows anzunehmen, weil Julie dort sein würde, wußte Nathan nicht genau. Er blickte Abigail über den Tisch hinweg an und dachte, daß er noch nie etwas Schöneres gesehen habe. Sie trug ein blaues Seidenkleid, das ihre Arme unbedeckt ließ, und ihr dickes, braunes Haar war zu einer Krone gewunden, die vor Juwelen funkelte. Die Grübchen auf ihren Wangen waren oft zu sehen, denn sie war den ganzen Abend bezaubernd gewesen.

Sie hatte ihn geküßt, als er sie abholte – das erste Mal seit dem Ball, und auf ihrem Weg zu den Winslows war sie so gut gelaunt, als wäre nie etwas zwischen ihnen vorgefallen. Die Veränderung in ihrem Verhalten erstaunte Nathan und vermittelte ihm eine gewisse Unsicherheit. Sie hatte oft solche Launen, wie er bereits entdeckt hatte, und er konnte sich nicht immer gleich darauf einstellen.

Aber das Abendessen ist gelungen, dachte er und blickte sich um. Selbst Martha Winslow, die Stiefmutter seines Vaters, schien fest entschlossen zu sein, die Stimmung nicht zu verderben. Charles saß an einem Ende des Tisches mit seiner Frau zur Rechten und Anne und Julie zu seiner Linken. Nathan saß zwischen seinen Eltern, und ihm gegenüber saß Abigail zwischen Paul und Martha.

Sie hatten ein reichliches Abendessen zu sich genommen, und das einzige, das die Stimmung etwas trübte, war die Tatsache, daß Paul offensichtlich zu viel trank. Er war schon vor dem Essen ein bißchen angetrunken gewesen, und Nathan hatte bemerkt, daß er wenig gegessen, aber ein Glas Wein nach dem anderen geleert hatte. Sein Gesicht war gerötet, und in seinen Worten und seinen Bewegungen lag eine Unsicherheit. Seine Mutter hatte einmal scharf gesagt: „Paul, du hast jetzt genug Wein!" Aber er schenkte ihr keine Beachtung.

Charles Winslow war weniger gesprächig gewesen als normalerweise, aber schließlich räusperte er sich und sagte in einer Stimme, die die Aufmerksamkeit der anderen forderte: „Ich sitze hier und denke darüber nach, wie traurig es ist, daß unsere Familie so auseinander getrieben wurde. Ein Krieg war nötig, um uns alle um diesen Tisch zu versammeln." Er blickte Adam an und sprach mit einem bedauernden Kopfschütteln: „Ich bin kein guter Redner, aber heute muß ich etwas sagen –"

Er machte eine Pause und blickte unbeholfen in die Runde, dann sagte er mit einer flüchtigen Bewegung seiner Hände. „Adam, ich weiß nicht, wie ich es sagen soll, aber du hast die Familie gerettet – meine Familie, meine ich. Gott weiß, daß du keine Veranlassung dazu hattest! Wir haben dir keinen Grund gegeben, uns zu lieben." An dieser Stelle schien seine Mutter zusammenzuzucken, während Dorcas errötete und den Blick senkte. Charles rang nach Worten, fand jedoch keine und flüsterte nur: „Danke, Adam – für alles, was du getan hast."

Adam rutschte ungemütlich auf seinem Stuhl hin und her, dann platzte er heraus: „Charles, das ist nicht nötig! Welch ein Bruder wäre ich wohl, wenn ich das bißchen, das ich für euch tun konnte, nicht getan hätte? Reden wir nicht mehr davon, bitte."

Charles lächelte schwach und schüttelte den Kopf. „Ich weiß, daß du keinen Dank von mir willst, Adam." Er hob die Augen zu dem Porträt von Miles Winslow, ihrem Vater, an der Wand und sagte: „Ich *sehe aus* wie Vater – aber du *bist* wie er, schon immer!"

Auf dieses Kompliment war Adam nicht vorbereitet gewesen, und er blickte zu dem Gemälde auf. „Er war ein Mann, nicht wahr, Charles? Ich wünschte, wir hätten heutzutage mehr Männer wie ihn."

„Aber Hauptmann Winslow, so sollten Sie nicht sprechen!" Aller Augen richteten sich auf Abigail, wie sie es erwartet hatte. Sie warf Adam ein Lächeln zu und sagte: „Ich bin sicher, Ihr Vater war ein wunderbarer Mann – aber Sie haben einen Sohn, der Großes vollbringen wird! Das Haus Winslow wird eine der größten Familien in diesem neuen Land sein!"

Nathan wand sich ungemütlich auf seinem Stuhl, als Abigail noch weiter sprach. Schließlich sagte er: „Oh, Abigail, ich habe nichts getan. Ich habe nur alles falsch gemacht!"

„Das stimmt doch nicht!" entfuhr es Julie. Dann wäre sie am liebsten in ihrem Stuhl versunken. Sie hatte zu niemandem außer zu Anne ein Wort gesprochen und fühlte sich völlig fehl am Platz.

Abigail starrte sie an und vergaß für einen Augenblick ihr Lächeln, doch sie sagte schnell: „Ich bin sicher, daß Sie eine hohe Achtung vor Nathan empfinden, Miss Sampson." Sie machte eine Pause und fügte dann mit einer scharfen Spitze hinzu: „Immerhin wäre es vermutlich besser für eine Frau, die das tat, was sie getan haben, einen Mann zum *Freund* zu haben – als eine ganze Kompanie!"

Ein entsetztes Schweigen folgte dieser Anspielung. Allen war klar, daß

Abigail Julie anklagte, ein leichtes Mädchen zu sein – und daß Nathan davon nicht ausgenommen gewesen wäre.

Abigail wußte sofort, daß sie zu weit gegangen war, und versuchte schnell, die harte Anklage abzuschwächen. „Ich – ich wollte damit nicht sagen ..."

„Wir wissen alle ganz genau, was du damit sagen wolltest, Abigail!" Paul stand plötzlich auf, und auf seiner Stirn zeigten sich leichte Schweißperlen. Seine Augen waren auf Abigail gerichtet, und seine Stimme klang hart. Er war normalerweise so unbeschwert, daß die Veränderung in seinem Wesen erschreckend wirkte.

„Paul, ich bin sicher, Abigail hat mit dieser Bemerkung nichts gemeint", sagte Charles rasch.

Paul blickte seinen Vater an und sagte leise: „Vater, du hast mir doch in letzter Zeit oft gesagt, daß es dich traurig stimme, daß du, nach allem, was Onkel Adam für dich getan hat, nichts für ihn tun könntest, nicht wahr?"

„Ja, das habe ich gesagt."

„Eines können wir für ihn tun, und ich schlage vor, es zu tun!"

„Paul! Du bist betrunken!" warf Abigail schnell ein.

„Ja, Abigail, ich bin betrunken. Und es ist eine Schande, daß ein Mann sich erst betrinken muß, um das richtige zu tun! Aber ob betrunken oder nüchtern, meine Liebe, wir werden heute abend ein bißchen Wahrheit ans Licht bringen!"

„Paul, bitte tu nichts, was du später bereust." Abigail hatte ihn wütend angeblickt, aber jetzt wurde sie plötzlich sanft und sprach mit einem freundlichen Tonfall.

„Bereuen?" wiederholte er und blickte sie an. Er lachte bitter und sagte scharf: „Ich habe fast alles bereut, was ich je getan habe – aber heute abend werde ich das richtige tun." Er lehnte sich zurück und blickte die Winslows an. „Onkel Adam, wie mein Vater schon sagte, hast du unsere Familie gerettet – aber er irrt sich, wenn er meint, daß wir nichts für dich tun könnten – nämlich um deine Familie zu retten."

Adam und Molly war die ganze Szene peinlich. Jetzt blickte Adam seinen Neffen an. „Paul, ich weiß nicht, wovon du sprichts."

„Ich spreche von Nathan, Onkel Adam."

„Nathan?"

„Oh ja! Und ich spreche von seiner Braut, Miss Abigail Howland."

Nathan stand plötzlich auf und fuhr ihn mit wütenden Augen an: „Paul, halt den Mund!"

„Nein, das tue ich nicht, Nathan", sagte Paul unbeirrt. Ein seltsamer

Blick trat in seine Augen. „Ehre – das war für die Winslows doch immer wichtig, nicht wahr, Onkel Adam?"

„Ich hoffe, Paul."

„Ehre." Paul schien den Klang dieses Wortes auf seinen Lippen zergehen zu lassen, dann lächelte er traurig. „Für mich ist das leider immer nur ein Wort gewesen. Ich habe alle ausgelacht, die dachten, es sei wert, dafür zu leben – oder zu sterben. Aber in letzter Zeit frage ich mich, ob nicht vielleicht *ich* auf dem Holzweg bin."

„Nathan, ich möchte gehen!" erklärte Abigail mit verzweifelter Stimme und kreidebleichem Gesicht.

„Natürlich, Abigail. Ich bringe dich nach Hause", antwortete Nathan. Er wollte schon aufstehen, aber Paul rief laut: „Nathan, du wolltest doch immer wissen, wer dich verraten hat, als du zu Abigail geschlichen bist?"

Diese Frage ließ Nathan aufhorchen. Paul fuhr unbeirrt fort: „Ich habe dich verraten."

„Du!"

„Ja. Ich war in Abigail verliebt, und es sah so aus, als würdest du sie für dich gewinnen."

„Paul!" Charles Gesicht war blutleer, und er schrie aus: „Du hast dein eigenes Fleisch und Blut verraten?"

„Ja. Aber woher wußte ich denn, daß er dort war?"

„Ich habe es dir nie gesagt!" rief Abigail laut.

Paul kramte in seiner Hosentasche und zog mehrere Papierfetzen heraus. „Nathan, du kennst Abigails Handschrift – hier ist der Zettel, auf dem sie mir mitteilte, daß du zu ihrem Haus kommen würdest – und diesen hier bekam ich später. Darauf erklärte sie mir, daß wir unsere Affäre beenden müssen – für eine Weile – weil sie dich braucht, damit du sie vor den Patrioten rettest."

Nathan nahm die Zettel, las zuerst den einen und dann den anderen. Er blickte auf, und sein Blick verriet einen solchen Schmerz, daß Julie am liebsten laut geweint hätte.

„Ich konnte nicht anders!" schrie Abigail, dann verzerrte sich ihr Gesicht, und sie rannte schluchzend aus dem Zimmer.

Paul setzte sich wieder und sagte mit einem leeren Lächeln: „Es tut mir leid für dich, Nathan, aber du tust mir nicht so leid wie sie – oder ich, denn ich liebe sie. Ich weiß, wie sie ist – und ich liebe sie trotzdem. Sie hätte dich kaputt gemacht, Nathan!" Dann wandte er sich um und ging aus dem Raum. Sie hörten die Haustür ins Schloß fallen, als er das Haus verließ.

Nathan hielt die Zettel mit ruhiger Hand an die Flamme, die von einer Kerze aufstieg, und legte sie dann in einen silbernen Aschenbecher. Er sah zu, wie sich das Papier in schwarze Asche verwandelte; dann blickte er in die schweigende Runde und sagte: „Onkel Charles, ich hoffe, du denkst nicht allzu schlecht von Paul. Wenn ein Mann eine Frau liebt – ist er zu den seltsamsten Dingen fähig, glaube ich." Nach einer Weile fragte er leise: „Gehen wir jetzt nach Hause?"

Adam und Molly erhoben sich schnell. Er fragte: „Julie? Kommst du mit uns?"

„Ja, Nathan, ich bin fertig", flüsterte sie, und sie verließen gemeinsam das Haus.

KAPITEL SIEBENUNDZWANZIG

Die Feuerprobe

Am Morgen nach dem Desaster in Charles' Haus schickte Adam Nathan mit auf ein Unternehmen, das Kanonen und Munition von einem Posten in Rhode Island holen sollte. Als Molly ihn deswegen befragte, erklärte er: „Ich hätte auch einen anderen schicken können – aber Nathan muß ein bißchen Abstand bekommen." Er verzog das Gesicht, schlug abrupt die Hände zusammen und rief aus: „Molly, als er gestern abend begriff, was dieses Mädchen getan hatte, war es, als hätte ihm jemand eine Kugel ins Gehirn geschossen!"

„Ich weiß, Adam." Mollys Augen waren müde, und sie versuchte zu lächeln. „Ich glaube, es kann ihm nicht schaden, eine Weile fortzukommen."

„Er war so deprimiert, daß ich schon fürchtete, er werde desertieren. Seine Verpflichtung läuft in zwei Wochen aus – bis dahin sind wir sicher schon nach New York unterwegs."

Als Molly Julie später erzählte, was Adam getan hatte, erwiderte sie: „Das ist das beste. Er ist so tief verletzt!" Die ältere Frau blickte sie mitfühlend an und dachte in ihrem Herzen: *Du aber auch, mein Kind!*

Die Tage vergingen, und Julie sprach wenig, aber der Gedanke an Aarons Rückkehr ließ sich nie völlig aus ihren Gedanken verdrängen. Sie aß wenig und zeigte nur selten ihr fröhliches Lächeln. Es gab nicht viel Arbeit für sie, und so verbrachte sie, nachdem das Haus sauber war, lange Stunden neben dem kleinen Teich und saß unter den goldgrünen Blättern. Stundenlang las sie in der Bibel, besonders in den Psalmen; dann ging sie um den Teich spazieren und betete leise. Sie betete und dachte nach. Die Angst wollte mit eiserner Faust nach ihr greifen, aber jedes Mal suchte sie Gott, und ein tiefer Friede legte sich über sie.

Außer Molly sah sie fast keinen Menschen, was ein Segen für sie war, denn ihr innerer Kampf forderte ihre ganze Aufmerksamkeit. Sie dachte manchmal an Daniel Greene; der freundliche Quäker war verschwunden. Einmal hatte sie Adam nach ihm gefragt, aber er hatte nur erklärt: „Er ist viel mit seinem Onkel, General Greene, zusammen. Nathanael ist ein Wandervogel – vielleicht hat er den jungen Mann mit auf einen seiner Kundschaftsritte genommen."

Insgeheim dachte Julie, er sei nach Hause zurückgekehrt, und war enttäuscht, aber je mehr sie sich mit ihrer Suche nach Gottes Willen beschäftigte, umso seltener dachte sie an ihn. Molly war ein Segen, denn die Frau mit den grauen Augen hatte das Blut der Gläubigen in ihren Adern und wußte, was es bedeutete, auf Gott zu harren. Manchmal saß Julie stundenlang und hörte zu, während Molly mit sanfter, aber fester Stimme aus der Bibel vorlas, und obwohl sie wenig über den Sinn oder eine Auslegung der Stelle sagte, gab es auch Zeiten, in denen sie einen Vers las, dann einen langen Augenblick mit geschlossenen Augen eine Pause einlegte – und schließlich Julie anlächelte und etwas über die Bedeutung sagte, so daß der Vers dem Mädchen plötzlich sehr lebendig wurde.

Julie war überrascht, als ihr Paul Winslow entgegenkam, während sie an einem Spätnachmittag spazierenging. Er blieb vor ihr stehen und sagte: „Entschuldigen Sie, daß ich Sie störe, Miss Sampson." Müdigkeit zeichnete sich auf seinen klaren Gesichtszügen und ließ ihn älter aussehen. Sein Auftreten war demütig. „Vielleicht wollen Sie lieber nicht mit mir sprechen – das könnte ich Ihnen nicht verdenken."

„Haben Sie Lust, ein bißchen mit mir spazierenzugehen, Mr. Winslow?" fragte sie. Ihre sanfte Antwort erhellte seine Augen.

„Danke." Er ging neben ihr her, und mehrere Minuten lang sprach er kein Wort. Sie sah ihm an, daß er sich verändert hatte; er rang mit seinen Gedanken und versuchte, etwas zu sagen, das ihm schwer fiel.

„Ihnen ist wegen Nathan nicht wohl in Ihrer Haut, nicht wahr, Mr. Winslow?" fragte sie ruhig, denn sie hatte das Gefühl, daß ihn das zu ihr geführt hatte.

Er blickte sie erstaunt an. Dann lächelte er und nickte. „Sie sind eine scharfsinnige junge Frau!" Er biß sich nervös auf die Unterlippe und warf in einer hilflosen Geste die Hände hoch. „Was soll ich sagen? Vater spricht nicht mehr mit mir – und er hat völlig recht ...!"

Sein Gewissen quälte ihn, und die Leichtfertigkeit, die aus ihm gesprudelt war, war verschwunden. Sie sprach wenig, als sie weitergingen und er von seinem Leben erzählte, denn sie sah, daß er jemanden suchte, bei dem er sein Bekenntnis loswerden konnte.

Schließlich hielt er inne und sagte mit hoffnungsloser Stimme: „Ich – ich weiß nicht, warum ich mit all dem zu Ihnen komme. Eigentlich bin ich nicht ein Mann, der viel über seine inneren Probleme und Nöte spricht. Ich – ich glaube, ich wollte Nathan sagen, wie leid mir alles tut. Stattdessen habe ich Sie gefunden." Er hatte den Blick auf den Boden gesenkt. Jetzt hob er den Kopf, blickte ihr in die Augen und sprach. „Ich lasse Sie jetzt lieber wieder allein –"

„Gehen Sie nicht, Paul." Sie nannte ihn unbewußt bei seinem Vornamen, denn in ihm lag etwas Jugendliches und Verletzliches, als er so vor ihr stand. „Wir können noch ein bißchen weiter darüber sprechen." Seine Augen leuchteten auf, und über eine Stunde lang gingen sie spazieren, und sie erzählte ihm von ihrem inneren Kampf, Ruhe zu finden. Als er ihr zuhörte, fesselte ihn der einfache Glaube in ihrer Stimme. Sie sprach nicht viel über die prekäre Situation, in der sie sich befand, aber er wußte davon und bewunderte ihren stillen Mut.

Schließlich verließ er sie mit den Worten: „Sie waren mir eine große Hilfe, Julie." Dann trat eine Spur seines alten Humors in seine Augen, und sie sah das erste Lächeln auf seinem Gesicht, seit er zu ihr gekommen war. „Wissen Sie, was Sie für mich tun könnten?" Er machte eine feierliche Pause und sagte schließlich: „Ich bitte Sie, für mich zu beten!"

Sie lächelte ihn an. „Ich habe nicht auf Ihre Erlaubnis gewartet, Paul."

Er zwinkerte, nickte, wandte sich abrupt ab und verließ sie. Später erzählte sie Molly von dem Besuch.

„Er ist auf der Suche nach dem richtigen Weg", erwiderte Molly. „Aber den Winslows gelang es bisher immer noch, sich aus der schlammigen Grube ziehen zu lassen." Dann schüttelte sie den Kopf und sagte: „Dieses Mädchen! Sie hätte *einen* guten Mann haben können – aber das genügte ihr nicht!"

„Molly", fragte Julie plötzlich. „Sagt die Schrift nicht, daß wir für die Menschen beten sollen, die uns schändlich mißbrauchen? Beten Sie für Abigail?"

Molly erwiderte: „Ja – aber es ist nicht so schwer, Julie. Mir hat sie nicht übel mitgespielt."

„Aber so wie sie Nathan behandelt hat –?"

„Sie hätte uns allen viel mehr geschadet, wenn sie ihn geheiratet hätte, Julie!" Dann lächelte sie und sprach: „Und du darfst nicht vergessen, daß sie auch eine Winslow ist! Ja, das Blut ist inzwischen etwas verdünnt – aber ihre Großmutter war Rachel Winslow – und *deren* Großvater war Gilbert Winslow." Sie machte eine Pause und sagte nachdenklich: „Ich denke viel über diese Leute nach. Es ist schwer, dabei nicht zu vergessen, daß sie keine Götter waren – sondern Menschen wie du und ich. Aber Gilbert legte sein Leben Gott auf den Altar, und Rachel blickte aus Liebe zu Gott in Salem dem Tod in den Rachen – deshalb gebe ich auch Abigail nicht auf!"

Julie lehnte sich mit den Händen auf dem Rücken gegen die Wand. Die ruhigen Tagen hatten ihr Gesicht dünner werden lassen, ihre Wangen waren etwas eingefallen, aber ihre Augen waren klar und abwartend. „Ich fühle mich so seltsam, Molly. Die Welt geht in die Brüche – überall sind Probleme. Und ich tue seit Tagen nichts anderes, als um einen Teich herumzuspazieren."

„Es gab noch nie eine Zeit, Julie", antwortete Molly mit einem Kopfnicken, „zu der die Welt nicht in die Brüche ging. Gilbert Winslow sah seine Welt in die Brüche gehen, als die Hälfte der ersten Siedler in jenem ersten Winter in Plymouth starb. Sein Sohn, Matthew, war mit John Bunyan im Gefängnis und wartete auf den Galgen. In dieser Welt leben wir – und das wird sich nie ändern." Ihre Lippen entspannten sich, während sie weitersprach. Nachdenklich fuhr sie fort: „Und was die Sache mit dem Teich betrifft – du hast mehr getan, als nur spazierenzugehen, mein Kind. Du hast versucht, herauszufinden, wer du für Gott bist – und er für dich. Das ist das Wichtigste, was wir in diesem kurzen Leben tun können!"

„Stimmt das?" Ein fragender Blick trat in Julies Augen, und sie flüsterte: „Das hat mir Gott die ganze Zeit gesagt – ‚Vertraue auf mich!'" Sie lachte kurz und fuhr fort: „Ich erwartete, daß mich irgendwie ein Blitz treffen würde – daß ich vielleicht umfallen würde – wie Adam von seiner Bekehrung erzählte."

„Ja, er ist umgefallen!" lachte Molly. „Das war bei einer Versammlung von George Whitefiled. Adam hatte einfach alles versucht – er stand kurz davor, alles aufzugeben – und wie von einem Blitz aus heiterem Himmel getroffen, fiel er um. Er stand mit erstauntem Gesicht auf – seitdem geht er seinen Weg mit Gott. Einige fallen bei einer Versammlung um – zu anderen spricht Gott mit leiser, ruhiger Stimme – vielleicht, während sie um einen Teich herumspazieren!"

Zwei Tage nach diesem Gespräch klopfte es an der Tür. Julie öffnete. Vor ihr stand Dan in der Uniform von General Greenes Kompanie. Sie blickte ihn erstaunt an. Er lachte über ihre Sprachlosigkeit und gab ihr einen Kuß auf die Wange. „Hier bin ich, Julie", lächelte er reumütig. „Schauen Sie, wie weit Sie einen armen, demütigen Freund gebracht haben!"

„Daniel! Ich kann es gar nicht *glauben!*"

„Mutter auch nicht! Aber sie wird mich nicht enterben. Ich komme gerade von Zuhause, und wissen Sie was, Julie? Sie war überhaupt nicht überrascht – sagte, der Herr habe es ihr schon längst gesagt." Er lachte verlegen und fuhr fort: „Ich wünschte, er hätte es *mir* auch gesagt!"

„Wie um alles in der Welt –?"

„Oh, mein Onkel hat denselben Kampf hinter sich. Offiziell bin ich Militärpfarrer – aber das heißt nicht viel! Ich glaube, wenn der Kampf beginnt, stehen in General Greenes Armee mindestens zwei kämpfende Quäker!"

Sie zog ihn ins Zimmer und freute sich, ihn wiederzusehen. Sie schob ihn auf einen Stuhl und wollte alle Einzelheiten wissen. Sie tranken eine Kanne Tee zusammen, während er von der großen Veränderung, die in seinem Denken eingetreten war, erzählte. Die Porzellantasse sah in seinen großen Händen ganz klein aus, und er sprach manchmal leise von den inneren Kämpfen, die in ihm stattgefunden hatten. Seine Augen leuchteten auf, als er von der neuen Vision sprach, die sein Geist gesehen hatte. Er nannte es nicht *Vision,* doch es war so stark, daß seine Augen glänzten, als er von der Nation sprach, die im Entstehen begriffen war.

„Es ist nicht einfach eine kleine Bewegung, Julie", sagte er schließlich. „Gott hat mit diesem Land etwas im Sinn! Die alte Welt ist müde – und die Gemeinde des lebendigen Gottes liegt in Ketten gebunden. Aber dieses Land kann zu einem Ort werden, an dem wir alle Gott so suchen können, wie wir wollen!"

Schließlich wurde er wieder ruhiger und lachte: „Ich klinge wie ein Feldwebel, der neue Rekruten ausheben will, nicht wahr? Aber deshalb bin ich nicht gekommen, Julie, obwohl ich Ihnen das alles mitteilen wollte, da Sie eine nicht unwesentliche Rolle bei dem spielten, was mit mir geschehen ist."

„Ich freue mich, daß Sie gekommen sind. Ich habe Sie vermißt, Dan."

Er blickte sie an, dann sagte er nur: „Wirklich, Julie? Das kann etwas bedeuten, aber ich glaube, Sie wissen, wie ich fühle. Ich weiß, Sie glauben, Sie wären in Nathan verliebt – aber ich bin endlich zu dem Schluß gekommen, daß ich entweder den Mund halten kann – oder daß ich sagen muß, was ich denke."

„Dan –!"

„Unterbrechen Sie mich bitte nicht, Julie! Ich bin ein einfacher Mann – das werde ich auch immer bleiben. Ganz und gar nicht romantisch oder aufregend." Er dachte nach, und es war typisch für ihn, daß er darauf bedacht war, fair zu sein, auch in einem solchen Augenblick. „Ich will Sie bitten, – mich zu heiraten."

Julie rührte sich nicht von der Stelle, und er fuhr fort: „Vielleicht werde ich nie das bekommen, was Sie diesem anderen Mann geben würden. Ich verlange das auch nie. Ich kann Ihnen nicht geben, was er Ihnen geben könnte – aber ich kann Ihnen meinen Namen geben – und meine Liebe."

Die Uhr tickte laut auf dem Regal, und winzige Staubkörner schwebten in dem hellen Sonnenschein, der durch die Fenster strahlte. Tränen stiegen Julie in die Augen, als sie sagte: „Das dürfen Sie nicht, Daniel. Es wäre nicht fair."

Er nickte, und seine Augen verrieten ein leichtes Bedauern – aber seine Miene verriet seinen Eigensinn. „Ich bin vielleicht nicht romantisch, Julie", sagte er. „Aber ich lasse mich nicht so schnell entmutigen. Ich werde Sie nicht belästigen, aber ich bleibe in Ihrer Nähe."

„Sie müssen doch in den Krieg ziehen."

„Junge Frau, Sie sprechen mit dem einzigen lebenden *Neffen* von General Nathanael Greene!" Seine Augen zwinkerten, und er sagte stolz: „Der liebe Onkel Nathanael hat praktisch darauf bestanden, daß ich mir frei nehme! Hier bin ich also, Julie – und wie ich schon sagte: Ich bin ein Mann, der sich nicht so leicht entmutigen läßt."

Julie schüttelte den Kopf. Obwohl sie ihn während der nächsten drei Tage oft bat zu gehen, schlug er in einem Zimmer in der Nähe sein Quartier auf und achtete nicht auf ihr Drängen. Er sprach nicht mehr von Heirat oder von Nathan, und seine Gegenwart war trotz ihrer vielen Proteste ein Trost für sie.

Am Freitagnachmittag kam Adam mit schlechten Nachrichten. Sobald er den Raum betrat und „Julie!" sagte, wußte sie, was kommen würde.

„Mein Onkel ist zurück, nicht wahr?"

„Ja, leider."

Molly fragte schnell: „Adam, können wir denn überhaupt nichts unternehmen?"

„Er hat die Papiere – und Richter Evans sagt, daß Julie mit ihm gehen muß." Er trat auf sie zu und lächelte: „Kind, das ist noch nicht das Ende. Wir suchen uns einen Anwalt – einen guten!"

Julie blickte ihn an und fragte ruhig: „Wann – muß ich gehen?"

„Am Montag. Leider. Oberst Knox hat ihn bis nach dem Sabbat abgewimmelt."

„Ich bin bereit. Ich bitte Sie, Ihrer Mutter einen Brief zu geben, Daniel."

Sie verließ den Raum, und Daniel schlug plötzlich mit der Faust auf den Tisch. „Der Teufel soll verschwinden! Ich hätte große Lust, diesen Mann mit einem Mühlstein um den Hals in den Tiefen des Meeres zu versenken!"

Er war so entsetzt über die Gewalt seiner Wut, daß er sich umwandte und den Raum verließ. „Ich versuche herauszufinden, ob mein Onkel einen guten Anwalt in Philadelphia kennt."

Molly wartete, bis die Tür hinter ihm ins Schloß fiel, dann trat sie neben Adam. „Ich habe Angst um sie", flüsterte sie. „Sie ist so jung und hilflos!"

„Aber Gott nicht!" sagte Adam, und die Muskeln an seinen starken Armen spannten sich an. Sie wußte, daß er wie Daniel am liebsten irgendwie körperlich eine Lösung herbeigeführt hätte, schließlich sagte er: „Das wird schwer sein für Nathan. Ich dachte, er wäre schon längst zurück. Ich habe von einem Boten Nachricht erhalten – sie sind mit den Waffen nur noch dreißig Kilometer vor Boston. Kommen morgen abend oder spätestens am Sonntag an." Dann zuckte er mit den Schultern und sagte düster: „Ich erwarte nicht, daß er besonders glücklich ist, Molly. Er war in einer schlechten Verfassung, als er fortging – und diese Nachricht wird ihn auch nicht aufrichten, nicht wahr?"

Mollys Lippen wurden fest. „Heilige müssen erst durch das Feuer gehen. Das hast du oft gesagt. Jetzt ist es für unseren Sohn an der Zeit, durch diese Feuerprobe zu gehen, Adam – und wir können nur für ihn beten!"

KAPITEL ACHTUNDZWANZIG

„Solange wir leben!“

Am Sonntag ging Julie mit den Winslows und Daniel Greene in den Gottesdienst. Adam rutschte während der gesamten Predigt unruhig auf seinem Platz hin und her. Sobald sie aus der Kirche traten, fragte Molly: „Was ist mit dir, Adam?“

„Die Sache liegt mir schwer im Magen, Molly. Ich kann den Gedanken nicht ertragen, daß dieses arme Mädchen schutzlos den Händen dieses Mannes ausgeliefert wird!“

Sie gingen nach dem Gottesdienst nach Hause, und obwohl Molly eine gute Mahlzeit zubereitet hatte, war keinem von ihnen nach Essen zumute. Der Nachmittag schleppte sich dahin, und als es dämmerte, sagte Adam: „Bei Nathan muß etwas passiert sein. Er müßte schon längst hier sein.“

Um zehn Uhr abends sagte Julie: „Ich möchte Ihnen beiden für alles danken, was Sie für mich getan haben.“ In ihren Augen strahlte ein wehmütiges Licht, als sie hinzufügte: „Meine eigenen Eltern hätten nicht besser zu mir sein können als Sie.“

„Wir haben doch nichts getan!“ sagte Molly.

„Doch – und ich will Ihnen heute abend sagen, wie sehr sie mir alle an's Herz gewachsen sind.“ Sie zögerte, und sie sahen, daß sie den Tränen nahe war. „Ich gehe jetzt zu Bett – gute Nacht – und Gott segne Sie!“

Sie ging schnell, und Adam und Molly legten sich auch bald schlafen, doch niemand von ihnen fand einen ruhigen Schlaf. Die ganze Nacht warf Adam sich von einer Seite auf die andere. Schließlich hörte er, gerade, als die Morgendämmerung hereinbrach, Pferdehufe die Straße heruntergaloppieren. Der Reiter bremste sein Pferd ab, und als sie das Klopfen an der Tür hörten, erklärte Adam: „Das ist Nathan!“

Er stand auf, kleidete sich an und eilte hinab, um die Tür zu öffnen. Nathan trat mit angespanntem Gesicht ein. „Hallo Vater. Ist sie noch da?“

„Ja“, antwortete Adam. „Aber Sampson nimmt sie heute mit nach Philadelphia zurück. Warum kommst du so spät?“

„Der Frühlingsregen hatte eine Brücke unterspült – wir mußten einen weiten Umweg zu der nächsten Brücke machen – und dort konnte uns der Kurier, den du uns geschickt hast, nicht finden."

Molly kam die Treppe herunter und band sich den Gürtel um den Morgenmantel. Nathan umarmte und küßte sie. „Ich habe dich vermißt!"

Sie ließ sich die Umarmung gern gefallen und blickte ihm ins Gesicht. Er war so groß, daß sie sich wie ein Kind vorkam, aber etwas an ihm hatte sich verändert. Schnell fragte sie: „Nathan, was ist mit dir geschehen?"

Er grinste sie an und warf einen Blick auf Adam. „Ich habe ihr noch nie etwas vormachen können, nicht wahr, Vater?"

„Ich auch nicht, mein Sohn." Er blickte auch wie gebannt auf Nathan und sah keine Spur von der Spannung oder Schwermut mehr, die ihn noch vor zwei Wochen so gequält hatte. „Sogar ich sehe, daß etwas an dir anders ist. Du bist hier aufgebrochen und hast ausgesehen wie der Tod – aber jetzt siehst du anders aus."

„Es ist keine allzu lange Geschichte", erklärte Nathan. In seinen blauen Augen lag ein Leuchten, und die Aufregung sprach aus seiner Stimme. „Du hast recht, Vater. So war es, als ich hier aufbrach. Ich drehte fast durch und ging in Selbstmitleid auf – ich wollte schon alles aufgeben."

„Das habe ich gemerkt", nickte Adam.

„Ich spielte die meiste Zeit mit diesem Gedanken. Alles lief so schief! Wenn meine Armeezeit abgelaufen gewesen wäre, hätte ich es wahrscheinlich getan – aber ich wollte zu allem Übel nicht auch noch desertieren – deshalb beschloß ich zu warten, bis ich aus der Armee ausscheiden würde." Sein Gesicht zeigte klare Züge, und er ging zum Fenster hinüber. Das graue Morgenlicht dämmerte im Osten. Er schien sie vergessen zu haben, und weder Adam noch Molly rührten sich.

Schließlich drehte er sich um, und sie erschraken, als sie Tränen in seinen Augen sahen. „Am letzten Sonntag – den 19. April – geschah es." Er kämpfte um seine Selbstbeherrschung, dann sagte er stockend: „Ein Jahr, nachdem – nachdem Caleb starb."

Molly legte die Hand auf ihren Mund und wandte sich ab. Adam biß die Zähne zusammen – aber keiner von ihnen sprach ein Wort. Sie hatten Nathan noch nie so bewegt gesehen. Er hatte seine Gefühle selten gezeigt, aber jetzt blickten sie in seine Augen und sahen, daß irgendwie in der kurzen Zeit, die er fort gewesen war, die Mauer eingerissen war, die er immer um sich aufgebaut hatte. *Seine Augen sind wie ein Fenster,* dachte Molly plötzlich. Als sie hineinblickte, sah sie ihren Sohn wie noch nie zuvor – und sie wußte, daß Adam dasselbe sah.

„Ich wußte nicht einmal, welches Datum an dem Tag war. Wir hatten neben einem Fluß unser Lager aufgeschlagen, und am späten Nachmittag erwähnte einer der Männer, daß genau ein Jahr seit Lexington vergangen sei – das traf mich schwer! Ich ließ die anderen allein sitzen und ging am Flußufer spazieren. Alles kam mir wieder in den Sinn – ich dachte an Caleb und ging die ganze Nacht spazieren – und weinte. Ich habe nie viel geweint, nicht wahr? Ich glaube, das habe ich nachgeholt."

„Wir haben alle geweint, mein Sohn", sagte Adam sanft.

Nathan schüttelte den Kopf und sprach weiter. „Schließlich konnte ich nicht mehr und setzte mich unter einen Baum. Die Moskitos waren schrecklich, aber ich fühlte mich so elend, daß ich nicht auf sie achtete! Als ich unter diesem Baum saß, war ich so durcheinander, daß ich nicht mehr denken konnte! Und ich schämte mich, daß ich mich so zum Narren gemacht hatte – wegen Abigail! Das und die Trauer über Caleb weckten in mir den Wunsch, einfach zu sterben."

Er hielt plötzlich inne und blickte sie so seltsam an, daß Molly fragte: „Was ist los, Nathan?"

Er schüttelte den Kopf. Die Worte kamen ihm nur schwer über die Lippen. „Ich habe mir den Kopf zerbrochen, wie ich euch sagen könnte, was unter diesem Baum mit mir geschah – aber es gibt keine andere Möglichkeit, als einfach damit herauszurücken." Er schluckte, und in seinen Augen war eine so tiefe Verwunderung, daß Molly am liebsten die Arme ausgestreckt und ihn festgehalten hätte. „Ich habe Gott so lange gesucht – sogar versucht, selbst Pfarrer zu werden, um ihm zu gefallen, Tausende Bücher über Theologie gelesen – und dann mußte er mich da draußen unter einen Baum setzen, wo mich die Mücken fast bei lebendigem Leib auffraßen, um mit mir zu sprechen!"

„Du hast zum Herrn gefunden!" rief Molly mit strahlenden Augen aus.

„Nicht so dramatisch wie deine Bekehrung, Vater", sagte Nathan. „Ich bin nicht umgefallen – aber ungefähr zwei Stunden lang hat Gott mir alles gezeigt, was ich in meinem Leben angestellt hatte – und als der Morgen dämmerte, war ich zu müde, um weiter zu kämpfen. Deshalb rief ich zu Gott und sagte ihm, daß ich nichts wert sei, aber wenn er irgendetwas in mir haben wollte, könne er mich haben!" Dann lachte Nathan und sagte mit einer Freude, die sie noch nie an ihm erlebt hatten: „Und in diesem Augenblick kam Jesus Christus in mein Herz und übernahm die Macht!"

„Nathan! Das ist ja wunderbar!" Sie drehten sich alle drei um und sahen Julie in der Tür stehen. Sie war schon auf den Beinen gewesen und hatte sich schon angezogen gehabt, als er gekommen war, und sie war dort gestanden und hatte ihm zugehört. Jetzt trat sie mit einem Strahlen im Gesicht näher und sagte: „Ich bin so *froh!*"

Er blickte sie mit einem seltsamen Gesichtsausdruck an, sagte aber nur: „Ich bin froh, daß ich noch rechtzeitig gekommen bin, Julie."

„Ich bereite uns jetzt das Frühstück zu", erklärte Molly. „Julie, setzt du schon den Kaffee auf, bis ich angezogen bin."

Während Julie kochte, erzählte Nathan die genauen Einzelheiten seines Erlebnisses. Bald waren seine Eltern zurück und lauschten jedem Wort. Sie nahmen ein gutes Frühstück ein und waren gerade fertig, als es an der Tür laut klopfte.

Adam erhob sich, zögerte, dann ging er zur Tür und öffnete.

Julies Herz wollte stehenbleiben, als sie Aaron Sampson im Türrahmen stehen sah und seine grobe Stimme laut ausrief: „Wo ist jetzt das Mädchen?"

Julie ging sofort in ihr Zimmer, nahm eine Tasche mit den wenigen Habseligkeiten, die sie mitnehmen wollte, und kam schnell zurück. Sie sah, daß Adams Gesicht rot angelaufen war, und hörte ihn sagen: „Die Kutsche nach Philadelphia fährt erst um zehn – !"

Julie wollte diesen Menschen, die sie so sehr liebte, keine Schwierigkeiten bereiten. Deshalb trat sie schnell vor Adam und erklärte: „Ich bin bereit."

Sampson war wütend und starrte Adam an. „Ich habe die Papiere alle vorgelegt. Sie sind in Ordnung. Dieser Oberst hat mich ziemlich herumkommandiert – aber noch mehr lasse ich mir nicht bieten!" Er packte Julie am Arm und zerrte sie aus der Tür. Bei dem Schmerz unter seinem Griff entfuhr ihr ein Schrei, aber er schimpfte: „Schluß jetzt! Du hast mich einiges gekostet, du Biest! Aber jetzt wirst du dafür bezahlen."

Er zerrte sie zu dem Wagen, in dem er gekommen war, als plötzlich jemand sein Handgelenk ergriff und Julie von ihm fortzog. Sampson stolperte vorwärts und fiel, von einem Schlag mitten auf den Rücken getroffen, schwer zu Boden.

„Verschwinden Sie hier, Sampson!"

Der stämmige Mann blickte auf und sah Nathan vor sich stehen. Er krabbelte auf seine Füße und fluchte, aber in dem Blick, der auf ihn gerichtet war, lag etwas Gefährliches. Deshalb rief er: „Ich werde gesetzlich gegen Sie vorgehen!"

Nathan fragte: „Soll ich Ihnen in Ihren Wagen helfen?"

Sampson war ein starker Mann, aber er hatte die Kraft dieses Soldatengriffes erfahren und zog sich zurück und schrie nur: „Dafür kommen Sie ins Gefängnis – das schwöre ich Ihnen!"

Er fuhr davon und schlug die ganze Zeit auf die Pferde ein und fluchte. Als er die Straße hinabgefahren war, brach Julie das Schweigen, das sich auf sie gelegt hatte. „Nathan, das hättest du nicht tun sollen. Du bekommst nur Schwierigkeiten."

„Du kannst mit diesem Mann nicht mitfahren, Julie!"

„Ich muß."

Sie gingen ins Haus zurück und redeten sich die Köpfe darüber heiß, was sie tun könnten. Aber eine Stunde, bevor die Kutsche fahren sollte, sagte Adam: „Wir müssen gehen. Nathan – sie schicken sonst so viele Männer, wie sie brauchen, um sie gewaltsam abzuholen."

Sie stiegen zu viert in die Kutsche und waren viel zu früh in der Stadt. „Da ist Daniel", sagte Molly, als sie vor dem Gasthaus vorfuhren. Die Postkutsche nach Philadelphia stand bereit, und Aaron Sampson stand bei einem großgewachsenen Mann, der offensichtlich irgendein offizielles Amt bekleidete.

„Da ist sie!" rief er. „Tun Sie jetzt Ihre Pflicht!"

Der Beamte kam auf sie zu, als Adam die Pferde zum Stehen brachte und abstieg. „Ich bin Sheriff Marks, und ich muß Sie bitten, diese junge Frau herauszugeben, ohne Schwierigkeiten zu machen", sagte er ruhig. „Ich weiß, wie Sie sich fühlen müssen, aber das Gesetz steht auf seiner Seite."

Während Adam mit dem Sheriff sprach, sprang Nathan aus dem Wagen und half seiner Mutter und Julie herab. Dan eilte herbei und sagte: „Nathan, Sie sind zurück!" Aber er wartete nicht auf eine Antwort. Er wandte sich an Julie und sagte: „Ich habe mit meinem Onkel gesprochen, er gab mir einen Brief an Mr. Franklin mit – er ist ein persönlicher Freund von ihm. Er bittet Franklin, einen guten Anwalt zu besorgen und sich persönlich für Sie einzusetzen!"

„Das ist sehr nett von dem General, Dan", sagte Julie, aber in ihrer Stimme lag wenig Hoffnung. Sie wußte nur zu gut, daß ihr Onkel sich nicht um das Gesetz kümmerte, wenn er sie einmal in seinen Klauen hatte.

Molly wollte etwas sagen, aber Nathan sagte laut: „Wartet eine Minute!" Alle drehten sich überrascht um. Adam und der Sheriff unterbrachen abrupt ihr Gespräch, während Aaron Sampson ihm einen wütenden, bösartigen Blick zuwarf. Ein älteres Ehepaar, das gerade in die Postkutsche einsteigen wollte, blieb stehen und blickte Nathan an. Der Fahrer, der mit einem großen Postsack aus dem Gasthaus kam, warf ihm einen überraschten Blick zu und glaubte, er sei gemeint.

Nathan hatte die Aufmerksamkeit aller erregt. Für einen kurzen

Augenblick standen alle still, als hätte jemand die Zeit angehalten. Die Stille wurde nur durch das ungeduldige Stampfen der Pferdehufe unterbrochen. Julie war zwischen Dan und Nathan gestanden, und als Nathan das Wort ergriff, blickte sie zu ihm auf, und ihr Herz, das mit einer großen Angst kämpfte, seit sie Aaron Sampson zum ersten Mal in der Tür stehen gesehen hatte, wurde irgendwie leichter.

Nathan hatte auf dem ganzen Weg in die Stadt praktisch kein Wort gesprochen. Er hatte den anderen das Reden überlassen, aber in seinem scharf geschnittenen Gesicht hatte sich eine grimmige Verblüffung gezeigt. Jetzt schien er zu einer Entscheidung gelangt zu sein. Er stellte sich fest auf den Boden, streckte die Hand aus und ergriff Julie am Arm. Dabei streckte er sein Kinn kampfeslustig vor und sagte: „Sie nehmen sie nicht mit, Sampson!"

Sampsons fettes Gesicht errötete, und er brüllte: „Versuchen Sie nur, sie zurückzuhalten, Winslow! Ich habe das Recht auf meiner Seite. Sheriff, hören Sie, was er sagt? Tun Sie Ihre Pflicht, Mann!"

Sheriff Marks trat einige Schritte auf Nathan zu. Er sah seinen angriffslustigen Gesichtsausdruck, sagte aber mit einer Stimme, die Autorität verriet: „Mr. Winslow, Sie müssen vernünftig sein. Mir gefällt die Sache selbst nicht, aber so ist das Gesetz."

„Das Gesetz gibt ihm das Recht, sie mitzunehmen, weil er ihr Vormund ist."

„So ist es."

Nathan faßte Julie noch fester am Arm und sagte: „Dagegen habe ich nichts einzuwenden – aber nach diesem Morgen ist er nicht mehr ihr Vormund."

„Was soll dieser Unsinn?" knurrte Sampson. Er trat näher auf Julie zu, warf einen Blick in Nathans Gesicht und sagte schnell: „Schaffen Sie das Mädchen in die Postkutsche, Sheriff!"

„Nein, das werden Sie nicht!" sagte Nathan. „Wenn sie verheiratet ist, untersteht sie ihm nicht mehr." Er fühlte, wie Julies Körper sich anspannte, aber er blickte sie nicht an. „So lautet das Gesetz, nicht wahr? Wenn eine Frau heiratet, ist ihr Mann für sie verantwortlich?"

Sheriff Marks war verwirrt. Er hob eine Hand und kratzte sich am Hals, dann blickte er erst auf Nathan, dann auf Julie. „Ich bin kein Anwalt, Winslow – aber –"

Plötzlich spürte Nathan, daß Julie sich seinem Griff entriß, und als er zu ihr herabblickte, sah er, daß ihr Gesicht vor Ärger ganz rot angelaufen war. Ihre Augen sprühten Feuer, und mit vor Entrüstung zitternder

Stimme sagte sie: „Und wie kommst du auf die Idee, daß ich dich heiraten würde, Nathan Winslow?“

Er blickte sie verblüfft an, denn ihm war der Gedanke, sie zu heiraten, völlig logisch erschienen. Aber sie stemmte die Arme in die Hüften, und ihre großen Augen funkelten, als sie zu ihm aufsah und wütend sagte: „Du brauchst dich hier nicht wie ein Märtyrer zu benehmen! Oh, wäre das nicht eine großartige Ehe – in den nächsten vierzig Jahren würdest du jedes Mal, wenn ich etwas tue, das dir nicht gefällt, diesen Blick aufsetzen: *Ich habe sie geheiratet, um sie zu retten – und das ist der Dank dafür!*“

„Das stimmt doch nicht –!“ protestierte Nathan.

„Außerdem“, fuhr Julie schnell fort. „Brauchst du nicht glauben, daß du so opferungsbereit bist – Daniel hat mich bereits gebeten, *ihn* zu heiraten!“

Nathans Gesicht wurde noch verblüffter. Er drehte den Kopf und blickte Daniel an. „Aber du kannst ihn nicht heiraten!“

„Oh, warum kann ich das denn nicht?“ fragte Julie herausfordernd und blickte Nathan in die Augen. „Glaubst du denn, niemand würde mich heiraten, außer um mich vor Schwierigkeiten zu bewahren? Kein Mann würde mich um meiner selbst willen lieben?“

Daniel sagte schnell: „Mein Angebot gilt, Julie. Es macht mir nichts aus, es vor aller Ohren zu wiederholen, daß ich Sie liebe. Werden Sie meine Frau.“

„Sie heiratet Sie nicht, Greene – sie heiratet *mich!*“

Greenes Gesicht errötete. Er blickte Nathan scharf an, seine breiten Schulten spannten sich plötzlich. Ärger lag in seiner milden Stimme, als er sagte: „Sie lieben sie nicht, Winslow. Ich gebe zwar zu, daß sie in Sie verliebt ist –.“ Nathans Kopf schoß wieder zurück, und er warf einen schnellen Blick auf Julie, aber der Quäker fuhr unbeirrt fort: „Aber darüber wird sie mit der Zeit hinwegkommen.“

Sampson erhob seine Stimme und protestierte: „Sheriff, tun Sie Ihre Pflicht!“ Aber der Beamte war von dem Schauspiel gefangen. Julie wurde sich plötzlich bewußt, daß sie im Mittelpunkt des allgemeinen Interesses stand. Sogar Passanten blieben stehen und schauten sie an.

Der plötzliche Anflug von Ärger, der sie überkommen hatte, verschwand. Sie senkte den Kopf, und ihre Augen füllten sich mit Tränen. Sie wünschte sich nichts sehnlicher, als daß alles schon vorbei wäre. Dann fühlte sie eine Hand unter ihrem Kinn, und als sie aufblickte, sah sie in Nathans Gesicht. Er hatte einen seltsamen Blick in den Augen. Er blickte sie an, und sie sah ihn nur verschwommen, denn die Tränen brachen sich Bahn und rollten ihr über die Wangen. Er fragte: „Stimmt das, Julie – was Greene sagt? Liebst du mich?"

Sie blinzelte und sah die Sanftheit in ihm, die sie lieben gelernt hatte. Seine Hände lagen auf ihren Wangen, und während er ihr Gesicht hielt, drangen ihr Erinnerungen ins Gedächtnis. Schließlich flüsterte sie: „Ja! Das werde ich wahrscheinlich mein Leben lang, Nathan."

Er schwieg, dann sagte er: „Ich war so durcheinander, Julie. Ich habe dir gesagt, daß ich dort am Flußufer Gott gefunden habe – aber ich habe dir nicht erzählt, was ich noch gefunden habe."

„Was, Nathan?" fragte sie.

„Nachdem ich mein Leben mit dem Herrn bereinigt hatte, merkte ich, daß ich plötzlich klar über andere Dinge nachdenken konnte – und ich konnte an nichts anderes denken als an dich. Ich bin Gottes größter Narr gewesen, was Frauen betrifft – aber irgendwie weiß ich, daß ich keine finden werde – außer dir, Julie!"

Sie wußte, daß die Zuschauer sich neugierig vorbeugten, aber das war ihr jetzt gleichgültig. Alles um sie herum verschwand, und sie sah nur sein Gesicht und hörte nur seine Stimme. Dann flüsterte sie: „Es ist trotzdem schade, Nathan – du liebst mich nicht."

„Ich habe festgestellt, daß nicht alle Menschen Gott auf dieselbe Weise finden", sagte er leise. „Und ich stelle jetzt fest, daß nicht alle Männer auf dieselbe Weise Liebe finden – aber glaube es mir oder nicht, Julie, ich weiß in meinem Herzen, daß ich dich immer lieben werde. Ich wünschte, wir hätten *Zeit!* – aber wir haben keine, weil ich mit Washington aufbreche. Aber ich komme zurück, Julie – und ich will zu dir zurückkommen – wenn du mich haben willst!"

Julie lächelte plötzlich. Ihr Gesicht strahlte vor Freude, und sie hob die Arme und sagte leise: „Ich will dich – und du willst mich!"

Er küßte sie, ohne auf Sampsons Wutausbrüche zu achten. Als er sich aus ihrer Umarmung löste, hörte er ihn sagen: „Das ist ungesetzlich, sage ich – ich bin ihr Vormund! Es gibt keine Hochzeit – ich nehme sie mit."

Sheriff Marks sagte bedauernd: „Ich fürchte, er hat recht. Wenn Sie tatsächlich *verheiratet* wären, stünde die Sache anders – aber Sie werden keinen Pfarrer finden, der sie auf der Stelle traut, und selbst wenn einer sich dazu bereit erklären würde, würde es einige Tage dauern, bis die Papiere vorliegen würden." Er schüttelte den Kopf und sagte: „Ich muß Sie bitten, mit diesem Mann zu fahren, Miss Sampson."

Julie ließ Nathan los, aber plötzlich hörte sie Dan sagen: „Ich glaube nicht, daß es Probleme gibt – die beiden zu verheiraten – wenn Sie das wollen, Julie."

„Aber Freund Daniel." ergriff Adam das Wort. „Sie haben doch gehört, was der Sheriff sagte! Es wäre ein Wunder nötig, damit die beiden getraut werden können."

Greene zog ein Papier aus seiner Brusttasche und hielt es hoch. „Hier ist eine Genehmigung von General Greene, zivile Trauungen durchzuführen. Boston steht technisch gesehen unter dem Kriegsrecht, deshalb müssen alle Genehmigungen von militärischen Behörden erlassen oder genehmigt werden."

„Wessen Name steht auf dem Papier?" wollte Sampson wissen.

„Es ist noch nicht ausgefüllt." Er trat vor Julie und Nathan und sagte mit Traurigkeit, aber einem leichten Lächeln im Gesicht: „Ich dachte, Sie könnten Ihre Meinung noch ändern und mich in letzter Minute doch noch heiraten wollen, Julie, deshalb habe ich mir von meinem Onkel dieses Papier geben lassen – in der Absicht, *meinen* Namen einzutragen, aber – wenn Sie sich sicher sind, dann muß ich nur noch Nathans Namen eintragen."

„Oh, Dan –" Julie schluchzte beinahe. „Ich – will Ihnen nicht wehtun, aber ich liebe ihn so sehr!"

„Und Sie, Nathan?"

„Freund Daniel", sagte Nathan leise. „Ich liebe sie jetzt – aber das ist erst der Anfang."

„Gut, das wäre also geklärt!" erwiderte Greene.

„Nein, ist es nicht!" rief Sampson mit wutverzerrtem Gesicht. „Sie haben ein Papier – aber Sie haben keinen Pfarrer. Komm schon, ab in die Kutsche!" Seine Absicht war, wie Julie genau wußte, sie sofort wegzubringen, und sobald sie in Philadelphia wären, würde er sie zwingen, ihn zu heiraten.

„Oh, wir haben einen Pfarrer hier." Greene lächelte, als sie ihn anblickten. Er deutete mit der Hand auf sich. „Militärpfarrer Daniel Greene, zu Ihren Diensten – vom Oberbefehlshaber der amerikanischen Armee eingesetzt und berechtigt, alle Amtshandlungen durchzuführen – Predigten, Beerdigungen – und Hochzeiten!"

„Daniel! Können Sie uns trauen?" hauchte Julie.

„Das hatte ich zwar nicht im Sinn – oder in meinem Herzen –, aber ich sehe, daß Gott es so führt."

Aaron Sampsons Gesicht war kreidebleich, und er flüsterte: „Sheriff – kann er das?"

Auf Sheriff Marks Gesicht trat ein breites Lächeln. „Ich kann nicht gegen George Washington und die amerikanische Armee handeln, nicht wahr?"

Sampson starrte sie an und sagte: „Das glaube ich nicht! Sie warten, bis ich jemanden zu Hilfe hole!"

Daniel sah, daß diesem Mann ernst damit war, deshalb bat er schnell: „Hauptmann Winslow, würden Sie und ihre Gattin sich neben die Braut und den Bräutigam stellen? Die übrigen sind Zeugen."

Es war wie im Traum, und der Menschenauflauf wurde immer größer, als sie sich neben der Postkutsche auf der Straße aufstellten. Julie konnte nicht glauben, was geschah, aber Nathans fester Händedruck war Wirklichkeit, und sie nahm mit ihm vor Dan ihren Platz ein. Molly stand an ihrer Seite und Adam neben Nathan.

Der Verkehr auf der Straße brach zusammen. Neugierige Zuschauer liefen herbei, um zu sehen, was hier vor sich ging. Man hörte ein aufgeregtes Geflüster, und alles drängte näher zusammen und bildete einen Kreis um die kleine Hochzeitsfeier.

Greene blickte in die erwartungsvollen Gesichter, dann erhob er seine Stimme und sagte: „Ich kenne nicht genau die richtigen Worte, aber ich glaube, ich weiß, was eine Ehe ist. Die Schrift sagt, daß es eines der größten Wunder dieser Welt ist, wenn ein Mann und eine Frau zueinander finden. Von den Millionen Männern und Frauen auf dieser Erde kommen ein Mann und eine Frau zusammen, und beide finden im anderen etwas, das stärker als der Tod ist! So werden sie *eins* und sind nicht mehr zwei getrennte Menschen."

Er blickte geradewegs in Nathans Augen und fragte: „Nathan, liebst du diese Frau?"

„Ja!"

„Willst du allen anderen widersagen und nur sie lieben, solange du lebst?"

„Ich – ich will!"

Greenes Stimme zitterte nur leicht, als er fortfuhr: „Julie, liebst du diesen Mann?"

„Ja!"

„Willst du nur ihn lieben, solange ihr beide lebt?"

Julie blickte Nathan in die Augen, sah die Liebe in ihm und nickte. Sie antwortete: „So lange wir leben!"

Jetzt sprach Greene die Worte, die sie miteinander verbanden: „Ich erkläre euch hiermit als Mann und Frau!"

Als Nathan sich vorbeugte und Julie küßte, klammerte sie sich einen kurzen Augenblick fest an ihn; dann ließ sie ihn los und lächelte. Sampson kletterte in die Postkutsche und fluchte. Die immer noch wachsende Menschenmenge drängte sich zusammen, um einen Blick auf das Brautpaar zu erhaschen. Adam legte die Arme um Molly und lächelte sie mit strahlenden Augen an. „Sie haben einen Krieg zu bestehen, Molly, aber sie haben einander, und sie haben Gott!“

Molly küßte ihn, und er schmeckte die salzigen Tränen auf ihren Lippen, aber ihre klaren Augen waren siegesgewiß. Sie blickte Nathan und Julie an und sagte leise: „Sie schaffen es, Adam.“

Dann bahnten sie sich ihren Weg durch die Menge und schlossen das neueste Mitglied des Hauses Winslow in die Arme.

»Das Haus Winslow« von Gilbert Morris

In dieser Reihe liegen bereits vor:

Der ehrenhafte Betrüger
Edition C, Nr. E 80, 340 Seiten

Sie hatten einen Glauben, eine Vision und einen Traum von Freiheit. Als sie mit der »Mayflower« lossegelten, wurden Kräfte frei, die das Leben eines Menschen, seiner Familie, einer ganzen Nation verändern sollten . . .

Die gefangene Braut
Edition C, Nr. E 81, 243 Seiten

Matthew, der Sohn Gilbert Winslows, kommt auf seiner Suche nach Abenteuern wieder zurück nach England. In Bedfort trifft er John Bunyan. Die Begegnung mit diesem tiefgläubigen Mann prägt das weitere Leben des jungen Mannes und seiner Familie, auch als diese nach Amerika zurückkommt und dort in arge Bedrängnis gerät . . .

Das gebundene Herz
Edition C, Nr. E 82, 266 Seiten

Adam Winslow begegnet der jungen Molly, einem Mädchen aus verwahrlosten Verhältnissen. Er nimmt sie in seine Dienste, doch bemerkt ihre Liebe zu ihm nicht. Außerdem ist da noch Mary, die Tochter des Erweckungspredigers Jonathan Edwards, die ebenfalls in den jungen Mann verliebt ist . . .

FRANCKE
Verlag der Francke-Buchhandlung GmbH